THE ASCENT OF EVEREST

BY JOHN HUNT

エベレスト初登頂

ジョン・ハント

吉田 薫 訳 YOSHIDA KAORU

A&F

第七キャンプから眺めた
サウス・ピーク

タンボチェのベース・キャンプ

ヒラリーの指揮でエベレストのベース・キャンプに荷を運ぶシェルパたち

ベース・キャンプに集まった隊員たち

ウェスタン・クウムのクレバス

ウェスタン・クウムのクレバスに架けられた丸太の橋を、アイゼンを付けた靴で渡るシェルパたち

南東稜の8500メートル地点を目指して登るヒラリーとテンジン

酸素補給器の準備をするヒラリーとテンジン

エベレストの頂上に立つテンジン

ジョン・ハント

エドモンド・ヒラリー

テンジン・ノルゲイ

チャールズ・エヴァンズ

ジョージ・ロウ

ウィルフリッド・ノイス

ジョージ・バンド

アルフレッド・グレゴリー

トム・ボーディロン

チャールズ・ワイリー

マイケル・ウェストマコット

マイケル・ウォード

グリフィス・ピュウ

トム・ストバート

ジェイムズ・モリス

エベレスト初登頂

ジョン・ハント

本書を世に送り出すことに手を貸してくれたすべての人に

目次

第五部 アタック

第六部 余波

資料

序文 ――一九七五年エベレスト南西壁遠征隊長 サー・クリス・ボニントン

誰でも生涯忘れられない特別な事件やニュースがあるものだ――人類初の月面着陸とか、ジョン・F・ケネディの暗殺とか。わたしにとってそのひとつがエベレストの初登頂だった。一九五三年、女王の戴冠式の祝賀パレードが最高潮に達した頃、わたしはヘッドネスフォードのイギリス空軍のほこりっぽい閲兵場で、部隊の指揮官からエドモンド・ヒラリーとテンジン・ノルゲイが世界最高峰のエベレストの頂に達したと告げられた。

わたしにとっては、その約五年後となるルナ二号の月面到達と同じぐらい重大なニュースだった。当時、〝第三の極地〟と言われていたように、エベレストは北極や南極よりも到達に時間がかかっていて、犠牲になった人命も多く、いかに到達しがたいところであっても変化に乏しい地形にある北極や南極よりも、難攻不落のイメージがあった。

山は昔から人々に大きな影響力を及ぼしてきた。天に届かんばかりの高峰には、かつては神や悪魔が棲《す》んでいると考えられていて、実際、薄い空気や、雪崩や、急峻な斜面といった難題を突きつけてくる。そのなかでも最も高い山が、昔も今もすべての登山家を強く惹きつけてやまないというのは驚くにあたらない。

イギリスは、エベレスト登頂が競争化した当初から優位に立っていた。エベレストに入る唯一のルートに含まれるインドを長年支配できる立場にあったからである。インド測量局に〝ピーク十五〟と呼ばれていた山が、一八五二年に世界最高峰であることが確認されると、イギリスは大英帝国の威光をもって、前測量局長官のイギリス人の名前にちなみ〝マウント・エベレスト〟と命名した。エベレストはネパールとチベットの国境にまたがる山である。一九四〇年代後半まで、ネパールはすべての外国人に対して国境を閉ざしていた。チベットも来訪者を阻止していたが、インドを統治していたイギリスは、一九〇四年、ラサに進駐し、チベットを保護下においたことから、第二次世界大戦まではチベット側からエベレストに遠征できたのである。

だが、多くの遠征隊が、八五〇〇メートル付近に目に見えない壁があるかのように、その先へは進めなかった。ただし、マロリーとアーヴィンはもっと先まで登っていたかもしれない。彼らが一九二四年に頂上を踏んでいた可能性は充分に考えられる。そして、第二次世界大戦ですべてが変わった。チベットが中国に侵略され、ネパールは鎖国を解き、インドは独立を手にする。エベレストはもはやイギリスの独擅場ではなくなり、スイス隊が一九五二年の入山許可を手に入れた。本書で語られている挑戦と成功の物語には、六十年を経た今だからこそ、当時よりもよくわかる興味深い話が収められている。

ジョン・ハント大佐の数々の挑戦は隊長に指名されたときから始まった。隊長には当時のイギリスで最も有名な登山家だったエリック・シプトンがなるものと思われていた。シプトンは一九五一年のエベレスト偵察や一九五二年のチョー・オユー遠征だけでなく、戦前を合わせると四回も遠征しており、隊長も務めていたからだ。

しかし、運営委員会のメンバーは、シプトンには頂上を目指すひたむきな闘志が欠けているとみていた上に、組織のリーダーとしての能力についても懸念を抱いていた。委員会が一連の決定を下すにつれ、シプトンの隊長としての立場は侵害されていった。ハントは当初、まとめ役として招かれ、チャールズ・エヴァンズを差し置いて副隊長の地位を与えられた。そしてまもなく、シプトンとの協議もなく、ハントが共同隊長に任命されると、シプトンは辞任した。

当然のことながら、チームのメンバー、特に偵察とチョー・オユー遠征に参加した登山家たちは動揺した。彼らはみんな、無口で控えめながらカリスマ性のあるシプトンに強い忠誠心を覚えていた。誰もジョン・ハントのことは知らなかった——戦前、インドで任務に就いていた間にヒマラヤですばらしい功績をいくつか挙げているにもかかわらず、ハントはイギリスの登山界にはあまり知られていない存在だった。

しかし、任命に至る駆け引きに一切関与していなかったジョン・ハントはすぐにリーダーシップを発揮し、隊員の忠誠と尊敬を獲得する。彼の後方支援の重要性に対する理解、綿密な計画、現場での決断力は、長期にわたって悪天候や多くの難関に遭遇し続けた遠征隊の成功に大きく貢献した。そして、遠征を通して強い友情を築いた彼らは、その後何年にもわたって毎年集まっていたと聞く。

遠征を指揮するジョン・ハントの周到な計画は他の模範となった。わたしをはじめ、多くのその後の遠征隊のリーダーたちは、そのリーダーシップでもって一九五三年五月二十九日に、世界最高峰の頂にヒラリーとテンジンを立たせることができたこのジョン・ハントに学ぶことが多い。わたしは、サー・ジョン・ハントが一九九三年版に寄せた言葉で述べているように、本書がきっかけとなり新世代が自分のエベレストを探し求めてくれることを期待している。

初版序文

一九五三年英国エベレスト遠征隊後援者　**エジンバラ公フィリップ殿下**

本書には、世界最高峰に登るということについて余すところのない詳細な記述が収められている。それだけではない。読めば、登ろうとした理由、またその成功が過去の遠征、周到な計画、結束の強いチームワーク、そして検討を重ねた多くの細かな要素に負うところがいかに大きかったかがわかるであろう。

そうしたすべての事柄ゆえに、いやむしろそうしたことを無視してもなお、今回の遠征隊が、チームとしても個人としても成し遂げたことに対して、わたしは深い称賛の念を禁じえない。肉体を駆使した努力と忍耐だけをとっても、この快挙は全人類にとっての模範として歴史に残るであろう。

第一部
背景

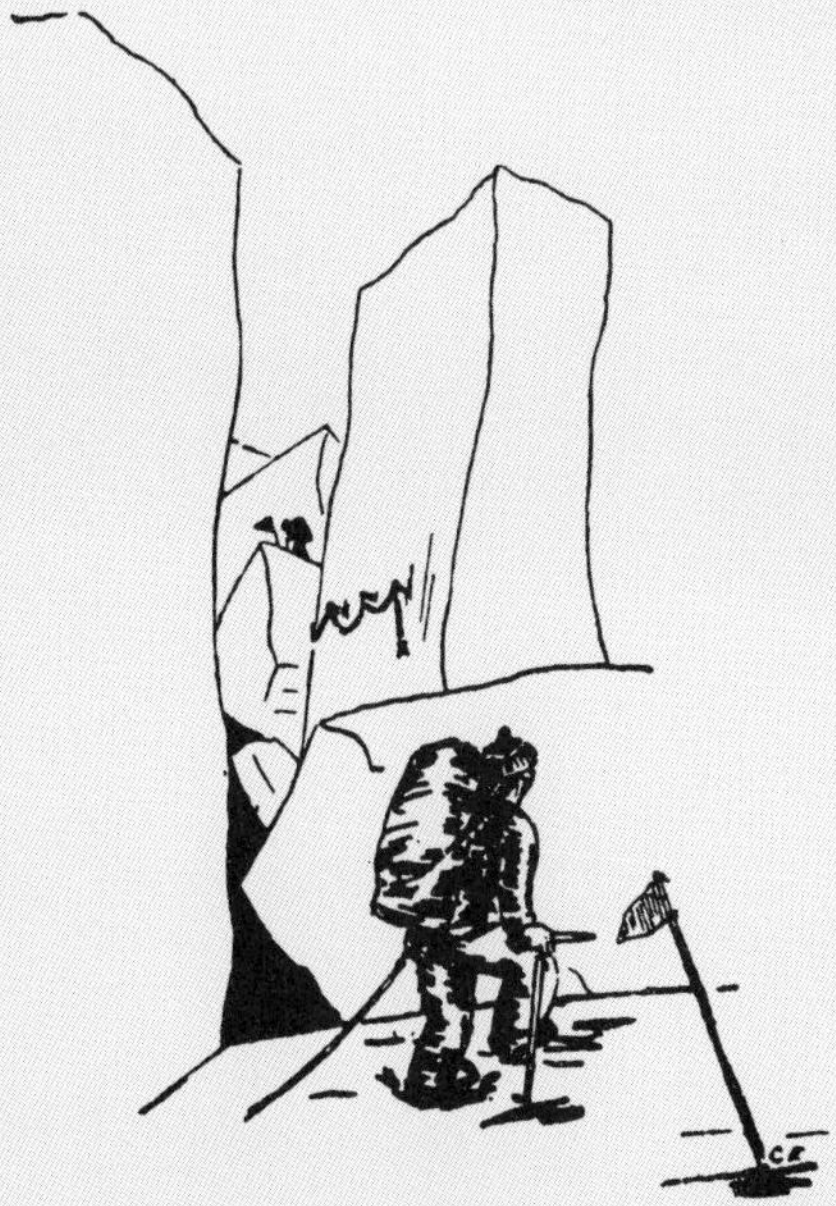

はじめに

これは、一九五三年五月二十九日に、ずばぬけた体力とスキルに恵まれ、断固たる決意でみずからを奮い立たせた二人の男が、いかにしてエベレストの頂上を極め、無事に仲間のもとに戻ってきたかという物語である。

だが、それだけではすべてを語ることにはならない。なぜなら、エベレスト登頂は一日にしてなるものではなく、また、われわれが不安を抱きながら準備と登攀《とうはん》に明け暮れた忘れられないあの春の数週間だけの成果でもないからである。そこには多くの人々の長い年月にわたる粘り強い努力の物語がある。しかし、そのすべてを本書でつまびらかにしても読者には退屈だろうし、かかわった人々すべてを取り上げるのは難しい。また、これまでの偉業についてはすでに詳しくまとめられたものがあり、ここでは歴史については簡単に振り返るにとどめておく。

エベレストに登ることを真剣に目指し、そのための調査を目的とした第一次遠征隊が送られてから優に三十年は経つ。一九二一年のその日以来、次々に行われた大規模な遠征は十一回におよび、そのうちの八回は頂上に到達するという使命を明確に帯びていた。その八回のうちの三回で、少なくとも四人のイギリス人が一九二四年と一九三三年に、そして昨年には一人のスイス人と一人のシェルパが頂上まであと三〇〇メートルの地点まで迫ったが、体力の限界や悪天候により引き返さざるをえなかった。このほかにも、個人的な小規模な遠征が数回行われている。また、登頂を目指すなかで多くの人命が失われていることも心に刻んでおかなければならない。

第二次世界大戦以前の遠征隊はすべて北側から山に入った。インドを出発し、チベットを通っていく長いキャラバンの果てにエベレストはあった。当時、チベットの国境はわれわれに開かれており、信仰はもとより政治的にも事実上の支配者であるダライ・ラマは、チベットの民が〝チョモランマ〟と呼ぶ山に登りたがっているわれわれ西洋人を物好きな連中だと思っていたかもしれないが、好意的に見ていた。初期の遠征隊はすべて、エベレストを北側から間近に眺められるロンブクの僧院で僧主の祝福を受けるのがならいとなっていた。しかし、一九五一年、チベットが中国の支配下に入ると、北側からもう一度エベレストに挑みたいというわれわれの望みは断たれてしまった。

当時、エベレストの南側のことはほとんどわかっていなかった。一九二一年に、イギリスの遠征隊が北側から初めてエベレストの踏査に入ったときに、マロリーはクンブのアイスフォールを見下ろしている。山の西側や南側を見ることができなかった上に、アイスフォールの難しさをその目で見たマロリーは、南側からのアプローチにほとんど望みを抱かなかった。マロリーが受けたこの印象は、後に、一九三五年の偵察隊によっても確認された。

エベレストの南側はネパールに位置しており、ネパール王国が鎖国を解いたのはつい最近の一九四九年のことである。マロリーたちの感想が不充分な観察によるものだった可能性もあり、南側に調査に入ることすらできなかったことを考えると、ネパール側からエベレストに入れるようになったことは、登山史において画期的な出来事だった。南側ルートに対する過去の悲観的な見解をよそに、登山家たちはためらうことなくこの機会をとらえて踏査を計画した。前進あるのみ、困難に決してひるまないというのが、とりわけ登山の世界では黄金律といっていいかもしれない。障害に鼻をこすりつけるくらい面と向かっていく意気込みが必要なのである。

一九五〇年、イギリスとアメリカによる小規模な合同隊が南側ルートの偵察に入った。これには、一九三八年と一九五三年にＫ２（八六一一メートル）に挑んだアメリカ隊のリーダーのチャールズ・ヒューストンと、戦前にエベレストに最後に向かったイギリス隊のリーダーのティルマンが参加していた。しかし、限られた日数では充分な調査ができず、足がかりを見つけられないまま引き上げてきた。それはエベレストという山が巧妙にその弱点を鎧の中に隠しているせいでもあった。合同隊の報告では結論が出ず、もっと徹底した調査を試みようという気運が高まった。そこで、マイケル・ウォード、ウィリアム・マレー、トム・ボーディロン、キャンベル・セコードが発起人となり、戦前のエベレスト遠征で名高いベテランのエリック・シプトンを隊長とする小規模な偵察隊が、一九五一年の夏、南側ルートの探索に向かった。この一九五一年の偵察隊は、後に最も実行可能だと認められた登頂ルートの想定だけでなく、その最大難所のアイスフォールの突破も果たすという予想をはるかに上回る快挙を遂げた。

この有望なルートの発見は、世界中の登山家たちを興奮させた。スイス隊は速やかにこの情報を利用し、昨年の春と秋の二度にわたってエベレストに挑み、山岳ガイドのランベールとシェルパのテンジンがついに南東稜において、二十八年前に第三次遠征隊のノートンが北側から到達した高度とほぼ同じ高度まで登った。

その間、イギリス隊はスイス隊が登頂できなかった場合に備えて遠征の準備を進めていた。一九五二年の夏、エリック・シプトンをリーダーに、来《きた》るべきエベレスト遠征の隊員候補たちがヒマラヤに向けて出発した。その主たる目的は、エベレストに向けた心身の準備、酸素補給器のテスト、高所で生じる生理学的問題の細かな検討である。彼らはヒマラヤの巨峰のひとつチョー・オユー（八二〇一メートル）の登頂を試み、険しい未踏の谷の踏査も行った。このときに行った酸素補給器のテストは、今年われわれが使用した補給器の開発に反映され、生理学的調査で得られた知識はわれわれの計画に役立てられている。チョー・オユーでも、シプトンらはエベレスト登頂の成功にまたひとつ重要な貢献をしたのである。

一九五一年の偵察隊、スイス隊の二度の遠征、そしてチョー・オユーの経験が最後の道標となり、ついにこの春、エベレストの頂上を極めることができた。この四つの遠征から、いかに艱難辛苦《かんなんしんく》が待ち受けている山であるかを教えられたわたしは、身が引き締まる思いで計画にあたった。だが同時に、その厳しさこそがわれわれを奮い立たせ、〝冒険〟を旗印に究極のゴールへと向かわせたのである。

こうして事実をありのままに書くことによって、わたしは自分たちが果たした役割を正しく伝えたいと思っている。今回の遠征は新たな冒険ではなく、われわれが着手する以前にすでに大部分が書き上げられていた物語のクライマックスにすぎなかったのである。昨年、スイス隊がエベレスト挑戦に名乗りをあげたときも、先のイギリス隊の経験に負うところが大きいことを認めており、とりわけその前年のシプトン率いるイギリス隊による初の南側ルートの踏査結果に恩義を感じていた。そのため、スイス隊は帰還するとすぐに、この南側ルートでの貴重な経験と情報をわれわれに提供してくれた。つまり、スイス隊に続いたわれわれは、知識の上では、山頂までの険しい行程の半分はすでに越えていたのである。それほど先人たちはすでにエベレストで多くのことを成し遂げ、経験を積んでいた。

これまで十一回におよぶエベレスト遠征のうち、九回がイギリスが派遣したものだったことに、われわれは当然の誇りを感じている。しかし同時に心に留めておかなければならないのは、インドを統治下に置いていたイギリスは第一次世界大戦から第二次世界大戦にかけて、エベレストに入る許可を得やすい立場にあった。また、他国の登山家たちが、ヒマラヤという広大な舞台で、ひたすらエベレストに挑み続けるわれわれイギリス人の並々ならぬ思いを認めてくれたことにも感謝しなければならない。当時は暗黙の合意が存在しているかのように、ある国がある巨峰に特別な関心を抱いていたら、それを尊重する時代だった。

われわれが引き受けた使命は、われわれの目から見れば、先行隊と張り合って勝つことではなかった。実際、ひとつの難しい山を極めるために長年挑戦し続けるというのは、ほかの競技スポーツとは本質的に異なるものであり、また、そうでなければならない。だが、例えるとすれば、リレー競争に似ている。チームの各走者は割り当てられた距離を走り終えると次の走者にバトンを渡し、それが最終走者まで繰り返される。昨年、スイス隊は長年バトンをつないできたイギリス隊のバトンを受け取り、見事に走りきった後、再びイギリス隊にバトンを渡した。われわれは、たまたまこの特別なレースの最終走者になったにすぎないし、ゴールに到達できていなかったかもしれない。その場合は、すでに準備をしていたフランス隊にわれわれの知識のバトンを手渡すことになったであろう。

人間とエベレストとの格闘は、肉体的には登山の領域を超えている。自然の力となんとか折り合おうとする人間の闘いを象徴しているようにも思える。だからこそ、この闘いはこれほど長く続き、かかわった人々すべてが結束したのである。闘うべき相手はほかの隊ではなく、エベレストそのものであった。

そして、これは頂上に到達した二人だけの物語ではない。エベレストでも、ほかの山でも、無事に目標を達成できるかどうかはチームワークにかかっている。母国イギリスの岩山やアルプスの山なら、二人だけでサポートがなくても安全に登れるだろう。それでも、二人はチームであり、ロープで結び合う。このロープは互いの安全を確保する以上に、目的はひとつだということを表している。先頭に立つ者はルートを見つけ足場を築く。二番手を行く者は荷物をかつぎ、足場を固め、先頭の安全を図り、後ろからアドバイスする。それぞれが与えられた大切な役割をひたすら果たしていく。規模が大きくなり、技術的な難しさが加わると、チームワークはますます不可欠になり、必要な人数も増える。エベレストは世界最高峰である。世界最大の試練ともいえるこの山で成功を手にするには、先人たちとの一体感だけでなく、われわれ隊員の間にも一体感が必要であった。

しかし、どんなルールにも例外はある。条件に恵まれ、山頂まであと少しなら、たとえ一人になっても先に進むことを認めよう、いや、そうするべきだということでわれわれの意見は一致していた。過去の遠征隊も同じように考え、この方針が採られてきたようである。一九二四年にはノートンが、一九三三年にはスマイスが、ロープで結ばれた仲間が前進不能となった地点から単独で登り続けている。エベレストの頂上に最初に立つチャンスは、それほど特別であり、かけがえのないことなので、先に述べた一体感が必要という登山の黄金律を破ることもよしとされたのだろう。ただし、これは計画全体に不可欠なチームワークとは別の話である。


エベレストから帰ってきてまもなく、われわれは学生たちのインタビューを受けた。ある学生がわたしに訊いた。

「エベレストに登ることにどんな意味があったんですか。何か形のあるものは残ったんですか。それとも、一種の病気みたいなものですか」

われわれや先人たちが、なぜはるばるエベレストに登りにいったのか不思議に思う読者もいるだろう。物語を進める前に、この質問に答えてみようと思う。

何か形のある目的を求める人々を満足させられる答えは見つからない。実際、物や金銭といった見返りを望んだことはなかったからだ。ヒマラヤは探検と科学研究の宝庫である。だが、新天地を開拓したい人々や科学に興味のある人々にとっては、もっと人に知られていない、エベレストに劣らない価値のある地域はたくさんあるだろう。確かにたびたびの遠征を通じて、エベレスト周辺地域は比較的人に知られるようになった。実際、ほとんどの遠征隊は、登山のほかにもさまざまな興味や関心を追求してきた。ただし、そうした興味がエベレスト登頂という本来の目的より重んじられることは決してなかった。その上、過去の遠征から科学と山登りは容易には両立しないという教訓を得ていたわたしは、登頂という何ものにも勝る目的に専念すべきだと常に考えていた。

また、登山に対する情熱だけではこの質問の答えにはならない。スポーツは喜びを与えてくれるものであり、またそうあるべきである。われわれは山が好きだから登る。だが、今回の遠征隊のなかに、故郷の山を登るような楽しさを期待してエベレストに向かった隊員がいたとは思えない。身近な山で習得したせっかくの登山技術を、ヒマラヤでは使う機会がないというのはよくあることだ。隊員のほとんどはヒマラヤに行った経験があったので、登山技術そのものの問題はアルプスなどと比べて少なく、さほど深刻でもないことや、また限られた期間で実際に登れるチャンスははるかに少ないことも知っていた。

それでも、先人たちがそのスキルと粘り強さをもってしても歯が立たなかった難題を解くというのは、分野にかかわらず抗しがたい魅力がある。かのマロリーが同様の質問を受けて、この駆り立てられる気持ちを言おうとしたのが、あの無邪気ともとれる答えだった――「そこにエベレストがあるからさ」。そして、一九二四年、マロリーはエベレストへの三度目の遠征中に、北東稜で仲間のアーヴィンと共に姿を消した。それ以来、何度も登頂が試みられてきたが成功には至らず、われわれもまた駆り立てられるように、先人たちが登頂できなかった山に挑んだのである。これほど何度も攻撃をかけたにもかかわらず未登頂だという事実は、確かに出端《ではな》をくじくには充分であった。だが、先の遠征隊もきっとそうであったように、積み重ねられた経験という財産が自信を与えてくれた。未踏の地を踏める可能性、そこが地球上の最高地点だという単純な事実――それがわれわれを駆り立てたのだ。これは不愉快な例えとはまったく無縁のものであり、チームとしても、個人としても、われわれにとってはごく当たり前のことだった。そこに山からの挑戦状があった。だから、ほかの一切を捨てて応じたのである。

課題

エベレストの問題とは何か。この山にはどんな武器があって、これほど長い間、これほど多くの勇敢な男たちを寄せつけてこなかったのだろう。われわれが準備を進めていた去年の秋には、課題の本質がおおむね明らかになっていた。いや、残りはわずか三〇〇メートルだったのだから、ほぼ解決していたようなものだ。最後の砦には魔法でもかけられているのだろうか。だから、八五〇〇メートルまで達していながら、ノートン、スマイス、ウィン・ハリス、ウェイジャー、ランベール、そしてテンジンのような強者でさえ越えることができなかったのだろうか。そう考えるとロマンティックでもあった。だったら、残された課題はこの魔法、すなわち音の壁にも匹敵するこの目に見えない壁を突破することだけではないのか。生理学的な意味ではそうかもしれないが、この考え方を推し進めるとまったく誤った印象を与えかねない。それは、今年、登頂を果たせたのだから、今後登頂を目指す人々にはもうなんの問題もないと考えるのが間違いなのと同じである。先人たちはすでに反対側からほぼ同じ高度まで登っていた。彼らが引き返したのは技術的に克服できない物理的な障害があったからではない。そこは地形的には越えられないところではなく、〝行こうと思えば行ける〟ところだった。この選り抜きの隊員の何人かは、時間があればもっと進めたと言っている。この点についてはあとでまた述べることにして、差しあたっては、高度が増すにつれてその影響が蓄積されていき、アタック隊とサポート隊の両方にかなり早い段階から出ていたその高度による影響によって敗北を喫したと言ってよいだろう。

こうした高峰に冒険を求める者たちが直面する畏怖の念をも起こさせる問題が三つある。それは高度、気象条件そして登攀そのものの難しさである。まず、高度について考えてみよう。

エベレストなどの巨峰の高所の空気の薄さは、足場のよいところでも著しく動きを鈍らせる。酸素不足は精神機能をも鈍らせ、頭がぼんやりしてくる。限界を超えると生命の維持も危ぶまれる。だが今では、徐々に高度を増しながら体を馴らしていく〝高度順応〟と呼ぶ訓練を一定期間行うことによって、高度の影響が出るのを遅らせることは可能だとわかっている。高所での身体能力はもちろん人によって異なるが、高峰への登攀に適した者がこの高度順応を経れば、高度六四〇〇メートルでも大した影響を受けずに過ごすことができる。少なくとも、そこからまだはるか上を目指すのでなければ、最後にひとふんばりして目的地点まで登るだけの時間は留まっていられるだろう。

問題はこの高さを超えてから始まる。八〇〇〇メートル級の山の難しさが、それ以下の山とはまったく異なる理由のひとつがここにある。高度順応という手法もここで破綻をきたす。筋肉組織が急速に衰えはじめる上に、寒さに対する抵抗力や、風や天候の変化に対する忍耐力も弱ってくる。場合によっては、食欲やのどの渇きを覚えなくなり、きちんと眠って休養をとることもできなくなる。その上、六四〇〇メートルを超えたあたりからは、どうしてもスピードアップが必要になり、〝急襲〟戦術をとらなくてはならなくなる。だが、そんなことは不可能だ。それどころか、登るにつれて条件は不利になり、足の運びは痛々しいほど遅くなる。精神的なきつさは、肉体のきつさに劣らず無限に激しさを増していく。低所では問題にならないささいなことも障害となる。傾斜のわずかな変化が大惨事を引き起こすこともある。エベレストは八八〇〇メートルを超える高峰である。そして高度順応の限界が六四〇〇メートルだとして、そこからさらに二四〇〇メートル登らなければならないことを考えると、われわれの課題のひとつが見えてくる。それは先の遠征隊の失敗の理由でもあった。体の衰弱を最小限に抑えるには、この二四〇〇メートルを一日か二日で登ることが望ましいが、それは明らかに問題外だ。誰の助けも借りずにゆっくりと登っていけば、四、五日は必要になる。遅くとも四日目には心身共に衰弱し、最終段階で最も求められる体力や強い意志が残っているとは考えにくい。それがこれまで八五〇〇メートル付近で起きていたことである。

だが、問題はさらに複雑になっている。最近では、六四〇〇メートル以上の高所にキャンプをいくつか設営することになっていて、登山用具はもちろん、テント、寝袋、マットレス、食料、調理器具、燃料といったものをすべて上までかつぎ上げなくてはならない。さらに、わずかでも居心地をよくするために、あるいはもっと重要な寒さ対策のために、荷物はどうしても重くなる。その重さは山頂を目指す隊員のキャパシティーをはるかに超えている。アタック隊員には大切な使命があるので、できるだけ負担を軽くしてやるために、荷物はサポートにまわる者たちが運ぶことになる。加えて、高所キャンプの規模と備蓄を最小限に保つために、荷上げ隊は時間をずらして交代で登り、何日もかけて荷をかつぎ上げることになる。高所ではどんな力持ちでもかつげる量は少なくなるため、荷上げは長引く。エベレストに長い日数がかかるのは、高度順応のためだけでなく、最後の重労働が酸素不足によってスローダウンするからでもある。

さらに最終段階に入ると、時間の節約が不可欠となる。体の衰弱だけではなく、最も心配なのは天候である。

小さな山や、さほど難しくない山は別として、天候は登山計画に大きく影響する。難所と折り合いをつけながら登っていく登攀者にとって、悪天候は大きな障害となる。ペースが落ち、寒さや風にさらされる。道に迷って、さらに足場の悪い場所に出ることもある。日が暮れてしまうおそれもある。山でのこうした危険はことさら強調するまでもないが、ここで取り上げたのは、エベレストのような最大級の山では悪天候は命取りになることを知ってほしいからである。エベレストの場合、頂上アタックにふさわしい気象条件が望める期間は、一年を通じてごく短期間である、というより、ほとんどないのが実状である。十一月から三月までの冬季は、北西からすさまじい風がほぼ絶え間なく吹きつけている。風速三〇メートルから四〇メートルもある上に、救いようのない寒さを運んでくる。その風がエベレストの北側の雪を吹き上げ、南面にその雪を積もらせる。根雪の上に積もった雪は不安定で危険である。はがれて雪崩になることもある。冬の間はこの強い西風が孤高の山に君臨し続ける。この風にさらされることなく、まっすぐに進めるルートでもない限り、冬にヒマラヤの主峰に登ることはほぼ不可能である。

山の位置にもよるが、初夏にあたる五月下旬から六月の初めになると、南東からモンスーンが近づいてくる。ベンガル湾からやってくるこの暖かい湿った風は、高い山にぶつかるとそこに大雪をもたらす。モンスーンはベンガル湾の奥まで達するとまもなく、特にヒマラヤ山脈の南東部でその力を解き放ち、激しい雪を降らせる。エベレストはまさにその場所にそびえ立っている。モンスーンは通常九月の終わりまで居座り続ける。この期間中でも登山はできるだろうが、特にヒマラヤ南東部の高峰は深い新雪に覆われるため危険度が増し、登攀は著しく困難になる。エベレストに登頂できる機会はおそらく、モンスーンが一度去って、次の襲来を受けるまでのわずかな間隙つまり小康状態にある時期に限られる。これがモンスーンが吹き始める直前の五月と、次第に弱まる十月初旬である。これまでの遠征隊はほぼすべてがモンスーンが始まる前に行っていたが、昨年のスイス隊は春に続いて秋にもまた行っている。

確証はないが、秋季すなわちモンスーンが去ったあとに登頂に成功するチャンスは極めて小さいと思う。まず西風に山に深く降り積もった雪を一掃してもらわなければならない。そして、この風がフルに力を発揮する頃になると、とうてい人間には耐えられなくなる。いずれにしても期間は短い。実際、冬季とモンスーン開始までの間に小康状態が得られるという保証はない。一九三六年と一九三八年の遠征隊がそうした不運に遭遇している。

高度と悪天候が一緒になって登攀者を打ち負かしにかかることもある。高度が上がるにつれ体力は低下し、ペースが落ち、頂上に向かう途上でいく日もいく夜も過ごすことを強いられる。悪天候は登攀者の体力と気力を消耗させるだけでなく、使命を果たすために必要な時間も奪っていく。低所や足場のよい場所なら、悪天候は不利な条件のひとつにすぎないが、ヒマラヤのような高所では地形にかかわらず、生死を分ける要因となる。

この高度と悪天候というふたつの要因から導かれる結論は実に明快である。高度順応の限界を超えても健康を損なわずにいられるようにみずからを強化していくか、あるいは、スピードの問題を解決するか。つまり、このふたつの要求を満たし、アタック隊員とサポート役に、予想のつかない天候の変化に備える保険となる手段を講ずればよいのである。登山の安全性を左右するのは確かな足どりと足の速さである。高度順応の限界を超えてこれを実現するには、薄い空気を補える量の酸素を補給しながら先に進み続けることしかない。つまり、酸素の補給が高度を低減するのと同じ働きをすることによって、慣れ親しんだ山に似た条件で前進できるようになる。

エベレストを登るには酸素の補給が必要だというのは新しい話ではないが、すべての登山家が酸素の必要性を認めていたわけではなく、倫理的理由から酸素の補給は望ましくないという考えもあった。だが、一九二二年に、登頂を目指した初の遠征で、フィンチとブルースが酸素補給器を使用している。しかし、当時の補給器では、山頂にせまる高度まで登っても、使わずに登った者と比べて大して効果が認められなかった。それは重量のわりに補給される酸素が少なかったせいである。高所では重量は大きな問題であり、消耗を補う以上の効果がない限り酸素を補給しても意味がない。従来の装置では、緊張、疲労、体力低下による影響をほとんど緩和できなかったようである。われわれの課題は、従来のものより格段に性能のいい補給器を開発することであった。酸素を補充しなくても長い間もつ装置であることを前提に、装置の軽量化が進めば、それだけスピードアップして登っていけるからである。

さて、ここからは頂上に至るまでのルートにある山そのものの障害について述べることにする。つまり、スキルと経験がなければ克服できないこの山の難しさである。エベレストを知らない人はよく、この山は技術的に見たら〝やさしい山〟だと言う。確かにもっと難しい山はある。それは認めた上で、エベレストは決して〝やさしい山〟にはあたらないことを強調しておきたい。わたしが遠征の準備中に直面した課題として、この山頂の物理的構造を最後にとっておいたのは、ひとつには地形について

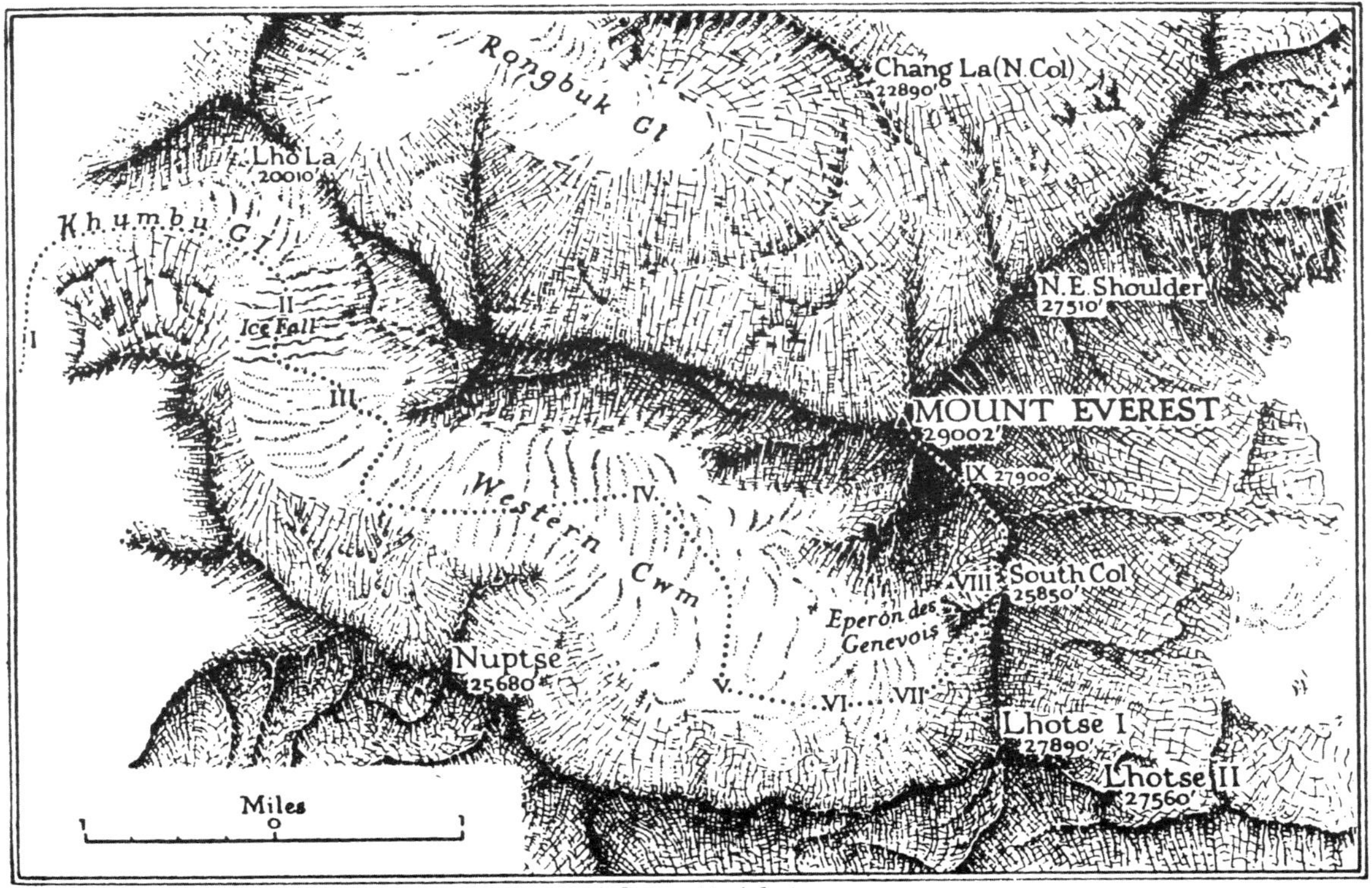

Royal Geographical Society

あらためて考えてみたかったのと、技術的な難しさが高度と天候というふたつの要因によってあまりにも増したせいでもあった。

では、エベレストの南面の構造を三一ページの図を見ながら検討していこう。この図では地形についてはわかっても、その規模まではつかめないと思う。われわれは自分の経験を基準に山の大きさを判断しがちなので、ヒマラヤをよく知らない人や至近距離から見たことのない人が、一枚の写真や図から、実際に自分の目で見た人と同じようにその規模をとらえることは難しい。

エベレストはネパールとチベットの国境にまたがる三つの巨峰のひとつである。その西側に、山に抱かれるように谷が隠れており、高度六七〇〇メートルから五八〇〇メートルまで西の方向に緩やかに傾斜しながらのびている。マロリーは一九二一年の第一次エベレスト遠征隊に参加したおりに、その峡谷を眺めて、〝ウェスタン・クウム〟と名付けた。クウムとはウェールズ語で谷を意味し、おそらく彼がよく登っていたウェールズの山に対する愛着からであろう。この谷の頭部に、三つの巨峰の中心に位置する八二〇〇メートル超の岩山ローツェがそびえる。その西面は谷から上に向かう出口をふさぐように鋭く切り立っている。ウェスタン・クウムを見上げると、エベレストは左手にあり、その西尾根が北側から谷を囲う壁となっている。谷を挟んでエベレストの反対側には、山というより尾根といっていいようなヌプツェがある。その鋭いのこぎりの歯のような稜線はローツェの南側の壁を起点とし、七六〇〇メートルを超す高度を保ちながら三キロ以上ものびている。エベレストとヌプツェに挟まれ、行く手をローツェにさえぎられた自然の気まぐれの産物のようなこの谷によって、われわれはエベレストのすぐふもとまで導かれ、そこが南側から登る拠点となる。

　そのためには、まずクウムに入っていかなければならないのだが、その入口は厳重に守られている。谷床はおそらく二、三〇〇メートルの厚さはあると思われる氷の層で覆われている。クンブ氷河の源となるこの谷は、五キロ以上おだやかなコースをたどった後に、突如として落差六〇〇メートルの巨大なアイスフォールとなってクンブ氷河に落下する。そこで、約五五〇〇メートルまで高度を落とすと、氷河は左手に九〇度向きを変え、そのまま高度を変えずに約一三キロ先まで緩やかに流れていく。このアイスフォールがウェスタン・クウムの入口であり、クウムを越えていこうとする者にとって手ごわい相手となる。アイスフォールとは氷結した瀑布だが、非常に大規模なものがしばしば見受けられる。なかでもクンブ・アイスフォールはモンスター級といえよう。急勾配の岩床の上を移動していく氷河の表面には亀裂が迷路のように走り、そこに氷塊がごろごろ落ちている。しかも、それは絶えず移動し、変化する。ヒマラヤの氷河はヨーロッパ・アルプスよりはるかに顕著な動きを見せる。滑らかだった表面に一夜にしてクレバスが現れることもある。クレバスの幅も驚くほど急激に変わる。重さが何トンもあるような氷塊がぐらついているかと思うと、次の瞬間には崩れ落ち、そこにあるものをことごとく破壊して、大きな氷の塊を斜面にまき散らす。一九五一年にはシプトン隊が、また昨年にはスイス隊が二度入っているが、ここが最大の難所であることはもちろん、その特徴が、一九五三年にわれわれがこのアイスフォールに到達する頃には見違えるように変化していることも予想された。

さて次は、ウェスタン・クウムの頭部まで進んで、ローツェの西面について簡単に考察する。この砦を越えなければ、最後のピラミッドのふもとにはたどり着けない。われわれがまず目指す目標はローツェとエベレストの間にある鞍部《コル》、すなわち〝サウス・コル〟と呼ばれている尾根のくぼみである。そこに到達するには、氷と雪の険しい斜面を垂直距離にして約一二〇〇メートル登らなければならない。この斜面が登頂の鍵になるであろう。サウス・コルの高度は約八〇〇〇メートル。これまで人類が登頂した最高峰アンナプルナよりわずかに低いだけである。しかし、これだけの高度に到達できても、その先まだ九〇〇メートル登らなければならない。コルにたどり着くだけでも大変な労力を要する上に、充分な支援態勢を整えて頂上アタックを開始するには、相当数の人間が大量の食料や装備をかつぎながら登ることになる。スイス隊があと少しのところで敗退してしまったのはここに原因があった。テンジンとランベールがサウス・コルからさらに進んであれだけの高さまで登ったものの、そのすばらしい努力に対する後方支援が不充分だったのだ。装備、食料そして頑健なサポート隊員からなる後方支援をサウス・コルでできるかどうか、それが数ヵ月後にわれわれを待っている特に気がかりな問題だった。

ここからは、スイス隊の春の遠征から得た知識をもとに、さらに想像をたくましくし、サウス・コルに着いたとして、エベレストの上層部分について検討してみよう。頂上に到達するにはまず、エベレストの南東稜に出て、この稜線を登っていかなければならない。南東稜は山頂からサウス・コルに向かってのびており、途中に高度約八七五〇メートルの〝サウス・ピーク〟と呼ばれている小さな高みがある。これまでにわかっているところでは、サウス・ピークまで登ることはさほど難しくない。最後に残った謎は、サウス・ピークと山頂との間に何があるかということだ。スイス隊にもこの謎の解明はできなかった。航空写真からは、雪か氷に覆われた狭い尾根が重い雪庇《せっぴ》となって東側の絶壁に不気味に傾いているように見える。この雪庇は西からの季節風によってできたものである。この写真の撮影時には、七、八メートルもせり出しているようなモンスター級の雪庇の頂に最終目的地があるように見える。昨年の秋、われわれはここが、控えめに言っても、この挑戦にふさわしい最後の砦だと思っていた。ここまで果敢に登ってきた者たちに、エベレストはこの最後の砦を残していたに違いないと。口には出さずとも腹立たしさを内心感じていた隊員もいたかもしれない。サウス・ピークからエベレストの頂上まで約五〇〇メートル、垂直距離にして約一二〇メートルを登るには、明晰かつ冷静な頭脳が求められる。また、サウス・ピークまでの下りに、登りとほぼ同じ負担がかかることを考えると、余力も残しておかなければならない。どうすればアタック隊員にこうした欠くことのできない能力を確保できるのか。まさにそれは、われわれが計画全体を通して解決していかなければならない最重要課題であった。

大きく言って、エベレストで問題となるのは高度、天候、地形の三つである。この三つと過去の遠征隊が積み重ねてきた経験を徹底的に研究しながら、われわれは準備を進め、最終的な行動計画を立てた。この三つの要素から生じる問題の多くが、先行隊によってすでに克服されているという事実にわれわれは大いに励まされた。しかし、われわれもまたおそらく変化した状況で、あるいはいっそう困難な条件で、そうした事態に直面するであろうことは覚悟していた。優れたスキルがあり、固い決意で挑んだ先人たちでさえも陥った苦境を何とかして避けなければ、頂上を極めることはできない。二人で、あるいは単独で、山頂までわずか三〇〇メートルのところまで到達しても、頂上を踏むまでの、いや、頂上から仲間のところへ戻ってこられるだけの余力がなければ、その先へは進めないのである。

神秘の領域に今一度足を踏み入れるには、侵入者を人質として永久に氷の中にとらえようとするエベレストの魔力をあらかじめ払いのけておかなければならない。

第二部

計画

準備 1

　大規模な遠征隊を組織するというのは、行き先がヒマラヤであれ、極地であれ、アフリカであれ、大変な仕事である。わたしは一度経験しただけだが、探検隊や調査隊の計画や準備にたずさわる人々に深い共感を覚えるようになった。想像してみてほしい。遠く離れた人も住まない地で、過酷な気象条件のもと、長期にわたる極めて困難な任務をチームで果たすことを託されたとする。任務の成功は何よりも人の問題、すなわちメンバーそれぞれの努力の連携にかかっている。また、たとえ一人、二人でも、心や体に不具合を生じると、任務はますます困難を極める。個性がぶつかり合ってもうまく連携していけるようなメンバーを責任をもって選ばなければならない。だが、多くの場合、メンバーの素質を現場に相当する条件下でテストできるわけではなく、事前に知り合えるメンバーはほとんどいない。また、過酷な状況で任務を遂行する隊員のために適切な衣類と装備を確保しなければならない。しかも、下界とは容易に連絡が取れなくなるため、任務遂行中は自給自足になることを考え、必要な物はすべて持っていけるように準備しなくてはならない。装備には極めて特殊な物も含まれており、そのデザインや数量といった難しい決断も下すことになる。食料は文明から切り離される期間に備えて必要な量を算出し、気候と仕事に合った食事をとれるように選ぶ。数え切れないほどの装備や食料をすべて注文しなくてはならないのだが、その多くが、エベレストに可能な限り近づけた条件下で徹底的にテストを行って初めて注文できるのである。それが済むと、荷造り、目録の作成、荷物と隊員を遠国の出発地に送る手配が待っている。そこからさらにキャラバン隊を組んで現地に向かうことになる。そして、こうしたさまざまな頭痛の種のなかで最も重要で、計画全体を左右するのが資金の問題であり、費用の予算を立てるのも隊長の仕事である。それだけではない。遠征まで必要最小限の時間しか与えられず、しかも、着々と準備を進めていても、いつなんどき中止になるかもしれない。また、遠征が失敗に終われば、次の遠征の準備に入らなければならないこともわかっている。このような状況に置かれたら、おそらく後にも先にも引き受けることのないであろう大変な任務を抱えてしまったと思うのが普通ではないだろうか。

ともかく、これが一九五二年九月十一日に、〝翌年春のエベレスト遠征隊の隊長として招聘する〟という電報を受け取ったときのわたしの印象である。当時、わたしはドイツで共同軍事演習の準備に深くかかわっており、少なくともあと一ヵ月は自由にならないことがわかっていた。わたしは勇み立つ気持ちと不安を同時に覚えた。だが、安心してほしい。状況はわたしが恐れていたほど悪くはなかったのである。

一九一九年にエベレストを踏査する目的で第一次遠征隊の計画が持ち上がって以来、この計画を後押ししてきたのは、山岳会の最古参であるアルパイン・クラブと、探検活動の育成を主な目的としている王立地理学会が共同で組織した委員会である。今回の遠征についても、この委員会が一九五一年から準備を手伝ってきた。一九五一年のルート探索も、昨年の訓練目的のチョー・オユー遠征も、スイス隊が登頂に失敗した場合に、一九五三年に本格的にエベレスト登頂を目指すための準備として計画されたのである。したがって、全体の方向性にはある程度の連続性があった。この合同ヒマラヤ委員会の主な仕事は、エベレスト遠征という構想を打ち出し、政治的な支持を取り付け、準備の方針を決定するほかに、資金を調達することである。実際にたずさわった者でなければ、この種の計画に莫大な資金を集める苦労はわからないであろう。失敗の連続で、先入観をもたれることは避けられず、結局、委員会のメンバー自身の財布に頼ることになる。わたしは、委員会のメンバー、とりわけ名誉幹事のB・R・グッドフェロー氏と王立地理学会理事のL・P・カーワン氏の支援に対して言葉で言い尽くせない恩義を感じている。数々の団体や個人から財政面の援助を受けたが、なかでもタイムズ紙は初期の頃から遠征隊の後ろ盾となってきた。

医学研究審議会は、過去の遠征隊と同様、高所医学委員会を設立し、装備や食事についての助言をくれた。同委員会の生理学者L・G・C・ピュウ博士は、一九五二年にエリック・シプトンに同行してヒマラヤに入ったことがあり、その報告書から数々の有益な教訓を得ることができた。すでに基本計画を立て始めていたシプトンは、ヒマラヤでの豊富な経験から得た知識を惜しみなく提供してくれた。幹事も任命されており、装備に関する予備折衝をせっせとこなしていた。実際、わたしがドイツからロンドンに戻ったときには、すでにかなりの準備作業が進行していたのである（資料2、組織図を参照）。

しかし、短期間で片付けなければならない仕事がまだ多く残っていることも、経験豊かで熱意のある助手をもっと獲得して準備にあたる必要があることも明らかだった。助手はできれば遠征に参加できる者が望ましかった。他人事でなくなれば、準備に対する関心もまったく違ってくるからだ。そこで、隊員の選抜が何より緊急を要する仕事になった。この点についても下準備はすでにできていた。まず、一九五一年の偵察隊とチョー・オユー遠征隊のメンバーがリストにのぼった。彼らの強みはエベレスト周辺地域の最新の経験があることだった。戦後になると、個人でヒマラヤに遠征するイギリス人も出てきた。山岳会にも会員の推薦を依頼してあったので、候補者リストはかなり長いものになった。その多くが高峰に登った経験をもち、なかにはこの数年にアルプスで目覚ましい功績をあげている者もいた。加えて、全国から多数の参加申し込みが寄せられ、資格を満たしていない者もいたが、誰もが純粋な冒険心に燃えていた。まったく、選ぶのに困るほど候補者は大勢いた。

仕事を分担してもらわなければならないので、わたしは隊員リストの草案を委員会に提出する期限を十一月一日に定めた。正式な招致状は委員会が出す。帰国から三週間は、候補者の書類選考、面接、推薦人の話を聞くだけで手一杯だった。いろいろな意味で難しい仕事だった。わたしには最高のチームを選ぶことが、成功の鍵だという確信があった。だが、有望で熱意のある候補者を断るのは実に難しいことだった。わたしは十六年前にエベレスト遠征隊に選ばれていたのだが、後に医師の診断で不合格になった経験がある。そのときの気持ちを思い出した。候補者を減らし最終案を作成するにあたって、わたしは四つの条件を基準にした。それは年齢、気質、経験、体格である。さらに、全隊員が〝サミッター〟すなわち頂上にアタックできる人材であることを求めた。

年齢については、二十五歳から四十歳までとした。これまでの経験から、二十五歳未満では八〇〇〇メートル級のヒマラヤの巨峰を相手にするのは早すぎると考えた。それは並はずれた持久力と忍耐が必要になるためで、そうした忍耐は年齢と共に身に付くのが普通だからである。年齢の上限を決めるのはそう簡単ではなかった。しかし、例外はあっても、四十歳を超えて常日頃から山に登って体力を維持している登山家はいないと考えるほうが賢明だと思った。

年齢の基準を決めるよりもはるかに難しかったのは気質の評価である。一人の人間が持ち合わせるには難しいふたつの資質を求めたせいでなおさら難しくなった。成功するには、隊員全員がなんとしても頂上を踏みたいと望んでいなければならない。登頂は隊の願いであるだけでなく、個人の願いでもあらねばならない。隊員の誰もが頂上アタックを命じられる可能性がある。そこで、わたしはすべての隊員に〝エクセルシオール〟、すなわち〝より高く！〟の精神を求めた。ところが同時に、エベレストでは並大抵ではない無私の精神と忍耐も求められる。頂上に向けて最後の行程を登っていく者は、隊員全員の合意によって、個人的な感情を一切超越して選ばれなければならない。また、選ばれなかった者たちは、遠征の成否を分ける最も重要な段階に、報われない、いらだちさえ覚える仕事にまわることになる。しかも、大半の隊員がそちらにまわる。大規模な遠征では気質の問題は大きなストレスとなり、しかも長引くのが常である。たった一人の隊員が隊全体の結束や士気を危うくすることもあり、エベレストでは一致団結が何よりも重要であることは火を見るよりも明らかだった。

経験については、アルプスで雪と氷と岩の経験を積んでいる者が望ましかった。また、登山経験が長いほどよかった。一度や二度のシーズンで、天候や雪の状態をすべて学ぶことはできない。イギリス国内で登山といえば、たいていは岩山である。冬にハイランド地方に行けば雪山を登ることもできるが、一般的に、イギリスの若い登山家はアルプスに岩登りに好んで行く傾向がある。しかし、岩登りの技術にいくら優れていても、ヒマラヤに行ける資格にはならない。あいにく英国の登山家の多くは、雪と氷に覆われたアルプスの山々に親しむ機会に恵まれないため、この点で候補者はかなり絞られた。残った候補者に最も求めたのはヒマラヤでの経験だった。登るときの状況が本質的に異なるため、経験の有無は高所に登る能力を知る手がかりになった。当然のことながら、この条件を満たす者はほとんどいなかった。それを知って、わたしは当時も今も、もっと多くのイギリスの若者がヒマラヤを経験できる機会が増えることを願っている。

ヒマラヤ登山に適した体格についてはさまざまな意見がある。エベレストには背が低くてがっしりした体格が適していると言う者もいれば、いや、エベレストでもほかの山でも、現に背の高い男が何人も高所まで登っているではないかと指摘する者もいる。一般論として、体格が大きいほど、前進する際の消費エネルギーは大きく、それが高所では不利に働く可能性はある。だが、確証がなければ、重要なのは体のつり合いであって、身長は関係ないとわたしには思えた。背が低くても体重が重すぎる場合もあり、消費エネルギーはおそらく体重に比例するものであろう。したがって、体が大きいほど酸素の消費量も大きいと考え、わたしは候補者の身長ではなく体型を重視した。その結果、隊員のほとんどは一八〇センチ前後になり、もっと背の高い隊員もいた。

最後に、わたしは面識のない候補者と面接することにこだわった。そのため、国外からの応募者で当時イギリスにいなかった候補者については、条件的に優れていても断らざるをえなかった。計画に何よりも大切なのは、隊員それぞれが隊に〝なじむ〟ことであり、この点についてはわたしが自分で会って決めるよりほかなかったからだ。この方針の唯一の例外は、二人のニュージーランド人の参加であった。この二人は、一九五二年にシプトン率いるチョー・オユー遠征に参加しており、ほかの隊員も知っていた。そのうちの一人であるヒラリーは、一九五一年のエベレスト偵察隊にも参加している。資格としては申し分なく、わたしはこの二人については、日頃からその判断を尊重している人から聞いた意見を参考にした。

最初に決めなくてはならなかった問題のひとつは、外国人を入れるかどうかである。外国にも一考に値する候補者はおり、数ヵ国から参加の申し出もあった。そうした申し出については委員会がすべて慎重に検討した。

イギリスの登山家から選ぶのであれば、イギリス本土だけでなく連邦諸国の登山家も採用すべきだという原則はすでに認められており、特にニュージーランドとケニアには意欲的な志願者がいた。国際色豊かな隊を支持する意見も多く聞かれた。それは、どの国が一番に登頂を果たすかという競争的側面ばかりが、登山とは無縁の人々の間で取りざたされていたからである。しかし、わたしにはイギリス連邦以外の国まで範囲を広げるべきではないという考えがあり、委員会もその考えを認めてくれた。こうした特殊な遠征では、隊員間に生じたストレスや緊張は必ず放ってはおけなくなる。隊員の結束が何より重要であるのに、国際親善まで考える余裕はわたしにはなかった。われわれ自身はエベレストを国家間のばかげた競争の対象として見たことはないが、多くの人がそう見ていることを知っていた。それも、われわれのストレスを増していたことは否定できない。いずれにせよ、イギリスの登山家はエベレストに長年にわたって特別な関心を寄せてきた。一九三八年にティルマン率いるイギリス隊が天候悪化のために断念した登頂に、イギリス隊が再び挑戦するのは当然だという意見は多く聞かれた。

遠征隊の編成については手紙でも多くの提案が寄せられた。そのなかには、委員会はチェコスロバキア政府と交渉し、チェコの俊足ランナーのザトペクをイギリスに帰化させてはどうか、そうすれば隊員の一人は必ず頂上に立てるという提案まであった。

十一月一日にはメンバーは決定し、七日に委員会に名簿を提出した。名簿には登山家が十名、遠征に同行する医師が一名、補欠が数名書かれていた。かなり大規模な隊になることについては前に述べた。十人という数は準備段階の計画で決まったことであり、それについてはあとで述べる。

最終選考によって決定した隊員は次の通りである。

チャールズ・エヴァンズ――三十三歳。イギリス外科医師会会員。背は低いが、がっしりした体格、薄茶色の髪。当時はリヴァプールのウォールトン病院の外科医だった。仕事を調整しながら、過去三年間にヒマラヤ遠征に三回参加（一九五〇年にティルマンとアンナプルナ山群、一九五一年にクル周辺、一九五二年にシプトンとチョー・オユー）。アルプスやイギリスの岩山でも多くの経験を積んでいる。

トム・ボーディロン――二十八歳。シプトン率いるエベレスト偵察とチョー・オユー遠征に参加。

チョー・オユー遠征中に酸素補給器の実験をしている。ヒマラヤに行く前は、ロック・クライマーとして知られていた。フレンチ・アルプスで、当時のイギリスの登山家には無理だと言われていた難易度の高い山に取り組み、その功績に刺激され、イギリスの若い登山家もボーディロンに続き、大陸の優れたアルピニストに匹敵する域まで成長しつつある。軍需省でロケットエンジンの開発に取り組んでいる物理学者で、大きくがっしりした体格はラグビーのセカンドローを思わせる。

アルフレッド・グレゴリー――三十九歳。ブラックプールの旅行代理店の重役。チョー・オユー遠征に参加。わたしを別にすると、最年長の隊員。身長は一番低く、痩身だが筋肉質で、とてもタフな男である。長年、アルプスや国内の山で経験を積んでおり、チョー・オユーでも高度に順応できる能力を実証した。

エドモンド・ヒラリー――三十三歳、ニュージーランド人。ボーディロンと同様、エベレスト登頂の〝幕開け〟となった二度の遠征に参加。イギリス隊に参加する前に、ニュージーランド隊として中央ヒマラヤ遠征に成功している。戦後すぐに登山を始め、たちまち国内有数の登山家として認められるようになる。ヒマラヤでの実績は、遠征隊員だけでなく、アタック隊員の有力候補となるにふさわしかった。昨秋、シプトンに会ったとき、ヒラリーがアタック隊員になるだろうと言われた。シプトンは正しかった。体力は群を抜き、休むことなくエネルギッシュに動き回り、未知の障害を払いのけて突き進んでいく気概があり、その人となりはチョー・オユー遠征やエベレスト偵察に参加した仲間たちや、ヒラリー自身からもらった手紙を通して、実際に会うずっと前からわたしの心に刻まれていた。長身で瘦せ形。オークランド近郊で養蜂業を営んでいる。

ジョージ・ロウ――二十八歳。ヒラリーと同じくニュージーランド人で、シプトン率いるチョー・オユー遠征に参加。ニュージーランドでの登山経験はヒラリーよりも古く、ヒラリーを案内してニュージーランドの難易度の高い山を次々に登ったという。ロウの氷に対する優れた技術は、ヒラリーと同様、ニュージーランドの山から得たものである。長身でがっしりしており、ニュージーランドのヘイスティングスで小学校の教師をしている。

チャールズ・ワイリー――三十二歳。すでに九月の初旬に陸軍省が参加を認めていた。わたしがドイツから帰還するまで幹事として働いており、引き続き準備期間が終わるまでわたしのかけがえのないアシスタントとして働いてくれた。陸軍グルカ旅団付きの将校で、戦争中の大半を日本の捕虜収容所で過ごしている。捕虜生活を切り抜けてこられたのは、おそらく彼の無私の精神と他を思いやる気持ち、信仰心と快活な性格の賜であろう。遠征隊の装備をそろえるにあたって、細かなことまですべて考え尽くされた準備と目録の作成に対して、われわれは感謝の念にたえない。ワイリーはグレゴリーと同様、アルプスやイギリスで登山の経験を積み、戦後まもなくガルワール・ヒマラヤでも登山を経験している。

マイケル・ウェストマコット――二十七歳。ヒマラヤの経験はなかったが、大戦終盤に工兵部隊の士官として東アジアで任務にあたっていた。元オックスフォード大学登山部部長で、一流の登山家であり、近年はアルプスですばらしい成果をあげている。ロザムステッド農業試験場で統計調査の仕事をしている。

ジョージ・バンド――長身、眼鏡をかけた学究肌。最も若い隊員で、選考当時二十三歳という年齢はわたしが定めていた基準を下回っていたが、アルプスですばらしい記録を達成しており、わたしが若者には期待できないと思っていた資質も備えていた。ケンブリッジ大学を卒業したばかりで、大学では登山部の部長もつとめていた。

ウィルフリッド・ノイス――三十四歳。教師であり作家でもある。ロウと同じような体格。一九三九年の第二次世界大戦勃発当時、イギリスの青年登山家の第一人者として、アルプスや国内の岩山の難ルートですばらしい成果をあげた。戦時中はカシミールで航空兵に登山技術を指導。短期間だが、その仕事でわたしを手伝ってくれたこともある。ガルワール・ヒマラヤで登山経験があり、シッキム・ヒマラヤの高峰パウフンリ（七一二八メートル）にも登っている。

最後はこのわたしである。わたしは一九二五年、十五歳で初めてアルプスの高峰に登って以来、機会があれば山に登ってきた。アルプスでは十回夏を過ごし、スキーも相当やった。国内で岩登りの経験も積んでいる。二度の大戦間にインドに配属されていたおかげで、ヒマラヤ遠征に三回参加している。ノイスと同様、軍隊に山と雪に対処する訓練を行っていた。軍籍にあったおかげで、世界各地の山に登る機会を得てきた。遠征当時の年齢は四十二歳。

マイケル・ウォード――二十七歳。医師として遠征に同行。優れた登山家でもある。二年前に、エベレスト南側の偵察を提案し、自身も参加した。遠征隊の健康管理が任務だが、いざとなれば登攀《とうはん》要員としても活躍できる実力の持ち主である。

確かに大人数の隊になったが、われわれの計画に必要な数であり、この経緯についてざっと説明しておく。また、医学研究審議会とカントリーマン・フィルム社が推薦する次の二人が加わることになり、隊はさらに大きくなった。

グリフィス・ピュウ――生理学者。医学研究審議会の人類生理学部に勤務。長年、山岳生理学とも呼ぶべき分野にたずさわってきた。戦時中はレバノンの中東山岳戦・雪中戦訓練校に勤務。最近では、チョー・オユー遠征で有益な研究を行っている。チョー・オユー以前にも登山経験はあり、優れたスキーヤーでもある。

トム・ストバート――遠征隊の記録映画を撮るために同行した。この種の仕事には打ってつけのカメラマンで、ヒマラヤ以外にも、南極、アフリカ、ノース・クイーンズランド遠征に参加している。

この二人の参加については合同ヒマラヤ委員会で議論が重ねられた。問題となったのは方針であって、選考とは関係ない。隊の目的をひとつとし、隊員の結束を図り、維持していくのはリーダーに課せられた重要な仕事であり、隊が大きくなれば、それだけ難しくなるのは明らかだった。その上、目的が異なるメンバーが加わるのだから、なおのこと難しい。しかし、過去において生理学分野の研究がエベレスト遠征に貢献してきたことは否定できない。この分野で明らかにしたいこともまだたくさん残っていた。少なくとも生理学者の参加は、失敗しないための予防措置として認められたといえよう。認めていなければ、挑戦はまだ終わっていなかったかもしれない。ストバートに関しては、今回の遠征がかつてなかったほど衆目を集めていることがわかり、委員会は遠征隊が帰還したときに大勢の人々に報告するには、映画を撮っておくのが最善の策だと考えたのである。また、遠征資金を賄う意味でも、撮影契約を結ぶことは大いに役立った。結果的には、ピュウもストバートもみごとに隊に溶け込み、あらゆる意味で隊を助けてくれた。

これで隊員は十三名になった。十三という不吉な数字は避けたいと思っていたので、数ヵ月後にテンジンを隊員として迎えることができたときはほっとした。テンジンの参加は、さまざまな面でわれわれに幸運をもたらすことになった。テンジンが登場するのはエベレストに舞台を移してからである。わたしは委員会に、選抜した隊員のほかに、候補者リストに最後まで残った者たちのなかから数人を予備隊員として指名しておくことを提案した。遠征で役に立つことを望んでいるなら、準備にも協力してもらえると思ったのだ。また、もし参加できない隊員が出た場合に備えて、状況がわかっている者を交代要員として手元に置いておきたかった。その予備隊員とはJ・H・エムリン・ジョーンズ、ジョン・ジャクソン、アンソニー・ローリンソン、ハミッシュ・ニコル、そして後半に加わったジャック・タッカーである。おそらく叶うことのない夢を目の前にしながら、依頼された作業に専念する彼らの姿にわたしは胸を打たれた。

隊員リストを提出する前に、候補者全員の健康診断をしようというホーダー卿の申し出があったのはとてもありがたかった。過去の遠征では、高所での登山に耐えうるかどうかを調べる厳しいテストが隊員に課せられることもあった。わたし自身の経験によると、このテストはあてにならなかった。

高度に対する順応性は実際に山に行って初めてわかるものである。ホーダー卿による体格や心理状態についての助言は、わたしにはとても貴重だった。

隊員の選考を進める一方、計画の作成と準備作業をスタートさせることも急務であった。

ここでどんな問題が待ち受けているかは、第一部を読んだ読者にはよくわかってもらえると思う。そうした問題を検討した上で、翌年の遠征計画を立てた。要点を述べると次の通りである。

第一に、エベレストに取りかかる前に訓練期間が必要である。その期間を使って早めに高度に体を馴らし、装備の扱いにも慣れておく。これは〝ロープでつなぎ合う〟者同士が互いを知ることができる優れた方法でもある。

第二に、モンスーン前は好天に恵まれても、その期間は短いことを想定しておくこと。これまでの経験から、天候に恵まれたらすぐに、頂上アタックをかけられるように準備を整えておくことが重要である。登頂のチャンスは五月中旬以降に生じる可能性が高い。

第三に、必要以上に山で過ごす時間を長引かせないこと。これまでの遠征隊は、高所で生じる倦怠感や体力の低下だけでなく、比較的低所でも狭苦しく過酷な状況での作業から生じるストレスや退屈に悩まされていた。つまり、準備を整えておく必要はあるが、いたずらに早くエベレストで行動を開始することは避けなくてはならない。それには慎重な時間の計算、判断力、そして運が必要になるであろう。

第四に、気象条件がよいときを狙ってそのチャンスを最大限に活用すること。そのためには、充分な数の登攀要員、装備、食料を適時適所にそろえておくこと。また、二回ないし三回はアタックをかけられるように人と物を用意しておくこと。つまり、隊員の数は増やさざるをえず、アタック三回分の必要物資を運び上げなければならない。また、課題を検討した結果、できるだけ短時間でアタックをかけられるように準備と装備を整えておくことが重要であり、徹底した訓練と装備の軽量化が求められる。

第五に、運べる量には限りがあるが、できるだけ酸素を使うこと。登攀時だけでなく、最高キャンプでは体力の低下を防ぐために、睡眠時にも酸素マスクを装着する。

最後に、ウェスタン・クウムから上に大量の〝荷上げ〟を行う際に受ける可能性が高い制約、すなわち、必要なサポートができなくなるかもしれない障害について検討した。まず制約を受けると思われたのは、危険なアイスフォールを通過するときであり、この行程を可能な限り短縮することが望ましかった。ほかにも、シェルパが運べる荷の重量が高度に応じて変わることや、サウス・コルまで命がけで〝荷上げ〟を引き受けてくれる熟練したシェルパが何人いるかや、〝荷上げ〟を終えるまでの時間が天候次第であることなどについて検討した。

食事についても、一九五二年のチョー・オユー遠征と同年のスイス隊のエベレスト遠征の結果を参考に決定した。それについては資料5で解説しており、ここでは取り上げない。

以上の決定や方針から理論上のアタック計画が見えてきた。エベレストのアタック計画をロンドンで練っていたというのもおかしな話だが、こうして立てた計画の詳細を詰め、さまざまな状況を想定することで初めて、成功に必要な隊の規模、食料と装備の数量、そして特に重要な酸素ボンベの量を算出できたのである。実際、一九五二年十月には、翌年の五月から六月にエベレストに登るために、さまざまな悪条件を考慮に入れた上で最大必要量を予測しなければならなかった。〝計画〟はあくまでも理論に基づいた試案であって、そのまま山で戦術として使えるわけではなかった。実際の計画は、後日、現場で初めて決定できるものである。計画というより基礎を築いたのであって、そこからさらに詳細な計画を練ることによって、最終的な登攀隊員の決定、酸素補給器や装備の企画開発、食料、テント、登山用具などの発注が可能になるのである。この〈基本計画書〉の第一版は、十月中旬に、準備に直接かかわっている人たちの手に渡され、改訂版は十一月初旬に配布された。その頃には隊員の選抜も終わっていたので、この計画書に沿って割り当てられた仕事に取りかかることができた。この計画書を見ると、われわれの予想と実際を比較できて実に興味深い。

この基本計画書から、わたしはまず登攀隊員とシェルパの数を決めることができた。三回アタックをかける可能性を踏まえ、一回に二人ずつ、サポートにまわる隊員と合わせて登攀隊員は十人とした。次にウェスタン・クウムに上げる荷と、さらにローツェ・フェイス、そしてサウス・コルまで上げる荷の重量を詳細に算出した結果、シェルパは三十四人とした。そのうち十四人はアイスフォールからクウムの入口まで運び、別の十四人がクウムから〝前進基地〟と名付けた第四キャンプまで荷上げする。スイス隊の経験から、このキャンプからアタック計画を開始するのが最善と思われた。残る六人は、この段階では、二人ずつ組んで、前進基地からサウス・コルへ、そしてさらに最後の尾根までアタック隊に同行させることを考えていた。

ヒマラヤ遠征の歴史をひもとくと、体調不良による隊の弱体化が見て取れる。これだけの大人数でも、目的達成のためには全員の力が必要であることから、わたしは同行する医師の責任をはっきりさせておこうと判断した。そこで、登山家でもあるマイケル・ウォードに参加を依頼するにあたって、予備の登攀隊員であることは明らかだが、彼の重責はあくまでも隊員の健康管理にあることを伝えた。マイケル・ウォードはためらうことなくこの任務を承諾した。

登攀は二期に分かれると考えた。クンブ氷河の下部に設営することになるであろうベース・キャンプからウェスタン・クウムの頭部へ、さらにサウス・コルに荷上げするまでが第一期、そしてアタックが第二期である。われわれが〝ビルドアップ〟と呼んでいた第一期には三週間程度を要する計算だった。しかし、サウス・コルまで大切な荷を運び上げる作業には多くの困難が伴う上に、不測の事態が起こることも考えられたため、正確な所要日数を推測しようとは思わなかった。アタックをかける第二期は、登頂に成功するのは三番手のアタック隊であると仮定し、不運や悪天候を考慮に入れても、三隊のうち一隊は迅速に行動できるという楽観的な予測のもとで、前進基地を出てから三隊すべてがまたそこへ帰還するまでを七日とした。

この計画書には、設営するキャンプの数、ビルドアップ期間とアタック期間のキャンプ滞在人数、それぞれの期間に必要となるテントの型と数も見積もられている。準備に必要な仕事量から判断して最も重要なのが、酸素の使用量に関する予想を立て、決定することであった。酸素の具体的な使用方法については資料4で説明している。ただここで言っておきたいのは、酸素補給器の開発担当者に早急に決定を伝える必要があったため、わたしはドイツから戻ってわずか六日後の十月十四日に、高所医学委員会の会議で計画の概要を説明するよう求められたということだ。

現地でのトレーニングと高度順応に充分な時間をあてる必要性については、すでに自明であった。頂上を狙える絶好のチャンスが訪れるのはおそらく五月中旬過ぎであること、その前に荷上げを済ませることを考えると、四月をトレーニングにあてることが望ましかった。そのため、国内での準備作業を二月中旬までに終えるように日程表が作成された。インドまでは主に船を利用し、エベレスト近郊に到着するのは三月の終わりとした。それから少なくとも三週間はトレーニングに使い、その後いよいよエベレストに取りかかる。変化に富んだ有益なトレーニングを行いたかったのと、六〇〇〇メートル以上の高所へ向かうのは季節的にまだ早すぎることから、この期間は比較的低い峰や峠が多いエベレスト山群の南側の谷あいで過ごすことにした。

この計画期間中にわたしはエベレスト遠征の諸先輩に助言を求め、〈基本計画書〉を作成する前に、数人の先輩に計画の原案を送って批評を仰いだ。数々の助言のなかでも、エドワード・ノートンの言葉が特に忘れられない。「これまでのヒマラヤ遠征を振り返ると、頂上アタックに向かう最後のキャンプ地が低すぎたという印象を強く受ける。アタック隊員が敗退したのは最終日の登攀距離が長すぎたせいだ……アタック・キャンプはサウス・ピークか、もしくはその直下あたりに設営したまえ。サウス・ピークより先は相当な量の足場を切ることになるだろう。だったら、最後のキャンプをそのくらい高く上げない限り、成功は望めない」。トム・ロングスタッフからもこの最高キャンプに対するわたしの責任について念を押されたので、このノートンの言葉は最高キャンプの目処が付くまで、ずっと頭にこびりついていた。

〈基本計画書〉が作成され、隊員の選出も終わると、われわれはフルスピードで前進できるようになった。その準備作業については次で語ることにしよう。

準備 2

われわれは胸を躍らせながら準備作業に没頭していった。事細かに調整されたタイムテーブルがすでに作成されており、どんな小さな項目も見落とされないように、また、それぞれの仕事がうまく連係するように工夫がなされ、それらすべての先には、荷が船に積み込まれ、インドへ向けてわれわれが旅立つ瞬間が待っていた。十一月十七日、わたしは初めて隊員と一堂に会した。それから出発まで、月に一度は会合をもった。すぐにわかったことは、エベレストで使うことが提案されているさまざまな装備に対応できる人材がそろっていることだった。装備や食料などの必需品の調達と整理は隊員と予備隊員が分担した。この重責を有能で熱意のある隊員たちが肩代わりしてくれたことを知って、わたしは心底安堵し、準備に弾みがついた。

ワイリーは装備に関する仕事をすべて処理してきたのだが、今後は多岐にわたる準備作業の統括にあたることになった。予備隊員のローリンソンが装備を担当し、遠征中はノイスがその仕事を引き継いだ。同じく予備隊員のエムリン・ジョーンズは、ボランティアで協力を申し出てきた前途有望な若い登山家ラルフ・ジョーンズを助手に付けて衣類の準備を担当した。この仕事はイギリスを発つときにエヴァンズに引き継がれた。ウェストマコットは工兵部隊の経験を買われ、クレバスを越えるためのはしごなどの道具を担当した。また、テントの管理も引き受けた。通信隊の兵役を終えたばかりのバンドは無線を担当したほか、ピュウと共に、最も人気がない食料係も担当するよう説得された。西ベンガルのアリポールの測候所からの気象情報に注意を払うのもバンドの仕事だった。われわれはオール・インディア・ラジオとBBC海外放送に頼んで、五月一日から毎日天気予報を放送してもらうことになっていた。ボーディロンはストーク・マンデヴィルの電子医療機器研究所が開発した閉鎖式酸素補給器の実験など、酸素補給器の仕事ですでに手一杯だった。わたしはヒラリーに電報を打ち、寝袋の発注を頼むと同時に、遠征中の炊事用具係に任命した。重要な炊事用具については、著名なヒマラヤ登山家であるC・R・クックが助言をくれ、わたしの妻がすべてそろえてくれた。旅行の手配とカメラやフィルムの発注はグレゴリーの仕事だった。ワイリーは庶務および調整役に加えて、シェルパの手配と遠征中の輸送の指揮をとることになった。医師のウォードには医薬品と医療機器の調達を任せた。その他の雑多な品目については、エムリン・ジョーンズ、ラルフ・ジョーンズ、そしてわたしの妻が調達してくれた。これらの仕事をすべて人に任せてしまったら、わたしには何もすることがないのではないかと思われるかもしれないが、することは無限にあった。

準備作業の分担でひとつ説明しておかなければならないのは、ほとんどの分野については、十一月の中旬までにかなりの作業が進んでいたことである。食料と酸素についてはすでに充分な手が打たれていた。ピュウは、わたしがロンドンに戻ったときからずっと食料に関する課題に取り組んでいた。

酸素については、十月はじめの時点では、満足にはほど遠い状況だった。酸素は遠征の成功を握る鍵だと考えていたので、十月九日の会議で、わたしは合同ヒマラヤ委員会に充分な量の酸素を遠征に間に合うように確保してほしいと懇請し、委員会はそれを聞き入れた。同委員会のメンバーで、一九三八年のティルマン率いるエベレスト遠征に参加していたピーター・ロイドは、今回の遠征で主に使用することが決定していた開放式酸素補給器の改善と調達をすでに指揮しており、またこの仕事に関する委員会への報告義務も負っていた。ロイドはエンジニアという職業からも、またティルマン隊で酸素補給器を担当し、その年の最高到達点まで酸素を使って登ったことからも、その仕事に打ってつけであった。十月中旬にはすでにロイドは酸素に取り組んでいて、酸素補給器と酸素ボンベの特殊な部品を製作する工場の作業を指導し、また優れた生理学者であるケンブリッジ大学教授のブライアン・マシューズ卿を委員長とする高所医学委員会との連絡役を務めていた。この重要な仕事におけるロイドの相談役として、わたしは古い山仲間であるアルフレッド・ブリッジの協力を取り付けた。この経験豊かな登山家を知っている隊員にとって、ブリッジの参加は画期的な出来事であった。彼の熱意、エネルギー、ぶれない目標、さらには、どんな仕事であれ、人を奮い立たせて協力させてしまうパワーは類をみなかった。わたしは、充分な酸素が船に積み込まれるまで、ブリッジは決して休まないことを知っていた。彼が支援者として実動部隊に加わった時点から、酸素の心配はなくなった。ロイドの有能な指揮のもと、ノーマレア社のメンスフォース氏、ジーベ・ゴーマン社のロバート・デイヴィス卿、そして酸素マスクを製作したカーディフの塵肺研究所のジョン・コーツ博士の協力を得られたことや、ブライアン・マシューズ教授と高所医学委員会の助言によって、われわれは遠征に欠くことのできない酸素を十二分に用意することができた。

一般的な装備——ロープ、ハーケン、カラビナ、アイスハンマー、アイスアックスなどのほかに、スイス隊が遭遇したアイスフォールやローツェ・フェイスの難所を検討した結果、普通は使わないような道具も用意することにした。アルプスとは比べものにならない巨大なクレバスがあることや、ウエスタン・クウムの氷がアイスフォールになだれ落ちて、傾斜が急変するところにそうしたクレバスが口を開けていることもわかっていた。スイス隊は現地で長い丸太を入手できなかったので、巨大なクレバスに〝チロリアン・ブリッジ〟という方法でロープの橋を架けた。われわれはこの難所を越えるために、最長九メートルになる組み立て式の軽金属のはしごを用意した。分解すると一八〇センチしかないので持ち運びに便利な上に、組み立ても簡単で、クレバスからクレバスへと移動させることもできる。これは昔、アルプスの登山で使われていた方法である。また、ヨークシャー・ランブラーズ・クラブが垂直の氷壁で使用する九メートルの縄ばしごを贈ってくれた。

ロンドンで友人たちとクレバスについて話し合ったとき、ゴムパチンコのようなものを考案し、氷にしっかり食い込む爪のついた錨をロープに付けてクレバスの向こう側に飛ばしたらどうかという意見が出た。そこで、この面白い提案を王立地理学会の庭で実験してみることになった。装置はゴムひもを何本かより合わせたものの両端に取っ手を付けただけのいたって簡単なものだった。錨は鉤型の釘がトゲのようにたくさん出ている大きな木製の玉に長いナイロンロープが付いていた。庭にナイロンロープが繰り出されていくのを見て、わたしは射程距離に対する不安を口にした。庭園の奥行きが八〇メートルしかないのに、すでに一五〇メートルも繰り出していたからである。この点を確認し、ワイリーとわたしは取っ手を握って約二メートルの間隔で位置につき、もう一人の男がゴムひもを後ろに引っ張って玉を挟んだ。われわれの足もとがぐらつくほど後ろに引っ張られたちょうどそのとき、玉が発射された。すると、ナイロンロープを付けた玉は空中高く飛び上がり、勢いよく塀を越えて、エキシビション・ロードに出ていってしまった。何も知らないタクシーや通行人に突き刺さりはしないかと焦ったが、幸い、一五メートルほどの高さで木立に引っかかり、難は免れた。実験を終えて、アイスフォールやウェスタン・クウムをこんな方法で攻略できるとは思えないという結論に至った。

しかし、ローツェ・フェイスの雪が雪崩を起こす危険を見越して、軍から二インチ迫撃砲を借り、雪崩砲として持っていくことにした。小さな火器で操作も難しくなく、大きさに似合わないすさまじい音が出るため、周囲に潜む雪崩を誘発するには充分だと考えた。迫撃砲を持っていくという考えは、確かに軍人であるワイリーとわたしが言い出したことだが、アルプスでも同じような方法は使われている。それでも、われわれが許可を求めると、持っていくのをあきらめようかと思ったほどの騒ぎが政界に巻き起こった。後に、食料として新鮮な獣肉を得るために二二口径のライフル銃を二丁リストに加えたときも、ネパールを訪問するわれわれの真の目的を疑われたほどである。

ほかにもさまざまな装備が真剣に検討されたが、結局、却下された。ローツェ・フェイスの危険性や、サウス・コルへの大量の荷上げの難しさを考えて、軽量の橇《そり》とウィンチを持っていこうという考えは強かったが、ウィンチの動力をどうするかや、橇を使える場所があまりなさそうなことから、この案も見送られた。さらに独創的なアイデアも寄せられたが、実用的でなかったために残念ながら却下された。それは自称発明家によるもので、銛《もり》を発射する捕鯨砲からヒントを得て、アイスアックスにロープを付けてサウス・コルから頂上に向けて発射するというアイデアだった。ロープが固定できて頂上に登るのに便利なだけでなく、ロープに夜光塗料を塗っておけば、日が暮れてもそのまま歩き続けることができるという。さらに、その想像力豊かな発明家は、突風が吹けばロープが揺れることから、事前に危険を察知して身構えることができると述べていた。

衣類、テント、寝具には特に頭を悩ませた。風と高度によっていや増す寒さの影響は、凍傷といった肉体の損傷にとどまらない。寒さと風はエネルギーを消耗させ、士気をも奪う。知らないうちに登攀者をむしばんでいく危険な敵だ。この敵と闘うための衣類のデザインは、初期のエベレスト遠征隊がツイードの服やフェルト帽や普通の登山靴で北壁の極めて高いところまで登っていた時代から考えると大きな進歩を遂げているが、最近でも深刻な障害が残った例はたくさんあり、改善が望まれた。衣類の課題はできるだけ軽くすることであった。われわれはケンブリッジの極地研究所を訪ね、多くのアイデアと助言を得ると、国内外のメーカーに協力を求めた。

結局、服は慣れ親しんだパターンに従い、デザインと材料に改良を加えた。アウタースーツは綿とナイロンの混紡の防風素材を用い、上着にもズボンにもナイロンの裏地を付けた。平均的なサイズの重量は上下で一・七キロ程度である。上着には風と雪を遮るひさし付きのフードがついている。標高の高いところではこの防風着の下に羽毛服の上下を着る。上着には防風着と同じようにフードがついている。この羽毛服の上下のおかげで、ウールの衣類をかなり減らすことができたが、とても軽いジャージ二枚と厚いセーター一枚も支給された。

ヒマラヤでは靴も課題のひとつである。従来の登山靴では底からも甲からも寒さを通してしまう。また、かなり高所でも雪は解けるので、足や雪の湿気を吸収し、それが凍って靴は岩のように硬くなる。まだ記憶に新しいアンナプルナの例を参考にして二種類の靴を準備することにした。どちらも寒さから足を徹底的に守ることを考えて作られており、ひとつは足にぴったり合った軽量の靴で、アイスフォールを含む比較的低いところの難所に向いており、耐久性ももたせた。もうひとつは、頂上付近での極端な寒さを遮断するように作られ、高所でしか使用しないものである。

軽量タイプの靴の重さは約一・七キロ、形は一般的な登山靴と似ているが、甲の部分は革が二重になっており、その間に毛皮を挟んでいる。革は凍結を防ぐ特別な処理が施されている。高所で履く靴はさらに工夫が凝らされており、甲はごく薄いキッド革と防水性の高い裏地の間に厚さ二・五センチもある〝トロパル〟（パンヤ綿をかためた不織布）を挟んで寒気を遮断するようにした。靴底は、通常の重いタイヤのようなゴム底ではなく、マイクロセルラーゴムでできており、軽いばかりでなく、寒気を遮断する効果もある。重さは約二キロである。

手の保護も必要である。課題は、カメラの操作、アイゼンの装着、アイスアックスの使用などの手作業ができるようにすることだった。検討を重ねた結果、一番上に防風機能のある綿素材の長手袋、その下に羽毛か毛糸のミトンをはめることにして両方とも支給された。さらにその下に肌にじかにはめるものとして、シルクの緩めの手袋を選んだ。これは保温効果を増す以外に、細かな作業をする際に外側の手袋を短時間はずせるようにするためである。

テントについては風に耐え、できれば保温性もあって軽い材料を見つけること以外に、デザインも慎重に検討した。一般に、高所では、軽くて持ち運びやすく、限られたスペースに設営できる二人用テントが便利である。しかし、大きなテントのほうが暖かくて居心地がよく、経済的でもある。また、シェルパは大家族で暮らしていることが多く、イワシの缶詰状態で寝ることを厭わないのもわかっていた。

標準的なテントは、伝統的な二人用の三角型テントで、両端に袖状の出入口が付いており、そこを隣のテントとつなぐと、外に出なくても行き来ができるようになっている。部品に若干の改良を加えたほか、このテントで唯一新しくしたのは素材である。コットンとナイロンの混紡地に防水加工したもので、軽い上に、実験室内でも野外テストでも、丈夫で耐風性にも優れていることが証明された。この標準的な〝ミード・テント〟の重量は約六・八キロである。

さらに、主要なキャンプ地で快適に過ごせるように、十二人用のドーム型テント二張も持っていくことにした。ひとつは五〇キロ、もうひとつは三九キロと、かなり重いが、どちらかひとつを前進基地で使いたいと思っていた。一方、ウェスタン・クウムから先への荷上げの苦労を考え、アタック用に小型テントを三張用意した。そのうちのひとつは南東稜の最高キャンプに使うつもりであった。三張のうちのひとつは伝統的な〝ミード・テント〟の小型版、ふたつ目はアメリカで注文した新しいデザインで、三つ目はキャンベル・セコードが考案した水ぶくれのような丸い形のテントである。これらの小型テントの重さはそれぞれ約三・七キロである。携行品の予算や重量をできるだけ増やさないようにすると、山でテントが不足することは目に見えていた。そのため、段階ごとにテントを移動させる計画をロンドンで立てた。

寝袋はアルプスで行った実験結果を踏まえて決定されたデザインで、カナダ、ニュージーランド、そしてイギリスで製造された。内側用と外側用にダウンの寝袋二枚が隊員に支給された。生地にはナイロンを使用し、重さは合わせて約四キロである。エア・マットレスは従来のものに改良を加えた。空気を充填したチューブの間から突き上げてくる寒さを防ぎ、寝心地をよくするために、チューブを二段重ねにし、下段のチューブの間に上段のチューブが乗るように工夫された。下段のチューブをめいっぱい膨らませ、上段は少し控えめに空気を入れておくと寝心地がとてもよくなった。

無線を持っていった目的はふたつある。ひとつはキャンプ間の連絡、あとひとつは気象情報の受信である。キャンプ間の連絡用に、多数の携帯型無線機の提供を受けた。

炊事用ストーブも、われわれが特に重視したものである。高所で最も重要になる生理的欲求のひとつが、大量の水分摂取である。高所キャンプでこの欲求を満たすことはさまざまな理由から非常に難しい。まず雪を解かさなければならないが、普通の道具で発生させた熱はすぐに温度が下がり、無駄も多いので解けるまでに時間がかかる。友人のC・R・クックが考案した特殊なアルミニウムのおいを、プリムス・クッカーやブタンガスのストーブに取り付けると水を入れた容器のまわりに熱を温存しておくことができる。

食事については議論が絶えなかった。この問題については巻末の資料で扱っているので、ここでは手短かに述べる。われわれは軍隊の経験をもとに食料を準備した。食事は基本的に二種類の食料キットを用いる。そのひとつは現在でも軍隊で使用されている〝コンポ〟と呼ばれている食料キットで、中に十四人の一日分の食料が詰め合わされている。アタック以外の時期はこれを使用する。内容はピユウが定めた基準に合わせた。アタック用の携行食は、一人一日分の小さなキットで、特に高所で必要なものが入っており、前進基地以上で使用する。

酸素補給器については資料4で詳しく説明しているが、軽くて長持ちすることが必須条件であった。途中で酸素ボンベを交換する必要がないのが理想であるが、少なくとも最小限に抑えたかった。基本的には、実績のある〝開放式〟の補給器を用いることにしていた。これは背中の酸素ボンベからマスクを通して酸素を供給する。マスクは外気も取り込む。吸い込まれた酸素はマスクを通して大気中に吐き出されるため酸素は保存されず、吸ってしまえば、酸素は失われる。われわれが登頂に酸素は不可欠と考え、開放式補給器の開発を決めたのは、ジョージ・フィンチ教授が一九二二年にエベレストでみずから使用した経験に基づき、その必要性と構造を長年説いてきたことを評価したからでもある。

R・B・ボーディロン博士と息子のトムが実験的に考案した〝閉鎖式〟の酸素補給器も持っていこうと思った。この方式では、マスクから外気は入ってこないので、背中のボンベから流れてくる酸素だけを吸うことになる。吸った酸素の一部は保存され、また吸うことができるので、酸素ボンベの〝寿命〟がのびることになり、ボンベの備蓄量を減らすことができる。この閉鎖式装置の高所での性能についてはまだ実験段階だが、成功すれば、われわれの仕事は相当楽になるであろう。

あらゆる努力にもかかわらず、酸素補給器の重量は最大の懸念材料であった。従来の装置にかなりの改良を加えたが、かさばって重いという事実は変わっていない。これは決して協力者や製造と組立てにあたった会社の責任ではない。単に改良に着手するのが遅すぎて、デザインを抜本的に見直す時間がなかったためである。われわれの要求を少しでも満たそうと時間と競争で働いてくれたすべての関係者の熱意にまさるものはない。この重量に対する懸念は一般の人々にも伝わったらしく、多くの提案が寄せられたが、あいにくそのほとんどは方針とデザインの詳細が決まったずっとあとのことだった。

実現は不可能だが、最も面白かったのは、大型の迫撃砲で酸素ボンベをウェスタン・クウムからサウス・コルに向けて発射したらどうかというアイデアだった。だが、後にサウス・コルをこの目で見てわかったことだが、着弾に衝撃が伴うのは必至で、ボンベの作りがいくらしっかりしていても破裂する可能性が高い。山上でボンベ探しを楽しめると思ったら大間違いである。それに、サウス・コルまで届かずに、斜面を加速しながら何百メートルも転がり落ちてきたらたまったものではない。面白いだけのアイデアはほかにもあった。たとえば、ローツェ・フェイスや、その先の南東稜まで、パイプラインを通してウェスタン・クウムの基地から酸素を送り込むというものだ。パイプのところどころに蛇口が付いていて、疲れたらそこでひと休みしながら酸素を〝がぶ飲み〟するのだそうだが、不格好であろうが、重かろうが、ボンベをかついで登っていくほうがましだと思った。さらに、水素を充填した風船を体に付けて補給器の重量による負担を減らしてはどうかという提案もあった。ただし、空中登山だと非難されないように水素の量を加減しなければならない。アタック隊の二人がつま先で雪をかろうじてかすめながら登っていくというアイデアは、〝揚力〟を得るにはとてつもなく大きな風船が必要になることがわかって却下された。

もうひとつ紹介すると、与圧服を着用し、足に取り付けた装置か、または胸に付けた小さなプロペラを風で回して圧力を操作するというのがあった。ミシュランタイヤのキャラクターみたいな格好で、ローツェ・フェイスの難所に挑めというこの案も、もちろん却下された。まじめなアイデアとしては、酸素ボンベなどの荷物を空からウェスタン・クウムに投下するという案があり、サウス・コルまで空輸することも議論にあがった。この案は航空省が検討した結果、技術的に難しいことがわかった。投下に成功するかどうかわからないので、やってみるなら、同じ荷をもう一セット用意しなければならない。そうでないと、チベット側に投下されてしまうかもしれないし、へたをすると墜落した飛行機の救助活動と荷の回収にエネルギーをとられてしまうおそれもあった。

隊員との打ち合わせ、委員会や小委員会との会合、専門家との検討会、大陸のヒマラヤ経験者との意見交換と装備視察のための出張、ラジオ出演、タイムズ紙への寄稿、毎日大量に届く郵便物のチェック、装備品のテスト、挨拶まわり——こうした仕事を十一月から二月まで精力的にこなしていった。最初の頃は、スイス隊が春に続いて再度の頂上アタックに挑んでいた最中だったので、その結果を気にしながら仕事をしていた。スイス隊が先に登頂しはしないかと心配ばかりしていたわけではないが、ある程度準備が進んだ段階で、目の前から夢を取り上げられたくないと思うのは自然なことである。気がかりだったのは装備や食料などの発注期限である。さまざまな物資の製造に必要な日数と、出港までに膨大な荷を梱包するのに必要な日数を確保しておかなければならなかったので、その期限を十二月十日と決めていた。スイス隊の結果を待っている状況で発注するのは財政面でかなりのリスクを伴うので、合同ヒマラヤ委員会の財務担当者のR・W・ロイドが心配するのも無理はなかった。

十二月のはじめに、わたしはワイリー、グレゴリー、ピュウと共に、装備と食料のテストをしにスイスへ向かった。イギリスを出発するときには、スイス隊が成功したという知らせも聞こえてきたが、まだ確認はされていなかった。われわれの帰国予定は十二月八日だったので、そのときにはすべての努力が水の泡になっているかもしれなかったが、エベレストのリハーサルができる喜びに変わりはなかった。その前にガストン・レビュファに登山用具を発注するためにパリに寄って一日を過ごした。

ガストンはわたしの登山仲間でもある友人で、大陸における最も熱心な支援者だ。また、アルプスの一流ガイドで、アンナプルナ遠征隊のメンバーでもあった。

スイスの実験場として選んだのはユングフラウヨッホである。ベルナー・オーバーラント地方のアレッチ氷河の源にある標高約三五〇〇メートルの鞍部《コル》で、アイガー、メンヒ、ユングフラウという三名峰のメンヒとユングフラウの間に位置する。真冬のユングフラウヨッホの環境は、エベレストのサウス・コルに匹敵するというわれわれの考えは間違っていなかった。そこにはテストに必要な条件がそろっていた。

登山鉄道でアイガーの長いトンネルを抜け、夏なら観光客で混み合う駅の上のテラスに出たときは猛吹雪だった。われわれは実験用のテントを張るために、真正面から吹きつける強風と闘いながら前に進み始めたが、幸いにも、すぐにヨッホの上に出た。だが、テントを設営するのは生やさしい仕事ではなかった。周囲の山々から吹き飛ばされてくる雪がわれわれのまわりで激しく舞い、メンヒもユングフラウもまがまがしい雪雲に覆われていた。最初の夜、気温はマイナス二〇度まで下がった。おそらくエベレストで耐えなければならない気温と同じくらいであろう。われわれは多種多様な衣類、登山靴、テント、寝具、食料、炊事用ストーブのテストを行ったが、物によっては数が多すぎて限られた時間で試すのは大変だった。たとえば、高所用登山靴は各自が八種類もテストすることになり、毎日、片足ずつ違う靴を履いた。衣類もデザインや材料が何種類もあって、防風着は毎日取っかえ引っかえして、最後に記録を比較した。テントと寝袋も次々に取り替えてテストしていった。

ユングフラウヨッホで過ごした四日間のうち二日は好天に恵まれ、二日は荒れ模様であった。晴天の一日、二人がメンヒに登り、山頂から雲ひとつないアルプスを一望した。あとの二人はスキーでエーヴィッヒシュネーフェルトを突っ切り、グロス・フィエッシャーホルンの下の尾根まで行って楽しんだ。われわれは当初から、スイスではあまり無理をしないでおこうと決めていた。どうせこの先、嫌でも無理をしなければならないときが何度もあるのだからと。天候の悪化に耐えられなくなると、吹きさらしの小さなテントからユングフラウヨッホ・ホテルの屋根の下に撤退し、ビールやコーヒーを飲みながら、装備が外の厳しい環境にどの程度耐えられるか静観を決め込んでいた。冬のスイスを経験したあと、現地で羽毛服を注文し、ようやく決定した高所用登山靴に装着する特殊なアイゼンもグリンデルワルトで注文した。

ユングフラウヨッホを去る前の晩、わたしは一通の電報を受け取った。数週間にわたって過酷な状況に耐えてきたスイス隊が、ついに登頂を断念したという知らせであった。これでわれわれはエベレストへ行ける。それがわかった喜びと、準備が無駄になるのではないかという不安から解放されることへの感謝を覚える一方で、われわれは、一年に二度もエベレストに挑戦するという意志の強さと勇気を備えたスイス隊に称賛と同情の念を禁じえなかった。後日エベレストで、自分も今秋にまたエベレストに挑戦することになるのだろうかと考えたとき、それだけはごめんだと思うと同時に、一年に二度の挑戦をやってのけたシュヴァレー、ランベール、テンジンの気力に感服せずにはいられなかった。

ロンドンに戻るとまず、装備の発注先に予定通り計画を進められることを伝えた。イギリスを発つ前に、必要な書状や電報はすでに準備してあった。また、テストを行った装備品のメーカーの代表者を集めた。それはテストの結果を伝える最も重要な会合であった。クリスマス休暇を挟むことを考え、発注から梱包業者に引き渡すまでの期間を約一ヵ月とし、最終納期を一九五三年一月十五日とした。

同じく一月中旬に、隊員と予備隊員は北ウェールズのヘリグにある〈クライマーズ・クラブ・ハット〉に集まった。これは互いをよく知り合う絶好の機会となり、天候にも恵まれた。ボーディロンには開放式酸素補給器用のフレームを何種類かわれわれに試してもらいたいという希望もあった。彼自身はすでに何度も実地テストをしていた閉鎖式酸素補給器を、このときはバンドと共に暖かい日に背負ってスノードン山のナント・グウィナント側を登った。バンドが、これはかなりの精神力を要する装置だと言うので、わたしも小屋の近くでちょっと試してみたのだが、少し登っただけで暑さと不快感で爆発しそうになった。すると、ボーディロンは、これは極寒期の使用を想定しているのだと弁解に四苦八苦していた。なるほど確かに一月にしては珍しくよく晴れた日であった。

終わってみると、とても楽しい合宿だった。わたしはこのとき、エベレストできっと結果を出せるチームになると感じた。そして、まさにその通りになったのである。また、万が一隊員に何か起きたときには、予備隊員が充分にその代わりを務められることもわかった。

そうこうしている間に活動の中心はワッピング・ウォールのアンドリュー・ラスク商会の倉庫に移り、そこで有能なスチュアート・ペインの手によって梱包作業が始まった。年が明けてからは、食料や装備が着々と搬入され、約束の期日までに納品はほぼ終わっていた。間に合わなかったものに関しては充分な説明を受けており、各社から受けた協力にはいくら感謝してもしきれなかった。われわれは実に多くの人々の情熱ともいえる支援に助けられたのだ。

わたしはエヴァンズ、ノイス、ラルフ・ジョーンズの三人に梱包作業の監督を頼んだ。現地で開梱時期を誤ったり、整理しなおしたりすることのないよう入念な梱包計画を立ててあった。シェルパにかかる重量が約三〇キロになるよう梱包し、荷箱のひとつひとつに行程のどの時点で開梱する荷であるかを示すマークを付ける。この方法は、隊員のうち少なくともエヴァンズとノイスはどこに何があるかを把握していることもあり、あとでとても役に立った。遠征を成功に導いた多くの仕事のなかでも、この梱包方法は特に評価が高かった。もうひとつ忘れてならないのは、わたしの妻とグッドフェロー夫人とモウブレー＝グリーン夫人が何百枚という名前テープを一枚一枚衣類に縫い付けてくれたおかげで、山で面倒が起きずに済んだことである。

ウェールズで酸素補給器のテストをして戻ってからまもなく、われわれはファーンバラへ行き、王立航空研究所の減圧室で酸素のテストを行った。わたしはひどい風邪をひいていて実験に参加できなかったが、高度八八〇〇メートルとほぼ同じ気圧に設定された部屋で、酸素マスクを次々にはずされていく仲間が妙な行動をとるのをのぞき窓から興味深く見守っていた。なかでもピュウの変わりようにはぞっとした。酸素不足で舌を長くたらしながら、マスクの考案者で実験に立ち会っていたジョン・コーツ博士に、マスクは不要だと頑固に言い張っていた。酸素欠乏症の恐ろしさを知るにはよい経験だった。

酸素はわれわれが出発したあとに、別便で輸送することになった。納期に間に合わせるためにあらゆる手が打たれたが製造に取りかかるのが遅かったために、とりあえず訓練期間に必要な分を二月二十日に用意するのがやっとであった。それをイギリス空軍がインドまで空輸した後、インド空軍がカトマンズまで運んでくれたことは感謝の念にたえない。一回目に空輸された量は重さにして約九〇〇キロ、二回目はアタック計画に必要な量として算出した一三六〇キロで、一ヵ月後に同じ方法で輸送されることになった。わたしはグルカ旅団の将校でヒマラヤの経験豊かな登山家でもあるジミー・ロバーツ少佐に、この空輸されてくる酸素をカトマンズで受け取って、タンボチェまで護送してくれるよう依頼した。計画に支障をきたさないためには、四月十五日までにタンボチェに到着する必要があった。カトマンズからの発送の手配は信頼できるアルフレッド・ブリッジの手に委ねた。

わたしはスイス隊がネパールから帰国したらできるだけ早く会いたいと願っていた。そして、一月二十五日にチューリッヒで会合をもてることが決まると、エヴァンズと一緒に向かった。われわれはスイス山岳研究財団のフォイツ博士の歓迎を受け、秋の遠征隊長のシュヴァレー博士や、前年の春にテンジンと共に最高到達点まで登ったレイモン・ランベールをはじめとする遠征隊の隊員たちと会った。彼らはすべての装備を見せてくれた上に、自分たちの知識や経験を惜しみなく〝引き継いで〟くれた。その話のなかにとても重要で即座に行動に移さなければならないことがひとつあった。ランベールが酸素が入っているボンベを高所に何本か置いてきたというのだ。しかも、そのおよその場所を写真で示してくれたのである。もし、われわれが幸運にもそのボンベを見つけることができて、使うことができたら、それはとてもありがたい〝贈り物〟である。スイス隊の口添えで、彼らの補給器を製造したリューベックのドレーガーというドイツ企業とイギリス隊の補給器を製作しているイギリスのノーマレア社との間でさっそく交渉が決まった。ノーマレア社の社長のエリック・メンスフォースは、われわれのアタック用酸素補給器の製作にずっと関心を注いできたので、じきじきに交渉を担当した。そして、ノーマレアのピーター・フィットがドレーガー社を訪問した後、驚く早さでアダプターが完成した。後日、われわれはこのすばらしい仕事をしてくれた関係者全員に心から感謝することになる。

隊員の乗船日が近づき、隊員と多くの献身的な支援者による準備作業はついに終止符が打たれようとしていた。携行品目録と梱包リストはこの膨大な作業のあかしであり、この準備作業に注がれた労力の総括である。なかでも無視できないのは秘書の仕事である。われわれを支えてくれた秘書のアン・デベナムとエリザベス・ジョンソン、そして、みずから手伝いを申し出てくれたビル・パッカードとノーマン・ハーディーへの感謝をここに記しておきたい。また、予備隊員のジャック・タッカーも少しの間、ワイリーに代わって働いてくれた。

だが、まだしておくことがひとつあった。スイス隊は春に登頂に失敗すると、時を移さず、その年の秋に再び挑むことを決めた。この決断は六月に下されたが、二度目の遠征隊がエベレストのふもとに着いたときはもう遅かった。スイス隊がウェスタン・クウム上部にキャンプを構えたときには、すでに冬の風が山に吹きつけており、その瞬間から成功の望みはほとんどなくなった。彼らは心身共に過酷な状況のなかでよく耐えたが、頂上に迫る機会はとうとう来なかった。われわれもスイス隊と同じく、この一年を通してエベレストへ入る許可をネパール政府から得ていた。もし春に失敗していたら、モンスーン後に再び挑戦することを合同ヒマラヤ委員会は決めていた。ポスト・モンスーンの好機を逃さないためには、われわれがネパールに行っている間に、結果を待たずに秋の遠征の準備を始めておかなければならなかったし、そのためには、資金も残しておかなければならなかった。

出発を目前に控えて、わたしは今回の遠征が終わって休養期間を置いたあとに再び頂上アタックに戻る場合に、隊の強化に必要な人材と物資のことを思案していた。新しく投入する登山家の数、必要な装備や食料の量、日程などを想定し、準備のすべてをエムリン・ジョーンズに託した。そのため、エムリン・ジョーンズはワイリーの後任として庶務を担当することになり、またそのときが来れば隊員としても参加することになっていたであろう。わたしがジョーンズに今回の遠征隊には入ってもらえないが、予備隊員のなかでは最も有望であったことを伝えたとき以来、彼は労を惜しむことなくわれわれのために尽くしてくれた。こうしてエベレストのために働き続け、われわれの成功を祈り、なおかつ敗退に備えて次の準備を引き受けてくれたその寛容と無私の精神は、称賛せずにはいられない。

出発直前、最後に最も感動した出来事は、合同ヒマラヤ委員会のR・W・ロイドに連れられてバッキンガム宮殿を訪問したことである。われわれは、遠征隊の後援者になることを快諾してくださったエジンバラ公に、今回の遠征の計画と見通しについて説明するよう求められていた。冒険心と努力を尊ぶ殿下がわれわれに深い関心を払い、見守ってくださることを知って大きな励みとなった。

第三部

エベレストへの道

ネパールへ

遠征隊は二月十二日にストラスデン号でインドに向けて出発することになった。隊員のうち二人はあとから飛行機で発ち、船より先に着いて、遠征隊がインドを通過してネパールに入国するための準備など、最初にやっておく仕事を片付けることになっていた。

われわれの資金は潤沢ではなかったとはいえ、大半の隊員を船で送り出したのは節約のためだけではない。隊員のなかには出発まで何ヵ月もの間準備に追われて疲れがたまっていた者もおり、心身共に休養が必要だった。それには嫌でものんびりできる船旅が打ってつけだったのだ。空の旅にもメリットはあるが、イギリスでの仕事からようやく離れ、インドやネパールでまた多くの仕事に向き合うまでの間に、まったく休む時間がなくなってしまう。そして何よりも大切だったのは、航海中の暮らしが、なんの不快感も緊迫感もストレスもない理想的な状況のなかでチームをまとめ上げてくれることだった。

ボーディロンとピュウの二人は船に乗らなかった。ボーディロンは閉鎖式酸素補給器の仕事がまだ終わっておらず、ピュウは医学研究審議会が別途旅の手配をした。わたしも出港の数日前に副鼻腔炎の手術を受けることになり、残念ながら船に乗れなかった。月末に飛行機で発つことにしたのだが、幸いボーディロンと同行できることになった。この出発直前のトラブルにもかかわらず遠征に参加でき、山でも活動できたのは、外科医のハーグローブ先生とシュルーズベリーのクウォリー・ヒル・ナーシング・ホームのスタッフのおかげである。

出発が近づくにつれ、社会の関心は日に日に高まっていった。隊員がラジオやテレビに出演することもあった。講演会、マスコミのインタビュー、タイムズ紙への寄稿も依頼された。世間の関心がピークに達したのは、隊員六人がティルベリー港から船出するときに、BBC放送や新聞社の記者に一時間半にわたって質問攻めにあったときである。わたしはこの試練を逃れられたわけだが、代わりにワイリーが矢面に立ってとてもうまく対応してくれた。

本隊が無事に出港すると、エヴァンズとグレゴリーが先遣隊として二月二十日に飛行機で発ち、その八日後にボーディロンとわたしが、そして最後にピュウが三月一日に出発した。本隊はまだ航行中であった。一方、ヒラリーとロウも地球の反対側からネパールへと向かっていた。船で向かったロウはボンベイ（現ムンバイ）に先着し、イギリスから本隊を迎えることになっていた。ヒラリーは養蜂の仕事が繁忙期にあったため、カルカッタ経由で三月の初めにカトマンズに飛んだ。われわれは飛行機、船、鉄道とさまざまな交通手段を使い、そして最後は徒歩で、ネパール王国の首都カトマンズに到着した。P&O汽船と英国海外航空《BOAC》のおかげで快適な旅ができた。インドではヒマラヤン・クラブに大変世話になった。わたしもこのクラブのメンバーであることから、彼らの厚意に甘えて、インドからネパールまでの移動に関する一切を任せていた。インドを移動中は各地で、同クラブの会員、インド駐在のイギリス高等弁務官、ビルマ・シェル社の社員たちからもてなしを受けた。親切にしてくれたすべての人々にわれわれは心から感謝している。

三月三日、ボーディロンとわたしはネパールの密林地帯タライの上空をカトマンズ盆地に向かって飛んでいた。飛行機が最後の山の背をかすめるように飛んでいるときに、はるかかなたにヒマラヤの峰々が見えてきた。茶色や緑の山稜を前景にまばゆいばかりの白いのこぎりの歯のような山々が何キロも連なっていた。登頂が果たされたなかでは最高峰のアンナプルナと、われわれがこれから登頂しようとしているエベレストの間に数え切れないほどの頂が見えていた。

それから数日のうちに、空路組の隊員は魅惑的な首都カトマンズに到着し、三月の最初の週末にやってきた本隊と合流した。本隊はインドの国立医学研究所のジョージ・フィンチ教授の手厚いもてなしを受けた。フィンチ教授はイギリスが初めてエベレストに送った遠征隊の隊員でもある。しかし、本隊の旅の後半は空路組の旅よりはるかに退屈で骨の折れるものだった。ボンベイから列車を乗り継いだ後、大型トラックの山積みの荷の上に腰掛け、最後はカトマンズ盆地への進入を阻む山々を越える三〇キロの行進が待っていた。まさにほこりまみれの長旅だった。インドの気温はこの時季としては異常に高く、日陰でも体温に近い暑さだった。この暑さとほこりにさらされながら、彼らは四百七十三個、重量七トン半の荷を船から鉄道へ、標準軌から狭軌のネパール鉄道へ、鉄道からトラックへと積み替え、ネパール南部で道が行き止まりになると、ロープウェイを使って山を越え、カトマンズまで荷を運ぶという心労を味わってきた。

スピードアップに努めたにもかかわらず、荷がロープウェイの終点に到着したのは三月八日、エベレストに向かう予定の日の一日前である。出発を二十四時間延期しても、その日に発てるかどうかわからない状況だった。山越えの道路を建設中のインド工兵には大変世話になった。また、ネパール陸軍はカトマンズの東一三キロにあるバクタプルの町に荷を一時的に保管できる場所を提供してくれた。そこでロープウェイから降ろした荷を運搬する手はずを整えることで、丸一日分の行程を節約でき、十日に出発できる目処が付いた。

その間も、われわれはネパール駐在のイギリス大使クリストファー・サマーヘイズと職員から温かいもてなしを受け、楽しいときを過ごした。サマーヘイズ大使は三年連続、エベレストまでの長い旅の途上にあるイギリスの登山家を支援してきた。外交上の手続き、宿の提供、滞在中の世話、われわれの手紙をイギリスとエベレストの両方へ発送するなどの多くの仕事で、一等書記官のプラウド大佐をはじめとする大使館の職員全員がわれわれの勝利に大きく貢献してくれた。遠征隊のキャラバンが出発するときの最後の見送りの様子は強く記憶に残り、帰還したらきっとまた温かく出迎えてくれるであろうという期待が、過酷な山上で折にふれて心に浮かび、幸せな気分にさせてくれた。見送りも、帰還したときの歓迎もこれ以上は望めないほどのものであった。

ワイリーはボンベイで船を降りると、輸送の指揮にあたるためにカメラマンのストバートと共に飛行機に乗った。二人は運よくカルカッタまで、ロンドンで遠征隊のために大いに尽力した委員会のB・R・グッドフェロー名誉幹事と一緒だった。ワイリーはカルカッタを通過する際に、バンドに代わってアリポール測候所のムル博士に会い、気象情報を提供してもらえるよう打ち合わせを行った。

また、カルカッタではヒマラヤン・クラブのチャールズ・クロフォード会長にとても親切にしてもらった。

ヒマラヤン・クラブには、高所で活躍してもらう優秀なシェルパ二十人を選んで、三月の初めにカトマンズに来てもらえるよう手配を頼んであった。シェルパとはネパール東部のソル・クンブ地域を故郷とする山の民である。もとはチベット系で、言語もチベット語に似ており、小柄だが頑健で、生まれながらに登山に向いた優れた素質を備えている。彼らの多くはインド領ベンガルのダージリンに移住しており、ヒマラヤン・クラブの勧めで外国のヒマラヤ遠征隊の荷を運んで生計を立てている。一九二一年に、イギリスの第一次エベレスト遠征で初めて採用されて以来ずっとイギリス隊の遠征に参加してきた。陽気で忠実、勇気があって我慢強い。登山技術においても高いレベルに達している者も少なくなく、そうした優秀なシェルパをヒマラヤン・クラブは表彰し、〝タイガー・バッジ〟の贈呈を行っている。われわれにとってすばらしい山仲間なのだ。

このシェルパたちが、われわれの荷をウェスタン・クウムの頂へ、さらにそこからサウス・コルへと運び上げてくれる。そのうち六人を選んで、アタック隊のサポーターとして置いておくことになっている。シェルパは約束通り三月四日に到着し、その頭《サーダー》として、すでに名の知られていたテンジンが加わっていた。テンジンのヒマラヤ登山の経験、とりわけエベレストとのかかわりはほかに類をみない。一九三五年、テンジンは若きポーターとして初めてエベレスト偵察隊に参加した。それ以来、彼はほぼすべてのエベレスト遠征に参加してきた。われわれの隊の一員になったとき、テンジンは三十九歳で、エベレストを訪れるのは六度目であった。また、エベレスト以外にもヒマラヤの数々の高峰の登攀《とうはん》に参加している。なかでも一九五一年のフランス隊のナンダ・デヴィ遠征では、東峰に登っている。また、その功績を認められて、一九五二年には、スイス隊のランベールと共に、エベレストの頂上までわずか三〇〇メートルの地点まで登っている。テンジンは第一級のシェルパであるだけでなく、世界に名だたる登山家としての地位も確立していた。

われわれはテンジンと会えるのを心待ちにしていた。テンジンは前年に過酷な経験をしており、特に晩秋にランベールとサウス・コルに登ったあと、体調を崩したと聞いていたので、遠征に参加できるほど元気になっているか心配だった。ところが、テンジンは療養中であったにもかかわらず〝お役に立ちたい、せめてアイスフォールを越えるまででも〟とわたしに手紙をくれ、彼らしい熱意と気概が伝わってきた。大使館の庭で会ったときには、まだ少し痩せていたもののすっかり回復しているように見えた。少なくとも、体調や自分の役割にいささかの不安も感じていない様子であった。われわれはすぐに友人になった。まず飾り気がなく陽気なテンジンに魅了され、まもなくそのサーダーとしての威厳に感銘を受けた。

ダージリンからやって来たシェルパのなかには評判のよい頼りになりそうな者も数人含まれていた。シェルパは集団生活を習いとしているが、見た目はとても個性的で、特に服装の好みはまちまちだ。その朝の面接のための行列は実にカラフルであった。おおかたは以前の遠征で手に入れた衣類を組み合わせて着ていた。緑色のベレー帽とか、青いスキー帽とか、目だし帽《バラクラバ》とか、派手な色のセーターとか、特大サイズの登山靴とか。

特に頼んで来てもらったなじみのシェルパも少なくなかった。コックのトンデュプは、一九五一年のニュージーランド隊と昨年のチョー・オユー遠征に参加している。比較的年配で、登山経験はあまりないが、隊員の健康と士気の鍵を握る重要な男である。トンデュプの助手のキルケンも今回の隊員にはなじみのある男で、ボクサーのようなこわもてに満面の笑みを浮かべる。ダ・テンシンとアヌルウは兄弟で、二人ともチョー・オユー遠征での評判がよかった。ダ・テンシンのほうが九つ上なので四十歳くらいであろう。しわくちゃの顔に編んだ髪、すらりとした体型で、礼儀正しく、人を惹きつけ、年長者らしい威厳もある。息子のミンマを見習いとして連れていた。弟のアヌルウは気さくで快活、がっしりとした体型で、シェルパ族特有の髪型をやめ、昨年の遠征ではこざっぱりとした〝ヨーロピアン・タイプ〟に変身して仲間を驚かせた。二人とも登山経験は長くないが、期待できる男たちだとの評判だった。次に、まじめでちょっと謎めいたところのあるアン・ナムギャルは〝タイガー〟の称号をもつ大功労者である。また、似た名前のダ・ナムギャルは、一九五二年の春にスイス隊に加わり、歴史に残るサウス・コル登攀ですばらしい働きを見せている。秋の遠征にも参加し、ローツエ・フェイスの事故で負傷した。やはり優秀なシェルパだったミンマ・ドルジはそのとき落ちてきた氷塊で死んでいる。パサン・プタール二世は大柄のひょうきんな男で、元気があって仕事好きだ。リトル・ゴムプは笑みを絶やさず、大きくなりすぎた子どものように無邪気で、現にまだ十七歳である。テンジンの甥にあたり、父は僧侶、母は尼僧だが、ゴムプはエベレストの北側にあるロンブク僧院での修行をやめたばかりだ。丸々とよく太っており、山のきつい仕事をやっていけるとは思えないのだが、テンジンは自分の甥なのでずいぶん肩入れしていた。このほかにも何人か面接を受けるために大使館の庭に集まっていた。それでも、シェルパの人数はまだ不足しており、ソル・クンブに着いたらシェルパをまた雇う必要があった。そのため、シェルパの手配に長けているヒマラヤン・クラブのジル・ヘンダースン女史は、前もってアヌルウをソル・クンブのナムチェ・バザールに派遣していた。アヌルウは、われわれがロンドンで立てた計画通りにアイスフォールの荷上げに必要な十四人のシェルパを選んで戻ってきたところであった。

ヒマラヤ遠征を成功させるには、隊員とシェルパが互いに理解を深めることがとても重要だが、ここで立ちはだかるのが言葉の問題である。シェルパ族はソル・クンブ地域以外ではほとんど話されていない言葉をしゃべっている。ただ、たいていのシェルパはネパール語をいくらか理解でき、特にグルカ旅団とかかわりのあった者はネパール語に通じている。ダージリンに住んでいるシェルパはインドの公用語であるヒンディー語が少しできる。片言でも話せればわれわれにはありがたい。ワイリーはネパール語を流暢《りゅうちょう》に話すし、エヴァンズ、ウェストマコット、ノイス、そしてわたしもインドには縁があったので、ヒンディー語はわかる。航海中にワイリーのネパール語教室で勉強した者もいる。

シェルパには女たちがたくさんついてきていた。妻や恋人たちで、故郷のクンブまでポーターとして雇ってほしいという。わたしは喜んで承知した。シェルパニ、すなわちシェルパ族の女は隊列に花を添えるだけでなく、男と同じように荷をかつげるのだ。

三月九日はバクタプルの町で、エヴァンズとノイスが荷の分類と整理に追われた。行進に必要な衣類と道具が入った箱を開け、手伝いにきた者たちに仕事を振り分け、てんてこまいの一日だった。

ワイリーは、タンボチェまでの十七日間のキャラバンのために、ポーターを雇う仕事にかかっていた。われわれは僧院のあるタンボチェに第一ベース・キャンプを設営し、そこから最初のトレーニングを行うことにしていた。ワイリーはバクタプルの練兵場に荷を運ぶとすぐに三百五十人ほどの土地の男をポーターとして集めた、その全員の名前を給料支払帳に記録し、計算票と前払い金を渡すのである。

荷が予想よりもはるかに多いことがわかったので、わたしはキャラバンを二つに分け、なか一日をおいて出発することに決めた。道は狭く、さらに起伏の多い地域に入っていくと一列でなければ進むことはできない。移動が長引くことを避けるには隊列を短くするしかないのだが、隊を二分するのは残念なことだった。初めはひとつのチームとして一緒にいるほうがいいと、イギリスを発つときから思っていたし、現地に入ってもその気持ちに変わりはなかった。この間に話し合うことがたくさんあるだろうし、ぎこちない雰囲気を解消する必要がまだあるかもしれない。また、トレーニングに入れば、小さなパーティーにたびたび分かれることになる。われわれはここで初めて全員がそろったところであった。そこで、隊を二分する不利を少しでも減らすために、三人を残してほかは全員第一キャラバンと共に出発することにした。

われわれは先の遠征隊にならって、グルカ旅団の五人の下士官にポーターの大部隊をまとめるワイリーの仕事を手伝ってもらった。五人はカトマンズでわれわれに合流し、第二キャラバンに同行した。

資金管理も大きな仕事である。これだけ大規模なキャラバン隊にかかる費用と、文明社会から離れている間に予想されるさまざまな出費に備えて、わたしは遠征隊の金庫番として、かなりの資金を引き出して持っていかなければならなかった。カトマンズ盆地を除く土地の人々は紙きれは受け取らないと聞いていたので、資金の半分はネパール硬貨で持っていった。そのための適当な箱を見つけるのにも苦労したが、運ぶのに十二人のポーターが必要だった。

こうした仕事に加えて社交行事もあった。われわれはネパール国王とインド大使からとても心のこもったもてなしを受けた。イギリス大使館でも楽しい歓迎会を用意してもらった。ネパールの役人たちを表敬訪問することも忘れなかった。当時の国王顧問会議の首席顧問であったカイザー将軍を訪れたとき、わたしは別れ際に三つの小さなネパール国旗を手渡され、ひとつはぜひ山頂まで持っていってほしいと言われた。それは隊への信頼を示す心遣いだった。将軍の望みを叶えたことを伝えられて本当によかったと思う。

このように多忙を極めながらも、われわれは周囲の眺めに心を奪われずにはいられなかった。カトマンズ盆地は標高一二〇〇メートルを超える広大で肥沃な盆地である。木が生い茂る小高い山々に囲まれ、北側には雪をいただく山々がわれわれをいざなうように顔をのぞかせている。もっと高い山を見たいと思ったわれわれは一日を割いて、近くのシェオプリの丘に登った。あいにく空は曇っていたが、それを補うように緋色や薄紅色のシャクナゲの花が咲きほこっていた。ネワール族のわらぶき屋根と黄色と白に塗り分けられた漆喰の家にも魅せられた。眼下に広がる畑地では、農夫たちが穀物の種を蒔く準備をしている。眺めているうちに、これからこうした緑の山々をいくつも越えて、タンボチェまでの長い旅を存分に楽しめるのだという気になってきた。

三月十日、いよいよ第一キャラバンの出発の日である。わたしは第二キャラバンの出発を見届けてから発ち、二日分の行程を一日で進んで第一キャラバンに追いつくことにした。後発隊にまわる隊員もバクタプルまで見送りに出た。それはまさに心に残る光景だった。高まる興奮が渦を巻き、何百人という男たちが走り回り、わいわい言いながら荷物をかつぐ準備をしている。その間をワイリーと、数人のシェルパをしたがえたテンジンが歩き回っている。これだけ大規模な移動であるにもかかわらず、完全に統制が取れている感がある。ワイリーとテンジンはすばらしい仕事をしてくれた。おかげでわれわれはさい先のいいスタートが切れる。誰もが意気揚々としていた。曇っていた空も、みんなの気分を映すように明るくなってきた。

新聞記者や見物人が見送りにやってきた。ポーターの長い隊列が東に向かって動き始めると、カメラのシャッター音があちこちから響いてきた。ポーターがかついでいる荷は平均して三〇キロほどであったが、なかにはぞっとするほど大きな荷をかついでいる者もいた。そのひとつは長さが一・八メートルある金属製のはしごである。もっと大変そうなのは、ピュウの必需品が〝控えめ〟に入っているという棺《ひつぎ》大のアルミ製のトランクだった。それをポーターが丁重に扱っているのを見てわれわれは思わず笑ってしまった。いたるところでの抗議やからかいにも屈せず、ピュウがそのトランクをアイスフォールの手前のベース・キャンプまで運ばせたのはあっぱれであった。

その日の昼前に、わたしは一等書記官のプラウド大佐と第二キャラバンにまわる隊員三人と共に大使館に戻ると、安堵のため息をついた。ついにわれわれはエベレストに駒を進めた。計画、準備を経て、実行段階に無事に移ったのである。

クンブへ

いつまでも旅をしていたくなるほどネパールの大地は心地よく、晴れ渡った春の空の下をゆっくりと歩を進めていったわれわれのように、ペンの運びにもつい時間をかけたくなる。わたしがこの神秘の国を急ぎ足で案内しているとしたら、それはひとえに限られた時間と字数でこの物語を書き上げなければならないせいである。ロンドンで計画を立てていたときには、カトマンズを出て山に取り組めるようになるまでに、ほぼ三週間かかるという見通しにいらだちを覚えていた。ところが実際に十七日間の旅が始まると、自然の美しさと、当分の間は気苦労や書類仕事から解放される喜びで、焦る気持ちは消えていった。それは数ヵ月間味わうことのなかった心穏やかな時間であった。決めたスケジュールに従っていれば、ペースを上げる必要はないことをみんな知っていた。おかげで風景を充分に楽しむことができたし、鳥も、花も、虫も、思いのままに眺めていられた。みんなが一緒に旅をしていることを楽しんだ。おそらく、その先に待ち受けている厳しさを考えると、いっそうそのときどきの幸せを噛みしめられたのだろう。少なくとも、わたしはそうであった。

道はヒマラヤから発する流れをいくつか横切りながら、われわれを東へと導いていった。深い谷底に下り、水しぶきを上げる奔流を越え、大きな川を渡り、丘を登り、ネパールの大地を斜めに突き進んでいった。延々と広がる山々をかなたに望む広大で豊かな土地に、居心地のよさそうな家が点在し、見るからに人の心の温かさが感じられる国である。道すがら土地の人々を目にする機会もあった。娘たちは大きな耳飾りとか、ガラスの腕輪とか、赤いビーズの首飾りとか、とてもおしゃれだが、男たちは髪を短く刈り込み、裸に近い格好だ。分水嶺を過ぎるとシャクナゲの群生地が待っていた。花は高度が増すにつれ、緋色から薄桃色へと変わっていき、三〇〇〇メートルを超えると白や黄色になる。森に入ると白いモクレンの花びらが強い匂いをはなち、道端には薄い紫色のサクラソウが咲いている。そして、なんといっても注目すべきはヒマラヤの鳥たちである。タイヨウチョウに、緑青《ろくしょう》色のヒタキに、ベニサンショウクイ、この宝石のような鳥の美しさをどう表現したらいいのだろう。ストバートとグレゴリーは、目にするものを片っ端からカメラに収めていた。二人とも毎日、見晴らしのいい場所に立ち、目を見張るような風景とキャラバンが前進していく様子を記録に残していった。

土地の人々の素朴な暮らしを見るのも日々の楽しみだった。山の斜面を切り開いた段々畑、標高二七〇〇メートルの山肌に育つジャガイモ——こうした斜面の利用方法はわたしの故郷のウェールズでも見られるものである。だが、木の枝に干し草の束が置かれているのは不思議だった。集落ごとに住居も違った。板葺きの屋根に大きな重石が置かれているのは、アルプスの村でもよく見られる光景だ。

大きな平らな石で屋根を葺いている集落もあった。われわれはよく川で体を洗ったり、洗濯をしたりした。まだ季節が早かったので、氷河の沈泥で濁ることもなく、水は清く澄んでいた。

そんなときに一度、われわれは危うくエヴァンズを失うところだった。ある朝、ヒラリーとわたしがリク・コーラに水浴びに出かけると、すでに裸になっていたエヴァンズが勢いよく大きな淵のなかに飛び込んだ。すると水の流れに吸い込まれるように姿が見えなくなったのだ。まもなく水面に現れたが、今度は岩にぶつかり、激しく逆巻く水中にまた引き込まれていった。すべては一瞬の出来事だった。われわれが助けに入ろうとしたちょうどそのとき、薄茶色の頭が再び水面に現れた。どうやらけがはしておらず、どうにか岸に泳ぎ着いた。まさに九死に一生、その場にいた全員がひやりとした瞬間だった。

東に進むにつれ、高い山々の壮大な眺めがより現実のものとしてとらえられるようになった。旅の五日目に、二五〇〇メートルほどの峠に登って、北方のすばらしい眺めを目の当たりにしたときのことをよく覚えている。ロールワリン山群の最高峰メンルンツェ（七一八一メートル）が驚くほど間近に見え、その急峻な姿に興味を引かれた。登頂を期待されているわけではないので、一番不可能と思われるルートを想像しながら半時間ほど過ごした。その数日後、別の尾根からエベレストが見えた。北東のはるか先だったが、雪をいただく一連の高峰の向こうに、たなびく雲に印を付けられているのはまぎれもなくエベレストの頂だった。感動のしかたは人それぞれだったが、全員が共有する興奮とあいまって、もっとよく見ようと木に登る者までいた。

移動中の日課はのんびりとしたものであった。午前五時半にカップ一杯の紅茶を飲んで目を覚ます。キャラバン隊が行動を開始するのは六時をまわった頃である。トンデュプを先頭に食事係が先に出て、まず朝食に適当な場所を探す。トンデュプは助手を選ぶ才能があり、優秀なシェルパニをいつも一人か二人したがえていた。なかでもわれわれが〝おばちゃん《アンティ》〟と親しみをこめて呼んでいた若いシェルパニはたくましくて元気がよかった。二、三時間して適当な川に着くと長い休憩をとり、コックは火をおこしてポリッジとベーコン・エッグの用意をし、われわれはその間、泳いだり、本を読んだり、書き物をしたりする。バードウォッチングや昆虫採集を楽しむ者もいる。午後の早い時間にキャンプに着き、腰を落ち着けたら日記や報告書を書いたり、今後の計画を話し合ったりする。

移動の道中やキャンプでののんびりする時間が、隊員たちの関係に驚くほどの効果をもたらした。出会ったときはただの好印象だったものが、友情へと変わっていった。互いの経歴や興味を比較し、たいていは登山の話になるのだが、同じような経験や対照的な経験を語り合ううちに互いのよさを認め合うようになった。わたしは再びヒラリーとエヴァンズと共に計画を練り始めた。それがわれわれに課せられた仕事であり、アタック計画の代替案や、それに合わせた荷上げの計算などに没頭した。仕事をしていないときは、大きなドーム型テントの中で横になってくつろぎながら、隊員を観察していた。

ウェストマコット、バンド、ボーディロンの三人はよく集まって、ノース・ウェールズの難しい岩登りを話題に盛り上がっていた。ストバートはアフリカでのやや眉唾っぽい猛獣狩りの経験談や、南極圏の様子をいきいきと語っていた。ロウは深刻そうに、たとえば不運な教師と手に負えないやんちゃな生徒との対立といった自分の経験談を語ることもあれば、バンドのウィットに富んだ話に対抗するように、遠征隊のピエロ役として腹が痛くなるほど笑わせてくれることもあった。グレゴリーはほかの隊員とは対照的で、静かに本を読んだり、ストバートと写真技術の話をしたりしていた。ノイスも物静かで、数冊持っている分厚いノートを一冊広げては、びっしり書き込まれたページに何やら書いていた。そうやってテントの中や、茂みで朝食を待っている間に書いたものをいつか全部読ませてもらいたいものだ。その日の出来事をみんなで報告し合うこともあった。ウェストマコットやわたしがこんな蝶を捕まえたとか、逃がしたとか。バンドがバッタを見つけたのに、昆虫採集箱がもういっぱいだとか。こんな珍しい鳥を見たんだとか。食べ物の話はしょちゅう出てきた。このときばかりは、隅っこに控えているグレゴリーも話に乗ってきたし、〝食事がすべて〟のヒラリーにとっては格好の話題だった。そして、誰が集まっていてもエヴァンズはいつのまにか話に入っていった。冗談をうまく締めくくったり、広い知識に基づいた情報を議論に添えたり、それは常に理にかなっていて分別を感じさせた。まったく申し分のない連中だ。

われわれは互いをよく知るようになると同時にシェルパとも仲良くなっていった。ヒマラヤの旅では、隊員それぞれに忠実な従者が付いて世話をしてもらえる。それがシェルパにとっても嬉しいことのようで、朝は茶を運び、夜になると寝袋を広げ、私物の運搬まで手伝い、〝サーヒブ〟をすっかり甘やかしてしまう（この〝サーヒブ〟というヒンディー語は〝主人〟を意味するが、われわれの間では、遠征中に隊員とシェルパを区別する必要があるときにだけ使用した)。わたしの従者はペンバという名前で、無口でたくましい若者だった。モンゴル系の特徴が色濃く表れており、編んだ髪を大きなまげにまとめていた。シェルパ・チームのなかで一番勇気があるという評判で、好感のもてる男だった。ペンバはヒンディー語がわからず、わたしは彼が唯一話せるシェルパ語を解さなかったが、すぐに理解し合えるようになった。

イギリスで受けた助言のなかで特に記憶に残ったのは、酸素マスクに慣れることの重要性である。マスクの設計者であるジョン・コーツも、高所でうまく使える自信を得るには長期にわたる練習が必要だと強く求めていた。こんなものに慣れるとは思えないと言う者もいた。そのため、われわれは一日のどこかで酸素マスクを付けることを日課とした。ある晩、二人の隊員がマスクを付けて寝た。マスクを付けたことのなかった隊員は、呼吸にほとんど影響を与えないことや、不快感もないに等しいことを知って驚いていた。エベレストで本番を迎えたときに全員がマスクを使えたのは、おそらくこうして早い段階から練習をしていたからであろう。

行程のなかばで、ヒラリーとテンジンとわたしの三人は、一日とどまって第二キャラバンが来るのを待った。二次隊も元気なことがわかり、今後の計画について話し合えたのもよかった。だが、二次隊には物騒な出来事が二、三起きていた。ある夜、ヒョウがキャンプにやってきたとか、シェルパとポーターが短刀《ククリ》で渡り合い、ウォードが医師として初の出番を迎えたとか。このけんかだけでなく、ワイリーがグルカ兵の下士官の助けを借りて処理した問題もけっこうあったらしい。二次隊のポータ

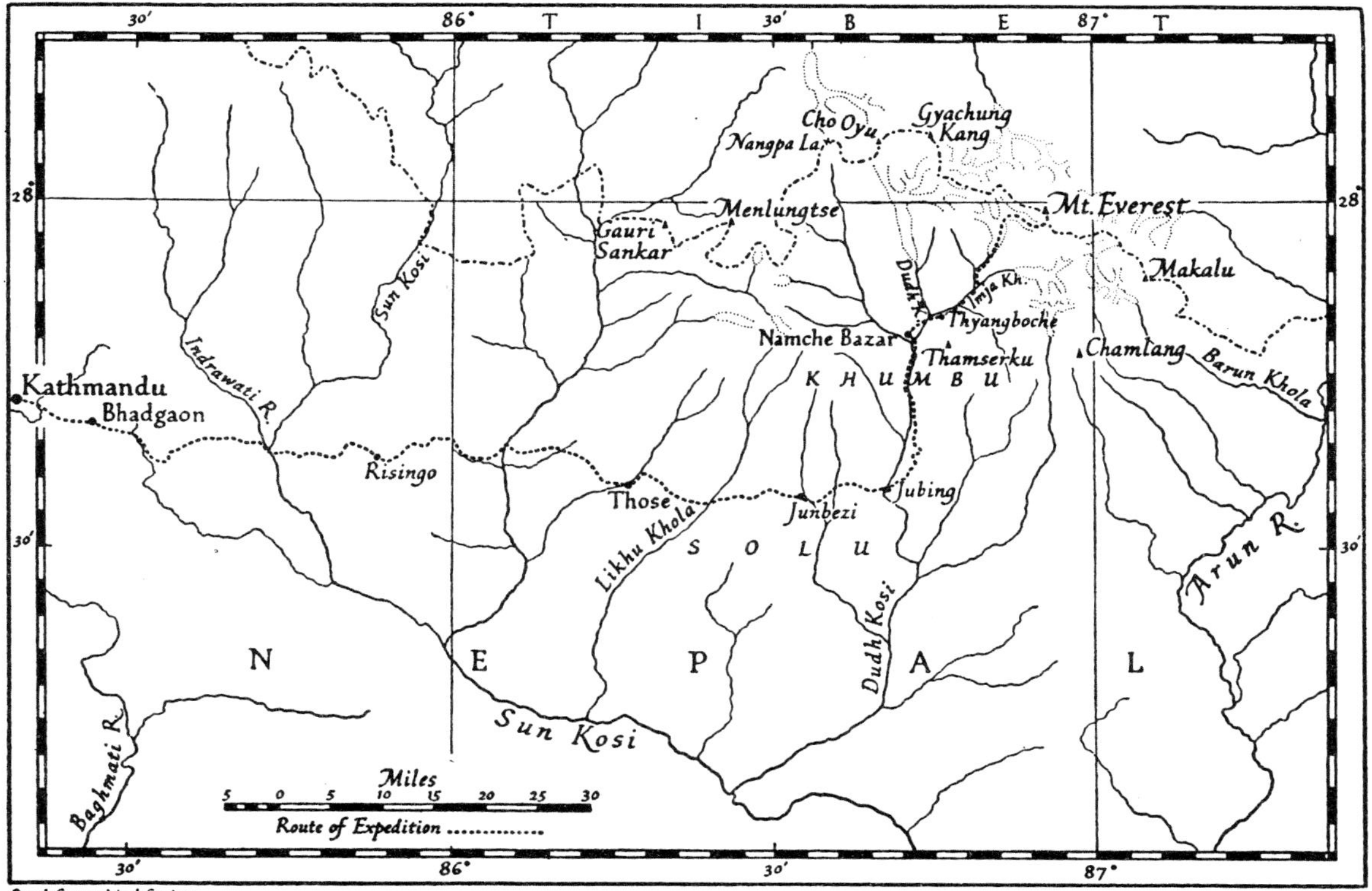

Royal Geographical Society

ーは一次隊と比べると頼りにならなかったようだ。そして、わたしは免れて幸いだったが、科学の犠牲になっている者もいた。ピュウが隊員に〝最大負荷試験〟という恐ろしい試練を課していたのだ。その内容というのが、全速力で肺が破裂しそうになるまで丘を駆け上がったあと、大きな袋に息を吐いて風船のように膨らませるというものだった。しかし、ピュウはパジャマにサングラス、もじゃもじゃの赤毛に鳥打ち帽というういつもの妙な格好で、この拷問を自分にも公平に課していた。われわれは試験の順番が回ってこないように、一次隊の後を急いで追った。

出発から九日目、キャラバンは標高二七五〇メートルの峠を越えて、シェルパの故郷ソル・クンブに入った。風景も人々も一変した。山の傾斜はさらに急になり、岩場が増え、畑は減り、家もまばらだった。初めの頃はアルプスに似ていた風景が、すっかりヒマラヤらしくなった。人々の顔や服装も変わった。モンゴル系の特徴が色濃く表れ、顔はのっぺりとして、装飾の多い厚手の民族衣装を着ている。ここはシェルパの国だ。

ここまで東に向かって旅を続けてきたが、これまでで最高地点だった三七〇〇メートルの尾根を越えると、道はひたすら下り、ドゥド・コシ川の深い峡谷へと出た。勢いよく流れる川はエベレストを水源とし、今はまだ透き通った青緑色を呈している。ここが旅の分岐点である。竹と石で作られた不安定な橋を渡った後、われわれは北に舵を切り、峡谷の東側を通って最終目的地を目指した。ここまで一五〇〇メートルほど下ってきたので、また高度を稼がなければならない。深い峡谷を縫い、通れない絶壁を避け、大きなアップダウンがいくつも続いた。

水浴びもできないような急流を渡ってはまた戻り、森に覆われた急勾配の山腹を登っては下った。色とりどりのシャクナゲやモクレンの花、大きなモミの木が織りなす景色が続き、早春の草花や、香り高い花をつけた灌木が道端を飾っていた。かすかに水の音が聞こえてくる渓流に向かって落ちるような急坂を下っていくときも、エベレストにほど近い白い尖峰がのぞいている稜線を目指して、まるで空に向かって登っているようなときも、眺めは息をのむほど美しかった。あまりにも壮麗な眺めのなかに、ときおり、シェルパの里が現れるとほっとした。板葺き屋根の石造りの家を囲むように、手間をかけて耕された畑が並んでいる。今はまだ土しか見えないが、まもなくジャガイモや大麦やトウモロコシが芽を出すのだろう。

峡谷を進むにつれて、草深い斜面にそびえ立つ巨大な岩稜《バットレス》が見えてきた。そこでドゥド・コシは支流のボーテ・コシと合流している。ボーテ・コシはヌプツェとローツェの南面やその下に広がる低い山々から氷が解けた水を運んでいる。この川に沿ってわれわれは進んでいくことになるのだが、まずこのふたつの川を分けているバットレスを登り、クンブの一番大きな村であるナムチェ・バザールへ行かなければならない。ナムチェの向こう側には、五七〇〇メートルを超す灰色の花崗岩の山がそびえている。これがクンビラなのだが、サボイ・アルプスやベルゲルの岩山を思い出した。

三月二十五日、われわれはナムチェに向かう広い道を登っていた。たくさんの人々が歩いていた。鮮やかな色の民族衣装をまとい、土地の灌木から作った薄い羊皮紙のような紙の束を運んでいる者もいた。晴れ渡ったすばらしい朝だったので、われわれはいっとき進路からはずれてイムジャ・コーラのほうを眺めにいった。すると突然、見たくてしかたがなかったエベレストのピラミッドが、すぐ目の前に、ローツェとヌプツェをつなぐ白く長い稜線の上にそびえているのが見えた。まず気づいたのは、エベレストの頂の岩壁が黒くてほとんど雪が付いていないことだった。数週間先の山の状態もこうだといいがと思ったが、落ち着いて考え直してみると、頂上付近はまだ冬のすさまじい風が吹き荒れていて、人間の襲来から山を守っているのだとわかった。しかし、そうであっても、思いがけず、これほど間近にエベレストを目にできたことは大きな励みとなった。

ナムチェの村に入ろうとしたときに、われわれはシェルパたちの親族に迎えられた。彼らは米を発酵させた白いチャンという酒の入った樽や、チベット茶を入れた大きなポットを持って道端で待っていた。ポットの注ぎ口も取っ手も色紙で飾られており、この嬉しい歓迎はシェルパたちに向けられたものだったが、隊員も同じようにもてなしてくれた。いかにも友好的なシェルパの民らしいふるまいである。

ナムチェにインド政府の役人が駐在する小さな無線局があるのを知って、われわれは驚いた。しかも、カトマンズのインド大使の厚意によって、無線局のティワリ氏にわれわれの急を要する通信を取り扱うよう指示が出ていた。おかげで滞在中に何度か便宜をはかってもらった。

旅の最終日は、ネパール盆地を旅立った日からずっと味わってきた喜びや興奮がクライマックスに達した日でもあった。ここでもシェルパの友人や親族が、隣村のクムジュンからやってきてわれわれを待ち受けていた。その上、タンボチェの僧院から、あまり元気はないが荷物運びには使えそうな一

頭のポニーがわたしを迎えにきていた。わたしは乗馬は得意ではないが、澄んだ空気のなかをポニーに乗って坂道を登っていけたのは純粋に嬉しかった。わたしは周囲の幻想的な眺めに心を奪われた。タンボチェは世界で最も美しい場所のひとつに違いない。標高は三六〇〇メートルを優に超している。僧院はイムジャ・コーラにせり出した山麓の端の小高いところに建っている。周囲をぐるりと住居に囲まれ、どれも変わった造りで、外観は古めかしい。わたしがこれまで見てきた山の風景とはまったく異なる眺めがここにはある。どの方向に目をやっても、鬱蒼と茂るモミの木や、苔をまとったカバの木や、標高が高いために背が伸びないシャクナゲの茂みの向こうに、氷の峰がそびえている。エベレスト山群が渓谷をふさぐように横に走り、ヌプツェの七六〇〇メートルの壁が頂稜《ちょうりょう》から二一〇〇メートル下の氷河まで まっすぐに切れ落ちている。

目はさらに、少し手前の谷に向かってやや傾いている巨大な牙へと引きつけられる。六八一二メートルのアマ・ダブラムである。その近づきがたい姿は、マッターホルンにも勝り、カラコルムのムスターグ・タワーに匹敵するといえよう。

僧院が立つ山麓のすぐ上、南東方向に、繊細な氷のひだのある双子の山がある。針のように鋭い頂は青空を背にほとんど透き通って見える。これがカンテガとタムセルクで、共に六七〇〇メートル級の山である。北西には、ドゥド・コシの上流に矢のように完璧に左右対称の形をした山が見えていた。また南西には、六〇〇〇メートルを超える氷と岩の壁が何キロものびている。これがクワンデである。

われわれはすばらしい眺めに魔法をかけられたようにしばらく立ち尽くしていた。ヤクが静かに草を食んでいるこの地は、訓練期間中のベース・キャンプに理想的な場所だった。実際、ここでの暮らしはなかなかのものだった。

予行演習

タンボチェに到着してから三日間、ベース・キャンプは活気にあふれていた。長旅を終えて〃高度順応〃を開始するまではのんびり過ごすつもりだったが、実際はそんな暇はなく、準備や計画を立てるのに追われた。準備完了の目標期日である五月十五日に向けて、何があっても作業を停滞させるわけにはいかなかった。事実、スケジュールはぎっしりつまっていた。三月二十八日のわたしの日記から、その様子を少し紹介しよう。

昨日は第二キャラバンが到着し、明日は三つに分けた訓練隊の第一陣が高度順応に出発する。そのはざまで今日は特に忙しかった。ポーターは賃金をもらって、村に帰っていった。彼らが運んできた荷は、品目別あるいは開梱時期を示す色別にきちんと積み重ねられている。特に目を引くのは壁のように積み上げられた食料の箱と、別の場所にロープで仕切って積まれている酸素補給器の箱の山だ。僧院にやってきた村人や、通りすがりの旅人が好奇心に駆られて見にくるので、テンジンは邪魔されないようにキャンプのまわりにロープを張りめぐらした。

われわれは持参したテントをすべて張ってみた。形も色も大きさもさまざまで、約二十張りある。三つの小型テントは最高キャンプ用、オレンジ色のテントは前進基地以降で使い、同型の黄色のテントはウェスタン・クウムに入るまで使う。スイス製の特徴のあるテントはテンジン用、ふたつの大きめのドーム型テントは、ひとつはシェルパ用で、もうひとつは隊員用である。テントの横にピンクや茶色やオリーブ色の寝袋が広げられている。キャンプ地の端っこに、トンデュプが空箱を壁に、防水布を屋根にして調理場をこしらえた。トンデュプの助手には女性もいて、鍋を洗ったり、服をつくろったり忙しくしている者もいれば、互いの長い黒髪を梳《す》いたり、編んだりしている者もいた。

太陽が草に降りた霜を解かす頃（ここの高度はほぼ三二〇〇メートルあり、夜はまだ寒い）、隊員はボーディロンの酸素補給器が入った箱をテーブル代わりにし、荷箱に座って朝食を済ませた。驚いたことに、隊員のほぼ全員がまだひげを剃っていた。これはボーディロンが、ひげが伸びていると酸素マスクを装着したときにすき間ができるということで、バリカン式のひげそりを提供したからである。

準備作業は本格化し、仕事別にいくつかグループができている。ボーディロンはウォードの手を借りて、数人の隊員に酸素補給器の使い方を教えており、生徒たちはキャンプの裏手の山を試しに登ってみるために補給器を組み立てている。ヒラリーはテンジンに通訳をしてもらいながら、シェルパたちに特別仕様のプリムスの炊事用ストーブの使い方を教えている。バンドは携帯型無線機の梱包を解き、午後にわれわれに使い方を教えることになっている。

調理場の反対側の隅では、ウェストマコットが組み立て式のはしごをつなげて、大きな石の間に渡している。真ん中がたわんでいるが、助手を務めているシェルパの体重には耐えられそうだ。最初はこわごわ渡っていたシェルパも徐々に自信がついてきたらしい。エヴァンズとノイスは、われわれが適宜受け取ることになる衣類や装備を並べている。すでに受け取った者もいるようだ。淡緑色の羽毛服を着ている者が一人いるし、紫色のセーターを着ている者もいる。新しい登山靴にアイゼンを装着して芝の上を歩いている者までいる。ストバートは映画用のカメラを手に作業グループを転々としている。その後ろを追っかけている歯のない老人は、シェラプという名前の僧侶である。シェラプはすでにストバートの三脚を設置するエキスパートであり、ストバートに代わってカメラを回したいという野望すら抱いている。

仕事はこれだけではない。やるべきことはまだたくさん残っている。わたしは収支報告や現金の管理という面倒を抱えているし、タイムズ紙に送る記事も書かなくてはならない。今後の計画を練るという任務もある。ワイリーとテンジンも問題をたくさん抱えている。まず、三つの訓練隊それぞれにシェルパを割り当て、次に、高所まで行くシェルパとアイスフォールで働くシェルパを決めなくてはならない。また、グレゴリーと協力して郵便物を運ぶ飛脚を仕立てる仕事もある。グレゴリーは郵便と写真撮影を担当している。バンドは高度順応に出かける隊に食料を配らなければならない。羊を一頭手に入れたが、仏教徒のシェルパたちには殺せないだろうということで、肉屋で働いた経験のあるロウがその役を買って出た。

遠征隊が到着すると必ず具合の悪い村人がやってきて、ウォードはたくさんの〝症例〟を診ることになる。虫歯、目の痛み、皮膚のただれ、発熱、原因不明の腹痛、それを全部治療するのである。また、ピュウを忘れてはならない。ピュウは専用の〝生理学テント〟で店開きをしており、なんとかしてわれわれを荷物用の大きな秤にのせ、注射針を突き刺し、〝最大負荷試験〟のために丘の下のスタート地点に追いやろうとしている。

午後になると、僧侶の招きでわれわれは僧院に初めて公式訪問した。到着すると簡単な儀式が執り行われ、現在の僧主と亡くなった前僧主の座に〝カター〟というスカーフを置いた。現在の僧主はまだ少年で、この日はチベットへ行って不在であった。テンジンに作法を教えてもらい、わたしは代理の僧主に遠征隊の旗も進呈した。ざっと院内を案内されたあと、階上の部屋で食事のもてなしを受けた。ワイリーとテンジンと共に、色あせた赤い僧衣をまとった太りじしの僧主代理の隣に座ったわたしは、雪男《イエティ》について尋ねた。老僧はすぐにこの話題にのってきた。窓からわれわれのテントが張られた草地を見下ろしながら、数年前の雪が積もった日に、近くの茂みからイエティが出てきたときの様子をいきいきと語ってくれた。その獣は時には後ろ足だけで、時には四つんばいでゆっくり動き回っていたという。身長は一メートル五〇センチほど、全身灰色の毛で覆われていたというのは、ほかの目撃談とも一致する。客がいることを忘れたかのように、老僧は記憶に刻まれた光景を目に浮かべているようだった。イエティは立ち止まって体を掻いていたとかで、老僧はしつこいくらいにまねをして見せてくれた。そして雪をつかんで遊び、うなり声を何度かあげたそうだ。僧院は大騒ぎになり、この招かれざる客を追い払おうと、ほら貝やラッパが吹き鳴らされ、イエティはゆっくりと茂みのなかに戻っていった。

　われわれは老僧の話に聞き入った。怪しい話でも興味は失せなかった。イエティの一族は人間の風習をまねたせいで、チベットでの評判が悪くなり、人間に大量に殺されてしまったという。そのため時の政府は、将来イエティが法律で守られるように法令を出すことになったそうだ。イエティを殺してしまうとは、殺生を嫌う仏教徒の話としてはいささか妙だが、おそらくイエティは持ち前のユーモアのせいで悪ふざけが過ぎたのだろう。

　ぜひ書き留めておきたいのは、慈悲深い僧侶たちのおかげで、イムジャの渓谷はすべて野生動物の保護区になっていることだ。その成果はわれわれのキャンプの周辺でも見ることができた。ジャコウジカや、ニジキジや、大きなヤマウズラなどが、なんの警戒心も抱かず、テントのすぐそばまで遊びにやってきた。

老僧にいとまを告げると、僧院の屋根の修理費として数千ルピーの寄付を求められた。わたしは前の晩に深夜までかかって、現金箱の中身に見合うように予算の見直しに苦労したところだったので、なんとか要求をかわす必要があったのだが、この機会にこちらからも要求を出してみようと思った。僧院にある悪魔の仮面に興味を引かれていたわたしは、寄付の見返りにラマの儀式の踊りを帰りに見せてもらえないかと頼んだ。すると、老僧は承諾し、エベレストへ出発する前に遠征隊に祝福の祈りを捧げるつもりだとも言ってくれた。


僧院を訪問した翌日から、われわれは三週間の訓練期間に入った。四月二十日まで、エベレストに向けた本格的な訓練と準備を行うことになる。この期間の一番の目的は徐々に高度を上げて体を馴らすことである。二種類の酸素補給器の使い方や装備に慣れることも計画に盛り込まれている。訓練プログラムは二回に分けて、それぞれ八日間ずつ行う。間に休憩を挟み、タンボチェで休息をとった後、隊を再編成し、後半の訓練に出る。訓練は三つのパーティーに分かれ、ヒラリー、エヴァンズ、わたしがそれぞれ指揮をとる。場合によっては、前半と後半の編成を変える。訓練地はパーティーごとに違う場所を選んだ。誰もがこの訓練を楽しみにしていた。比較的低い峰や峠を使って体作りができる上に、少人数のほうが互いに打ち解けられて気楽でもあった。

まず、エヴァンズ隊が三月二十九日に出発する。メンバーはボーディロン、バンド、ウェストマコットである。彼らは閉鎖式と開放式の両方の酸素補給器を使うのでとりわけ忙しい日程をこなすことになる。残りの二隊は次の日に出発し、全員、四月六日にベース・キャンプに帰還する。

第一陣の出発直前に、ボーディロンは酸素補給器の保管場所で最もあってはならない問題を発見した。四十八本の訓練用ボンベのうち少なくとも十五本が輸送途中で漏れて空っぽになっていたのだ。これは計画が台無しになりかねない危機だった。訓練用のボンベは標準型の空軍用ボンベで、訓練期間中はもちろん本番の登攀にも使用するため、訓練を縮小するか、あるいは登攀計画を変更しなければならない。さらに、後送されてくる同型のボンベに同じ欠陥が生じているおそれもあった。わたしはカトマンズにいるジミー・ロバーツから、登攀用の酸素が予定通りインドから空路で送られてくるので、まもなくタンボチェに向けて出発できるという連絡を受け取ったところであった。ボーディロンはロバーツが運んでくる酸素ボンベの状態を問い合わせる至急電報を下書きすると、飛脚をナムチェ・バザールの無線局に走らせた。

この不安が払拭されたのは、一週間後、わたしが一回目の高度順応から戻ったときだった。電報がイギリス大使館に届いたとき、ロバーツはすでにカトマンズを発って二日目に入っていたので、プラウド大佐がロバーツを止めに急行した。丸一日かかって六十個余りの木箱を開け、中身を点検した結果を聞いて、われわれは心底安堵した。五月十五日までに代替品をイギリスから取り寄せられる望みなどないに等しかったからだ。

申し分のない天気に恵まれた日、われわれはベース・キャンプを出発した。誰もがついに火ぶたを切るときが来たという思いで装備を身に着け、意気揚々と山に向かった。訓練に向いた場所には事欠かなかったので、パーティーごとに行き先はばらばらだった。エヴァンズはすでにアマ・ダブラムの南壁の下方に隠れていそうな谷に向かっていた。ヒラリーは北西のチョラ・コーラの未知の峡谷へみんなを連れていこうとしており、もし適当なルートが見つかれば、あの優美なタウチェを一周するつもりでいる。ヒラリーの隊にはノイス、ウォード、ワイリーがいる。ところが、ヒラリーは出発まぎわに発熱と咽頭炎を生じ、キャンプに二日間留まることになり、ノイスに指揮を託した。

わたしのパーティーはグレゴリー、ロウ、テンジンというメンバーで、ヌプツェとローツェの壁の方向にあるイムジャの盆地を目指していた。初めはアマ・ダブラムの北側に適当な訓練地を見つけようと思っていたが、その後、方向を変え、谷の突き当たりで左に折れ、ヌプツェの巨大な壁の下にある氷河の岸をたどることにした。その夜、われわれは四五〇〇メートル近い高度にあるディンボチェの農場の小さな草地にキャンプを張った。そこはアマ・ダブラムの北西の急斜面の真下に位置し、われわれは氷しか付いていない鋭く切り立った壁面を見上げ、その上部の斜面がアルプスでは想像もできない急角度であることを見届けた。このあたりの山はほとんどが美しい白色花崗岩で、その色があまりにも淡いために、氷と岩の見分けがつかないほどだった。反対方向にあるアマ・ダブラムと似た形の高峰タウチェも、タンボチェからは雪庇《せっぴ》が張り出している南西稜の一部しか見えなかったのでその姿には畏敬の念を覚えた。

ディンボチェは夏しか人が住まない地である。夏になると農夫たちがやってきて、肥沃な土を耕してジャガイモと大麦を栽培する。大麦は煎ったあとに挽いて粉にされる。それが、シェルパの主食の〝ツァンパ〟である。例年、ラマ僧を招いて豊作の祈願をすることになっており、山腹に僧のための家も用意されている。われわれが滞在した次の日にその儀式が行われる予定になっていた。

このあとの五日間はとても楽しい充実した日であった。ヌプツェ氷河の近くの標高五二〇〇メートルにあるキャンプから、グレゴリー、ロウ、テンジンとわたしは、高所シェルパ五人と共に、酸素補給器の試用、高度順応、高所用携行食の試食、付随的な踏査といった予定をこなした。一晩雪が降った以外は、好天に恵まれ、空は晴れ渡っていた。なかでも忘れられないのは、絶えず至近距離からヌプツェの巨大な壁が眉をしかめるようにわれわれを見下ろしていたことである。こうして書いている間も、あの絶壁の細部まで目に浮かべることができる。時に氷に覆われる花崗岩の驚くほどの白さ、その上に広がる黒い堆積岩の層、雪を冠《かぶ》った狭い頂上、まるで食べかけのクリスマス・ケーキの断面を見ているようである。

われわれは適当な山を選ぶと、酸素補給器を装着し、個々に登って所要時間を測った。これは勉強になったし、励みにもなった。忘れてならないのは、われわれが慣れない高度にいきなりやってきたこと、そしてどっちを向いても少し登れば五八〇〇メートル近くの高さまで行ってしまうことである。したがってこの初期段階では、酸素の補給によって高度の影響が緩和される効果が特に発揮されることが期待できた。標高差にして約五〇〇メートルを酸素を使って登り、その平均所要時間は五十分であった。つまり一時間で六〇〇メートル近く登れる計算である。これはもっと標高の低いところでも悪くないタイムとみなされるが、この高度と当時の順応具合を考えると、酸素がなければとうてい不可能なタイムだ。酸素を使用すると、安心感から幸福な気分を味わえたことは嬉しい発見だった。マスクは確かに邪魔だが、登ることに興味がもて、風景を楽しむ余裕もできた。

われわれはキャンプから氷河を挟んで反対側にある五九〇〇メートルほどの山に興味を引かれて登った。テンジンの提案で、その山を谷の下方にある牧草地の名前にちなんでチュクン・ピークと名付けた。ヌプツェの巨大な絶壁の前では小さく見えたが、北側の氷壁はなかなか登りごたえがあった。われわれは五八〇〇メートル弱の小さな氷河の頂にキャンプを張って、今にも崩れ落ちそうなもろい氷の尾根を目指して二回挑戦し、ようやくその急な北壁を登りきった。大量の足場を切る必要があったので、自分の体力を知るいい腕試しになった。わたしがテンジンと山を登ったのはこのときが初めてだったが、彼が有能な登山家であるだけでなく、その時点ですでに隊員の誰よりも体ができていることがわかった。それは将来を充分に予言するものだった。

われわれの健康状態のよさは、かなり激しい訓練プログラムを終えたばかりであるにもかかわらず、体重が維持できていたことや食欲が旺盛であったことでわかる。実際、わたしは二・五キロも体重が増えた。当時の日記を読むと、嬉しそうに献立を書き留めていることに気づく。その最たるものが一回目の高度順応からベース・キャンプに戻ってきたときの献立で、〝レーズン入りのすばらしくうまいケーキ〟とか、〝とびきり上等なカレーのあとに、嗜好品の箱から出されたライスプディングと缶詰めの果物〟とか書いている。食欲があった証拠として、これとは対照的なある隊員が記した高所用の貧弱な食事への不満を紹介しよう――〝これはとても適正な試食とは言えない。われわれは高度五五〇〇メートルで猟師のように腹をすかしている。ところが、この携行食は食欲がなくなる七〇〇〇メートル以上で食べることを想定して作られている。朝食はオートミールとグラノーラにミルクと紅茶。夕食はペミカンとスープに、ココアかコーヒー、たったそれだけなのだ〟。われわれは食欲旺盛なだけでなく、ピュウの助言に従って、毎日三、四リットルの水分を摂ることも苦にならなかった。

この一回目の高度順応訓練の間、食事は問題なくとれたが、睡眠をとるのは容易ではなかった。高度に順応できていない証拠である。不規則な呼吸を繰り返し、突然、窒息感に襲われて目が覚めてあえぐ。これは〝チェーン・ストークス呼吸〟と呼ばれている。われわれはウォードから複数の睡眠薬をもらっていた。赤と緑と黄色があって、色で識別でき、たいていはこれで眠ることができたが、自分に合った薬と飲み方を決めるまでに時間がかかる。朝食の席で、酔っ払いのように舌がもつれていた隊員を見たこともあった。

わたしのパーティーは来た道をたどって、四月五日の午後にベース・キャンプに戻った。次の訓練までの休息期間に、互いの訓練を比較し合うのは興味深かった。エヴァンズたちは、隠れた谷を探しにいくのはやめて、峠を三つ登ってきた。そのうちのひとつは約六〇〇〇メートルあり、彼らはメラ・コルと名付けていた。ボーディロンは五八〇〇メートルの岩峰を単独で登った。エヴァンズのパーティーは、二種類の酸素補給器にずいぶん慣れたようだった。また、エヴァンズはこの魅力あふれる国の地図を作るために写真や測量データを集めていた。わたしはこの時点で、ヒマラヤに初めてやってきたバンドとウェストマコットの二人が、高度の影響を比較的強く受けているという印象をもった。後に、その印象はさらに強まることになるのだが、いずれにせよ二人はそのときも、その後も、あらゆる仕事を引き受け、自分に巡ってきたチャンスはすべて楽しもうとしていた。

ヒラリーは体調が回復するとすぐにベース・キャンプを出て、チョラ・コーラで訓練を始めたばかりの隊員たちと合流した。このヒラリーのパーティーが最も思い通りに訓練を楽しんだと言えるかもしれない。高い峠をひとつ越えてタウチェの山群を一周しただけでなく、ふたつの山に初登頂した。そのひとつ、現地ではカング・チョと呼ばれている六一〇〇メートルを超える優雅な山は、氷に対するスキルと経験を試すには絶好の場所だったようだ。このパーティーは全員、開放式の酸素補給器を使用した。

その夜、大きなキャンプファイアーを囲んで、わたしはここまでの進捗状況に大きな満足を覚えていた。目標は計画通りに達成された。この時季に到達可能な最大高度に登り、しかも苦痛は感じなかった。実際、この時季に六〇〇〇メートル級の山に登ったとは驚きだ。酸素補給器はそのデザイン、効果共に信頼のおけるものであった。おかげで誰もがアルプスの山を登るように楽しめたようだ。これから待ち受けている苦労を考えると、これは重要なことだった。隊員の士気は明らかに上がっていた。なかでも嬉しかったのは、隊員同士の友情と信頼が増していることだった。ロープで結ばれていると、互いの能力に敬意を抱くようになる。高所キャンプで数日を共にしたことで、我慢できる相手から、一緒にいて楽しい仲間になったようだ。またたく星の下、凍てつく空気のなかで赤々と燃えさかる焚き火のまわりには、のんびりとくつろいだなごやかな雰囲気が漂っていた。その夜、わたしは、試練のときが来たら、われわれは必ず総力を挙げて立ち向かっていけると確信した。

ベース・キャンプに戻ってくると、体を休めることはできたが、訓練に出かける前よりも忙しくなった。大半の者は、エベレスト登頂という任務が終わるまでこのタンボチェに戻ってくることはない。隊全体が再び一ヵ所に集合するのはおよそ二週間後で、場所はクンブ氷河のできるだけ高いところに設置される新しいベース・キャンプである。そのため、各パーティーの次の訓練の行程についても、遠征隊全体の予定についても詳細かつ長期的に計画を立てる必要があった。

一回目の訓練を終え、食料と装備の課題がより明確になった。わたしはメンバーを入れ替えて、できるだけ新しい組み合わせになるようにして、次の訓練を見据えたパーティーを編成することにした。初期の計画では、クンブのアイスフォールはあまり重要視されていなかった。しかし、話し合いの結果、このアイスフォールの偵察とルート工作にもっと時間を割かなければ、後に貴重な時間を失い、五月中旬に恵まれる可能性のある好天を逃すおそれがあるという確信に至った。そのため、二回目の高度順応にこの仕事を行うパーティーをひとつ編成した。メンバーはこのアイスフォールを知っている貴重な人材のヒラリー、氷に対するスキルに秀でたロウ、そしてバンドとウェストマコットの四人である。ウェストマコットはこのアイスフォールで使う道具の責任者であり、同行すれば、橋を架けるために必要になるかもしれない丸太など、森林帯を離れる前に調達しておかなければならない材料をタンボチェに連絡できると考えた。

次に、優秀なシェルパたちに酸素補給器の使用方法を教える必要があった。これは初めての試みだが、今回の計画ではアタック隊員と一緒にサウス・コルの先まで登れるシェルパが六人以上必要だった。酸素を使えば、シェルパの可能性は計り知れないほど大きくなる。ワイリーは一回目の訓練に同行したシェルパについての報告を聴き取って、七人の優秀なシェルパを選んだ。この酸素補給器の指導をはじめ、現在のベース・キャンプの撤収、ジミー・ロバーツが運んでくる酸素ボンベの受け取り、低所用シェルパの雇用、残った装備の荷上げといった仕事をするために、わたしはエヴァンズ、ワイリー、グレゴリー、テンジンの四人に、訓練期間を短縮してタンボチェに戻ってくるように指示した。

わたしのパーティーは今回はウォード、ボーディロン、ノイスをメンバーとし、四月十七日に訓練を終了して、アイスフォールの偵察隊と合流する予定だった。そして三日間の休息のあと、アイスフォールの合流点から、その先の仕事を続けることにした。

この頃、シェルパの一人が仲間を煽動し、食事と衣類とテントの不満を訴えてきた。この男には最初から問題があって、すでに解雇する方向にあったのだが、テンジンとわたしに関する限り、この事件が男の運命を決定づけた。男は翌朝キャンプを去っていった。この男の態度は常にほかのシェルパとは著しく異なっていた。男が訴えてきた苦情はでたらめでないなら、どれも簡単に是正できることだったが、男は隊全体の良好な関係を乱すおそれがあった。男が去っていくと、シェルパたちはさっそく笑顔を取り戻した。

四月九日、わたしは再びディンボチェにいた。今回はエヴァンズのパーティーも一緒だった。快晴が続いていたが、ここに来て急変した。次の朝、目覚めると雪が一〇センチ積もっており、空に垂れ込める雲を見る限り、まだ降り続きそうだった。そこでエヴァンズは、この村に留まってシェルパたちに酸素の秘義を伝授することにした。わたしは講義を見学した。講師はテンジンとワイリーが務めた。この不思議な道具がいかに登山に役立つかをシェルパに信じてもらえるのか、補給器のメカニズムをわかるように説明できるのか、いささか疑問に思っていたが、どちらも大成功だった。講義のあとに、二人ずつ組んで交代で登ったシェルパたちはみんな大喜びで、なかでもアン・テンバは酸素を使うと登りが下りみたいだと言ってのけたほどだった。

天候はいまひとつだったが、わたしのパーティーは谷を登っていくことにした。行き先はアマ・ダブラムの北東側の山陰にあるイムジャ氷河のほとりのどこかを考えていた。われわれは湿った新雪のなかを登り続け、ついにこの特徴ある山の北陵の下、約五〇〇〇メートル地点にキャンプを張った。空気は冷え、空はどんよりと暗く、また雪が降り始めた。陽が差さないまま二日目を過ごした後、ようやく天気は回復し、われわれはチュクンの牧草地にそびえ立つ山で、土地の人々にはアンプ・ギャブジェンと呼ばれている針のように尖った美しい岩峰に登った。隣にアマ・ダブラムがあるため影が薄いが、高さは六〇〇〇メートル近くあるに違いない。

わたしは閉鎖式酸素補給器をもっと実験してみたいと思っていた。その上で、頂上アタックでの酸素の効率的な使い方を決めたかった。使ってみて着用も操作も簡単であることはわかった。効果につ

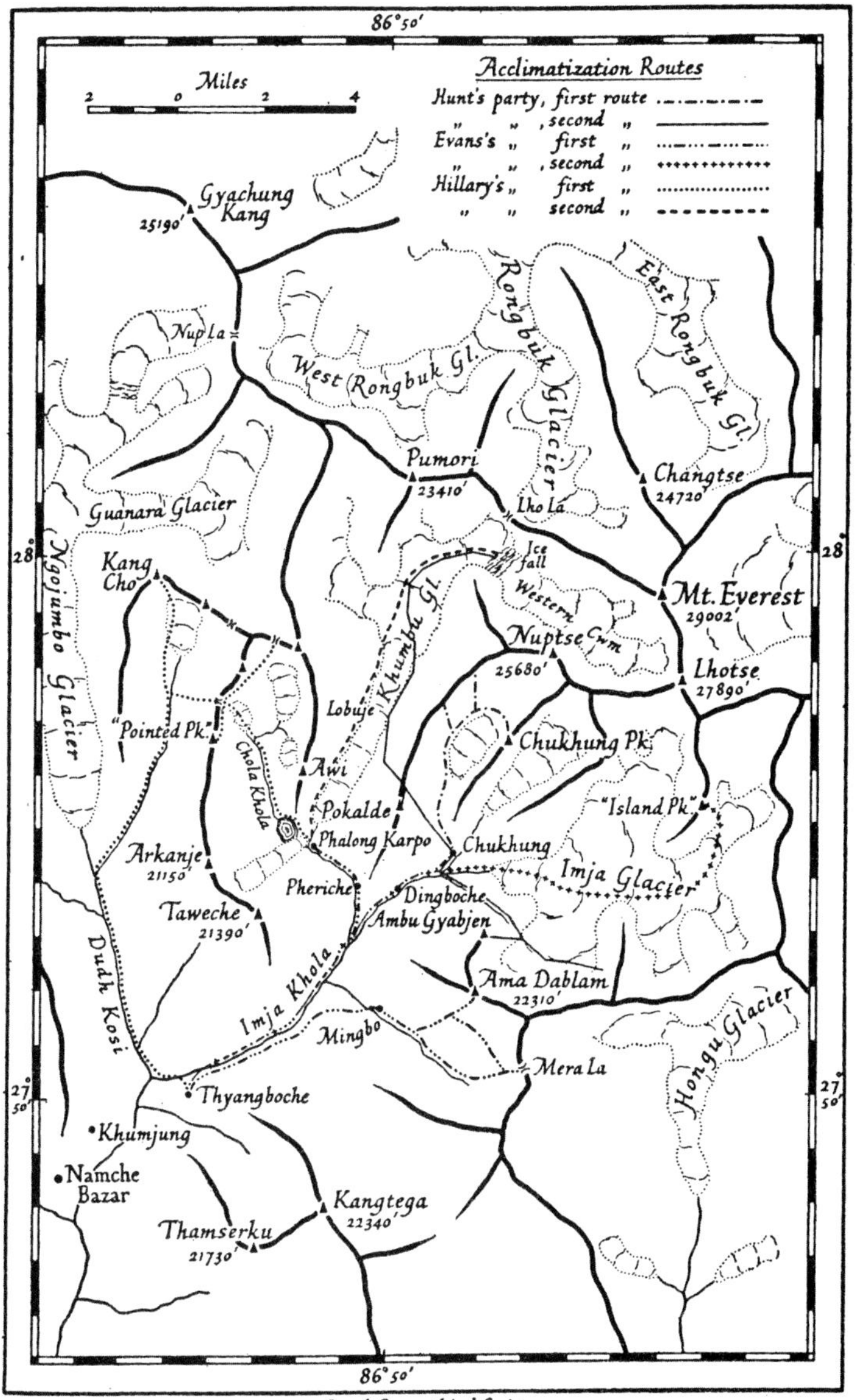

Royal Geographical Society

いても疑問の余地はないが、約一六キロという重さがどうしても登攀のペースを抑えてしまう。また、比較的暖かかったために、発生する熱が不快に感じられ、登攀の楽しさが半減した。ボーディロンとわたしが閉鎖式補給器の実験をしている間に、ウォードとノイスは開放式補給器を使って、これまでにない長時間の連続使用を試みていた。二人は五時間以上着用していたが、不快感はなかったと報告した。

キャンプを張っていた小さな谷の反対側の尾根から出ている氷河の氷塔《セラック》の間で、三日にわたってシェルパに氷対策の訓練をしたあと、われわれは盆地に下りていった。その盆地を横切って、山腹を北西方向に登ると、鞍部《コル》に出た。このコルは夏になるとイムジャとクンブの牧草地の間を移動するヤクの群れが通るところとして知られている。このコルをたどって、四月十四日にクンブ氷河の左岸に到着した。高度約五五〇〇メートルのこの峠道から、ボーディロン、ノイス、ウォードの三人は、後日、ポカルデという名前だと知った六〇〇〇メートル近い雪山にそのまま登りにいったが、わたしはすでに息苦しさを感じていたので同行しなかった。この症状は後に、初期の肋膜炎だとウォードに診断され、すぐに手当をしてもらったおかげで、数日後にはすっかり回復した。

翌日、われわれは氷河の東岸に沿って向こう岸に渡れるところまで登っていき、谷の頭部へ続く道に出た。

それは実に楽しい道のりで、この先のことを考えると自然に胸が躍った。ようやくここまでやってきた。ここからはまっすぐエベレストに向かって進むだけだ。計画と準備に追われた数ヵ月、イギリ

スやニュージーランドからの長い旅、高度順応を兼ねた訓練——そのすべてがもう過去のことになった。大冒険がまさに始まろうとしている。目の前に見える山々は、エベレストを連想させるものばかりである。あの鋭く尖った円錐形の優美な氷と雪の頂はプモリ、その向こうにリントレンの峰々が並ぶ。どちらも一九三五年の偵察隊が登っている。氷河に散らばる花崗岩の漂石をかわしながら進むと、戦前の遠征隊によって有名になった頂がもうひとつ目に入ってきた。エベレスト山群のチャンツェ、すなわちノース・ピークである。その下のノース・コルはイギリス隊が偵察に入ったときや、北側から登頂を目指したときに七回もキャンプが設営された場所である。われわれはそれをロー・ラと呼ばれているコルの向こうに見ていたのだが、クンブ氷河はウェスタン・クウムを流れて、ここで方向転換しているので、そのコルのふもとあたりが、われわれのベース・キャンプを設営する場所になると考えられた。

その日はずっと期待に満ちた空気がわれわれの間に漂っていた。昼過ぎに、われわれはプモリの南壁下の堆石《モレーン》と山腹の間にある浅い氷河湖に到着した。ここはスイス隊が去年の春にベース・キャンプを張った場所で、風よけに石を積んだ跡が残っていた。ヒラリーたちと合流してアイスフォールで活動を始めるまで、この湖畔のキャンプをわれわれの休息場所として使うことにした。

アイスフォール

二回目の高度順応のために編成されたヒラリーのパーティーは、エヴァンズやわたしのパーティーよりはるかに大規模だった。ピュウとストバートの仕事の道具が相当あった上に、金属製のはしごと縄ばしご、巻き上げ装置、大量のロープなど、アイスフォールからウェスタン・クウムまでのルート工作に必要な荷を運んでいたからだ。また、最後のパーティーが四月二十二日にタンボチェから登ってくるまで必要となる自分たちの食料と、合流後のわたしのパーティーの食料まで運んでいた。ヒラリーはそのために五人のシェルパのほかに、三十九人のポーターを雇ったので総勢で五十人におよんだ。

われわれと別れるとすぐに、ヒラリーたちは悪天候に巻き込まれた。われわれがディンボチェで見舞われたような天候だが、キャラバンを率いてアイスフォールで早く仕事に取りかからなければならないヒラリーにとっては事は重大だった。しかも、目的地に着く前に雪が降るとは予想していなかったので、ポーターに登山靴やゴーグルといった装備が必要になるとは考えていなかった。大雪のなか

をフェルトの靴で歩かざるをえなかったポーターたちは、二日目の終わりには寒さに凍え、服も濡れ、雪眼《ゆきめ》になった者も多く、実に哀れなありさまだった。それでも、その夜は限られた物資でしのぐしかなかった。テントが足りず、女性もかなりいたのだが、ポーターをテントの中にできるだけ押し込み、それでもあぶれた者たちは外の漂石の陰で眠った。だが、クンブの人々はたくましく、それを誇りにしていた。重症の雪眼になった者とごく少数を除いて、翌朝はすっかり元気を取り戻し、出発する準備ができていた。具合の悪い者を下山させたあと、ヒラリーたちは厚紙と黒い布と色付きのセルロイドで間に合わせのゴーグルを作って、ポーターに配った。こうして、この勇ましい荷かつぎの一団は、辛苦をものともせず、なんの不平も言わず、目的地に向かって前進したのである。

ヒラリーたちは湖畔のキャンプを通過し、去年スイス隊が積み上げたケルンの列をたどって、氷の真ん中の石だらけの広い道づたいに氷河を登り続けた。道の両側にはミニチュアサイズの岩峰のようなセラックが林立していて、なかには三〇メートルの高さにおよぶものもあった。強烈な太陽の熱によってできたものだが、そこかしこに不思議な造形をもたらしていた。大小の漂石が針のような氷の先にあぶなっかしく乗って空中に高く持ち上げられているのを見ると、以前はそこが氷河の表面だったことがわかる。現実とは思えない風景だが、美しくもあった。だが、その先には、およそ親しみを感じられない死の世界が待っていた。月面の風景もこんなものかもしれない。湖畔のキャンプがあるモレーン地帯をあとにしてからは、草も生えず、一切の生き物もいない。地形も異様である。クンブ氷河を登っていく誰一人として、この先に地図に示されているようなアイスフォールがあるとは想像できないだろう。この氷河流は、リントレンとヌプツェに囲まれた谷の上部から生じているように見える。このふたつの山の間にひとつ越えられそうな峠、ロー・ラがある。一見すると、われわれの行く手を阻むように高い尾根が連続しているので、エベレストのふもとに出るには、このロー・ラを越えて、チベット側のノース・コルへ進むのが唯一の道だと思ってしまう。そのコルの向こうでノース・ピークがわれわれを手招いていた。わたしは氷河のキャンプ地とベース・キャンプの間を何度も行き来しながら、このヌプツェの西尾根の肩をその度に見つけようとしたができなかった。その向こうに隠れた切れ目があるのだが、下からはまったく見えなかった。山の構造のなせるいたずらと言えよう。

ロー・ラのすぐ下ではあるが、氷と岩が扇状になだれた跡からは充分に距離を置いたところに、ヒラリーたちはスイス隊の第一キャンプの跡を見つけた。そこに、ありがたいことに滞在中の調理に燃料を使わずにすむだけの薪が残っていた。理想的な場所とは言えなかったが、アイスフォールのふもとに近いという大きな利点があった。課題のアイスフォールを一望するには、テントの後ろの小さな氷の丘を登るだけでよかった。四月十二日、ベース・キャンプが設営され、アイスフォール偵察隊は重要な任務に着手する準備が整った。

さながらエベレストという大邸宅の二階へと導く階段のようなこのアイスフォールは、下層の緩やかな岩の斜面を移動してきた氷河流が、突如としてなだれ落ちているところである。ここからは見えないが、ローツェの壁から長く水平にのびてきたヌプツェの頂上尾根が、クンブ峡谷に向かって急激に下っている。そこがわれわれが立っているところ、すなわちベース・キャンプのすぐ上である。しかし、稜線は谷床には届いておらず、六〇〇メートルほど上で、地殻変動によって切り取られている。そこには切り立った絶壁があるばかりで、そこにかぶさるように厚い青氷が三〇〇メートル以上垂れ下がり、毎日、巨大な氷の板となってはがれ落ちてくる。この急峻な岩壁がアイスフォールの右側を押さえる壁になっている。反対側はエベレストの西尾根で、これも堂々たるもので、滑らかな岩の斜面となってわれわれの左肩越しに見えるロー・ラに向かって下っている。こうしてエベレストとヌプツェの間に締めつけられるようにして、氷は巨大なカスケードのように、波しぶきを上げ、渦を巻きながら、隠れて見えない巨礫を乗り越えてわれわれに向かって押し寄せてくる。そして、崖のふちで突然恐ろしい力を得た莫大な量の水がしぶきを上げて落ちる怒号が聞こえてきそうな気さえする。しかし、実際には、強烈な寒さに捕らえられた水は凍結し、力を抑えこまれ、動かぬ静かなものとなっている。だが、完全にではない。この氷の迷路は常に動いている。その表面は水のように速くはないが、人が乗り越えていくには危険なほどの速さで変化している。

登山家の目で見ると、アイスフォールの課題はおのずと上部と下部のふたつに分かれる。下部は傾斜が急で、そこの氷はかなり最近に大きな変化があったらしく、広範囲にわたって氷が砕け、巨大な氷塊で迷路のようになっている。この三〇〇メートル以上の高さはある大きな階段のような迷路の最上部は棚状になっており、しばらく傾斜が緩んだあと、再びウェスタン・クウムの入口に向かってせり上がっている。この上の部分は奥行きがずいぶん狭く見え、一部は下部の氷塊に隠れているものの、ここから見る限り、氷の崩れ方は下部ほどではないが、裂け目がよりはっきりしていて、規模も大きい。アイスフォールの両側は溝になっていて、そこを通ることもできそうだが、どちらも周囲の尾根から氷がなだれてくるおそれがあり、ここを通るのは自殺行為であろう。ということは、アイスフォールの真ん中あたり、氷が最も無秩序に割れているところにルートを見つけていかなければならない。

アイスフォール隊はかなり困難な状況で仕事にかかった。到着してすぐにロウが体調を崩し、数日後に、ウェストマコットも同じ症状を訴え、隊はさらに弱体化した。突然の下痢に襲われたのだが、われわれの大部分が、その後数週間にわたって同じように下痢に悩まされた。常に三人以上は働くことができていたが、当然、負担は増えた。しかも、悪天候によってさらに作業は困難を極めた。

この時季は毎日午後になると雪が降る。朝になると、前日に苦労して作った道をまた作り直さなければならない。最初の二日間、ヒラリーたちはスイス隊が第二キャンプを張ったアイスフォールの中間点に到達するのに苦戦した。左右にルートを探しては何度も無駄足を踏み、氷塊をたたき割ったり、重い荷をかついでいるシェルパのために安全な足場を築いたり、毎日何時間も重労働に費やした。そしてついに四月十六日、五九一〇メートル地点に二張りのテントを設営した。われわれのエベレストへの道に重要な一歩がしるされたのだ。苦労してやっと設営できた第二キャンプは、最初のうちはよかったが、慣れてしまうと、大勢の隊員が使うために汚れや熱気が気になり、すぐに人気を失った。

ヒラリー、バンド、ロウの三人は、その夜はそこで過ごし、翌日はウェスタン・クウムまでのルートを偵察に行った。その四月十七日、わたしはヒラリー隊の動向をうかがうために湖畔のキャンプをあとにした。ベース・キャンプで彼らがアイスフォールに登っていることを知ると、わたしはシェルパのアン・ナムギャルに第二キャンプまで同行を頼んだ。わたしはそのときはまだ、この無口で無表情な小柄な男がこの危険なルートを三日間登り下りしていたことを知らなかった。アン・ナムギャルは無言で準備を整えた。ストバートも途中までわれわれに同行し、目印になるものをいくつか教えてくれた。

この最初の旅について少し詳しく書こうと思う。このルートがまだこのときには、重い荷をかついで歩く道として使える状態でなかったことを覚えておいてほしい。半時間以上、われわれはセラックの間の曲がりくねった狭い氷の道を、障害物を避けて何度も迂回しながら、アイスフォールのふもとを目指して歩いた。われわれはアイスフォールとクウムのルートに印を付けるためにイギリスから赤と黄色と黒の旗を持ってきていたので、偵察隊はすでに第二キャンプまでは旗を立てていた。いよいよ勾配が急になると、われわれはアイゼンを装着し、ロープを使い始めた。この場所を〝島〟と名付けた。そこから少し登っていくと、大きなクレバスの切り立ったふちまでひと続きの足場が切られており、固定ロープが垂れ下がっていた。このルートを工作したマイケル・ウェストマコットにちなんで、ここは〝マイクの難所《ホラー》〟と名付けた。この急勾配をここまで登りやすくしてくれたのは、まさに氷の達人のなせる技である。そこからは無数のクレバスをまたぐことになるのだが、そのうちの二ヵ所は飛び越えることもできないので、金属製のはしごが渡してあった。一・八メートルのはしごふたつ分のクレバスをわれわれは這って越えた。アイゼンを装着した靴で立ってはしごを渡るのは危険だった。氷塊が散乱する最大の難所に近づきつつあったわれわれは、次に急な登りを越えると、今まで見たことのない大きなクレバスに遭遇した。このクレバスには大きな氷塊が挟まる格好で横たわっており、竜の口がもっと開かない限りは乗っても大丈夫そうだった。氷塊の向こう側は短い垂直の氷壁に接しており、そこにはクレバスのふちまで斜めに足場が切ってあった。われわれはあとでロープを固定することにして、とりあえず氷面を手で掻いて作った手がかりを頼りに、右下方の深い割れ目を意識しながら慎重に登っていった。ここは〝ヒラリーの難所《ホラー》〟と名付けられた。この少し先で、〝地獄道《ヘルファイア・アレー》〟と呼んでいる最も氷が崩壊しているところに出た。スイス隊が秋に立てた旗が二本残っていたが、一本は橋も架けられない大きなクレバスに囲まれて孤立した氷塊の上にまっすぐ立っており、もう一本は無情に傾いた大きな氷壁の下に倒れていた。旗が示していたはずのルートは今やすっかり変わり果て、使えなくなっていた。

われわれは巨大な氷塊を上下左右にかわしながら数百メートル上まで登り続けた。この場所を的確に伝えるのは難しい。最近崩れ落ちてきたと思われる氷塊がまだ落ち着いておらず、斜面はいつ動くとも知れない。もろくなった氷塊が別の氷塊の上に危なっかしく乗っていて、今にも転がり落ちてきそうなところもある。その後、何度もクンブ氷河を行き来しているうちに、〝地獄道〟を最初に見たときの印象は薄れていったが、それでもここが危険な場所であることに変わりなかった。初めて登ったこのときは、〝地獄道〟を抜けると少し開けた場所に出られてほっとした。ところが、そこは氷塊がさらに大きくなり、その動きも激しい場所だった。ここが〝原子爆弾地帯〟と名付けたところである。われわれは不安定なセラックに囲まれ、口を開けたクレバスで左右に分かれた浅い岩溝《ガリー》に近づいていった。この頃には、またいだり、飛び越えたりできていたクレバスも日が経つにつれ形が変わり、二ヵ所に橋が必要になった。〝原子爆弾地帯〟の氷は絶えず動いていて、しかもそのつど音を立てる。毎日どこかに大きな変化が見られるので、第二キャンプへのルートはいつも偵察する必要があった。通常、クレバスの間に挟まれた氷の棚は徐々に沈下していくが、氷の動きが激しくなると、その変化も著しく、第二キャンプにもそのときの不気味な音が聞こえてきたものである。幸い、そうした大きな変化は夜間に起きる。このあたりは目印の旗を立てても何日も残ることはめったになく、新しいくぼみの底に刺さっているか、永久に姿を消してしまうかのどちらかだった。

アン・ナムギャルとわたしが第二キャンプに着いたのは、昼の十二時半頃だった。テントには誰もいなかったが、休憩が必要だったし、ウェスタン・クウムから突風が吹き下ろしていたのでテントに入って半時間ほど横になり、それからまた足跡をたどって登っていった。テントから一〇〇メートルほど登ったところで、嬉しそうに下りてくる三人組に出会った。ヒラリー、ロウ、バンドの三人である。クウムのふちまでたどり着いた三人は、この先で直面した数々の危険や技術的問題を盛んに語った。まだウェスタン・クウムへの入口が見つかるかどうか定かではなかったが、それでもこれは大きなニュースだった。最初の大きな課題が解決し、予定通り四月二十四日から、ルートの改善とアイスフォールの頭部へ荷上げを開始することになった。

湖畔のキャンプから登ってきた疲れはあったが、わたしはこの先のルートをぜひとも見ておきたいと思った。ヒラリーは五日間ずっと苦闘を続けてきたにもかかわらず、わたしと一緒に途中まで登ってルートの特徴を説明したいと言い張った。天候が悪く、遠くまでは見えなかったが、右側にそびえる氷壁が数百メートルにわたってルートを脅かしているのはわかった。三人がたどり着いたというクウムの境目がかろうじて見えたが、そう遠いところではなさそうだった。第二キャンプに戻ると、ロウが温かい飲み物を用意してくれていた。ひと休みしたあと、全員でベース・キャンプに下りた。

その日の喜びは、ベース・キャンプでわれわれを待っていた大きな郵便袋でさらに増した。ロバーツは二日前にタンボチェに着いたばかりだったが、グレゴリーが早くわれわれを喜ばせてやろうと、信頼できるアン・ノルブを走らせたのだ。行進が始まった頃に小さな束を受け取った以外、カトマンズを出てから初めて受け取る郵便物だった。

わたしは夕刻、湖畔のキャンプに疲れた足で下りると、あらためて安堵のため息をもらした。またひとつ重要な節目を越えたのだ。

ここで少し時間を遡って、ディンボチェに置いてきたエヴァンズたちの活動を追うことにしよう。エヴァンズはシェルパに酸素の使い方を教えるのに忙しかった。彼らはイムジャの谷の最上流部の広い盆地に登っていた。そこの真ん中に六一〇〇メートルを超える魅力的な山がひとつそびえており、そのまわりをここに流れてくる氷河が取り囲んでいる。昨年、シプトン隊がバルン渓谷を探検した際にこの山を見て、〝アイランド・ピーク〟と名付けている。

エヴァンズたちはこの山にも登り、われわれはこれで六〇〇〇メートル級の山を六つ登ったことになる。エヴァンズたちはそろそろタンボチェのベース・キャンプに戻らなければならなかった。そこにはまだ仕事がたくさん残っていた。キャンプ道具や装備をクンブ氷河の新たなベース・キャンプに運ぶために大勢のポーターが必要だった。酸素が入った荷を六十個運んでくるロバーツが到着する頃だったし、低所用シェルパ十四人が合流することにもなっていた。エヴァンズたちはベース・キャンプに戻ると、まる三日かかって、新しいベース・キャンプに向けて出発する準備を整えた。キャラバンはまた二つに分かれて、四月十八日と十九日にそれぞれ出発した。

ヒラリーのパーティーと同じく、エヴァンズたちも悪天候に遭い、同じような困難を味わった。ワイリーがテントの収容力について興味深い報告をした。十二人用のドーム型テントには六十人のシェルパが、二人用のミード・テントには八人が入ったという。わたしはキャラバンの第一陣が湖畔のキャンプの手前のロブジェに到着したので出迎えに下りていった。ポーターたちは荷の上に焚き火用の薪も載せていた。エヴァンズと会うのは久しぶりだったので、互いに積もる話があった。エヴァンズと共にグレゴリーと新顔もやってきた。タイムズ紙のジェイムズ・モリスである。モリスはわれわれの動静をいち早く報道するために派遣され、遠征の終了までわれわれに同行する予定である。おかげで記事を送っていたわたしの負担は軽くなり、これは特にアタック期間に入るとありがたかった。

この最後のパーティーがエヴァンズとワイリーの指揮下でベース・キャンプにやってくる間に、わたしのパーティーは湖畔での休息期間を終え、ヒラリーに合流するために登っていった。ノイスとウォードは氷河の真ん中の石だらけの道を数百メートル下ったところにベース・キャンプを移すために先に行っていた。スイス隊がキャンプを張っていた場所では、広さも衛生状態も満足できなかったからである。だが、これはスイス隊が悪いのではない。医者が厳しい規則を定め、やかましく注意する隊員がいても、この寒さと苦痛のなかで衛生面の基本方針を守ることはほぼ不可能であり、後にわれわれのキャンプでも同様の問題が起きている。わたしがロブジェから戻ったときにはすでに、氷の上に石を敷いてテントを設営する場所が作られており、テントのだいたいの配置もウォードが決めていた。

われわれは偵察隊の見事な仕事を引き継ぎ、アイスフォールへのルートの改修にさっそく取りかかった。代わってヒラリーたちは湖畔のキャンプで休養に入った。体調がいくぶん回復したウェストマコットも加わり、ノイス、ウォード、そして後に合流したわたしは、まる二日間、ベース・キャンプと第二キャンプの間で、新たに足場を切ったり、ルートに落ちてくるおそれのある氷を切り落としたり、〝ヒラリーの難所〟を迂回するために大きなクレバスのあちこちにロープを固定したりという作業に励んだ。

二日目の四月二十一日の午後、ウェストマコットとわたしは、アイスフォールを登って第三キャンプの設営場所を選んで準備をしにいくために、第二キャンプに泊まることにした。わたしは第三キャンプの資材を運ぶために五人のシェルパを連れていた。また、その日の夕刻にはヒラリーとバンドも合流した。ヒラリーとウェストマコットはアイスフォール上のふたつのキャンプの間のルートを改修するために、第三キャンプに留まることになっている。ロウも彼らと一緒にベース・キャンプを出たのだが、まだ気分がすぐれないため、やむをえず引き返した。ロウが全面的に活動に参加できるようになるにはまだしばらくかかりそうだった。

四月二十二日、われわれは出発した。まずヒラリーとバンドがルートの改修と目印の旗を立てるために先に発ち、ウェストマコットとわたしはシェルパに付き添ってゆっくりと進んだ。この前にここを歩いてから新雪が一五センチから二五センチ降り積もっていた。しかも、四月十七日の偵察の時には旗を立てなかったので、前に歩いた道は跡形もなく消えていた。先頭を行く二人にとっては、ひざが埋まる新雪のなかを登っていくのは実につらかったであろう。後続のわたしたちもかついでいる荷が前の二人より重かった上に、できるだけ多くの雪を取り除いて、道を踏み固めようと努めていたのでけっこう疲れた。

ヒラリーと一緒に登ったアイスフォールの下部を除けば、ここはわたしにとって未知の領域であり、初めて見るアイスフォールの上部に好奇心をそそられた。下から見ていた通り、氷の状態が下とは全然違っていた。第二キャンプから下では、氷河はぼろぼろに崩れてひどい荒れようだったが、ここではもっと大きな氷塊の間を縫うように進んでいく。下がダイナマイトで爆破された採石場なら、ここは洪水の水が引いた跡のような印象を受ける。第二キャンプのテントから、小さな台地の頂にあるガリーをしばらく進み、右方向に急な傾斜を登ると、特徴のある障害物がたくさん現れる。そのひとつ目が、テントの上約七五メートルにあるセラックである。そこで、われわれは山腹からなかば切り離されて前にのめっている氷壁に登らなければならない。その氷壁を、大きく刻まれた足場とロープを頼りに登りながら、セラックが突き出ている割れ目をまたいで、その向こうの棚へと切り抜けた。

さらに少し進むと、大きな溝がある。幅二〇メートルはあり、部分的に氷の塊が詰まっており、今立っている棚より六メートルほど下がったところには狭い台地がある。ここにも階段状に足場が切られていたので、ロープを固定して下りやすくした。ここからの出口がベース・キャンプとクウム間で最も危険な箇所かもしれない。というのも、この溝の向こう側の急斜面は、大小さまざまな氷塊が見渡す限り無秩序に積み重なり、その状態がさらに六〇メートル上まで広がっているのである。このひとつでも崩れたら、下にいる隊員たちに大惨事を引き起こすであろう。堆積物《デブリ》がこれほど不安定だということは、この雪崩が落下してまもなく、ヒラリーたちはここに着手したのだろう。いずれにせよ、〝地獄道〟よりもひどい状態である。しかも、ここを避ける道はない。まず、われわれは大きく口を開けているクレバスを渡って、いつ崩れるともしれない氷塊に覆われた斜面の下に到達しなければならない。それができそうな唯一のポイントは、クレバスの手前のふちから舌のように氷が突き出ているところである。ただし氷は薄く、下からの支えはない。そこを渡り、三つの足場を頼りに慎重に登って、ようやくクレバスのふちに足をかけることができた。三日後、わたしはこの頼りない氷の出っ張りが青いクレバスの底に姿を消していることに気づいた。後に聞いたところでは、ボーディロンがアイスアックスで軽く叩くと崩れ落ちてしまったそうである。クレバスは少なくも三〇センチは広がっていた。その頃にはウェストマコットが取り寄せた丸太が手に入っていたので、われわれはとりあえず丸太を一本使って〝橋〟を架け、手がかりのロープを固定し、あとから、金属製のはしごに取り替えた。アイスフォールが移動している証拠として補足すると、この一週間後には、三・七メートルのはしごが危うくクレバスに落ちるところであった。また、五月の終わりに最後にベース・キャンプに下りてくる前に、ノイスがはしごに材木を二本結びつけて橋を延長したほどである。

不安定な氷塊が重なる危険地帯をまっすぐ上に登ったあと、左に曲がるとクウムの方向に出ることができる。今われわれはヌプツェの西陵の基部にあたる絶壁からなだれ落ちてきた氷のデブリの山の上に立っている。この先はこの棚に沿って進み続けることになるが、傍らには絶壁があり、早晩もっと大量の氷塊がなだれ落ちてくる危険にさらされている。しかし、ほかに道はなかった。そこから斜めに進路をとり、無数の不安定な氷塊の上を歩き、クレバスをひとつ通過して、ようやくウェスタン・クウムの入口の断崖のふもとに到達することができた。

ここはまさにクウムがアイスフォールになだれ落ちるところなので危険は承知だった。そして実際に来てみると、落ちてきたばかりの氷塊が斜面に急激な変化をもたらすことを目の当たりにした。断崖はほぼ垂直で、高さは一二メートルにおよび、まっすぐ登ることはできないため、われわれは中心の〝氷山〟と、そこから切り離されたばかりの高さ約六メートルの大きな氷塊の間を通って右へ迂回した。〝くるみ割り〟と名付けたこの道はことさら嫌なところだった。アイスフォールの頭部一帯は特に不安定な上に、崖から新たにはがれ落ちてきた氷塊が、通過している隊員を押しつぶすおそれが常につきまとっていた。崖の下には、深さはわからないが明らかに空洞があり、おそらくこの氷の棚が下の岩床からかなり前に突き出しているからであろう。そこを通る足場を刻んでいると、氷片が暗い奈落の底に落ちていくだけでなく、ゴロゴロという音があとを引き、それにつれて氷も揺れた。まるで足の下を地下鉄が通過しているみたいで、なんとも不気味だった。

その角を回ってみても状況は好転しなかった。相変わらず断崖線が続き、侵入者をヌプツェの雪崩の下にむりやり押しやろうとしているかのようだった。だが、一ヵ所だけ隙があった。傾斜した狭い棚を進むと垂直に氷が裂けているところがあったのである。この裂け目から、やがて大きな氷塊がはがれ落ちていったのだが、わたしが第二キャンプの先でヒラリー一行に初めて会った日に、ヒラリーは先頭を切って鮮やかにここを通ったそうだ。すでに裂け目は一見してわかるほどに幅を広げていたが、ヒラリーが切った足場のおかげもあって、さほど苦労せずに四、五メートル登ると、突然、平らな棚の上に顔を出すことができた。ここが、これまでの最高到達地点だったが、第三キャンプを安全に設営するには崖のふちに近すぎた。そこで、シェルパをこの先まで連れていくのはやめ、荷を崖の上に引き上げると、ダ・ナムギャルだけを連れてキャンプに適した場所を探しに出た。崖のふちに向かって崩れ落ちそうな台地にたどり着くと、その向こう側の氷の斜面との間に幅広い割れ目が走っていた。まだ二ヵ所に雪の橋《スノー・ブリッジ》が架かっていたので、丈夫そうに見えるほうの橋を渡ると、比較的広くて浅いくぼ地に出た。頭上から見下ろしているような絶壁もなく、キャンプ地として充分使えそうである。高度は六一六〇メートルだった。

何よりも気がかりな問題の答えを見つけようと、ヒラリーとバンドとわたしはキャンプ地からさらに登って、クウムに入るルートを探りにいった。橋も架けられないほどの大きなクレバスがありはしないか。もしあれば、クレバスを下りて、向こう側に出ることはできるか。これこそ一刻も早く知りたいことだった。次々現れるクレバスを迂回したり、越えたりして進んだ後、まもなくひとつのクレバスに行く手を遮られた。迂回するには、エベレストの西尾根の側面から張り出している氷の真下を登るという危険を冒すしかなかった。だが幸い、われわれはそのクレバスの最も幅が狭いところに立っていた。わずか五メートル弱。それを越えると、クウムは徐々に平らになる。ここまでのところは見通しがついた。次はこの先の偵察だ。そのためには早急にはしごを運び上げる必要があった。

わたしがアイスフォールについて長々と述べてきたのは、それだけわれわれの活動において大きな位置と時間を占めていたからである。ルートが整ってからも、人間と荷物が頻繁に登り下りするところなので常に気がかりだった。実際、六週間行き来していた間に、一度も事故が起きなかったのは運がよかったと考えるべきだろう。

一九五一年にシプトン隊が初めてアイスフォールを登ったことは、ルートの発見においても、氷に対する技術においても実にすばらしい功績である。しかし、ヒラリーによれば、今年のアイスフォールの状態は二年前とは比較にならないほど悪かった。また、スイス隊も去年の春にここで遭遇した問題がいかに深刻で危険であったかを率直に認めている。一年ごとに、いや、ひと月ごとに、アイスフォールは形を一変させる。わずか数日で新鮮な驚きがあり、登るたびに初めて登ったような気になるところである。そんな場所でルートを発見し、切り開くという偉業をアイスフォール偵察隊は成し遂げたのである。

四月二十二日、ヒラリー、ウェストマコット、ダ・ナムギャルの三人を、ルートの改善と、可能なら、最大の難所を迂回できるルートを見つけるために残して、わたしはバンドとベース・キャンプに戻った。留守にしていた二日間に、ベース・キャンプの様子はすっかり変わっていた。後発隊が到着しており、平らな場所はどこもテントが張られ、活動の拠点らしくなっていた。ボーディロンはロバーツから酸素ボンベの入った荷を引き継ぐために、一週間以上前にクンブ氷河でわたしのパーティーを離れていたのだが、荷箱を整理棚に使って、装備品の倉庫をうまくこしらえていた。ウェストマコットが注文した丸太の一本に、ユニオン・ジャックの大きな旗がかかげられ、トンデュプはいつも通り、石を積んだ大きな調理場に食料の空箱を敷きつめて手際よく居を構えていた。目を引いたのは、テントのすぐ後ろの大きなセラックに穴を掘った氷の洞穴である。これはストバートが考案した別荘で、なかなかよいアイデアだった。うまくまとまったベース・キャンプで、すべてに行き届いているように見えた。ロバーツが別れに際してわれわれの幸運を祈ってくれた。ロバーツは期日までに酸素を届けるために休暇の一部を犠牲にしてくれた。本当に世話になった。

　テントに向かって歩いていくと、小柄できゃしゃな白髪まじりの短髪の男がしわくちゃの顔で出迎えてくれた。老けて見えるが、にっこり笑った顔は若々しい。この男がダワ・トンデュプである。一九三三年のエベレスト遠征にポーターとして参加して以来、何度かヒマラヤ遠征に参加してきた。一九三四年には、吹雪のなかの勇敢な働きを認められ、ヒットラーから勲章を授与されている。ナンガ・パルバットで六人のシェルパとドイツ隊の隊員三人が命を落としたときのことである。ほかにも数々の栄誉に浴しているが、一九五〇年のアンナプルナと一九五二年のエベレストのサウス・コルでの活躍は特に有名である。

　ダワとわたしは古い友人である。ずいぶん前にカラコルムのサルトロ・カンリー登攀を試みたときに出会って以来、シッキム・ヒマラヤへの二度の遠征や、たびたび行われたトレッキングでも一緒だった。最後に会ったのは一九四〇年だったが、今回の遠征に参加してくれるよう、わたしはヒマラヤン・クラブに特別に頼んで説得してもらったのである。ダワはすでに四十代後半で、テンジンたちがダージリンを発ったときには体調がすぐれなかったのだが、一ヵ月後にロバーツと一緒に、同じく〝タイガー〟の称号を持つアン・ニマと来られるように手はずが整えられた。ダワに協力を求めたのは友情や感傷による部分もあり、われわれはこの小柄な男がエベレストでどんなすばらしい働きをするか、この時点では見当もついていなかった。

第四部
ビルドアップ

荷上げ

　ロンドンで計画を立てたとき、山頂を目指す前にウェスタン・クウムへの荷上げに必要な期間を約三週間と試算した。キャラバンを開始してから高度順応に入るまで、エヴァンズとヒラリーとわたしはときおり、アタック計画の代案や関連する諸問題を考慮に入れながら、スケジュールの見直し作業をしていた。わたしが最もこだわったのは、実際に山で過ごす時間を最小限に抑えて、全員が少なくとも一度は低所で休養してからアタックを開始することだった。天気予報が配信されるのは五月一日からだったので、この段階ではモンスーンの到来時期はわからなかったのだが、気象条件が悪くなる時期を早めに想定しておくほうが賢明であり、準備を完了する目標期日を延期する理由はなかった。それが五月十五日である。今のところ天候の予測はつかない。十五日を過ぎてもしばらく好機を待つことになるかもしれない。それを考えると、高所での体力低下に加えて、待機が長引くことによる倦怠感やストレスによる士気の低下も考慮に入れなければならなかった。ほかにも問題はあった。アタック計画はまだ決まっていなかったが、アタックを連続して行えるのは二回までだということ、もし二回とも失敗した場合は、一旦中止して、休養してからあらためて挑まなくてはならないこと、この二点ははっきりしていた。

　これらをすべて考慮に入れて、わたしは装備や食料を担当している隊員に、ウェスタン・クウムの上に五月末まで備蓄しておく必要がある荷について説明した。もし、計画が六月にずれ込めば、シェルパを下ろして補給しなければならない。荷の重量を計算すると、悪天候や、予期せぬルート変更や、荷上げ隊の病気といった問題が起きない限り、五月中旬には前進基地まで荷上げを完了しておくことが望ましく、休養期間に支障をきたさないようにする必要もあった。

四月二十二日の夜、食堂テントで夕食をとりながら、わたしは全隊員に〝ビルドアップ〟計画の概要を説明した。その朝、第三キャンプに置いてきたウェストマコットとヒラリー以外は全員集まっていた。期間はふたつに分ける。第一期は、主にベース・キャンプからアイスフォール最上部の第三キャンプまでの荷上げを行い、第二期はウェスタン・クウムに活動の中心を移す。第一期と第二期の間に隊員はなるべく休養をとることにし、氷河を下って湖畔のキャンプかロブジェで高度と環境の変化の恵みを受ける。

荷上げには、三十九人のシェルパのうち二十八人が必要となる。この二十八人を七人ずつ、四班に分ける。このうちの三班は第一期はアイスフォールを上下し、残りの一班はウェスタン・クウムを上下する。第一期は四月二十四日から五月二日とする。各班に登攀《とうはん》隊員二人を割り当て、交代でシェルパの移動を手伝い、必要に応じてルートの改修や、新たな障害物の迂回路の発見に努める。低所の荷上げをする班には、ボーディロンとワイリー、ウォードとウェストマコット、バンドとテンジンがそれぞれ付き添う。この荷上げ隊は、後に〝輸送隊〟と呼ぶようになった。ロウはまだ回復しておらず、後日、体調が戻ってから活躍した。わたしはアイスフォールや、クレバスが隠れているかもしれないウェスタン・クウムを通る際に、シェルパだけを危険にさらすようなことはしたくなかったのである。

五月二日から五日を休養にあてた後、第二期ビルドアップに入る。四班のうち三班が、まず第三キャンプからウェスタン・クウムまで、その後、一部は第四キャンプからローツェ・フェイスのふもとまで荷上げを行う。その間、残りの一班はアイスフォールを上下する。この〝輸送隊〟の作業は、隊員全員が五月十四日までに前進基地すなわち第四キャンプに移動でき、ローツェ・フェイスのふもとの第五キャンプに備蓄倉庫を設け、サウス・コルに荷上げする準備が整えられるように進めなければならない。この段階で、われわれはイギリスで作成した〈基本計画書〉の重要な項目をひとつあとまわしにしている。それは、ビルドアップの第二段階と最終段階、すなわちサウス・コルへの荷上げである。しかし、この時点では、サウス・コルの備蓄量を正確に判断できるだけの計画はまだ固まっていなかった。サウス・コルに至るローツェ・フェイスは偵察どころか、まだ見えてもこない。ここは特に難所だと考えられ、かつぎ上げられる量は極めて限られるであろう。何もわからない状況でかってな推測をするのは愚かだと思い、わたしはローツェ・フェイスにかかわる作業全体をアタック期間のほうに入れることにした。隊員に説明したあと、わたしはテンジンの提案で、荷上げに選ばれたシェルパたちにも説明した。みんな気持ちよく引き受けてくれた。

重要かつ迅速な判断を要する仕事が控えているこの段階で、わたしはエヴァンズに、病気か事故でわたしが任務を遂行できなくなった場合には、隊長の職を引き継ぐよう頼み、全隊員にもこれを承認するよう求めた。この隊長代理の必要性については、戦前のエベレスト遠征隊にも前例があり、ロンドンを発つ前にすでに話し合われていた。そのときは、指揮系統にこだわるのはわたしとしては好ましくないと思っていたし、過度に組織化することに危険も感じていた。いずれにせよ、少なくともわれわれは、隊長の仕事というのは隊員全員が分担している多くの責任のひとつにすぎないと考えていた。

この多忙を極める重要な時期に入る前に、やるべきことがふたつあった。アイスフォールに橋を架けなければならないクレバスがまだ多数ある上に、ウェスタン・クウムまでにどれだけ多くのクレバスに阻まれるかもまだわかっていなかった。クウムにはまだ入っていなかったので、ルートを開いて前進基地の場所も決めなければならない。こうしたことをただちにやらなければならなかった。

翌朝、ワイリーは、タンボチェの森から切ってきた長さ三・六メートルの丸太をかついだシェルパの一隊を引き連れて出発した。ワイリーの仕事は第二キャンプまでにある大きなクレバスに橋を架け、一時的に架けてあったはしごを取り除き、二十二日にヒラリーとバンドとわたしが見つけた第三キャンプの上にある大クレバスにそのはしごを使えるようにすることだった。ワイリーにとっては冒険に次ぐ冒険の一日となった。はしごふたつ分の大きなクレバスに、新たに二本の丸太をロープで結わえて渡し、早速その狭い橋を渡った。ワイリーに続いたのはパサン・ドルジという内気な若者で、ふだんは調理場でトンデュプの手伝いをしているのだが、もっと刺激的な仕事に挑戦してみたいと言ってきた。半分渡ったところで、眼下の底知れぬ空洞に怖じ気づいてしまったのだろう。一瞬よろめくと、石ころのように奈落の底へ落ちていった。ワイリーには予感があったのか、パサン・ドルジには荷を置いて渡るように指示してあった。ワイリーも次に渡る予定だったシェルパも当然のことながら、安全確保のためにアイスアックスを雪に深く突き刺していた。とはいえ、ワイリーは息もできないくらい脅えきっているパサン・ドルジのロープを引き上げるのに苦労した。クレバスの反対側に助け出されるとそのまま雪の上に倒れ込んだパサン・ドルジは、ワイリーによると〝死んだアザラシのよう〟だったらしい。ワイリーもパサン・ドルジも息が整うまでしばらくは動けなかった。ワイリーはリーダーとして見事な力を見せたが、パサン・ドルジはこれに懲りて、調理場の雑用に戻った。

さらにワイリーは、別のロープで結ばれた三人のシェルパがすぐ目の前の急斜面を猛スピードで下りてくるのを見て肝を冷やした。経験豊富なアヌルウがリードしていたのだが、待ち構えていたクレバスに飲み込まれることなく停止できたのは実に幸運だった。アヌルウは片方のアイゼンが壊れているにもかかわらず、氷の斜面を自信満々でリードを続けていたのである。同様のことがそれからも毎日のように起こり、登攀隊員がシェルパに同行して危険に対処する必要があることがあらためて認識された。

事故はシェルパに限ったことではなく、経験不足によるものだけでもなかった。四月二十六日、ヒラリーはベース・キャンプに戻る途中、テンジンと共に危機一髪で難を逃れた。〝原子爆弾地帯〟を下っているときに、常に氷が動いている一帯で、ヒラリーはクレバスを渡ろうとして、大きな氷の上に跳び乗った。とたんに氷が足もとで崩れ落ち、そのままクレバスに落下した。しかし、ヒラリーとロープを結んでいたテンジンのとっさの行動で命拾いした。

ウェスタン・クウムに入り、その頭部までのルートを見つける仕事は、エヴァンズ、テンジン、ヒラリー、そしてわたしが担当した。ヒラリーはすでに第三キャンプにいたので、残る三人は四月二十四日の朝に、第三キャンプに向かった。また、われわれの後ろには、第三キャンプからその先の仕事を開始する七人のシェルパたち〝高所輸送隊〟が、ノイスとグレゴリーに率いられて続いた。前夜、雪がひどく降っていたため、わたしは午前八時に第三キャンプのヒラリーと無線で話をした。この頃には、アイスフォールの第二、第三キャンプに無線機が配置されており、ベース・キャンプと交信できるようになっていた。

「聞こえるか、第三キャンプのエド（ヒラリー）、こちらベースのジョンだ。テンジンとエヴァンズとわたしは、今日きみと合流してクウムの偵察に行く。昨日はかなり降ったから、きみとマイク（ウォード）で第二キャンプまで下りてきて道をつけてくれるとありがたい。どうぞ」

応答したヒラリーは、前日のアイスフォールの頂での興味深い作業をざっと報告した。

「聞こえますか、ジョン。こちら第三キャンプのエドです。昨日は、マイクもぼくも頑張りました。第三キャンプまでの代替ルートや、クウムに入る道を探し回ったんですが、右の断崖沿いにヌプツェに向かって進むのはやめたほうがいい。直登よりずっと危険です。直登で行くべきだと思います。その後、〝くるみ割り〟でもせっせと働いてきました。あそこはとても危険なところですよ。下の壁にはロープを付けられるようにハーケンを打ち込んでおきました。崖に縄ばしごを下げておきましたから、シェルパたちは氷が裂けたところを通らずにすみます。会えるのを楽しみにしていますよ。どうぞ」

第二キャンプまでの道はまさに悪戦苦闘だった。突然下痢に襲われ、衰弱していたわたしにはいっそうきつく感じられる道のりだった。雪が降りしきり、われわれの足どりは重かった。結局、その日は雪がやむことはなかった。われわれは疲れ切った体でキャンプにたどり着くと、せっかく苦労して直してくれた道を使うことなく、翌日まで体を休めることにした。その夜の第二キャンプは満員だった。われわれのほかに、高所輸送隊がいた上に、低所輸送隊も第三キャンプに行く途中ここで夜を過ごすからである。

四月二十五日、ヒラリーが前日にルートの新雪を踏みかためておいてくれたにもかかわらず、われわれのパーティーは第三キャンプまでまたもや苦闘を強いられた。だが、はるかに大変だったのは、第二キャンプから第三キャンプまでずっとふたつ分の長さのはしごをかついで登った高所輸送隊である。この荷上げ班は二十三日にこの第二キャンプでワイリーと別れたのだが、はしごの分解に必要なスパナを持っていなかったので、三・六メートルの長さのままかついで上がってこなければならなかった。クレバスの先の氷塊の迷路をはじめ、さまざまな難所で、これがどんなやっかいなことになるか想像するに難くなかった。実際、この移動をやり遂げるのにノイスはもてる忍耐のすべてを求められた。

ウェスタン・クウムの入口となる第三キャンプで過ごした第一夜は快適だった。低所輸送隊が初めてここまでかつぎ上げた荷はすでにテントの外に積み上げられており、高所輸送隊はここで待機し、われわれ偵察隊がクウムに入ることができたら、すぐにあとを追って前進基地まで登ってくることになっている。わたしはこの地点でまだ残っている不確定要素に早く決着をつけたいと思い、ヒラリーとエヴァンズと共に、その日の午後四時に、見通しをつけに出かけた。あとからテンジンとノイスもやってきた。われわれははしごを三つ持ってきていた。これだけあればどんな大きなクレバスでも足りるだろう。大きく口を開けたクレバスの前で、テンジンとノイスの助けを借りてははしごを組み立てると、われわれは慎重にはしごを渡し、その上を続けて這っていった。エベレストそのものは言うまでもなく、クウムを登るまで、まだ多くの未知の障害が残っていたのだが、このクレバスの向こう側にみんながそろって立った瞬間、わたしは感動を覚えた。とうとう、われわれはウェスタン・クウムに足を踏み入れた。これはそれを象徴する出来事だった。スイス隊が頼らざるをえなかったややこしいチロリアン・ブリッジも使わずにすんだ。われわれはやり遂げた。そう確信した瞬間だった。

すっかり意気が揚がったわれわれは、夕方遅くまで前進を続けた。ウェスタン・クウムの下のほうはクレバスの数が多く、その幅も広いため、ルートを

見つけるのに時間がかかったせいもあった。短い距離だが、氷河の北側の氷壁からの〝爆撃〟を避けられないところもルートに含まれた。後に〝ハントのガリー〟と呼ぶようになった難所は、まず非常に急な斜面伝いにクレバスに下り、次にスノー・ブリッジで氷の割れ目を渡って、向こう側の狭い棚伝いに外に抜け出すというものだ。ここには低いほうからクレバスに出入りする際の手がかり用にロープを固定した。

われわれは徐々に氷河の中心に向かって進んでいった。氷河の波立つような起伏がしだいに滑らかになっていった。先に進むにつれ、クウムの上部が見えてきて、ついにローツェの全貌が現れた。厚く雪化粧した岩壁が夕陽を浴びていた。われわれは抗しがたい力に引かれるように登り続けた。そして、ロンドンであれほど想像を巡らせていた光景――エベレストのサウス・コルとその下の大斜面をようやくこの目で見ることができたのである。そこまではまだ遠いのだが、ついにここまで来たという感動と、ずっと前から知っていたかのような親しみを覚えた。クンブの谷の向こうにそびえるプモリの後ろに陽が沈みかける頃、われわれは帰路につき、みんなに早くこの話を伝えたいとはやる心を胸にキャンプに向かった。

睡眠薬のおかげで高度六〇〇〇メートルを超える地点で初めて迎えた夜も、ロー・ラの下の崖から崩れ落ちてくる雪崩の音に煩わされることなく、よく眠ることができた。四月二十六日、われわれはすばらしい朝を迎えた。氷の崖の上の特等席から二五〇メートルほど下を見下ろすと、アイスフォールの中間にひとかたまりのテントが見える。点のように動き回っているのは、二組の低所輸送隊だ。

十四人のシェルパと二人のサーヒブが第二キャンプから第三キャンプへ荷を上げ、ベース・キャンプに戻るという今日の作業の準備をしている。谷の向こう側に目を転じると、クンブ氷河の湾曲部を囲むように一連の峰々がそびえている。鉛筆の先のように尖っている山はプモリ、急峻な稜線を見せている角張った山はリントレンの第一峰、そして第二峰の頂上は驚くほど薄くきゃしゃに見えた。われわれは朝から意気揚々としてクウムの偵察に乗り込んでいった。エヴァンズとわたしがロープをつないで先頭を歩き、ヒラリーとテンジンがあとに続いた。この頃から、ヒラリーとテンジンはチームを組み、互いに切磋琢磨して、数週間後に勝利を分かち合うパートナーとなったのである。その後、グレゴリーとノイスが前進基地とその上で必要となる優先度の高い荷をかついだシェルパと登ってきた。空は輝かんばかりの快晴で、まもなく息苦しいほど暑くなりそうだった。陽差しを受けた新雪がまぶしく、

足は雪に深く埋もれて、前に進むのは容易ではなかった。前日に、ルートから二〇〇メートルほど離れたところにキャンプ跡が見え、スイス隊の第三キャンプではないかと思っていたが、テンジンに確認すると、やはりそうだった。テンジンはヒラリーの先に立って、使えそうな物が残っていないか見にいった。

エヴァンズとわたしは比較的平坦なところを右方向に横切って、氷河の南側の端に向かって歩き続けた。この方向をとったのは、大きなクレバスが口を開けていたのと、少し先に、巨大なクレバスが群れをなす小さなアイスフォールともいえる〝ステップ〟があることに気づいていたからである。そこを迂回するには右に向かうこのルートが最善だと考えた。われわれは目印の旗を立てながら先へ進み、この〝ステップ〟の横を登って、ウェスタン・クウムの上部にたどり着いた。そこから再び斜面は緩やかになり、サウス・コルとローツェの下の斜面のふもとを守っている次の〝ステップ〟までは割れ目もほとんどなかった。ここまで距離は二・五キロくらいだろうか。そこに座っていると、ローツェやサウス・コルだけでなく、エベレストの巨体そのものを眺めることができた。今、目の前にしているのは、クウムの底に向かって二一〇〇メートル以上のびているその西面である。この巨大な岩壁は、一ヵ月前にナムチェから初めて見たときには黒々としていたが、今は雪をかぶり、その雪が西風に吹き飛ばされて雲に紛れ込んでいた。

テンジンとヒラリーが追いついてきて、二人がスイス隊のキャンプ跡で大量のペミカンと共に見つけたスイスチーズやチョコレートやクラッカーをみんなで分けあって食べた。休憩を終えると、テンジンとヒラリーが先頭に立ち、小さなアイスフォールを左斜めに登って、エベレストの西尾根のひときわ目立つ雪をかぶった肩の真下に到着した。スイス隊が去年の秋に第四キャンプを張った場所だ。第三キャンプからここまで三時間半、昼の十二時半だった。われわれは雪を掘り返して宝探しを楽しんだ。冬に積もった雪の下から、形も大きさもさまざまな容器がたくさん見つかった。何が入っているのかわくわくしながら開け、中身がわかると大満足だった。ベーコン、ウエハース、チーズ、ジャム、ペミカン、オートミール、チョコレート、粉ミルク、固形燃料――これがすべて雪の下から出てきたのである。食料も嗜好品も、手持ちの食料を補うだけでなく、日々の食事に変化を与えてくれるに違いなかった。衣類や装備も若干あり、大型のテントも一張りあったが、それは使いものにならなかった。

その日の午後、クウムを下りるときには天候はすでに悪化していた。輸送隊はキャンプから四十五分くらいのところにある最初の〝ステップ〟の上まで荷を上げていた。クウムに登るのは初めてだというのに、シェルパたちはとてもうまくやってのけたようだ。第三キャンプに戻ると、意気盛んなシェルパたちが待っていた。高所の荷上げ作業に選ばれたことに誇りを感じ、すでに翌日の荷上げの準備もできていた。実際、運ぶ荷はまだたくさんあった。低所輸送隊の二班は、テントの外に荷を積み上げて、すでに帰っていた。翌朝またここと第二キャンプを往復しなければならないからである。つまり、荷は第三キャンプにいる高所輸送隊が現在の人数で一日にかつぎ上げられる量の二倍あるわけで、この不均衡は、ビルドアップ期間の前半は次第に増していくことになる。シェルパたちはすばらしい助っ人であり、それをノイスとグレゴリーは見事に指揮していた。小柄で太ったゴムプは今や水を得た魚のように、何か手伝うことはないかといつも探している。カンチャはタフで陽気だ。パサン・ダワは物静かで経験に富み、分別がある。そして、タシ・プウタア、アン・タルケ、ペムバ・ノルブ、プウ・ドルジ。

こうして九日間、来る日も来る日も作業は続いた。この期間が終わる頃には、どの低所輸送隊も第三キャンプと五回以上往復しており、第二キャンプが常宿になっていた。高所輸送隊のほうは第四キャンプとの間の長い行程を六回も往復していた。午前中はいつもアイスフォールでもクウムでも息苦しいほどの暑さになり、〝氷河疲労〟として知られる重度の倦怠感を引き起こした。それでも毎日、雪は降るので、朝になると夜の間に消えてしまったルートの手入れが必要だった。しまっていない雪のなかを前進するのは実に骨の折れる仕事である。特にアイスフォールでは、一歩間違えると氷塊の間に足を取られ、腰まで深みにはまってしまうことがあり、一八キロの荷をかつぎながら脱出するのは大変だった。こうした仕事も、同じ割合ではないにせよ、シェルパとサーヒブで分担した。登攀隊員が疲れたシェルパを助けて荷を運ぶこともよくあった。とはいえ、回数はシェルパの比ではない。これは、山頂アタックという任務のために可能な限りエネルギーを温存しておく必要があったからだ。誰が登頂という究極の使命を担うのか、当時の新聞報道とは異なり、まだこの時点では決まっていなかったことを忘れないでほしい。

五月二日までに、平均一八キロの荷を九十個近く、第三キャンプまで運び、そのうちの半分を第四キャンプすなわち前進基地に上げた。これらの荷は、隊の〝物資補給係将校《クォーターマスター》〟であるエヴァンズが、各物資の責任者と協議して優先順位の上位にあがったものである。ベース・キャンプを発つ前に、荷はすべてテンジンとエヴァンズが重量を測り、目的地に合わせて〝Ⅲ〟や〝Ⅳ〟や〝Ⅴ〟といった荷印を付けた。クウムの荷上げ隊の負担を軽くするために、比較的元気な低所輸送隊が第三キャンプからさらに一時間ほど先まで荷を運ぶこともあった。決してよくはなかった気象条件や、特にアイスフォールの荷上げを担当したシェルパには交代を余儀なくされた者が数人いたことや、体調不良で隊の戦力が減退していたことを思い起こすと、これだけの荷を上げたことはすばらしい成果といえよう。この期間に、アイスフォールでは欠くことのできないアイゼンの不足という危機にも瀕した。少なくとも十二組のアイゼンが修理もできないほど壊れてしまい、ナムチェの無線局からヒマラヤン・クラブに至急電報を打ったにもかかわらず、新しいアイゼンが届くまで数週間を要した。とりわけシェルパにとっては、アイゼンを使わずに荷上げをするのは非常に骨が折れ、不安も伴う。おびえる者が出ても当然だった。また、日々の作業は繰り返すことによってますます単調になっていった。それでもシェルパたちは不平ひとつ言わなかった。荷上げは時間割りに従って進められた。低所輸送隊はベース・キャンプを十二時に発ち、十五時に第二キャンプに到着、一泊した後、午前八時に第二キャンプを発ち、九時半に第三キャンプに到着、十時半に第三キャンプを発って下山、十四時にベース・キャンプに帰着する。高所輸送隊は午前八時に第三キャンプを発ち、十一時に第四キャンプに到着、十二時に第四キャンプを出て、十三時半に第三キャンプに帰着といった具合である。輸送隊とその付き添いの登攀隊員には五月二日に休養を与えた。

ベース・キャンプは美しいところではなかった。標高五四六〇メートルに位置し、植物の生育限界を超えているので周囲には氷塔《セラック》しかなく、そこにヌプツェの巨体が影を落としている。茫漠とした眺めを補って心を打つようなものはなく、生気というものがまったく感じられないところである。風のない穏やかな午前中は息苦しいほど暑く、谷から雲が立ちのぼってくると、一気に気温が下がって雪が降り始める――ここへ来てから初めの三週間は、気が滅入るほどこうした天気が続いた。やがて、あたりの氷が目に見えて解け出すと、テントが地面から浮き上がった格好になり、居心地も悪くなった。嫌なにおいも充満している。幸い、ほとんどの隊員はここへはあまり来なかったし、来ても短い間だった。そうでなければ、隊員同士の良好な関係が危うくなっていたかもしれない。ここに来ると突然下痢を発症することがあり、衛生環境が悪くなっているせいだと思われた。バンド、ロウ、ウェストマコットの三人は程度の差こそあれ、何日もこの下痢症状に悩まされた。すでに述べたが、キャンプを清潔に保つことは難しく、これは主に夜間の厳しい寒さのせいである。われわれを定期的に診察し、興味深い新薬を処方してくれる有能かつ研究熱心な医師や生理学者に落ち度はない。医師のウォードは「どれかのんでみないか――どれも効かないと思うがね」とか言いながら薬を勧めるのだが、それでも安心はできたものだ。

そうした問題はあっても、ベース・キャンプには何度も感謝した。ウェスタン・クウムの偵察やアイスフォールの荷上げから戻ってくると、疲れ切った隊員にとっては贅沢な安息の場だった。ここにはトンデュプのうまい手料理があり、新鮮な肉まで食べることができた。食事係のバンドとピュウ、そして肉屋で働いた経験があるロウのおかげで、はるばる連れてきた一頭のヤクが肉となってふるまわれた。ジャガイモもベース・キャンプでしか食べられないご馳走だった。クウムでは霜ですぐに駄目になるのだ。また、ここでは寝る場所を選べた。一人用のミード・テントでも、にぎやかな食堂テントでも、温度が一定している氷の洞穴でも選りどり見どりだった。氷の洞穴はクウムにテントを移動させることを見越して前もっていくつか作っておいたものである。何よりここでは体を休めてくつろぐことができた。眠ったり、書いたり、読んだり、セイロン放送に耳を傾けたり。美しくはないと言ったが、ベース・キャンプが美に包まれる瞬間もあった。夜になると、雪がやんで雲が散っていくことがある。ビルドアップ期間に満月の夜が一度あり、夕食を終えて食堂テントから自分のテントに戻っていくときのことは忘れられない経験になった。月がプモリとリントレンの頂を照らし、あたりのセラックが磨き上げた銀のように輝いていた。エベレストに目を向けると、アイスフォールが濃い影に没していた。気温はマイナス二三度。身が縮むような寒さである。しんと静まりかえったなかに、ランプの明かりが透けて見えるシェルパのテントから、ときおりくぐもった声が聞こえ、ロー・ラの断崖から氷が落ちる音に不意をつかれる。こんな夜はクンブ氷河のベース・キャンプが好きになれた。

しかし、休養の機会が訪れたときに休暇キャンプに選ばれた場所はロブジェだった。ベース・キャンプからクンブ氷河の西岸を二時間半ほど下ったところにあるロブジェは、それは心地よいところである。草や花が勢いづくにはまだ季節が早かったが、枯れ草や前年の名残りの豆の鞘でさえ、少し想像力を働かせれば緑の草木を見ているような気になれる。ヤクの群れの番小屋がふたつ、堆石《モレーン》地帯と山腹の間のくぼみの小高いところに建っていて、その小屋のすぐ下の草地から、澄んだ水が勢いよくわき出ており、水草がゆらゆら揺れている。五月の花も咲き始めた。クッションのようにふっくらと茂ったコケマンテマと藤色のサクラソウだ。赤紫色のツツジも岩の間の茂みにちらほらと咲いている。氷河に吹き上げる谷間の風もここは見逃しているようだ。鳥や動物たちが、生き物がいない世界で過ごしてきたわれわれの目を楽しませてくれる。チベットナキウサギがモルモットのように何かを探し回り、二匹のテンが岩間で遊んでいる。鳥もたくさんやってきた。ユキバト、シロボウシカワビタキ、オオマシコ、ミソサザイ、タカ。大きなヒゲワシがけだるそうに頭上を舞う。こうした平和なところで快適に過ごしていると、高い山々を再び美しいものとして振り返ることができ、親しみさえ覚えてくる。漂石が散らばる氷河のはるか先にヌプツェが見えていた。その長くのびた尾根の先に鋭い円錐形の峰が、張り出している岩壁や青い氷崖、輝く斜面の上にぽつんとそびえていた。

五月二日から十二日まで、ロブジェには絶えず誰かがいた。そして誰もが健康だけでなく、任務に対する情熱を取り戻していった。エベレストのように危険をはらんだ大きな冒険に将来挑むなら、こうした休養キャンプをぜひ勧めたいと思う。

ワイリーが息子の誕生の知らせを受けたのも、ここで休養しているときだった。ナムチェの無線局から届いた電報で知ったのだ。その前にＢＢＣ放送でも流れたそうだが、それは聞き逃していた。ナムチェの無線局の職員は祝辞を添えていた。「ご子息の誕生をお知らせできることは大きな喜びです。年に一度はあなたにこうしたおめでたいことがありますよう。どうかこの電報を届けた者に一ルピーを払ってやってください」

ローツェ・フェイス1

五月上旬、荷上げ作業を一時中断していた間に、重要なことが進行していた。ローツェ・フェイスの偵察である。今回の遠征では三度目の大きな偵察であり、登頂に向けた最後のリハーサルでもあった。それは、二種類の酸素補給器の実験も兼ねていたからである。第一に、ローツェ・フェイスのできるだけ高いところまで登り、ルートを見つけ、問題点を報告する。第二に、さらに高度を上げたところで酸素補給器をテストする。このふたつをやり遂げなければ、わたしはアタック計画を決定できなかった。

以前、計画の検討をしていたとき、エヴァンズとヒラリーとわたしは、この初期段階で相当高くまで行けるのではないかと思っていた。実を言えば、閉鎖式酸素補給器を使ってサウス・コルまで行くことを夢見ていた。しかし、リハーサルで過度の労力、時間、装備を費やして、肝心のアタックに支障をきたすわけにはいかなかった。そのため、わたしはアタック隊員を選んで発表する前に、クウムの上部およびローツェ・フェイスの下部の予備調査に同行し、もう一度、閉鎖式酸素補給器を試してみることにした。

偵察隊の中心となるのはエヴァンズとボーディロンで、閉鎖式酸素補給器を使ってローツェ・フェイスのできるだけ高いところにキャンプを設営し、翌日、可能ならサウス・コルまで行くことになった。ワイリーとウォードは開放式酸素補給器を使って二人をサポートし、ローツェ・フェイスでキャンプ設営を手伝うほか、必要に応じて援助する。また、開放式酸素補給器の効果を報告すること、ウォードはピュウに代わって生理学的な観察を行うことも任務とした。偵察隊の荷を運ぶために、精鋭のシェルパ七人が参加する。ワイリーはアタック隊員に同行するシェルパの選抜を視野に入れ、この機会にシェルパたちの能力を見定める。シェルパにとって、この偵察は〝予選〟である。わたしはシェルパたちにも酸素を使わせて、酸素に対する理解と信頼を深めたいと思ったが、荷が増える上に、イギリスからの輸送途上で多数のボンベが使えなくなったために酸素を節約しなければならず、このプランは断念せざるをえなかった。最終的な状況説明はこの予備調査が済んでからでないとできないので、休養期間中に偵察を完了するのが望ましいというのが総意であった。

四月三十日、わたしはベース・キャンプから第三キャンプまでシェルパの精鋭チームに同行した。そのあとにボーディロンとエヴァンズが続き、閉鎖式酸素補給器の低所での実験を行った。その日、ほかにアイスフォールにいたのはピュウとその従者のダ・テンシンの息子のミンマで、この二人は第四キャンプまで登るか、あるいは、偵察期間中は第三キャンプに滞在することになっていた。ミンマにとってはアイスフォールはもちろんこれほど足場の悪いところを登るのは初めての経験であり、しかも重い荷をかついでいたわけだから、十三歳の子どもには厳しすぎるテストだったかもしれない。ピュウはミンマをたいそうかわいがっていて、自分の服をあてがうほどだった。身長一四〇センチ足らずのミンマが、一八〇センチの男性用のセーターを膝の下までだぶつかせながら得意げに仕事をしている姿を見るのはほほえましかった。また、彼らがそれぞれの国の言葉でしゃべっているのを聞くのは楽しかった。互いにちんぷんかんぷんなのだから、ピュウの指示をミンマがときおり間違えるのは驚くにあたらない。「ミンマ、それはやっちゃいけないって何度も言っただろう」とピュウが父親のような小言を、ゆっくりわかりやすい英語で言うと、ミンマはピュウを申し訳なさそうに見つめて、何を言われているのかわからないまま、自分で気づいてもいない失敗のお叱りを受けるのだった。あるとき、ピュウは試験管など生理学の研究に必要な備品が入っているはずの荷箱をアイスフォールに運び上げるために別にしておいた。ピュウは疲れてふらふらのミンマをロープで自分と結んで、引っぱるように（それとも引っぱられたのか、忘れたが）登り、ようやく第三キャンプに到着すると、運んできた荷箱を開けた。すると、試験管ではなく、マンゴーチャツネの瓶がぎっしり詰まっていた。そのときのピュウの胸中は察するに余りある。

その日の午後、第三キャンプでわれわれは初めてアイゼン付きの〝ブラッドリー〟の高所用登山靴を使用した。この靴はクウムから上で履くために、ビルドアップの第一期にここへ運んできたものだ。ふだんの登山靴を第三キャンプで脱ぐと同時にアイゼンをはずすことで、アイスフォールで使用するアイゼンの不足を緩和できた。新しい登山靴はこの高度では多少暖かすぎたが、履き心地はとてもよかった。

五月一日、エヴァンズとボーディロンとわたしはクウムを登り、まだ物資の集積場として使うだけだが、ローツェ・フェイスに向かう途上に第四キャンプを設営しに出かけた。翌日にローツェ・フェイスの予備調査を行う予定で、そのときにワイリーとウォードも合流することになった。七人の精鋭シェルパのうち六人がわれわれに同行した。昨年はサウス・コルに登ったもののまだ経験の浅い若者トプキーは、前日にベース・キャンプを発ってまもなく咳が止まらなくなって脱落した。最も優秀なシェルパのひとりダ・ナムギャルもキャンプを出て一時間もしないうちに脱落したため、残った者は全員重い荷をかつぐことになった。脱落したシェルパの荷を分担すると、それぞれの荷は二二、三キロになった。われわれ三人は閉鎖式酸素補給器を使っていたのだが、風のまったくない谷間で、朝の強烈な陽差しを受け、さらにマスクをかぶっている暑さも加わり、まさに試練の旅となった。それでも、前日に降った新雪を踏みしめながら、われわれは二時間半で第四キャンプに到着した。数日前にクウムの偵察に要した時間より一時間短縮できたのである。シェルパたちは偵察に必要な荷上げのために、午後には第三キャンプに戻って、翌日にまたワイリーとウォードと一緒に登ってくることになった。

第四キャンプは偵察隊が課題としている問題を調べるのに打ってつけの場所だった。エベレストの頂上尾根からのびる広大な絶壁の直下に近い風の陰になるくぼみにあって、ウェスタン・クウムの頭部から一・五キロほどしか離れていない。クウムを挟んで向かい側にはヌプツェの長い尾根が谷底から一二〇〇メートルの高さにそびえ、ほぼ同じ高さで続いており、そののこぎりの歯のような稜線の下に険しい岩が筋をつけている。この距離から眺めても、クウムの頭部を囲む壁のスケールは圧倒的で、それを登るということに絶望に近いものを感じた。ところどころ風にむき出しにされた氷が長い筋となって輝いている広大な雪の急斜面である。その単調さを破るようにふたつの個性が目を奪う。ひとつは、サウス・コルの広い鞍部《コル》を起点にローツェ・フェイスの左上から右下に向かって走る一本の岩尾根で、フェイスの半分くらいの高さで雪のなかに消えている。これはスイス隊が〝エプロン・デ・ジュヌボア（ジュネーブ尾根）〟と名付けた岩尾根で、われわれは〝ジェネバ・スパー〟と呼んだ。この岩尾根にはテントを張れるような棚も傾斜が緩くなっているところもなく、岩場そのものがおそろしく急である。右に目を転じると、ローツェの頂上の真下に、クレバスや氷壁によって断ち切られた奥行きのない棚が幾重にも重なって続いている。これがローツェ氷河と呼ばれているところだが、氷で閉ざされた斜面と言ったほうが適切かもしれない。いずれにしろ、この氷河はローツェの頂上の約九〇〇メートル下、すなわちクウムの頭部からサウス・コルに向かって三分の二ほど登ったところから始まっている。このローツェ氷河がクウムに流れ込んでいるところを除いて、ローツェ・フェイスはそのふもとに水平に走る一本のクレバス、すなわち〝ベルクシュルント〟によって、クウム上部の急斜面と隔てられている。サウス・コルへの最短ルートとしては、このベルクシュルントを越えて、ジェネバ・スパーに向かって進み、そのどこかの斜面伝いに登るしかないというのは明らかだ。しかし、この尾根の傾斜はどこまでも急で、しかも大部分が氷で覆われている。また、クウムからサウス・コルまで、高度差にして一二〇〇メートルの間に、テントが張れるような場所はまったくないと言っていい。昨春、スイス隊が選んだルートがこの岩尾根である。彼らはこの尾根の右側をたどってサウス・コルに直登したのである。たとえ体力が尽きたとはいえ、スイス隊がこのルートでサウス・コル到達に成功したのは驚くべき功績だ。

この岩尾根とは対照的に、ローツェ氷河のほうは大きな〝ステップ〟が幾重にも連なり、それぞれに深い雪がたまっている上に、先に進むにはほぼ垂直の氷壁を登るしかなく、少しでも登りやすいところを求めて頻繁に迂回することになるだろう。その先はローツェなので、サウス・コルに行くには、一番高いところで、ジェネバ・スパーに向かって左にトラバースしなければならない。これは相当に長いルートになる。

このふたつのルートを見比べながら、サウス・コルに登るには、スイス隊の経験を踏まえて、少なくとも一ヵ所は宿営場所が必要だと思った。そうすると、サウス・コルの登りを二段階に分けられる。実際に登ってみたら、キャンプ地を二ヵ所見つけて、行程を三段階に分ける必要があるかもしれない。それは登攀の難しさと、そのときの高度（六七〇〇メートルから八〇〇〇メートルの間）によって決まる。ただし、ローツェ氷河経由のルートを発見できなければ、キャンプ地も見つけることはできない。一九五一年にプモリから観察してこの問題を認めたシプトンの意見も同じであり、ロンドンを発つ前から、それはほぼ予測できていた結論だった。したがって、偵察隊の目標はローツェ氷河に最良のルートを発見することである。そこで彼らは昨秋のスイス隊のキャンプ地を見つけたいと思っていたが、スイス隊がとったルートを細部にわたってたどれる保証はなかった。

五月二日、われわれはこの日も酸素を使って登り続けた。マスクをかぶっているのが耐えられないほど蒸し暑い日だった。いつものように新雪に深く足を取られながら、しかもまだ踏まれていない道を進んでいた。第二の、そして最後の〝ステップ〟がクウムの頭部のくぼみの前に立ちはだかっていた。だが、氷河の北側を進むことによって、この障害は難なく越えることができ、クレバスに煩わされることもほとんどなかった。この〝ステップ〟の上、サウス・コルとローツェの山頂を直線で結んだちょうど真ん中あたりに、スイス隊の第五キャンプのわずかな痕跡が残っていた。数本のポールがキャンプの位置を示し、数個の食料箱が雪に埋もれていた。ここまで二時間かかった。それは、後にここまで来るのに要した平均時間の二倍であった。このキャンプの高度はわれわれの計算では約六七〇〇メートルであった。

われわれはローツェ・フェイスのふもとを調査し、やや右にそれたところに、氷のステップの上に棚が走っているところを見つけ、そこがその先の急斜面への足がかりに使えそうだと思った。つまり、そこがこの要塞の弱点だと思ったのだ。すでにかなり前から雪が激しく降っており、われわれのペースはさらに落ちていった。酸素を使っていてもつらいと感じたのは初めてだった。自分がリードする番になると、頻繁に休みをとる必要に迫られた。ほかのみんなも似たり寄ったりだった。スイス隊の第五キャンプを発ってから一時間半で、われわれはローツェ・フェイスのふもとから最初の急な斜面を登り、むき出しの氷に足場を切りながら、頭上に覆いかぶさるように大きな氷壁がそびえる棚に到達した。第五キャンプからまだ一八〇メートルほどしか登っていなかっただろう。この程度の高度でも、一時間に稼げる高度は平均一五〇メートル弱だったからだ。下から見ていたトラバースは、ここから左に向かって始まる。われわれは少し休憩をとることにした。天候は悪く、クウムは厚い雲に覆われていた。われわれが座っているところからは、下で選んでいたルートを見定めるのは不可能だった。ここでいたずらにエネルギーを費やすより、いったん戻って、明日以降の本格的な偵察のために体力を温存しておくほうがいいと思えた。マスクをはずしていたので、酸素不足の影響も出ていた。写真を撮ろうと少し歩いただけで、動作が緩慢になっていることに気づいた。だが、動作が鈍くなっていることをまだ自覚できることが興味深かった。

クウムに向かって下り始めると、わたしの酸素ボンベはまもなく空っぽになり、荷を軽くするためにボーディロンがソーダ石灰の缶と一緒に捨ててくれた。そのあとすぐに、エヴァンズもボンベと缶を捨てた。これで一四キロばかり背中の荷が軽くなり、自分たちが踏んだ跡を下っているので楽なはずだったが、エヴァンズもわたしもとても疲れていた。一歩前に足を踏み出すだけでも大変な努力を要し、エヴァンズも同じだったと思う。ボーディロンはまだ酸素が残っていたので、われわれよりは元気だったが、午後四時頃に第四キャンプにたどり着いたときには三人とも疲れ切っていた。

われわれがこうした仕事をしていたとき、休養期間の直前に計画された別の酸素補給器の実験が、高度のもう少し低いところで進行していた。その朝、ベース・キャンプを発ったヒラリーとテンジンは、開放式酸素補給器を一分あたり四リットルの流量で使用しながら、第二および第三キャンプで合計四十五分の休憩を入れて、ちょうど五時間で第四キャンプまで登ってきた。ウェスタン・クウムまでのルートの状態は、前日の悪天候のせいで決してよくはなかった。したがって、これは注目に値する結果であり、二人の並はずれた能力と開放式酸素補給器の効果を示すものであった。二人共とても元気で、すでにベース・キャンプに向かう長い帰路につこうとしていた。わたしはローツェ・フェイスの予備調査の結果を携えて、二人と一緒にベース・キャンプに下りるつもりだったが、あまりにも疲れていたので、彼らだけで出発した。外は吹雪で、すでに道は消えていた。しかも日没まで二時間しかなかった。クウムを三・二キロ下る間に、二人は雪面の薄氷《ブレーカブル・クラスト》に足をとられたり、アイスフォールでルートを見失ったり、何度も恐ろしい思いをした。その日すでに相当なことをやり遂げていた上に、猛吹雪に加えて日も暮れ、新雪にルートが埋もれているなかを、二人がベース・キャンプに帰着したのは七時半過ぎ、第四キャンプを出てから三時間半もかかっていなかった。この日のヒラリーの日記にはこう書かれている――「疲れた。だが、決して疲れ果ててはいない」

　五月三日、偵察隊は全員第五キャンプに登った。わたしはローツェ・フェイスのできるだけ高いところにキャンプを設置するよう指示を残して彼らと別れることにした。閉鎖式酸素補給器を使用する二人は翌日、そこからさらに前進することになる。五月二日の経験から、今の雪の状況では、サウス・コルに到達できる見込みは極めて小さいことは明らかだったが、ローツェ氷河の頂に達し、ジェネバ・スパーに向かうトラバースの開始点を調査できる可能性はある。ここはルートのなかでも雪崩の危険性が高いポイントだとわたしは考えていた。ローツェ・フェイスのふもとから少し登るだけでも大変だったことを考えて、わたしは全作業を四十八時間以内にやり終えるように念を押し、五月六日までにベース・キャンプに戻るよう偵察隊に指示した。そして、わたしは現時点で最も標高の高いキャンプで偵察隊と別れ、体調のすぐれないダ・テンシン、ガルゼン、アン・ダワ二世の三人のシェルパを伴って、まず第四キャンプまで下り、夕暮れに第二キャンプへ着いて一夜を過ごしたあと、五月四日にベース・キャンプに下りた。こうしてローツェ・フェイスの偵察は無事に開始され、われわれは報告を待つことになった。

天候は引き続き悪く、気が滅入った。五月四日、エヴァンズのパーティーがローツェ・フェイスに登り始めたときにはクウムの積雪はいちだんと増していた。われわれが偵察しておいた右手の壁を登るルートをとらずに、スイス隊のルートを覚えていたアン・テンバの提案で、彼らは左手を目指した。だが、そこはローツェ氷河の下のクウムの最上部の棚に大きな氷塔《セラック》が突き出しているところで、とうてい登れそうには見えなかった。唯一可能性のあるルートは、斜め右に走っている一本のガリーだが、傾斜が急な上に、腿の深さまで粉雪で満たされている。エヴァンズは偶然、雪面にわずかに出ていた一本の細いロープを見つけた。引っぱってみると、それは固定ロープで、ここがスイス隊の秋のルートの起点だった。彼らはこんなところを登っていったのだ。まもなく垂直の氷壁にぶつかるので、左にトラバースしなければならず、また新たな障害を迂回したあと、次々に出くわす氷壁の間を縫いながら、ひたすら急斜面を登っていくことを強いられる。こんな込み入ったルートを見つけながら進んでいくというのは、氷と雪の山を登るというより、むしろロッククライミングに近いかもしれない。

A 第一ステップ
B 第二ステップ
C ローツェ氷河
D トラバース(7620m)
E ジェネバ・スパー
e エプロン・クーロワール
F サウス・コル
G ローツェ(8516m)
H 南東稜
J ベルクシュルント
K ハント、エヴァンズ、ボーディロンが5月2日に到達した地点(6860m)
△Ⅳ 前進基地(第四キャンプ、6460m)
△Ⅴ 第五キャンプ(6700m)
△Ⅵ 第六キャンプ(一時的に使用、7010m)
△Ⅶ 第七キャンプ(7320m)
△Ⅷ 第八キャンプ(約8000m)

〈The Story of Everest〉(W・H・マリー著)のロバート・アンダーソンによる線画をもとに
W・ヒートン・クーパーが作成

エヴァンズと一緒に登っていたウォードは開放式酸素補給器を使っていたのだが、途中で呼吸困難を訴えた。ボーディロンが調べると、一分間に四リットル出ているはずの酸素が一リットルしか出ていないことがわかった。故障を直せなかったので、ウォードはそれ以上登るのはやめて、そこで待つことにした。

それからしばらく、エヴァンズたちは傾斜角五〇度以上のガリーを突き進み、いよいよ直登できないほど急勾配になったところで、右手に足場を切って進み、棚に出るとそれに沿って進んだ。そこに短い煙突状の氷の割れ目《アイス・チムニー》があり、またスイス隊のロープがハーケンで氷に打ちつけられてあったので、それを手がかりに、これまで遭遇したことのないような急勾配を、まず右へ、次に左へとジグザグに登っていった。氷を覆っている雪の層を取り除いてから足場を切って進むため、リードしていたボーディロンは特に体力を消耗した。

この過酷な登攀に取り組んでいたそのとき、重大な危機が彼らを襲った。雪を払って足場を切っていたボーディロンは、「酸素が出ていない」というくぐもった声を聞いた。声の主はボーディロンのすぐ後ろにいたワイリーで、アイスアックスに寄りかかって、いかにも苦しそうである。これは困ったことになった。こんな急斜面では助けようがない。ボーディロンが戻って問題を調べるのは容易ではなく、また息を切らしているワイリーがバランスを崩さずに重い補給器を背中からはずして故障の原因を調べることも容易ではなかった。それでもどうにかやってのけた。ワイリーの酸素ボンベは空になっていた。マスクをはずしたワイリーは、酸素補給器に長い時間頼っていたあとで希薄な空気にさらされたため苦しそうにあえいでいたが、しばらくすると、まだふらついていたものの、ゆっくりと登り始めた。ようやく頭上に小さな棚が見えてきて、そこにボロボロになったテントや装備の残骸があった。スイス隊の第六キャンプの跡である。彼らはそこまで懸命に登り、残骸を片付けて、テントを張った。食料、酸素、その他の装備をテントに置くと、ワイリーとシェルパは引き返し、酸素欠乏症に苦しんでいたウォードと合流した。そして、ボーディロンとエヴァンズだけをローツェ・フェイスに残し、ほかの者は重い足を引きずり疲れ切った体で第五キャンプに戻った。

第六キャンプでエヴァンズとボーディロンは貴重な物を発見した。中身の詰まった酸素ボンベ四本である。スイス隊から聞いてはいたが、もっと高い地点の第七キャンプにあると考えられていた。スイス隊が残していったボンベを探すのも二人の任務だったので、ボーディロンはこの宝の発見を見越して用意を整えていた。そして、イギリスの会社が特別に作ってくれたアダプターと第五キャンプで見つけた道具を使って、ボンベの開栓に成功した。この酸素のおかげでボーディロンとエヴァンズはその夜はゆっくり眠ることができ、後のアタック隊に酸素を残すこともできた。

五月五日、ワイリーはまだ不快な症状が抜けていないウォードと共に、アン・テンバとペンバを連れて、今度は酸素を使わずに第六キャンプに登った。一方、ボーディロンとエヴァンズはローツェ・フェイスをさらに登っていった。雪を含め気象条件は相変わらずひどいものだった。わたしは二人が氷河の中心付近を通っていけることを願っていた。下から見ると、そこは氷のステップもクレバスもなく直登できそうだったからだ。だが、いずれにせよ、今の状況ではそれは明らかに不可能だった。

彼らは左手のもっと複雑な一帯から出られなくなっていた。短い斜面でさえ深く降り積もった雪が安定しておらず、二人は雪崩の危険を感じていた。さらに、雪で視界が悪く、自分がどこにいるのかもわからない状況だった。彼らが引き返す決心をしたときの高度はおそらく七三〇〇メートル弱であろう。正確な到達点はわからなかったが、こうした状況で偵察を先に進めても得るものはなく危険なだけであった。

実際、彼らはよく頑張り、役に立ってくれた。ローツェ・フェイスは予想していた通りの難所であり、サウス・コルまでのさらなるルート工作、キャンプの設置、そして荷上げにまだ多くの時間が必要になることがわかった。また、酸素の使用、特にまだ実験段階にある閉鎖式酸素補給器を使って得た経験も貴重であった。二日後にベース・キャンプで閉鎖式補給器を使用した二人に感想を訊いたところ、二人とも熱心に勧めるので驚いたくらいである。クウムでのみんなの経験からは、そのような感想を聞くとは予想もしていなかったが、気温が低く、標高が高いところでは、非常に満足のいく成果をあげたようである。ワイリーは仲間が病に倒れたあとも前進を続けた精鋭のシェルパたちにとても満足していた。最終段階に登用するシェルパもすでに決めているようだった。

この偵察で得られた感想がほかにもふたつある。第一に、クウムの前進基地から直接ローツェ・フェイスの中ほどのキャンプに登れるだろうという希望に基づいてロンドンで計画を立てたのだが、それがはかない望みになりそうだということ。ただし、結果的にはロンドンで立てた予測通りにできることになった。第二に、酸素の使用はローツェ・フェイスのふもとのスイス隊の第五キャンプを発つときまで待つべきだということ。これは、ひとつにはクウムでマスクを付けるのは不快なこと、また、五月三日に偵察隊に同行して第五キャンプまで登ったときに、わたしは一三キロもある補給器をかついでいながら、酸素を使わなかったことによる。わたしはそのとき少なくとも同行者に遅れをとらなかったし、とても楽しんでもいた。しかし、これも間違いであることが後に証明された。

計画

五月四日の朝、わたしが三人の病人を連れて戻ったとき、ベース・キャンプは妙に人が少なく、静かだった。いつものように握手と笑顔で出迎えてくれたテンジンを除くと、タイムズ紙のモリス、ピユウ、バンド、そしてシェルパが二、三人、それだけだった。ほかはみんなロブジェで休暇を楽しんでいた。ニュースはたくさんあったが、何よりも嬉しかったのは新しい手紙が来ていたことだ。この頃になると、約一週間おきに飛脚が郵便を運んできた。ベース・キャンプとカトマンズ間――二四〇キロの山岳地帯――の平均所要日数は九日だが、最も速かったのはモリスが雇っている男で、六日間でやってきた。驚くべき俊足だ。

わたしはモリスがバンドとウェストマコットと一緒に第三キャンプまで登ったと聞いて、これまで登山の経験もなければ、高度に順応しているわけでもないのに、よくやってのけたものだと感心した。

天気予報が五月一日に始まり、オール・インディア・ラジオとＢＢＣ海外放送の両方で聴くことができた。毎日、判で押したように〝にわか雪〟の予報が出た。われわれにとっては有用な情報だが、このにわか雪がアイスフォールやクウムの荷上げをいっそうつらくすることなど、ほかのリスナーには考えもおよばないだろう。ほかのふたつの遠征隊に関係する気象条件も知ることができてとても助かった。ひとつはマナスルに挑戦している日本隊、あとひとつはダウラギリにいるスイス隊である。ダウラギリはアンナプルナよりも高いその隣峰で、一九五〇年にモーリス・エルゾーグの遠征隊が最初の目標としていた山である。今の季節、ここより北西に位置するこれらの山が影響を受けている天候はいずれエベレストに向かってくることが予想される。モンスーンの接近については何も触れられなかったので、わたしはバンドに、モンスーンに関してどんなことでも知らせてもらえるように電報を打たせた。

その頃、エベレストを経験した者にはおなじみの空咳がわれわれの間で流行しており、多くのシェルパがそのために体調を崩しているようだった。この咳は乾燥した冷たい空気のせいだと思われるが、テンジンは悪天候が続いているせいだと言い、今の時季には普通のことで心配ないと請け合った。いずれにしても、人員が枯渇しており、暖かいロブジェで多くの病人が回復することを願った。特に心配なのはストバートの病状だった。休暇の直前に、荷上げの様子を撮影するためにアイスフォールの頂まで初めて登ったのだが、ベース・キャンプに戻ったときにはすでに具合が悪く、ロブジェに着くと高熱を発して呼吸困難を訴えた。医者のウォードとエヴァンズはこのときローツェ・フェイスにいたので、ピュウが診察に行くことになったのだが、事前に本人から直接症状を聞きたがった。そこで飛脚に無線機を持たせ、午後六時に通信を開始するという伝言を頼んでロブジェのキャンプに走らせた。バンドは受信がうまくいくかどうか心配していた。われわれの無線機で一〇キロという距離をカバーするのは難しく、間には電波障害となる高所もあった。だから、ロウの声が聞こえたときは驚くと同時にほっとした。ピュウは患者の容体を詳しく知ることができた。翌日、診察に向かったピュウは、予想通り肺炎であることを確認した。

五月六日にストバートの様子を見にいったときには、ずいぶんよくなっていたので安心した。ストバートはアイスフォールとクウムで写真を撮影する機会を失ったことを悔やんでいた。当面は、ロウが小型のカメラを使って代役を務めた。いずれにしても、ウェスタン・クウムから先の写真はアタック隊のメンバーが撮ることになる。それでも律儀なストバートは自分の務めを果たしたがった。そして、五月の中旬にはわれわれと一緒に前進基地に戻り、カメラを絶好の位置に据えると、巣の真ん中で獲物を待つクモのようにテントで待機し、どんな興味深いシーンも逃さずカメラに収めていった。これは彼の回復力のすごさと、決意のほどをうかがわせるエピソードである。

五月五日、ビルドアップを再開した。荷の半分をアイスフォールの頂に移すと、しばらくの間、第三キャンプが活動の拠点となり、その後十日間はまさに前進基地と呼べた。ふたつの高所班が第三キャンプに送られた。同行したのはロウとバンドで、ウェストマコットはまだ体調を崩しており、数日後に合流することになった。この三人と十四人のシェルパの任務は、すべての荷を第四キャンプと第五キャンプに上げ、第四キャンプを五月中旬までに前進基地に作り上げることであった。わたしはこの重要な仕事をロウに与える際に、責任感の強いロウが病気で休んだ分を取り返そうと焦っているように見えたので、こう言った。「気にするな。明日、偵察隊が戻ってきたときの報告によっては、この仕事はもちろん、おそらくローツェ・フェイスのルート工作もきみに頼むことになるだろう」。この言葉がロウのその後の役割にどれほど大きな意味をもつことになるか、このときの二人にはまだわかっていなかった。当面の間、ふたつの低所班を指揮するのはテンジンとグレゴリーとノイスの三人だけだが、偵察隊が戻って休養をとったあとはまた動ける人間が増える。装備や食料の箱の山はすでにかなり小さくなっており、予定通り五月十五日に荷上げが完了する見通しがついた。

エヴァンズたちが戻ってきたのは、五月六日の夕刻だった。疲れてはいたが、どこか自信のようなものを漂わせていた。ローツェ・フェイスのひどい状況や、彼らが登攀を中止した高度が七三〇〇メートルにも満たなかったことを聞いたときは、驚きを禁じえなかったが、まもなくして、彼らは雪と悪天候に見舞われながら充分に誇りに思えるだけのことを成し遂げたのだと気がついた。確かに、あの険しい斜面を登って第六キャンプに到達できたことはすばらしいし、さらに先へ進み続けたことは称賛に値する。彼らが持ち帰った情報のおかげで、今後とるべきプランや、その実行のために全員に割り当てる仕事に関して、わたしにもう疑念はなかった。そして翌朝、アタック計画の概要を説明するために、登山隊員全員を食堂テントに集めた。五月七日、この最も重要なミーティングの直前に、ヒラリーとエヴァンズとわたしはボーディロンの酸素ボンベ用のテントの外で、朝陽を浴びながらアタック計画について意見を交わした。

この数週間でわれわれが悟ったのは、最後のチャンスとして三回目のアタックが避けられないなら、人員と物資の点から、一回目と二回目は連続して行い、その後、体力の回復と備蓄の補給を待って三回目に挑むべきだということだった。この結論を受け入れながらも、わたしは当初、総力をあげて二回分のアタックに匹敵する強力なアタックをまずしかけ、それが成功しなければ、いったん退いて準備を整え、次に二回連続してアタックをかけてはどうかと考えた。しかし、〝一発勝負に賭ける〟戦法をとると、柔軟性や機動力が損なわれることがあり、好天のチャンスを活かすには不向きだと思えてきた。結局、〝二段構え〟で挑むほうが賢明であり、相互に連携し合いながら連続二回のアタックをかけることにしたのである。一次隊が失敗しても、それが成功に近い失敗であれば、二次隊がすかさずそのチャンスを利用して成功できるかもしれない。そうすれば、時間を無駄にすることも、苦労して登ったサウス・コルから撤退するという精神的打撃をこうむることもない。三回目のアタックは必要ないことを願うが、避けられないなら、それからあらためて準備をすればいいだろう。

さて、二回連続してアタックをかけることになったが、どのように開始し、どちらの酸素補給器を使うか。このふたつの問題は、アタックの戦術が酸素補給器のタイプで決まるために密接に関連し合っている。少なくとも理論的には、閉鎖式の利点は持続時間が長いことであり、言いかえれば、同じ酸素ボンベを開放式で使用するよりも長い時間登ることができる。また、高所では、閉鎖式のほうが重量は重いが、開放式よりもかなり速く移動できる可能性があった。実際、ローツェ・フェイスで行った実験でこのふたつの利点を確認できた。エベレストの最後のピラミッドに当てはめて考えると、閉鎖式を使用すれば、山頂から高度差にして約九〇〇メートル、距離にして約一・七キロ離れたサウス・コルのキャンプから直接登頂できる望みがあった。

対照的に、開放式の場合、もう一ヵ所キャンプを設けなければ頂上に到達できる望みはなかった。開放式は持続時間が短い上に、酸素を使わないよりは楽だが、高度が上がるにつれて動きがにぶくなることを想定しておかなければならない。この中間キャンプを張らずにすめば、時間と労力の節約になることは言うまでもない。時間が長引くと、それだけ悪天候に見舞われる危険が大きい。どんな山でも素早い移動が安全につながるが、特にエベレストの場合はそうだと言えた。こうした理由から、わたしはボーディロンに、閉鎖式の欠点が次第に見えてきたにもかかわらず、彼が考案した閉鎖式補給器のテストを続けるよう勧めたのである。また、どちらを使用するにしても、成功するには操作方法を徹底的に理解し、本番でも練習と同じように使えることが必須条件であることから、二種類の補給器を併用するのは不合理だと思われるのも承知していた。それでも、わたしが閉鎖式に固執したのは、サウス・コルから頂上までの最後の九〇〇メートルの負荷が成否を決定づけることは明らかであり、アタック隊員の荷を最小限にとどめたかったからでもあった。

実際、この〝二段構え〟計画では選択肢はふたつしかなかった。二隊とも開放式を使用するか、あるいは、一隊は閉鎖式を使用し、もう一隊は開放式を使用するかである。第三の選択肢として、二隊とも閉鎖式を使用することも考えられたが、伴うリスクを考えて却下した。閉鎖式の場合、装置が故障すると、一〇〇パーセント酸素に頼っていた状態から、突然、希薄な空気を吸うことにより意識を失うおそれがある。補給器の性能についていては、実際に最後まで登ってみないことには充分な確信は得られなかった。以上の理由から、このふたつの選択肢のうち二番目の方法が、時間、物資および人間の労力の点でより経済的だと思われた。第三ラウンドに突入する可能性も考えて、この三つの資源を充分に残しておくためにも節約は重要である。計画が一日短縮されるため、気象条件の点からもより安全だ。一方、一番目の選択肢は、うまく装着できれば、開放式には充分な実績があり、故障も少ないことからより安全である。仮に故障しても、酸素に混じって周囲の空気をすでに吸っているため、高度による突然の影響で危険に陥ることは少ないであろう。そういうわけで難しい二者択一を迫られた。

どちらの案を採用しても、アタック隊の構成は同じとする。アタック隊員は二人。三、四人に増やすべきだという意見もあったが、物資面の限界を考えると認めることはできなかった。アタック隊員を下方でサポートする隊員も必要である。荷上げを手伝ったり、緊急時に交代したり、救援に向かったりするためである。また、二次隊は一次隊に続いてすぐにアタックをかけなければならない。最高キャンプの規模や物資は荷上げできる量によって限られるため、アタックの間隔は二十四時間を限度とする。したがって、二次隊は一次隊をサポートしながら、一次隊が失敗した場合に備えて登頂の準備も進めることになる。また、二次隊はサポート隊員が含まれるため規模が大きくならざるをえない。

アタック隊はどちらも前進基地すなわち六四六〇メートルの第四キャンプから出発し、同様のスケジュールに従って、約八〇〇〇メートルのサウス・コルに登る。一日目はローツェ・フェイスのふもとの第五キャンプまで登り、翌日はローツェ・フェイスの途中にあるキャンプ（当時はローツェ・フェイス・キャンプと呼んでいた）まで行く。そして三日目にそこを発ってサウス・コルに到達する。コルにもキャンプを設営するが、風や悪天候によって中断を強いられない限り、コルで長居はしない。高度障害の危険や食料の余分な消費は特に避けなければならない。

酸素の使用に関してもだいたいにおいて同じである。この段階では、五月初めの二日間にわたるローツェ・フェイスの予備調査での経験に強く影響を受けていたため、前進基地からではなく第五キャンプから酸素を使用することを考えていた。そこから先は、どちらのアタック隊も酸素を使って登攀する。ウェスタン・クウムから上のキャンプには〝睡眠用酸素〟の供給も計画に盛り込まれた。これにはスイス隊が残したボンベも含まれる。アタック隊員は特殊な軽量マスクを装着し、夜間に低流量で酸素を摂取することによって、体力を維持する。よく眠れるようになるため、寒さにも耐えやすいであろう。

重要な点はすでに前から決まっていたことであり、そのための詳細な荷上げのリストも準備されていた。したがって、わたしが五月七日の朝に決めなければならない問題は二点のみ、このふたつのプランのどちらを採用するか、そして各隊員の任務である。ヒラリーとエヴァンズとわたしが、その忘れ難い日に朝陽を浴びながら話し合っていたのはこの問題であった。審議はすぐに終わり、完全な意見の一致を見たわれわれは食堂テントに向かった。みんなはすでに集まっていた。

テントの中は期待と緊張に満ちていた。みんなが待ちに待った瞬間であり、アタック前の最大の出来事だった。このときばかりは、自分が何をすることになるのか、自分のことにだけ関心が向くのも無理はなかった。わたしは話を始める前に、そこにいる一人一人を見回した。箱の上に座っている者もいれば、寝袋に横になっている者もいた。モリスはタイムズ紙に重大発表を送るためにメモの準備をして待ち構えている。テンジンはわたしのそばのテントの入口に立っている。みんな固唾《かたず》をのんで待っている。テントの中は蒸し暑く、静まりかえっていた。

わたしが説明しなければならなかったことは次の通りである。五月十五日以降であれば、いつでもアタックを開始できるように荷上げ作業を続行する。この期間中にローツェ・フェイスのルート工作という大仕事があり、当初の予想よりも時間がかかると思われるが、これも十五日までに完了する。

山頂アタックには、閉鎖式と開放式の両タイプの酸素補給器を使用する。より迅速に動けることと経済性を踏まえ、閉鎖式を使って一回目のアタックを行う。成功すれば、二回目のアタックを行う必要はないかもしれない。その場合は、南東稜にキャンプを張る必要もなくなる。実際、二回アタックできるほど好天は続かないかもしれない。一回目のアタックは、ボーディロンとエヴァンズが行う。二人はよい協力関係を築いており、閉鎖式補給器の扱いに精通している。わたしはこの閉鎖式補給器によるアタックを発表する際に、この装置が未だ実験段階にあること、そして、頂上まではまだ完全に見ることすらできていない長い行程であることを理由に、第一目標はサウス・ピークであると明言した。ただし、酸素補給器の調子がよく、天候にも恵まれ、サウス・ピークから頂上までの地形を見て、安全に往復できる時間があるなら、さらに先に進んでもよいことにした。この一次隊のすぐあとに、テンジンとヒラリーが開放式酸素補給器を使ってアタックを行う。二人はアタック隊員にふさわしいことを充分に証明してみせた。この二次隊にはサポート隊として、わたしとグレゴリーのほかに、このために特別に訓練した精鋭のシェルパが四、五人同行する。サポート隊はノートンとロングスタッフの助言に従って、南東稜のできるだけ高い地点に最高キャンプを張るという特別な任務を負っている。その最高地点とは八五〇〇メートル以上を予定しているが、これればかりは行ってみないとわからない。何より小型テントを張れる場所を見つけられるかどうかにかかっている。

本題からはそれるがここで少し説明しておくと、このサポート隊の構成は後日変更した。最高キャンプに荷上げをするメンバーは全員一緒に行動すべきだという強い意見があったが、それよりも、サポート隊は一次隊の二人のすぐあとに続くほうが重要だとわたしは考えていた。特に、悪天候などのためにアタックの間隔が二十四時間を超えてしまう可能性を否定できなかったからだ。わたしは二回のアタックの間はずっとサウス・コルにいたかったので、シェルパ二人と共に一次隊に同行することに決め、グレゴリーはシェルパ三人と残ってヒラリーとテンジンをサポートすることになった。

ウェスタン・クウムからサウス・コルまで何の障害もないものと仮定すると、一次隊が、成否はともかく頂上アタックを終えてコルに戻ってくる日には、二次隊もサウス・コルに到着しているはずである。その時点ですぐに、引き続き二回目のアタックに向かうか決定しなくてはならないが、わたしはどんなことがあっても挑戦したいと思っている。二回目のアタックは二日間におよぶ。一日目は、サウス・ピークに向かう尾根のできるだけ高い地点までテントと一泊分の物資を上げることに費やされる。

しかし、頂上アタックに先立ってやっておくことはまだたくさんある。まず、好天を待てるだけの充分な物資を第四キャンプに備蓄する。われわれがエベレストを包囲する期間は二週間を予定している。もし、この期間内にエベレストを攻略できなければ、ベース・キャンプから物資を補充する。アタックに必要な物資も、その保管場所となる第五キャンプに運ぶ。その正確な量と重量はすでに算出され、そのための高所用シェルパの人数も決まった。少なくとも十二人は必要で、予備のシェルパも加える。このシェルパたちは二班に分かれ、リーダーとしてそれぞれ登攀隊員一名が同行する。これはアタック計画の最も重要な部分であり、リーダーにはシェルパのことをよくわかっているワイリーとノイスを選んだ。このサウス・コルへの荷上げはアタックのタイミングとは関係なく行うが、荷上げ完了まで好天が続けば、第一次アタック隊はこのサウス・コルの荷上げのすぐあとに続くことになる。ローツェ・フェイスのキャンプを必要以上に大きくしないために、また後退せざるをえない場合の影響を最小限に抑えるためにも、ノイスとワイリーの隊は二十四時間の間隔をあけて別々に出発することが望ましい。

また、サウス・コルへの荷上げを開始する前に、もうひとつやっておかなくてはならないことがある。ローツェ・フェイスのルート工作である。少なくともローツェ氷河の頂からジェネバ・スパーに向かって左にトラバースするところまではルートを切り開いておかなければならない。この問題の大きさは偵察の際にある程度わかってはいたが、五月七日の時点ではまだ現実がわかっていなかった。わたしはこの仕事を氷の達人のロウにやってもらうことに決め、バンドとウェストマコットと四人の優秀なシェルパを助手に付けた。このチームは、ウェストマコットを除いて、すでに第三キャンプにいる。つまり、フェイスのふもとまでの中間地点である。ルート工作を五月十五日までに終えるなら、即刻取りかかる必要があり、第三キャンプでの彼らの仕事を誰かが引き継がなければならない。そこで、ヒラリーとわたしが翌日登っていくことにした。ヒラリーは第三キャンプと第四キャンプの間の荷上げを指揮し、わたしは第三キャンプでシェルパを四人選んで第四キャンプに連れていき、スイス隊の第五キャンプまでの荷上げを開始する。この間、グレゴリーとテンジンはアイスフォールで低所輸送隊の指揮をとり、偵察隊はロブジェに下りて休養をとる。

こうした多くの仕事が、事実上、登攀隊員全員の肩にかかっていることが追い追いわかるだろう。これは野心的な計画であり、成功のチャンスをつかむには、全員が健康であることが前提となる。この遠征隊には一人予備の登攀隊員がいる——医師のウォードである。アタック中は、隊員が凍傷や極度の疲労などに陥った場合に備えてウォードをベース・キャンプに待機させておくことが重要だと思うが、準備段階では、疲労や病気の隊員の交代要員としてウォードはとても役に立つだろう。

わたしは以前に劣らず、必要以上に長く山に滞在すべきではないと考えている。もし五月中旬の天候が先月のように悪く、天気予報でしばらく回復が見込めないことがわかれば、いったん下山し、比較的快適に過ごせる氷河の下で、天候の回復を待つ。

以上が発表した計画内容である。もしこの場の雰囲気を訊かれたら、期待と緊張で張りつめていた空気が、自信と満足にあふれた空気に変わったと言うだろう。隊員たちは、今後の目標に対する危惧が払拭され、自分の進路、自分に課された仕事、そしてすべての仕事が遠征隊の究極の目標の達成に向けて緊密に連係し合っていることを知ったのである。そして、誰もがその目標に向かって重要な役割を担っていると感じていた。

ミーティングは終わり、われわれは解散した。エヴァンズとボーディロンはアイスフォールの上に運ぶ残りの荷を分類し、テンジンとワイリーはシェルパの選抜の相談をし、低所の荷上げから戻ってきたばかりのノイスは、第三キャンプのバンドに代わって携行食の見積もりをしていた。唯一ここにいないバンド隊には、わたしが合流したときに計画の概要を話してやることができるだろう。

しかし、このときの意気込んだ気分は、次の晩の新たな懸念材料によってそがれてしまった。午後五時に、わたしは無線でロウに、明日ヒラリーとわたしが第三キャンプに行ってロウの仕事を引き継ぐことや、ウェストマコットを連れていくので、ロウとバンドとウェストマコットで〝別の重要な仕事〟を始めてもらうことを伝えた。仕事の内容は会ってから話したほうがいいと思った。だが、ロウは困った報告をよこした。「聞こえますか、ベース・キャンプのジョン。こちら第三キャンプのジョージ・ロウです。ジョージ・バンドが病気です。のどをやられて、熱もあります。今日は一日寝込んでいました。ここでは治りません。できるだけ早く下ろしたほうがいいです。どうぞ」。これで、ローツェ・フェイスの先鋒が一人減った。偵察から戻ってきたばかりのウォードたちに、今すぐバンドの穴を埋めさせるわけにはいかない。わたしはただちにバンドを下ろしてロブジェで休養させることに同意した。ロウは続けた。「八時半からひたすら登り続けて第四キャンプに着いたのが昼ですよ。出発して一時間後に雪が降り始めたんです。十二時過ぎに引き上げてきたんですが、足跡をたどれたのは八〇〇メートルほどで、そこからは雪も風もひどくなって、足跡は全部消えてしまいました。五〇メートル間隔の旗も見えなくなって、トプキーがクレバスに落ちたんです。うろたえたシェルパもいましたが、ダワ・トンデュブはさすがに落ち着いたもんです。ゴムプは完全に終わってます。みんな体が冷えてしまってボロボロですよ。雪が膝近くまでありましたからね。ずっと旗を探し回っていました。〝ハントのガリー〟は大変でした。はしごを這って渡って、ふらふらで第三キャンプに戻ってきました。全員くたくたです」

わたしはロウに、第三キャンプのみんなに一日休養をとらせるよう伝えた。

すでにわたしは人手不足に陥って計画を遂行できないのではないかと心配し始めていた。これが、われわれ全員が不安をつのらせていく始まりだった。

ローツェ・フェイス 2

荷上げ作業を短期間休止していた間に、アイスフォールは驚くような変化を遂げていた。五月九日、ローツェ・フェイスのルート工作に着手するロウの仕事を引き継ぐために第三キャンプに向かったヒラリーとわたしは、第二キャンプを張っていたテラスのふちにあった指の形をした氷塔《セラック》が消えていることに気づいた。〝地獄道〟の下の急斜面にかかると空を貫くように見えていたセラックである。ここを登り下りするときに今にも倒れてきそうだったので、なくなったことに安堵する反面、一面に新雪が降り積もった迷路で貴重な道標を失うことにもなった。しかし、その埋め合わせをするかのように、背の高い氷の柱が〝地獄道〟の真上に傾いて立っており、いっそうの脅威を与えていた。いずれ崩れ落ちてくることは目に見えており、早く手を打っておく必要があった。

〝原子爆弾地帯〟は様子が一変していた。われわれは混乱を極めた氷の世界の前でしばしたたずみ、新しいルートを探った。新たに口を開けたクレバスに丸太の橋を架ける必要がありそうだった。その後、アイスフォールの頂に向かう前に第二キャンプで休憩していると、グレゴリーが低所輸送隊を連れてやってきた。グレゴリーは第二キャンプのすぐ下で運よく難を逃れたことを淡々と報告した。彼の背後に氷の塊が崩れ落ちてきて、ロープを結んでいたすぐ後ろのシェルパをかすめたという。これは今回の遠征を通しておそらく大惨事に最も近かった一瞬であろう。

第二キャンプの上の不安定な氷塊に覆われている危険なクレバスは、今や金属製のはしごをふたつつないでやっと届くほどに広がっており、これも夕方のベース・キャンプへの連絡事項として書き留めた。氷塊が積もった斜面の頂をトラバースしていると、見知らぬ場所へ来たような気になった。小石大から高さ三、四メートルもある岩のようなものまで、頭上の崖からはがれ落ちてきたばかりのさまざまな大きさの青い氷塊の間を、粉砕された氷を踏みしめながら先に進んだ。

その夜、わたしは第二キャンプでノイスと無線で話をした。ノイスは翌日、輸送隊を引き連れて登ってくることになっていたので、最も急を要する二つの問題――〝地獄道〟を脅かしている例のセラックと、第二キャンプの上のクレバスが広がって落ちる危険がある橋――をどうにかするよう頼んだ。後日知ったことだが、ノイスは小一時間丸太で氷を突き続け、ついにそのセラックがゆらりと傾き、われわれが苦労して登り下りしている道の真上に崩れ落ちていくさまを見て満足したという。

最後の荷上げ作業が五月のこの最初の二週間にアイスフォールで行われていた間に、比較的安全な場所に設営されたはずの第二キャンプがもはや安全ではなくなっていった。氷河が動く音が聞こえる回数も、不気味さも増していった。テントの下の氷に、小さいが、決して見逃すことのできない割れ目がいくつか現れ、不安な一夜を過ごしたこともあった。それからというもの、シェルパたちは直接第三キャンプまで荷を運んで、その日のうちにベース・キャンプに下りるようになった。体力を消耗しても、アイスフォールに一泊するよりはましだと思っていたようだ。

この日、ウェストマコットもロウと合流するために登ってきた。ウェストマコットはほぼ一ヵ月前にアイスフォールを偵察した際に体調を崩してから、まだ治りきっていないのだが、頑固に荷上げ作業の手伝いを続けてきた。そして、ローツェ・フェイスでの重要な任務に就く機会がやってきたのだが、まだその役割を充分に果たせるほど体力が回復していないことは明らかだった。痛みを伴う咳、のどの不調、胃のむかつきといった歴然とした症状があるにもかかわらず、本人はずいぶんよくなったと言って聞かなかった。納得したわけではないが、ウェストマコットのその気概をわたしは買った。

そして、バンドが病に倒れた今となっては彼を頼りにするほかなかったので、ベース・キャンプに戻れとは言わなかった。

その夜の第三キャンプはサーヒブが四人、シェルパが十九人と大所帯だった。それはローツェ・フェイスのロウのチームの作業を仕上げるために動員したシェルパもいたからである。ヒラリーとわたしはすでに手はずを決めており、ヒラリーが数日の間、第三キャンプから第四キャンプまでの輸送隊を指揮し、わたしはその間、現在第三キャンプにいる十四人のシェルパから四人を連れて、第五キャンプにアタック用の物資を集積するために第四キャンプに移動することになっていた。

五月十日の夜には、ロウはすでに第五キャンプに到着していた。ウェストマコットはわたしの隊と一緒に休息をとって、翌日ロウに合流することにしていた。わたしは第四キャンプにいて、ヒラリーはビルドアップが後半に入ったことを示す第四キャンプへの最初の荷上げをしたあと、第三キャンプに戻っていった。

それから八日間、アイスフォールとウェスタン・クウムでの荷上げ作業が続いた。特に何ごともなかったが、四月九日に後半の高度順応に入ってからずっと続いていた悪天候のせいで作業の進行が妨げられ憂鬱《ゆううつ》な日が続いた。天候はむしろ悪くなるばかりで、五月十日と十一日には、正午から日暮れまで雪が激しく降り、朝になると三〇センチは積もっていて、風がそよとも吹かない猛烈な暑さのなかでラッセルを強いられた。この二日目、ヒラリーの隊は第三キャンプから第四キャンプまで四時間半以上もかかった。条件がよければ、重い荷をかついでいても三時間で行ける行程である。五月十二日のわたしの日記にはこう書かれている――「このひどい天候にはもううんざりだ。今日はまた一八センチほどの雪が積もり、夕方にはクウムを登り下りする道は跡形もなく消えていた」。悪天候はベース・キャンプにいた隊員の士気にも影響した。ある隊員はこう記している――「まったく憂鬱な午後だ。こんな下でも八センチの雪が積もった」。はるか上のローツェ・フェイスにいたロウは崩れやすい危険な雪に腰まで埋もれていた。こうした状況を考えると、全員が元気で前向きだったこと、特にシェルパの明るさは驚嘆に値する。ワイリーの報告によると、アイスフォールの悪条件にもかかわらず、チームは落ち着いており、病気で動けないシェルパは休養期間の前よりはるかに少ないということだった。悪天候というエベレストの武器によって、ペースは落ちたものの、われわれは決して足を止めなかった。

その後、状況は一変した。ラジオの天気予報で聞いてはいたが、とても信じられないことが起きたのだ。突然、にわか雪が降らなくなり、午後になっても晴天が続いた。アイスフォールからクウムを通って、ローツェ・フェイスのふもとに至る長い行程にきちんと道がつき、以前よりはるかに速く登り下りできるようになった。さらに、ローツェ・フェイス隊からその段階で最も励みになる知らせが入ったために、見通しは一気に明るくなった。だが、フェイスの活動について語る前に、まずビルドアップの物語を終えることにしよう。

五月十五日になってもビルドアップは完了していなかった。十四日に、エヴァンズ、ボーディロン、グレゴリー、ノイスの四人が到着すると、打ち合わせ通りに、十五日にわたしはヒラリーと交代するためクウムを下った。五日間にわたる第四キャンプから第五キャンプへの荷上げと輸送隊の指揮が終わり、いよいよ全隊員が第四キャンプ、すなわち前進基地に移る準備をするときが来た。これは、五月六日以降われわれの活動の拠点であった第三キャンプから行うのが最善と思われた。第三キャンプにはピュウがおり、またそこに下りる途中の者も二人いた。一人は休養が必要なウェストマコットで、もう一人はアイスフォールを登るのがすでに二度目であるだけでなく、その朝にエヴァンズたちに同行して第四キャンプまで行ったモリスであった。これにはみんなも舌を巻いた。遠征隊の一員としての地位を確保するに充分値した。その夜、わたしはワイリーと無線でかなり長く話をした。わたしは彼に低所輸送隊を解散して、余分なシェルパに賃金を払って解雇し、五月十八日までにテンジンと一緒に前進基地に登ってくるように指示した。第六キャンプのロウから頼もしい知らせが入り、天候も好転したので、われわれはスタート地点に勢揃いしなければならない。テントの割り当ては常にやっかいな仕事だったので、わたしは担当のウェストマコットに、ロブジェに休養に下りる前に、ワイリーと打ち合わせをしておくように頼んだ。第四キャンプとベース・キャンプ間の直接通信が不可能であることは立証済みだったが、第三キャンプでは、第六キャンプのロウを経由すると第四キャンプと通信できたことは興味深かった。

この頃、病気が治って第三キャンプにいたダ・ナムギャルとベース・キャンプにいたテンジンが無線で会話を試みている。ダ・ナムギャルに重要なメッセージを伝えたかったテンジンは、無線機を使うよう勧められた。第三キャンプにいたダ・ナムギャルは気乗りしない様子で無線機を手にした。二人ともこうした道具を使ったことがなかったらしく、ひどく緊張していたという。二人の会話は「おお、ダ・ナムギャル」「おお、テンジン」の繰り返しばかりで、いっこうに先に進まず、結局、交信はあきらめた。

わたしは第三キャンプに二泊し、毎晩ロウと無線で連絡をとり、またロウを経由して第四キャンプのヒラリーとも話をした。第三キャンプで、ピュウが〝睡眠用の酸素〟を試させてくれたが、有効かつ快適だった。睡眠用に持ってきた特殊な軽量マスクはＢＯＡＣ社が与圧装置のない航空機で使用するためのもので、それをふだん使用している大型マスクと同じように酸素ボンベに接続する。通常、一本のボンベを二人で使用し、Ｔ字型ジョイントで分かれて等量に供給される。それぞれ一分間に一リットルを使用する。マスクを付けていても不快感はなく、楽しい夢も見られたし、安眠もできた。

そのとき、アイスフォールでもこれに劣らぬ重要な実験が行われていた。われわれは連続二回のアタックに必要な物資を確実に目的地に運ぶためなら、できることはすべてやりたいと思っていた。ウォードの薬箱の中にはベンゼドリンが入っていた。戦時中に長期戦で部隊の持久力を維持するために使われていた薬で、特に睡魔を抑える効果があった。ウォードはローツェ・フェイスでいきなりこの薬を試すのは危険だと考え、アイスフォールで作業しているシェルパ二人に使ってみた。ワイリーが薬をのんだシェルパに印象を尋ねると、一人は「すばらしい薬だ。咳が治ったよ」と言い、もう一人は「おかげでよく眠れたよ」と言う始末だった。

五月十七日、わたしはピュウと第四キャンプに戻った。好天が続いていたので、エベレストの機嫌がいい間に、アタックの準備を完了したいという焦りを感じ始めていた。その要《かなめ》となる作業に、ロウはローツェ・フェイスですでに一週間取り組んでいた。ここからは、氷と雪に覆われた巨大な壁を相手にしたロウの冒険を物語るとしよう。

五月十日の午後、ロウは最も優秀なシェルパ四人（ダ・テンシン、アン・ニマ、ガルゼン、アン・ナムギャル）を伴って第五キャンプに登った。シェルパの仕事はローツェ・フェイスの一時キャンプにロウとウェストマコットのための物資を補充し、その後、アタック期間中にサウス・コルとの中間点となるスイス隊の第七キャンプ跡に荷上げすることであった。ロウの仕事はまずスイス隊の第六キャンプ跡にキャンプを張ることであり、そこを拠点にして上下にルートを切り開く。道を踏み固め、足場を切り、急斜面にロープを固定するのである。五月十一日、ロウとシェルパは第六キャンプ地に向かったが、状況は困難を極めた。偵察隊がたどったルートにはまた新雪が厚く積もっており、ロウは偵察隊以上に雪に埋もれながら進むことになった。急斜面の始まりからキャンプ地まで一八〇メートル登るのに五時間半を費やした。一時間に三〇メートル強しか登れなかったことになる。

ロウが出発したとき、ウェストマコットはまだ第五キャンプに到着していなかったため、ロウは技術と経験に富むアン・ニマを第六キャンプに残して、ほかのシェルパを下ろした。ロウもアン・ニマも疲れ切っていたので、早々に横になり、十五時間眠り続けた。それから数日間、ローツェ・フェイス隊はふたつに分かれて作業した。ロウとアン・ニマは第六キャンプから下のルートの改善や修復を行いつつ、さらにローツェ氷河の頂に向かって徐々にルートを切り開いていった。ウェストマコットは残りの三人のシェルパと共に第五キャンプを拠点にし、ロウのために食料、燃料、ロープ、ハーケンといった必需品を第六キャンプに運びながら、アタック用の物資を徐々に荷上げしていった。後方部隊のわれわれをも苦しめていた悪天候は、はるかに足場の悪いところで、希薄な空気にさらされながらルートを切り開いていた最前線のロウたちにとってはさらに大きな試練であった。

五月十三日、わたしは第五キャンプへの荷上げを完了すると、第六キャンプに登った。第五キャンプにいたウェストマコットは、三日前に会ったときよりもかなり具合が悪そうだった。前日、意を決してキャンプを出たものの、第六キャンプに到達するだけの力はなかったという。ウェストマコットが疲弊していることは明らかだった。それでも、わたしに同行すると強く言い張った。同様に称賛に値するのはシェルパたちの献身的な働きと優れた登山技術である。とりわけダ・テンシンとアン・ナムギャルは、その前日に人員不足のために特に重い荷をかついで第六キャンプまで二人だけで往復していた。アン・ニマがロウと一緒に登攀隊員がするべき仕事をしていた上に、ガルゼンが体調を崩していたからだ。ガルゼンは五月初めに偵察に参加したときにかかった病気からまだ回復していなかった。わたしはアン・ナムギャルを連れて、前夜降り積もった深い雪をかき分けながら登っていった。足跡はまったく残っておらず、ウェストマコットとダ・テンシンはわれわれのあとに続いた。二時間半後に、ロウとアン・ニマのところに着いたときには、わたしもアン・ナムギャルもへとへとだった。ロウとアン・ニマはその日、キャンプの下の最後の急斜面の除雪をし、バケツ大の足場を切り、風雪にさらされてもろくなったスイス隊のロープを丈夫なマニラ麻のロープに替えて固定するという活躍ぶりで、二人ともすこぶる元気だった。その上、ロウは疲れて動けないわれわれの撮影に夢中だった。また、四月の終わりにロバーツ少佐と共にやってきたときには、頼りない男に見えたアン・ニマが今や水を得た魚のようである。標高が高くなると元気になる人間もいるとは驚きだ。ベース・キャンプでも、第三キャンプでも、積極的に仕事をしようとしなかった男が、このローツェ・フェイスの斜面では献身的に仕事に打ち込んでおり、にっこりと笑みまで浮かべている。チェーン・スモーカーのアン・ニマに煙草を差し入れるのには苦労したが、それだけの価値はあった。

第六キャンプで半時間ほど過ごしたあと、しばらく吹雪のなかを下っていくと、少し先に後続の二人の姿が見えた。ウェストマコットは見るからに具合が悪そうで、これ以上先に進むのは難しいと思われたが、またもや今日は調子がいいと言い、ダ・テンシンと残る一六メートルを登り切ってロウに荷を引き渡した。まったくよく頑張ったものである。

その夜キャンプに戻ると、わたしはノイスと、あとからウォードにも、ロウのパーティーを増強するために登ってくるようベース・キャンプに指示を出した。このときのわたし自身の経験とロウと交わした会話から考えると、ローツェ・フェイスは偵察で判断していたよりもはるかに手ごわい相手であった。ノイスもウォードも準備はしていた。五月七日に計画を発表した際に、こうした事態を想定しておくように指示を出しておいたのだ。二人は前線に加われることを喜んだ。

五月十四日、好天に恵まれたロウとアン・ニマは三〇〇メートル登って、スイス隊の第七キャンプを発見した。その夜、わたしはロウに無線で援軍を送ることを伝えた。ロウはそれに答えて、その日の成果と今後のプランを夢中で語った。まず、翌日を休日にあてたいと言った。それは彼が第五キャンプに到着してから六日目にあたる日だった。そして、その次の日にローツェ氷河の頂に登って調査し、場合によってはトラバースのルートも切り開くという。そのあとのことは口にしなかったが、ロウの考えは容易に推測できた。サウス・コルまで行く以外に何が考えられるであろう。この会話は第四キャンプ、第三キャンプ、ベース・キャンプのどこにいてもはっきり聞き取れた。それはとても励みになるメッセージであり、わたしと同様、全員に、すでに成功したような思いを抱かせたに違いない。

今やあらゆる努力がローツェ・フェイスに注がれていた。毎日、二チームが第四キャンプから登っていく。一チームは、しばしば隊員も荷かつぎとして加わり、体調維持を心がけながら第五キャンプを往復して、アタック用物資を集積する。もう一チームは、第五キャンプで一泊するか、あるいは第四キャンプから直接第七キャンプに行き、第七キャンプで必要な物資に加えてサウス・コル用の荷の一部も運んで集積する。それによって、サウス・コル隊がローツェ・フェイスを登るときの荷を少しでも軽くできると考えた。五月十五日、ノイスがローツェ・フェイスの作業に加わり、アン・ニマが休養のために下りたあと、まずヒラリー、次にボーディロン、そしてバンドとウォードも相次いで加わり、シェルパに付き添って六〇〇メートルを登った。

楽観的なロウは高度による影響をあまり考えに入れていなかった。ノイスが第六キャンプに到着した夜、二人は睡眠薬を服用した。翌日、ロウがぼんやりしていることに気づいたノイスは、出発前にロウの体を何度もたたいて目を覚まさせた。それでもロウの動きは鈍く、半分眠っているような状態で第七キャンプ地に向かって登っていたので、ノイスはだんだん心配になってきた。二人は一八〇メートルを登るのに二時間半もかかった。実際、ロウは休憩中や食事中に、何度か意識を失ったようだった。ノイスによると、ロウは口からイワシをぶら下げたまま居眠りしていたらしい。ロウはイワシが好きなのだ。こんな状態で登り続けるのは無謀だと判断し、彼らは引き返した。下のクウムからそれを見ていた者たちは大いに落胆した。「まるで酔っ払いがダウンヒルを滑っているみたいだった」とノイスは言った。ロウは第五キャンプに着くなり、翌日まで昏々と眠り続けた。

朝になると睡眠薬の影響はすっかり消えていた。二人は前日の失態を取り返すべく先に進んだ。第七キャンプ地に到達しただけでなく――第七キャンプの用具一式はヒラリーが五月十五日に第四キャンプから二往復して運び上げていた――午後には第七キャンプを隠しているセラックのかなたに姿を現し、さらに一八〇メートル以上登り続けたので、下から見ていた者たちは大いに喜んだ。まったく鮮やかな前進であり、次の日はどこまで進むだろうかとわれわれは希望に胸をふくらませた。このときにはすでにウォードがロウと合流するために到着していたので、ノイスをローツェ・フェイスの仕事から解放した。ノイスは前線に残りたがったが、五月二十日に開始を予定しているサウス・コルへの荷上げに備えて休養をとってほしかったわたしの指示に従ってしぶしぶ戻ってきた。

だが、この日の成果で一気に上がったわれわれの士気は、翌十八日に、ロウ、ウォード、ダ・テンシンの三人によって打ち砕かれた。彼らは第七キャンプを出発したものの、前日の到達地点とほぼ同じところから引き返してきたのである。これはまったく受け入れがたい結果であり、われわれは理解に苦しんだ。後に、第七キャンプの荷上げから戻ってきたボーディロンによると、猛烈な風が吹いていたという。確かに、風の陰にいたわれわれにも列車の轟音のような音が山上から届いていた。意を決して三人は登り始めたのだが、前日の疲れが残っていたウォードは足がまるで前に進まなくなり、ロウも手に軽い凍傷を負ってしまった。そのような状況では、出発しただけでもよしとしなければならないであろう。

ローツェ・フェイスのドラマはさらに続いた。五月十九日、ローツェ・フェイスに取り組んで十日目のことである。風は相変わらずはるか頭上のエベレストの西壁を連打し、そのはね返った風がローツェ・フェイスを吹き抜け、第七キャンプとその後ろの斜面を隠しているセラックに吹きつけていた。その朝、われわれはずっと上の様子を見ていたが、何ひとつ動きは見られなかった。第七キャンプに行ったことのあるバンドが上の風がどのようなものかを説明してくれたが、希望はもてそうになかった。さらに困ったことに、第七キャンプと交信ができなくなった。わたしはロウが状況報告に下りてきてくれることを切に願った。そうすればわたしも適切な判断ができる。辛抱強く登り続けて偉業を成し遂げたロウは疲れ切っているに違いない。ピュウも、七〇〇〇メートルを超えた高所に長期間滞在しているロウの精神状態を心配していた。

もうひとつの心配の種は、今まで一番元気だったエヴァンズである。彼は二日前に第七キャンプへの荷上げを支援するため第五キャンプに来ていたのだが、空腹時に抗生物質のオーレオマイシンを服用してから具合が悪くなり、しばらく休んでいたが、翌日第四キャンプに下りた。それ以来、ほとんど食事がとれなくなっており、一回目のアタックに間に合うように回復できるか懸念された。さらに困ったことに、食料不足の兆しが見えてきた。バンドはこれまで食料の在庫を細かくチェックしていたが、今はあちこちのキャンプに分散して保管しているので相当やっかいなことになっていた。計画時には、主食料の〝コンポ〟は六月七日までもつ計算だった。わたしはもともと六月中旬までの食料は確保しておくべきだと考えていて、今でもそれが妥当だと思っていた。しかし、今月末でその〝コンポ〟がなくなるおそれがあるという。もし、それが事実なら、これは深刻な事態である。翌月まで好機を待つ可能性は充分にあり、いずれにしてもこのままでは三回目のアタックはできない。だが幸いにも、後日、バンドはその点については心配ないと請け合ってくれた。しかし、もう食料に余裕はなかった。

この頃、シェルパ用の食料も同じような危機的状況にあった。前進基地から下のキャンプでは、シェルパの主食はツァンパで、それをアタック用の携行食で補っていた。シェルパの食料を担当しているノイスは、彼やテンジンが見積もっていた量よりもはるかに多くのツァンパが消費されているのを知った。ノイスはベース・キャンプに緊急命令を出し、シェルパのニムミに二三〇キロのツァンパの購入を指示した。ニムミは山の事故で負傷したシェルパで、現地の食料の調達を担っていた。幸い補給が間に合い事態は収拾された。

五月十八日、テンジンとワイリーが残りのテントや物資を持って到着すると、不安が払拭されたわけではないが、気分は変わった。わたしはサウス・コルへの荷上げを次の日から開始することに決め、その第一段階として、ノイス率いる第一班が第五キャンプに登ることになった。続く五月二十日には、ワイリー率いる第二班が登る。これが成功すれば、ただちにアタックを開始する。予定通りに進めば、第一次アタック隊は五月二十二日に出発することになるだろう。

この決断をするにあたって、わたしはもはやローツェ・フェイスのルート工作の進捗を待っている余裕はないと結論づけた。すでに七日も好天が続いており、これ以上遅らせるのは神意に逆らうようなものである。その上、ロウは体力の限界に来ているに違いなく、アタック隊員に選ばれた者以外に、彼の代わりが務まる者もいなかった。したがって、この決定は誰にとっても嬉しい知らせとなった。

次に嬉しい知らせは、料理長のトンデュプの一行がやってきたことだ。すでに述べたが、トンデュプはすばらしい料理人だが、登山の経験もなければ、若くもなかった。それでもワイリーは、トンデュプを前進基地すなわち第四キャンプに連れてきたら、全員の士気が高まると判断した。食事は常にわれわれの楽しみであり、食欲がなくなることはなかった。たとえば、バンドは五月十六日にこう記している。「夕食は、スープ、シチューのグリーンピース添え、缶詰めの桃とパイナップル。ご馳走だ」。ローツェ・フェイスにいたロウでさえ、肉と果物が欲しいと訴えてきた。「みんなはそこで何を食べてるんですか」。ある晩、無線で今後の計画についてまじめな話をしているときにロウはぽつりと言った。「桃でも食べてるんでしょう」と。初めて高所用の携行食を食べたロウは盛んに愚痴をこぼした。食べることに特に強い関心をもっているグレゴリーが日記をつけていなかったのは残念だ。

彼なら一読に値するコメントを残していただろう。

危険を冒してアイスフォールを登ってきたトンデュプは、その日の午後に到着すると、歯が抜けた口でにっこり笑い、「アイゼンを靴底に向けて付けちまうところだったよ」と早速冗談を言って仲間のシェルパを笑わせ、全員の歓迎を受けた。テンジンとトンデュプはすばやくキャンプの模様替えをして、調理場を整えると、お茶の時間にパンケーキを食べさせてくれた。

アタックを目前に控えた数日間、前進基地の生活はいつも通りに過ぎていった。滞在している人数によるが、隊員はだいたい六つのミード・テントのひとつを一人占めできる。だが、みんなとにぎやかに過ごしたければ、食堂に使っている大きなドーム型テントで寝泊まりすることもできた。さまざまな大きさのテントが十二張り、風の陰になっている一〇平方メートルほどの小さなくぼ地に、互いに数歩で行き来できる間隔で張られていた。

朝の八時頃に目が覚めると、テントの内側が凍って真っ白になっている。太陽の光はまだキャンプには届いておらず、おそろしく寒い。テントが開き、シェルパのほがらかな顔が現れ、粉ミルクがどっさり入った甘い紅茶が差し出される。一杯の紅茶に元気づけられ、太陽がテントを温めてくれるのを待つ。それがだいたい九時十五分前である。寒さがあまりにも厳しく、これより早く寝袋から這い出るには相当な勇気がいる。そしてまた、新しいエベレストの一日が始まる。雲ひとつない空、ゴーグルを付けずにはいられないまばゆいばかりの光。すばやく周囲を見回す——まず、ローツェの斜面を見上げる。もう、彼らは出発しただろうか。双眼鏡に手を伸ばし、すっかり見慣れた壁の中腹にある第七キャンプに焦点を合わせる。動きはない。次に、サウス・コルの稜線からローツェの頂上尾根に舞い上がっている雪煙の量を見る。それから朝食を食べに大テントに向かう。

ダ・ナムギャルが調理場から湯気が立ったオートミールを運んでくる。テントの中は、段ボール箱、リュックサック、新聞、缶詰などがおそろしく散らかっている。その真ん中にマットレスを敷いて寝袋にくるまって寝ている者がいる。朝食にはゆっくり時間をかける。朝食を食べながら、その日の予定を話し合う。ベーコンエッグやランチョンミートを食べながら、次の郵便はいつ来るのかとか、サウス・コルの荷上げをするシェルパを増やすべきだとか、ベース・キャンプへの重要な連絡事項とか。たとえば〝アタック用〟や〝コンポ〟と書かれた箱がベース・キャンプにいくつ残っているかは計画に大きな影響を与える問題だ。場合によっては、この前進基地でアタック用の携行食を食べるはめになるかもしれない。それだけはごめんだった。そして、誰かがベース・キャンプのモリスに送るメッセージを書き留める。

この間、エヴァンズはテントの出入口のそばに荷箱を置いて座り、双眼鏡で斜面を見上げている。

「エヴァンズ、連中の動きはどうだい」「第七キャンプの真上にいますよ。あまり速くはないですね……あ、ボーディロンのパーティーが第五キャンプを出て、斜面を登り始めました」

次第に隊員が分散していく。バンドはアタック用の物資を第七キャンプに運ぶ際に、第五キャンプまで同行するシェルパについてテンジンと話し合っている。それはアタックに同行するシェルパと同じ者になるはずだ。グレゴリーとヒラリーとわたしも第五キャンプに荷を運ぶので、シェルパを分けてもらう必要がある。すでに気温が上がっており、どちらのパーティーも午後遅くになってから出発することになるだろう。ミード・テントの入口から靴を突き出しているのはノイスで、寝袋に転がって書き物をしているに違いない。カラスが数羽、雪の上で残り物をあさっている。

朝食が終わると、昼食までそれぞれ仕事をし、また全員が食堂テントに集う。スープに続いて冷たいサラミソーセージと大きなチェダーチーズ――ご馳走だ。そして、缶入りバターを塗ったスイス製のクネッケブロートとイギリス製のビスケット。これをアタック用の携行食のコーヒーかレモネードで流し込んだら、再びローツェ・フェイスのロウとウォードの様子を見る。二人はまたへたり込んでいるが、ローツェ氷河の頂に手が届きそうなところまで迫っている。まだ先に進むつもりだろうか。だが、しばらくすると下りてきた。わたしはやや失望する。その間に、ボーディロンと六人のシェルパが第七キャンプの下の最後の氷の急斜面を横切り、まもなくセラックの陰に入るのが見えた。これでまた九〇キロの荷がローツェ・フェイスの中間地点まで運び上げられた。

午後四時、お茶とジャムとビスケットが出される。〝コンポ〟から出した美味しいフルーツケーキが一切れ添えられることもある。そして、バンドとわたしのパーティーがそろそろ準備にかかる。互いをロープでつなぎ合い、昼間に用意してあった荷をかつぐと、くぼ地を出発し、氷河の浅い谷に入って登り始める。きれいに踏み固められた道が数百メートル先までのび、陽光に輝く雪の上に鉛筆で線を引いたように見える。ストバートはキャンプの上の小高いところに立ってカメラを回している。

数カットを撮り終えると、われわれと一緒にクウムを登る準備を始める。まだ暑いが、クウムの入口から下の谷を覆っていた大きな雲が引き始める。風が出てきて、サウス・コルの稜線の上に雪煙が渦を巻いている。ヌプツェの氷壁に濃い影が落ち、まもなくするとプモリの後ろに陽が沈むだろう。ローツェ・フェイスにいたパーティーはどちらもすでに見えない。

その少しあと、クウムをゆっくり這い下りてきた影がわれわれのテントに近づく頃に、ボーディロンがシェルパと帰ってくる。疲れているが、酸素なしで七三二〇メートルまで到達できたことを喜んでいる。「上はものすごい風でした」というのが、その日のローツェ・フェイス隊の進捗状況を尋ねたときのボーディロンの答えである。

陽が沈むと急激に寒くなる。第五キャンプへの荷上げを終えて帰ってくると、われわれはまっすぐ自分のテントに行き、羽毛服を着て、夕食を待つ。食堂テントで、誰かがラジオをつける。「こちらはBBC海外放送です。エベレスト遠征隊に天気予報をお伝えします。この予報はグリニッジ標準時十二時、インド標準時十七時三十分から二十四時間有効です。天気はおおむねくもりで、ときおり雷を伴うにわか雪が降るでしょう……標高八八〇〇メートル付近では主に西から風速三〇から三五ノットの風が吹くでしょう。気温は摂氏マイナス二四度から二六度……」。寝袋に入って本を読んだり書き物をしたりしていると、誰かが「夕食ができたぞ！」と大声で呼ぶ。外はもう暗くなっているが、食堂テントはブタンガスのランプに明るく照らされている。大テントの住人たちは寝袋に入ったまま皿を受け取り、よそのテントから来た者は急ごしらえのテーブルを囲んで箱の上に座る。羽毛服を着ていても寒いので、テントの入口を閉じる。マグカップに入ったスープ、缶詰めのステーキとキドニー・パイをスプーン、フォーク、ナイフを使って食べるのだが、三つそろうわけではなく、そのどれかひとつを使う。締めくくりにフルーツケーキとコーヒーを口に入れる。

夕食後は、しばらく歓談することが多い。ストバートは冒険談に事欠かない。だが、よそのテントから来ている者はたいてい食べるとすぐに寝袋で暖をとりたくなって戻っていく。わたしはトンデュプにろうそくを分けてもらう。トンデュプは物不足にあっても不思議といろいろな物を持っている。わたしは酸素マスクが入っていた小さな段ボール箱にろうそくを立て、火をつけると、日記を開く。万年筆が凍ってすぐに書けなくなるので、数秒ごとにろうそくの炎にかざす。まず手をポケットの中で温め、片肘をついて楽な姿勢をとる。そして書き始める。「五月十八日。今日は遠征隊にとって重要な日であった……前進基地に全員がそろった……料理長のトンデュプもやってきた。これでうまいものが食べられる……」。日記を閉じる。睡眠薬をのみ、ろうそくの火を吹き消し、寝袋にもぐり込む。エベレストの一日がまた終わった。この山で任務を終えるまであとどのくらいかかるだろう。

五月十九日の夕刻、わたしはノイスとシェルパと共に第五キャンプに酸素ボンベを運んだ。風はあったが、踏み固められた道がすっかり凍って歩きやすくなっていたので、一時間で到着した。ノイスと別れる前にわたしは言った。「ロウとウォードが明日、トラバースのルート工作を終えずに下りてきた場合、あさってどうするかはきみが判断してくれ。シェルパと一緒にサウス・コルまで荷上げをするか、あるいは、まずきみが一人でコルまで登って、ルートを切り開くほうがいいか。もし、きみが先に行く必要があれば、きみのシェルパは、二晩目を第七キャンプでワイリーと過ごすことにして、二十二日は一緒に登るように。シェルパたちの状態を見ながら、ロウから第七キャンプの上の状況を聞いた上で、判断してほしい」

ロウとウォードは簡単には屈服しなかった。二人は二十日にもう一度トラバースまで登ろうとした。それはノイスたちと交代する前に、二人に残された最後の日だった。しかし、ここまでの試練が二人の体力に大きく響き、いくらか前進したものの、引き返すことになった。彼らがこれを失敗と感じ、挫折感を覚えていたとしても、ほかの誰が成功できたであろう。天候や仲間の体調不良のせいで予定が遅れた上に、士気を奪う西風にさらされながら、ときおり支援は受けたものの、ロウはこの十一日間で見事な仕事をやり遂げた。それは不撓不屈《ふとうふくつ》の精神と練達した技術によって成し遂げられた偉業として登山史に刻まれるであろう。

第五部 アタック

サウス・コル 1

アタック用物資のサウス・コルへの荷上げは五日間で行う。そのために、われわれは高所班の負担を少しでも減らそうと中継地となる第七キャンプへの荷上げに精を出してきた。チームの人数が多いことを考えると、これ以上の日数をかけることは難しいと判断した。気象条件や体力の低下はもとより、必要な食料と燃料が増えるからだ。したがって、ビルドアップの最終段階であるサウス・コルへの荷上げ計画は、いかなる障害や遅延も想定する余裕はなかった。十九日の夜に、わたしが第五キャンプでノイスに、二晩目に第七キャンプに彼の隊を置いていく可能性について伝えたとき、〝もし、きみが先に行く必要があれば〟と言葉をわざわざ足したのは、そうなれば第七キャンプは当然困ったことになるからだ。大人数を収容できるだけのテントはなく、アタック隊用の食料や燃料に手を付けることにもなる。

五月二十日、空は晴れていたが、頭上の岩が突風を受けてうなるような音を立てているので、山上は風が吹き荒れているはずだ。前進基地では、ワイリーがシェルパと共にノイスのあとを追う準備をしていた。この数日間、第七キャンプに相当な荷を上げてきたにもかかわらず、ワイリーの隊もノイスの隊もかなり重い荷をかついでいた。ロンドンで計画を立てたときには、シェルパがかついでローツェ・フェイスを登れる量はせいぜい一二、三キロだと考えていたが、ワイリーの隊はそれよりも一

○キロは多い荷をかつぎ、しかも酸素なしであの急斜面を高度七三二〇メートルの第七キャンプまで運ぶ準備をしている。ここで補足しておきたいのは、シェルパがかついでいる荷には彼らの私物もかなり含まれていることである。寝袋やエア・マットレス以外に、シェルパはわれわれには必要ないだろうと思える物を持っていきたがるのである。その分を差し引くと、運び上げる〝必要のある〟荷は一二、三キロになる。すべての荷を確実に運び上げるために、わたしはテンジンとワイリーのアドバイスに従って、必要最少人数として算出した十三人に、予備として若干増員することにした。二隊にそれぞれ二人ずつ追加し、病気やけがで登攀《とうはん》を続行できない者が出た場合に備えた。特に第七キャンプからサウス・コルまでの約六〇〇メートルの行程には未知のルートも含まれており、各自の荷を少しでも軽くすることに配慮した。寝具や私物は必ず第七キャンプに置いていき、その先の行程はできるだけ負担を減らすこと、そして病気や疲労の激しいシェルパは第七キャンプから下ろすことにした。

その日の午後、サウス・コルへの最初の荷上げ隊が第七キャンプに到着した直後に、二人のシェルパがキャンプから下りてくるのが見えた。どうやら病気か疲労で体が続かなくなったようだった。二人は前進基地に到着すると、ノイスからの手紙を差し出した。ノイスによると、アタック隊以外で酸素を使う者はすべて訓練用の多用途型の酸素ボンベを使っていたのだが、ノイスを含め、すでに閉鎖した第六キャンプに着いたときにボンベが漏れていたので、キャンプ跡に残っていたボンベを見つけて使ったという。ところが、これも漏れていたので、第七キャンプのボンベを新たに二本、翌日に使うことにした。一本は自分が使い、もう一本はシェルパのアヌルウに使わせてルートを切り開くのを手伝ってもらうということだった。なお悪いことに、ノイスはこう締めくくっていた――「開栓すると漏れるボンベがあるとボーディロンに伝えてください」

これはとんでもなく悪い知らせだった。ふだんうろたえたりしないボーディロンも、さすがに動揺を隠せないでいた。一本九キロもある多用途型ボンベがすでに九本、苦労して第七キャンプに運び上げられ、その一本一本にアタック計画に沿った用途が綿密に決められているのである。つまり、酸素補給の失敗から、アタック計画が台なしになるおそれがあった。ノイスは有能だが、特に機械に詳しいというわけではなく、彼がテストした結果が最終的な結論でないことをわれわれは願った。しかし、ボーディロンは、七三二〇メートルという高所で酸素欠乏症にかかっているおそれのあるノイスが行った、まさにこのテストこそが、九本のボンベすべてに酸素漏れを引き起こしている可能性を危惧していた。いつもは平静なボーディロンがひどく心を乱されていた。第七キャンプとの交信がいまだにできない状況で確認するすべもなく、わたしは最悪の事態に備えて、第二次アタック隊が携行する酸素ボンベの追加補給を決めた。その指令は第三キャンプからただちに出され、わたしはワイリーに第二次アタック隊と共にシェルパの補充チームを上に送る必要があることを伝えた。しかし、アタック隊のメンバー以外、ほぼ全員が今はローツェ・フェイスの荷上げにあたっており、容易に人のやりくりがつくとは思えなかった。みずから進んで行ってくれる者でなければならないし、コルまで行ったことのある経験者も必要だ。そのとき、わたしはロウに目を留めた。ローツェ・フェイスの死闘から戻ってきたばかりだというのに仕事を欲しがっていたロウに、わたしはこのパーティーの指揮を頼んだ。ロウは二つ返事で承知した。今振り返ると、ロウはこのとき、もっと高いところまで登ってやろうと密かに目標を定めたのではないだろうか。幸い、後日、第七キャンプの酸素ボンベの状態はわれわれの取り越し苦労だったことがわかった。

その夜、わたしはサウス・コルへの荷上げが遅れる可能性について思案を巡らせた。スイス隊がサウス・コルで経験した苦難や、われわれが十一日かけてもコルのなかばまでしか到達できなかったことを考えると、いったい何人のシェルパがコルまで行ってくれるか確信がもてなかった。シェルパは迷信を信じる民なので、われわれには理解できないものに恐れを抱いたとしても驚くことではなかった。高所に行けば、悲惨な思い出もたくさんある。あるいは、スイス隊も力尽きたというあの鞍部《コル》まで登るだけの体力がない者もいるかもしれない。だが結局は、重い荷をかつぎ、酸素を使わずに登ってくれたのである。

計画の成功に不可欠なのは、すべての荷が目的地に予定通りに届くことである。考えているうちに、わたしは現在進行中の作業に〝てこ入れ〟が必要ではないかと思い、その夜、前進基地にいた仲間たちと意見を交わした。結論として、もしノイスがシェルパを置いてアヌルウと二人だけでサウス・コルを目指すプランをとり、しかも、充分な前進を遂げられなかった場合は、われわれのうちの誰か二人がサウス・コル隊の支援に登ることになった。それは計画の遂行に少なからぬ支障をきたすことになるが、とりあえず真っ先にすべきことを優先しなければならない。そういうわけで、前進基地にいたわれわれが五月二十一日の進展をどれだけ不安な思いで待ち受けていたかは想像がつくであろう。

五月二十一日、夜が明けると空は晴れ、山上の風は少し弱まっているように見えた。われわれは一面の白い雪を見渡し、縦に裂け目のある例の氷が突き出したところに目を凝らした。そのすぐ上に第七キャンプのテントを隠している氷塔《セラック》がある。早朝に出発することを期待していたが、動きが見えたのは午前十時だった。肉眼ではほとんど見えないが、双眼鏡にごく小さな点がふたつはっきりと現れ、それが右手に水平に動いて、キャンプの後ろの小さな崖の登り口へと向かっていた。点はふたつきりだった。どうやらノイスは二番目のプランをとったようだ。この選択がアタック計画におよぼす影響を考えると、われわれは失望を隠せなかった。当然のことながら、こうならないことをわれわれは願っていた。おまけに、二人は氷河の頂に至る三〇〇メートルほどの斜面を登るのに、ずいぶん時間がかかっていた。もちろん、さまざまな困難が待ち受けていたことだろう。ルートを見つけ、足場を切り、おそらくロープの固定もしなくてはならない。

この時点で、わたしは昨夜の提案、すなわち、サウス・コル隊を増強するために隊員を二人送ることを決めた。この決断には人選という難しい問題が伴った。キャンプにいるのは、荷上げが完了次第に出発する用意を整えたアタック隊か、ローツェ・フェイスの作業から戻って体を休めている者しかいなかった。第一次アタック隊のメンバーは除外した。もし行かせたら、第二次隊に先にアタックさせるか、もしくは閉鎖式酸素補給器の使用を断念することになるだろう。わたしとグレゴリーが登ることもできたが、そうすると、アタック隊の編成を崩してしまうだけでなく、それぞれのサポート隊を指揮する責任者がいなくなる。すべてを考え合わせると、解決策はただひとつ、わたしは思いきってテンジンとヒラリーに行ってもらうことにした。どのみち、彼らに打順が回ってくるのは最後である。二人ともまだはつらつとしており、いたって強靭な体力の持ち主だった。また、テンジンの評判はシェルパの間でも極めて高い。そのテンジンなら、サウス・コル隊のリーダーの力になり、必要に応じてシェルパを説得することもできるだろう。わたしはその朝の十一時に、ヒラリーとテンジンに増援に向かうよう指示すると共に、二回目のアタックのタイミングに遅れが生じる可能性や、彼ら自身の体にかかる負担により、二人がアタックの機会を失ってしまうかもしれないことを伝えた。

ヒラリーとテンジンは承諾し、しかも自分たちに課された使命を喜んでいるようだった。テンジンは特に喜んでいた。これまでテンジンは必然的にあまり面白みのない仕事を担当してきた。低所輸送隊の指揮だとか、食料や薪を運ぶチームの編成だとか、ベース・キャンプで飛脚の世話だとか。キャンプでの秩序を保ち、シェルパたちが明るく元気で過ごすための手助けもしてきた。こうしたことをテンジンはみずから進んで実にうまくやってきた。そういう人となりなのである。しかし、わたしは、テンジンがもっと高く、もっともっと高く登ってやろうと心に決めていることを知っていた。登っているときが一番幸せそうだった。わたしがそのことに初めて気づいたのは、チュクン・ピークに登ったときである。スイス隊の第四キャンプを見つけに一緒にクウムを登ったときもあらためてそう感じた。そして今、五月二日にヒラリーと共にベース・キャンプと第四キャンプ間をあっという間に往復して以来、その勇気と根性を示す機会を再び得たのである。これこそテンジンが待っていたことだった。二人はさっさと準備を整えると、正午には出発していった。

その間もわれわれはノイスとアヌルウの前進を見守っていた。ヒラリーとテンジンが出発してすぐあとに、ノイスたちはローツェ氷河のこれまでの最高到達点を過ぎ、十二時三十分に、ローツェの最後の斜面の下の棚に立った。そこからジェネバ・スパーの横のクーロワールに向かって左にトラバースしなくてはならない。高度は約七六〇〇メートルである。ノイスとアヌルウがついにこのトラバースに歩を進めるのを見て、われわれの興奮は高まった。当時は知る由もなかったのだが、このとき先頭に立っていたアヌルウは、ノイスによると、〝スイスの山岳ガイドのようにさっさと〟前を進んでいったそうである。

下から判断するのは難しかったが、雪か氷の広い斜面に出る手前の氷河のかたわらにある浅いガリーには、崩れそうな危険な雪がいつもたまっているように見えていた。われわれはスイス隊がここを安全に通過するために固定したロープを写真で見ていたので、交換するものと思っていた。しかし、二人はそのまま進み続けた。しかも、予想外に高いラインをとっており、まるでジェネバ・スパーの頂にまっすぐ向かっているかのように見えた。二人がもともとそのつもりだったとは思わなかったが、ここでロープを交換するために立ち止まるのはかえって危険だと判断したことは充分に見てとれた。彼らのスピードは目に見えて上がっていき、まもなくノイスとアヌルウがサウス・コルを目指して進んでいることがわかってくると、われわれの興奮は驚きに変わった。心配していたことなどすっかり忘れて、その午後はずっと二人を見続けていた。

二人はジェネバ・スパーの岩場のそばまでほとんど休みなく前進を続けた。さらに登り続けた二人が岩稜《バットレス》の陰に隠れてしまうと、不安に耐えられなくなったわたしはキャンプを一人で出ていき、よく見える場所を求めて氷河の真ん中のほうに二〇〇メートルほど移動した。このときとった行動は賢明とは言えない。前日に、ボーディロンがテントから数メートルのところに隠れていたクレバスに二メートルの深さまで落ちたところだったのだ。だが、このときばかりはわたしの判断も鈍っていたのだろう。それからしばらくは二人を見ることができていたが、その後また見えなくなり、次に姿をとらえたときには、防風着の色である青い点となって空との境目のすぐ下の岩場にいた。そして、またたく間に青い空に溶け込んでいった。午後二時四十分。ノイスとアヌルウがエベレストのサウス・コル（約八〇〇〇メートル）に立った瞬間である。彼らはスイス隊のドラマの舞台を見下ろし、エベレストの最後のピラミッドを仰ぎ見ていた。それは二人にとってすばらしい瞬間であり、下で見ていたわれわれ全員もその喜びを分かち合った。そこに彼らが立っていることは、遠征の成功を左右する問題をまたひとつ克服できたことを象徴していた。われわれがこの十二日間不安に駆られながら何とか到達しようとしてきた目標にようやく達することができたのである。

ノイスとアヌルウは短い斜面を下り始めた。おそらく五、六〇メートルほどしかない斜面だが、エベレストに登頂して疲れ切って帰ってくる者には決して楽ではない斜面なので、わたしはノイスにロープを固定するよう頼んであった。そしてノイスは帰りにこの仕事もやってくれた。後日、われわれはこのロープに感謝することになる。コルの上で、彼らはスイス隊が残していったものを見つけた。破れたテント、酸素ボンベのフレーム、登山用具、そして食料。二人は役に立ちそうなものを物色し、アヌルウは酸素を下ろして代わりに中身の詰まったリュックサックをかつぎ、ノイスはクラッカーとイワシの缶詰とマッチを手に入れた。どれも半年以上風雪にさらされながら完璧な状態で残っていた。風が少し強く吹いているだけだったので、二人はこのまたとない機会を存分に楽しむことができた。

ノイスはまだ酸素を使い続けており、漏れているどころか、異常に長持ちしているようだった。二人は午後五時半に、比較的元気な状態で第七キャンプに戻った。ノイスにとって、その日は〝これまでの登山経験のなかで最高に楽しかった日〟になった。ワイリーのパーティー、続いてテンジンとヒラリーもすでに第七キャンプに到着していた。ノイスとアヌルウがロープを伝ってテントに向かって下りてくると、シェルパたちは大喜びで出迎えた。この二人組がこの日、サウス・コルに到達し、元気に無事で帰ってきたことに、待っていたシェルパたちは深い感慨を覚えたことだろう。この二人にできたのなら、自分たちにもできる、そう思ったに違いない。ワイリーはキャンプに到着後、シェルパたちとしばらく話をし、疲労や頭痛や咳を訴える彼らを気づかい、薬を配った。みんな翌日は最善を尽くすとは言っていたが、ノイスとアヌルウが戻ってくる瞬間まで、自信をなくしていたことは明らかだった。すばらしい手本が示され、一気にみんなの士気は上がった。さらにテンジンの翌日に向けた明確な指示と激励によって拍車がかかり、荷上げの成功が確約された。

しかし、それはクウムで見ていたわれわれには知る由もなかったことである。不安を抱えたまま翌朝を迎え、ローツェ・フェイスを見上げながら、第七キャンプの動きを待っていた。だが今回はそう長く待つ必要はなかった。午前八時三十分、高所キャンプでは異例ともいえる早い時刻に、テントを隠している例のセラックの後ろから、ふたつの小さな点が出てくるのが見えた。前進基地の空気がにわかに張りつめ、われわれは目を凝らして次の展開を待っていた。よし！　来たぞ。まばゆいばかりの雪面の上をシェルパが次々と連なって前進している。その数をわれわれは声に出して数えた。十四……十五……十六……十七。信じられないような大勢の人間が、七三〇〇メートルを超える山を行進していた。キャラバンが一丸となって、サウス・コルに向かって、われわれの大切な物資を運んでいた。

先に出てきた二人はまだ先頭に立ち続けていた。ヒラリーとテンジンに違いないと思ったが、その日、ノイスとアヌルウが戻ってきたときに、やはりそうだったことがわかった。それを聞いて、わたしは最初失望した。ヒラリーにはあくまでも頂上アタックという本来の任務を優先し、荷上げの成功に必要なこと以外はしないように厳しく命じておいたのだ。何かしなければならないとしたら、言葉での激励に留めておいてほしかった。わたしは二人に、氷河の頂まで先導すれば充分だろうと言ってあった。それでも二人は、夜の間に風ですっかり消えた足跡を斜面にあらためて刻みながら、シェルパを引き寄せる磁石の役目を果たしつつ、斜面を着実に進んでいた。だが、その歩みはあまりにも遅く、下から見ていても、苦労が伝わってきた。しかし、その苦難を本当にわかることができるのは実際に体験したごくわずかな者たちだけである。

その前の夜、十九人が第七キャンプに泊まった。それだけの大所帯には小さすぎるテントに詰め込まれ、風も容赦なく吹きつけてきた。しかも、食料が不足していた。充分な量を運び上げたはずなので、出発してから不足がわかってもどうにもできなかった。その上、狭いテント内で料理をするのも大変だった。長時間の登攀を控えているので、テンジンは早朝に出発することをシェルパに強く求めていたが、このような高所では、簡単なことをするのにも時間がかかった。朝の六時に起床しても、お茶を一杯なんとか用意して飲んで出発できたのは午前八時半だった。お茶のほかにグレープ・ナッツというシリアルを食べた者はごく少数だけで、ほとんどのシェルパは何も食べずに出発した。多くのシェルパが高度の影響を強く感じており、歩く速度も遅かった。安全確保のためにロープを結び合うと、どうしても一番遅い者にペースを合わせることになる。二歩進んでは息が切れ、アイスアックスに寄りかかって休み、また二歩進む。こうして十歩も進むと、へたり込む者が出る。すると全員が立ち止まって回復を待たなくてはならない。それが一日中続くのだ。悲しいかな彼らは栄養のあるものを口にしていない。「みんなでポケットの中をあさって、甘いものもすべて食べ尽くした」と後にワイリーは言っていた。それでも彼らは仕事をやり通した。

下からでは動いていることがわからないようなペースで、彼らは雪の大斜面を進んでいたが、ようやく最後の一人もジェネバ・スパーの岩陰に姿を消した。だが、この最後の一人だけは途中で力尽きて止まってしまった。常にシェルパたちを気づかい、任務にも忠実なワイリーは、すぐにこの男の荷をかついで前進を続けた。その後まもなくして、ワイリーの酸素補給器の使っていないほうの接続部から漏れが生じ始めた。直すためには、漏れているほうにプラグを差し込んで使うしかなく、一分間の流量が二リットルから四リットルに増えてしまった。二倍の酸素を使うことになったため、ワイリーは早々に酸素を使い切ったが、ジェネバ・スパーの頂まではまだ一二〇メートルはあった。ワイリーはシェルパよりもはるかに悪い状況に陥った。以前にローツェ・フェイスの偵察時に遭遇したように、長時間酸素を吸っていたあとで突然、希薄な空気に頼らざるをえなくなったのである。ワイリーは足もとをふらつかせながら、それでも断固たる決意で前進し、頂上にたどり着いた。サウス・コルに着いたあとも、ワイリーは気力を失うことなく、注意深く荷を積み重ね、風に吹き飛ばされないように重石を置くことまでやってのけた。さらに、四方の景色を眺め、写真にもおさめた。こうした一連の行動はいまだに信じられないほどすばらしいと思う。

疲労はもちろん、食料不足のために体に力が入らない状態でサウス・コルから下りてくるのは登りと変わらない試練となった。最後の一人が第七キャンプに帰還したのは午後七時で、すでに日が暮れていた。十時間半も外で過ごしていた計算である。大半のシェルパが二晩目も第七キャンプに残り、三晩目も残りたがる者さえいた。夜ごと状況はひどくなっていった。風はますます強まり、ローツェ・フェイスに吹き渡る風がセラックと山腹の間を抜けるときには、ふいごのような音が響いた。テントがしばしば風に煽られ、それを押さえつけながら座ったままで神経がすり減るような一夜を過ごした者もいた。

シェルパのなかでも屈強な者たちは、早く快適な前進基地に下りたいと言い出した。そして五人のシェルパが、ベテラン・シェルパのダワ・トンデュプに率いられて、ちょうど第一次アタック隊が第五キャンプに到着した夜に、斜面を下りてきた。ダワ・トンデュプはアイスフォールとウェスタン・

クウムでの見事な働きを認められてサウス・コル隊に選ばれたのだが、このときもほとんど疲れを見せておらず、足をふらつかせる者もいるなかで、すれ違いざまにわたしににっこり笑って、朝の七時からお茶を一杯飲んだだけだと自慢しながら、そのまま前進基地に向かって下りていった。そして、この英雄たちよりも先に戻っていたのがヒラリーとテンジンである。この二人は前日の午後に前進基地から第七キャンプまで登り、雪面に強風でできた薄氷《クラスト》を踏み砕きながら、全員をサウス・コルまで先導すると、その日のうちに前進基地まで戻ってきたのである。この二人は六四〇〇メートルから八〇〇〇メートルの間を三十時間以内で往復したことになる。わたしが二人に会ったときには相当疲れている様子で、こんなに疲れたヒラリーを見たことがなかったわたしは、二人がアタックできるだけの体力を取り戻すのには相当な時間がかかるのではないかと心配になった。

午後二時頃、サウス・コルの荷上げ隊が目的地に到達する見通しが立つと、われわれは心底救われたように思えた。風の状態を予測することはできなかったが、空はまだ晴れており、必要な物資は最後のピークのふもとまで上げられた。もはやぐずぐずしている理由はなかった。アタックを開始する。わたしは、幸い元気を取り戻したエヴァンズとボーディロンにこう伝えた。今晩、第五キャンプに向かって出発する。クライマックスはもう目の前だ。さあ、道を拓いてくれた仲間の見事な手本に従って、われわれもみんなの期待にこたえるぞ。

サウス・コル2

五月二十二日の夜、われわれが第五キャンプに到着したときには、すでに風が強まり、雪が乱れとび、寒さも増していた。テントに落ち着いた頃には風はさらに強く、刻一刻と激しくなるばかりだった。われわれも落ち着かない一夜を過ごしたが、第七キャンプにいたサウス・コル隊ははるかに大変な思いをしたに違いない。

翌朝、出発の準備をしていると、ダ・テンシンがテントをのぞき込んだ。きちんと見積もったにもかかわらず、第七キャンプに運ぶ荷が思っていたより多かったため、シェルパをあと二人われわれのキャラバンに加えたいと頼んであった。いつも頼りになるベテラン・シェルパのダ・テンシンが名乗りを上げ、チャンジウという若いシェルパも同行することになった。彼らは少しでも寝心地のよい前進基地から出発することを選び、このとき第五キャンプにやってきたのだが、早く先に進みたがっていた。ダ・テンシンは登るのがうまく、ルートを熟知していたので、わたしは異議を唱えなかった。

わたしは開放式酸素補給器を使って、第一次アタック隊の二人のシェルパ、ダ・ナムギャルとアン・テンシン（ニックネームはバル）と共に、午前八時三十分に第五キャンプをあとにした。ルートは、十日前にロウに会いにいったときとはすっかり変わっていた。しっかり踏み固められた一本の道がローツェ・フェイスのふもとまで続いている。フェイスには、技術的に難しいところがまだ若干残っていたが、前よりはるかに楽になっていた。雪には深い足跡がつけられ、氷には大きな足場が切られ、古くなったスイス隊のロープは頑丈なマニラ麻のロープに付け替えられている。おかげで、われわれは第六キャンプ跡まで、妥当な時間である二時間足らずで登った。実際、荷をかつぎ、酸素の恩恵も受けていないにしては、シェルパはとても調子よく登っていた。だが、どういうわけか、わたしはつらかった。キャンプ跡に腰を下ろして、こんなことでは第七キャンプにたどり着くこともできずにアタック隊を失望させるのではないかと不安を感じていたことを覚えている。出発の準備ができた頃、エヴァンズとボーディロンが登ってきたのだが、彼らも同じようにつらそうな顔をしていることに気づいて嬉しく思ったくらいだった。この出だしの悪さの理由が何であれ、次の三〇〇メートルははるかに楽になり、自分のことよりシェルパを気づかう余裕もできた。彼らは果敢に登っていたが、明らかに高度の影響を感じており、わたしのペースにはついてこられなくなっていた。

第六キャンプと第七キャンプの間のルートは相変わらず傾斜は急だが、おおむねまっすぐに進んでいけばよかった。ロウが選んだラインはほんの少しの間、ローツェ氷河とローツェ・フェイスの大斜面の境目を通っていた。この地点で、ジェネバ・スパーの一番下の岩場とほぼ同じ高さになった。そこから向きを変え、巨大な氷壁の下の凍った斜面の中心に向かって長いトラバースが始まる。さらに、急な氷の斜面を数歩登ると、垂直の壁に垂らされているロープの下に行き着いた。この壁の上に出て座って休みながら見上げると、先週、前進基地からよく見ていた裂け目のある突き出た氷が間近に迫っていた。われわれはさらに氷のステップを登って棚に出ると、まだ見えぬキャンプに向かって歩を進めていった。

頭上から風に乗って人の声が聞こえ、荷を下ろしたサウス・コル隊のシェルパたちが元気に下りてきた。まるで日曜学校でおやつを食べて帰ってきた子どもみたいだった。このトラバースにすれ違う余裕はなく、数メートル行ったところにはまたロープが下がっている難所があったので、われわれは立ち止まって休むことにした。最後に下りてきたのはワイリーだった。そのときはまだ前日のワイリーの奮闘をすべて知っていたわけではないが、わたしは成功を祝った。ワイリーは風に向かって声を張り上げながら言った。「ジョン、尾根の最後は本当にやっかいですよ。少しでも運を味方につけて、うんと高いところに最高キャンプを張ってください」。まさにそうした励ましをわたしは必要としていた。第七キャンプへの最後の三〇メートルは想像以上に険しかった。例の裂け目のある氷の出っ張りのふもとまで斜めにトラバースし、次に左に回って、急な勾配を一五メートル登ると、さらにロープと氷のステップが続いた。テントは最後の瞬間まで見えなかったが、広々とした台地の上に見えたときにはほっとした。後ろは大きな氷壁で、前にはクウムからの視線を遮るようにくさび形の背の高いセラックが立っている。われわれがそのセラックと山腹とを裂いているクレバスを越えているときに、荷を下ろし終えて帰るダ・テンシンとチャンジウがすれ違いざまに幸運を祈ってくれた。われわれは第五キャンプから三時間半とかからずに第七キャンプに到着した。

第七キャンプはローツェの大斜面から突き出た驚くような場所にあった。昨年の十一月にスイス隊がこのバルコニーのような場所を発見したときも驚いたに違いない。ローツェ・フェイスの端から端まで見渡しても、テントをふたつ以上張れるような場所はここしかなかった。われわれの到着前にすでに八つのテントが張られていた。南の端に立つと、ヌプツェの尾根をほぼ同じ高さで横から眺めることができた。その刃のように鋭い稜線はこわいくらいに魅力的だった。この尾根には一ヵ所、七六〇〇メートルくらいのところに、深い切れ込みがある。それがここから南に一キロも離れていないところに見えている。高度順応期に仰ぎ見ていたのが、ヌプツェからローツェに至る壁の最も低いところにあたるこの切れ込みだった。かつて、タンボチェのベース・キャンプから九〇〇メートルほど登った後、ウォードとわたしは初めてこの切れ込みの向こうにサウス・コルを眺め、エベレストの最後の部分を観察したのだ。わたしは逆の眺めを見たくてたまらなかった。あのとき、われわれが立っていた場所を見つけたかった。だが、そのためにはもっと高く登らなければならなかった。

このバルコニーの北の端からは、エベレストの頂上部を一望できた。これまでよりもっと立体感が出て、褐色の西壁の上の頂上尾根が信じられないほど間近に見えた。この日は、とてもアタックなどできないくらいに風が強く、長い雪煙が南東稜の端から端までかかっていた。見た目の近さとは対照的に、サウス・コルへの道は果てしなく遠く感じられた。われわれはまだ半分しか来ていない。ローツェ・フェイスのルート工作に苦労しながらよくそう言っていた。クウムにいたわたしは楽観と焦りから、その言葉を受け入れることができなかったが、今ならよくわかる。わたしは比較的元気で、半時間ばかり写真を撮ってまわっていると、ボーディロンとエヴァンズが登ってきた。彼らは第六キャンプで休憩した際に、酸素補給器のソーダ石灰の缶を、キャンプ跡の雪の中に置いてあった新しい缶と取り替えていた。その後、新しい缶が冷えていたためにエヴァンズの補給器のバルブが凍結するというトラブルが起きていた。それが後の出来事の前ぶれだった。

バンドが代わりの無線機を送ってくれたおかげで、その夜、われわれは数日ぶりに前進基地と交信できた。わたしは第二次アタック隊の計画を聞きたいと思っていたところだったので、ちょうどいいタイミングだった。ロウから、次の日に二次隊が第五キャンプに移動すること、つまり、一次隊と四十八時間しか間があいていないことを聞いてほっとした。サウス・コルから下りてきたテンジンとヒラリーの様子を見ていたので、これは予想していたよりもいい知らせだった。かすかにベース・キャンプのモリスの声も聞こえてきた。クウムの第三キャンプと話をしているようだった。わたしはモリスに最新ニュースを知らせてやりたくて、長々としゃべっていたのだが、聞いていなかったことをあとで知った。

夕食を食べながら、われわれはこれまでに経験した高度を比較し合った。エヴァンズは三年前にアンナプルナで約七三〇〇メートルまで登っていた。わたしは一九三五年に、カラコルムのサルトロ・カンリで約七四〇〇メートルまで行ったことがある。ボーディロンはこの第七キャンプが今のところ最高到達点だった。

その夜、風はふたたび猛威をふるった。前夜のようにテントが風をはらんで、轟音が鳴り響き、初めのうちはまんじりともできなかった。テントごと持ち上げられて、谷底へ吹き飛ばされるかもしれない不安を感じながら眠れるわけがない。だが、イギリスのメーカーとボーディロンの技術のおかげで、第六キャンプから運んできたスイス隊の酸素ボンベを使って眠ることができた。通常、睡眠時は二人で一本のボンベを使って、一分あたり二リットルの酸素を二等分する。わたしは三人目だったので、アタックにおける重要度は三人のなかで最も低いのだが、一本のボンベを一人で使わせてもらった。一分あたり二リットルの酸素を一人占めできたわたしは、酸素が出ている間はほかの二人より快適に眠れたが、酸素は四時間しかもたなかった。

五月二十四日の朝、わたしは出だしから調子が悪かった。一歩進むのも骨が折れた。頭上の壁とキャンプを隔てるクレバスのふちを五〇メートルほど水平に進むのでさえつらく、やっとの思いでガリーの固定ロープにたどり着いた。このガリーの急なところを登るときはまさに悪戦苦闘だった。一歩登るごとに足が止まって息が切れた。テントのすぐ上の棚を進み、さらにしばらく登ったあと、わたしはとうとう前に進めなくなり、ここで落伍して、登頂に貢献できなくなるのかと一瞬情けない気持ちにとらわれた。ボーディロンとエヴァンズが登ってきたので、わたしはボーディロンに酸素補給器を見てもらった。すると、エコノマイザーとマニホルドを接続している管がねじれていることがわかった。つまり、わたしは酸素なしで、マスクの弁を通ってくる外気だけを吸って二五キロもの荷を運んでいたのである。つらくて当たり前だったのだ。ボーディロンがねじれを直してくれたところで、流出量二リットルの接続部で漏れが生じていることがわかった。漏れに対処するにはこの接続のほうに管をつながなくてはならない。これは二日前にワイリーがジェネバ・スパーで経験したトラブルとちょうど逆の状況だった。わたしはそれまで四リットルの酸素を吸っていたのに、二リットルで登ることになったが、それは必ずしも悪いことではなかった。シェルパたちのペースに落とすことができる上に、酸素の節約にもなり、何より酸素を使い切ってしまうリスクが減った。

このトラブルで貴重な時間を三十分失ったあと、われわれはまた歩き出した。下で見ている仲間は、かつてのわたしのように不思議に思っているだろう。「キャンプを出たばかりだというのに、何をぐずぐずしてるんだ」と。実際、ローツェ氷河の頂まで登るのにずいぶん時間がかかった。二隊はどちらも互いをロープで結び合い、かたつむりのようにゆっくり進んでいた。頂上の棚に到達する直前に、ふたつの障害に行く手を阻まれた。ひとつは氷壁で、もうひとつはその下に大きく口を開けているクレバスだ。幸い、このクレバスには氷の棚がかかっていたおかげで壁の上に出ることができた。ここにもまたスイス隊のロープが残っていたが、緩んでいて危険だった上に、使う必要もなかった。

上に行くと、また大きなクレバスに足止めされた。われわれは飛び越えられるところまで、右手にかなり迂回しなければならなかった。クレバスのふちはどちらもオーバーハングしており、崩れやすい雪を蹴って向こう側に飛び移るにはよほどの注意が必要だった。しかし、すでに多くの者がやってのけたように、われわれも渡ることができた。またしばらく登ってトラバースの高さまで到達すると、座って休憩をとった。午後の一時頃で、眼下にクウムが小さく見えた。まるで地図を見ているようだった。アイスフォールがなだれ落ちている下に、クンブ氷河が黒い底なしの泉のように横たわり、わずかな雲が白い斑点となってその上に浮かんでいる。エベレストの西尾根の下の少し下ったところに見えている小さな点が前進基地である。ここに来てようやく、ヌプツェの尾根のあの切れ込みも、その先の緑に覆われた山々も見下ろすことができた。プモリの尖った頂の向こうに、ふたつの高峰ギャチュン・カン（七九五二メートル）とチョー・オユー（八二〇一メートル）が一望でき、その山々とほぼ同じ高さにいることを実感できた。こんなにも高いところに、今自分は立っているのだと感動した。

　わたしは興味津々でトラバースに向かった。だが、わずか二日前に十七人の男たちが通ったばかりだというのに、足跡はひとつ残らず消えていた。風に吹き消され、板のようなクラストが雪面を覆っていた。クラストが割れて下の柔らかい雪に足を取られることもあれば、割れずに乗っていられるところもあった。前に進むのはひと苦労だった。しばらくは思っていたより急な傾斜が続いた。ガリーがローツェ氷河と並んで走っているところの傾斜は四五度を超えていた。三〇メートルほど下に、氷河の端と水平に走る地層が見える岩場との間に固定された古いロープが見えていた。その後、広大な斜面を進むにつれて、傾斜は緩やかになっていった。ランベールがなんとかスキーでも降りられそうな斜面だと言っていたのを思い出す。実際、スキーでぎりぎりターンができる斜度である。クウムまで九〇〇メートル、スリルに満ちた滑降ができるに違いない。

　この斜面のトラバースに入ってから、ずいぶん時間がかかり始めた。エヴァンズとボーディロンは、クラストを割ってルートを切り開くのに苦労しながら、われわれをリードした。わたしの後ろにいるシェルパたちは急速に疲れを見せ始め、その速度は先頭を行く二人よりもさらに遅くなった。時間だけがどんどん過ぎていくように思えた。わたしは四歩、いやせめて六歩は続けて歩こうとしていた。だが、三歩進むと決まって後ろから思わせぶりなうなり声があがる。バルが休みたがっているのだ。もう一歩進むと、今度は言葉で聞こえてくる。「サーヒブ、休ませてください《アラム・マンダ・ヘイ》」。さらに一歩進むと、後ろからロープを引っぱられる。そうなると足を止め、アイスアックスに寄りかかって苦しそうにあえいでいる二人を見ているしかなかった。「もういいかい《ティーク・ヘイ》」とわたしは尋ねる。すると、ダ・ナムギャルが小さくため息を漏らし、「コルはすぐそこだ」というわたしの説得力のない激励に合わせて、われわれはまた先に進む。こんなことが何度も繰り返される。一〇〇メートル進むたびにわたしは立ち止まり、三人が安全に座れる大きな穴を斜面に掘って、足を投げ出して長めの休憩をとった。眼下にのびる大斜面の先に第五キャンプが小さな点となって見えていた。

　午後三時頃、われわれは例のクーロワールに入り、ジェネバ・スパーの横まで来た。キャンプを出て五時間半が経っていた。酸素ボンベの圧力計を見ると、一平方インチあたり三〇〇ポンドを指しており、そろそろ酸素が尽きることがわかった。わたしは先を行くボーディロンとエヴァンズに、そこで待っていてくれと叫んだ。わたしは酸素なしで登り続けられるか不安だった。あと三十分もすれば酸素はなくなる。いっそ、自分はエヴァンズらのロープに加わり、シェルパには彼らのペースで進ませたほうがいいかもしれない。あと七、八〇メートルも登れば、クーロワールを出て、左にトラバースし、ジェネバ・スパーを越えられる。つまり、コルはそう遠くはない。ダ・ナムギャルに相談すると、自分たちは喜んであとからゆっくり行くと言った。今みたいに引きずられて進むより、よほどましだと思ったのだろう。そしてわたしはエヴァンズのロープに加わり、シェルパたちがちゃんとついてきているかたえず振り返って確かめながら、前進を続けた。

　午後四時、われわれはジェネバ・スパーの頂に達し、雪が平らに固まっているところでしばらく休憩をとった。サウス・コルの向こうにエベレストのサウス・ピークがそびえていた。息をのむほど間近に迫るその姿は、もはや〝小さな高み〟と呼べるようなものではなく、頭上九〇〇メートルにそそり立つ優雅な雪の尖塔だった。このピークから右手に南東稜がのびている。初めは急峻だが、しだいに緩やかになり、なかほどに雪の肩《スノー・ショルダー》がある。ここが最高キャンプを張る場所で、それが翌日のわたしの仕事である。そこから稜線はもう一度急降下し、雪と岩が交錯しながら、下の棚までのびている。そして、すぐにまた急角度をなし、バットレスとなって、われわれが今いるところから七〇〇メートルほど離れたサウス・コルの右端すなわち東の端に隆起した岩の向こうに落ちている。

サウス・コルに面したこの山稜の側面は非常に険しく、岩肌の所々に雪が付き、雪が詰まったガリーが何本か走っている。ノイスから、この稜線とサウス・ピークの眺めが実に印象的だったと聞いていたが、これほど鋭く切り立った美しく壮観な光景を目にするとは誰も予想していなかった。わたしにはまったく新たな峰がサウス・コルに現れたようにしか思えない。ここまで苦労を重ねてきて、最後にまたこのような難題を突きつけられるのかという落胆と腹立たしさに近いものをわたしは感じていた。

そして、われわれの足もとに広がるサウス・コルとはどんなところか。われわれが見下ろしているところは想像していた通り殺風景だった。三五〇メートルの長さはある広い鞍部で、北側はエベレストに、南側はローツェに向かって急斜面が立ち上がり、西側はクウムへ、東側はカンシュン・フェイスへ切れ落ちている。コルの上は一面石の原で、ところどころ青みがかった氷が張っている。端のほうは雪にふちどられているが、風にさらされて氷のように固くなっている。その風がこの場所に漂う恐怖感をいっそうかき立てていた。われわれは猛烈な風を受けながらスパーの頂から、斜面を下りてコルに入っていった。右のほうに進んでいくと、石の間にオレンジ色の布きれが見えた。それはまさにスイス隊のキャンプ跡を示すものだった。

長く苦しい登攀の終わりに、こうして下っていくのは、わなにはまっているような感じがしないでもなかった。その思いは目の前に近づいてくる光景によってさらに強くなった。スイス隊のテントの残骸が三つ、四つ。むき出しになった金属の支柱がすり切れたロープにまだ支えられて立っており、風にはぎ取られてわずかに残ったテント地の切れはしがせわしなくはためている。まわりには凍り付いた布きれや、いろいろな物が転がっていた。〈ドレーガー〉の酸素ボンベのフレームがふたつ、ナイロン・ロープがひと巻き。だが、物色している時間はなかった。寒さで動けなくなる前に急いでテントを張らなければならない。防風着、羽毛服の上下、羽毛と絹と防風用の手袋、とにかく持っている衣類はすべて身に着けていた。もちろん、セーターやウールのシャツも下に着ている。それでもまだ寒かった。われわれは五月二十二日にサウス・コル隊が運び上げた物資のなかから、ピラミッド型のテントを取り出した。

それからは、誰一人として忘れることのできない闘いが始まった。ジュネバ・スパーの上でも風は強かったが、ここほどひどくはなかった。わたしの酸素はコルに下りてくる前に尽きたし、エヴァンズは動きやすいように酸素をはずしていた。われわれはこのすさまじい強風と闘うにはあまりにも無力だった。普通なら二分とかからない一張りのテントの設営に、すでに一時間以上も風と綱引きを続けていた。手に持ったテントは風にひったくられ、からまった張り綱に足をとられた。あっちへこっちへとよろめき、互いに邪魔をし合った。ボーディロンはまだ酸素を使っていたので、エヴァンズとわたしが酔っ払いのようにふらついているのが理解できなかったようだ。一度わたしは石につまずき、五分間もうつ伏せに倒れたまま起き上がれなかった。だが、そのうちにボーディロンも酸素が尽きると、同じように転んで気絶したようにしばらく倒れていた。

その頃には二人のシェルパも到着した。午後五時頃だったと思うが、バルは着くなり、張りかけのテントに這いずり込んでしまった。精も根も尽き果てたのだろう。それでもバルは役に立った。中にいるバルに石やボンベを渡して、テントの内側で重石になってもらったのだ。そしてなんとかテントを張ることができた。ミード・テントにはさほど時間はかからなかった。午後五時半、われわれ三人はピラミッド型テントに、シェルパ二人はミード・テントに入り、寝袋やマットレスやリュックサックやロープや酸素ボンベがごった返しているなかに倒れ込むようにして、今日の試練から解放された。

すでに日が暮れ始めていた。エヴァンズがストーブの準備を始めた。わたしは外に出て、周囲の岩から水を作るための氷を削り取り、積み上げられた荷のなかから食料を取り出した。われわれはテントの中をできるだけ片付けて、防風着も何もかも着たままで寝袋に入った。そして五時半から九時までの間に、それぞれ少なくともマグカップ四杯分の水分を摂った。レモネード、スープ、紅茶、ココアがあって、どれも満足できた。エヴァンズとわたしが飲み物を作っている間に、ボーディロンは睡眠用の酸素の準備をしてくれた。そしてようやく横になったのだが、風でテントがばたつく音が気になって眠れなかった。この荒れ地を支配する風は何がなんでもわれわれを追い出したいようだった。

われわれは夜のうちに、早朝に出発するに越したことはないが、それは無理だということで一致していた。あまりにも疲れていたし、頭も働かなかった。風に悩まされたわりには、三人とも酸素のおかげでけっこう眠れた。だが四時間後に酸素が切れると、わたしは突然目が覚めた。苦しくなり、寝袋に入っていてもたまらなく寒かった。それでも、朝起きるとみんな声をそろえて、よく休めた、気分もすっきりしたと言った。しかし、ほどなくして、アタックは二十四時間延期することに決めた。当然、この決定には深刻な影響が伴う。食料や燃料を余分に消費することになり、高度障害による体力の低下が顕著になって好機を逸するほど衰弱するおそれもあった。そして、何より歯がゆか

ったのは、われわれはこのとき申し分のない気象条件に恵まれていたことだ。この日、五月二十五日の朝は風も弱まり、空は快晴だった。コルを吹き抜ける風ときたら、そよ風と言ってもよかったくらいだ。

だが、われわれは準備ができていなかった。食料の仕分けもまだだった上に、バルは体調を崩していて出発できる状態ではなかった。だが、休めば、回復するかもしれなかった。何より決め手となったのは、酸素の準備ができていなかったことだ。単純作業でさえ時間のかかるこの高所で、短時間でできる作業ではなかった。計画の点から言うと、幸い時間はあった。当初の計画では、ヒラリーのパーティーは二十四時間後に追ってくることになっていたが、サウス・コル隊の支援に入った影響で、明日の午後まで来ないからである。

われわれはその日は静かに過ごした。遅い朝食に何を食べたか忘れたが、わたしがコルで見つけたスイス隊の上等のハチミツとわれわれが持ってきたサラミソーセージを食べたことだけは覚えている。その後、わたしはテントのまわりを片付けに外に出た。ダ・ナムギャルが手伝いにきたので、三つめのテントとして、二・七キロしかない小さな丸形テントを張った。気分が乗ってきたわたしは精力的に片付け始めた。酸素ボンベをテントの外側にきちんと並べ、食料は全部入口の近くに積み上げた。スイス隊が残した装備は別のところに置いた。それから、小さな箱を岩の上に置いた。この中には宇宙線を記録するための写真乾板が入っていた。インドへ発つ前、チューリッヒ大学を訪れたときにオイグスター教授から手渡されたものだ。すでに第七キャンプで二週間近く露出してあった。だが残念ながら、その乾板はサウス・コルに置いたままになっている。さぞかし興味深い現象が記録されているに違いない。

　わたしはスイス隊のキャンプ跡から、ハチミツ四缶、チーズ、クラッカーのほかに、ツナ缶をひとつ見つけた。高度八〇〇〇メートルにおける人間の食欲と動物的本能を示す興味深い事実として恥ずかしながら白状すると、わたしはこのご馳走を仲間から隠して、こっそり丸形テントに持ち込み、一人で平らげてしまったのである。

　雑用が終わると、わたしはウールの靴下を二枚重ねした上に、薄い羽毛入りの靴下を履いただけでコルの上を散歩した。まず、下から見ていたときの目印だった大きな岩からクウムを見下ろしてやろうと思い、西の端へと向かった。わずかに向かい風を受けながら、ゆっくりと歩いた。一歩一歩慎重に進む必要はあったが、傾斜は緩やかで、さほど苦労はしなかった。端まで来ると、ヌプツェの山稜をついに見下ろすことができた。そのはるか向こうには南の低い山々が見えていた。眼下に、三つのキャンプがはっきりと見える。雪の上の染みのように見える前進基地、その左手のやや登ったところに第五キャンプの小さなテントがひとかたまりになって見えている。最も印象的だったのはローツェ・フェイスのなかほどにある第七キャンプで、飛行機から見ているかのように、漏斗形のキャンプ地が真下に見えていた。その第七キャンプとコルを隔てているローツェ・フェイスの大斜面はけたはずれに急だった。ベース・キャンプの真上に君臨していたプモリは、今はもう周囲の氷と雪にまぎれて見分けがつかないほどであり、その頂の向こうにチベットを望むことができた。その場を去る前に、下で誰かが見ているかもしれないと思い、手を振ったのだが、どうやら誰も見ていなかったようである。

背中に風を受けながら、斜面を戻っていった。帰りのほうがはるかにきつく感じられた。数メートルごとに立ち止まっては、ちっとも進んでいないのではないかと不安になった。テントの近くまで行くと、驚いたことにベニハシガラスが一羽、悠然と歩いていた。どのキャンプにもこの鳥はやってきた。第七キャンプでも、二、三羽見たが、さすがにコルまでは来ないだろうと思っていた。だが、現に八〇〇〇メートルの地まで飛んできて、ベース・キャンプの親戚たちと同じように振る舞っているではないか。この日、エヴァンズも灰色の小鳥の群れがコルを越えていくのを見たそうだ。これほど標高の高いところで生き物の姿を目にするとは思ってもみなかった。

休憩して力を蓄えると、わたしは東側のパノラマを見るためにまた外に出た。テントはコルのだいたい真ん中にあるので、道のりはさっきとほぼ同じだった。ただし、東の端に行くまでにはかなりの氷があった。羽毛の靴下だけでそこまで行くのは大変だったし、風が強くなってきたこともあり、崖から足を滑らせてもいけないのであまり端まで行くのはやめにした。ここからの眺めを、わたしはずっと見たいと思ってきた。一九三七年、わたしは世界第三の高峰カンチェンジュンガ（八五八六メートル）に近接するネパール・ピーク（七一六八メートル）の南西峰に登ったことがあった。そこから北西を望むと、マカルー（八四六三メートル）の先にエベレストとローツェが見えた。それはわたしがずっと大切に思い出の中にしまってきた光景だった。

今、目の前にそのちょうど反対側の眺めが広がっている。すぐそばに見える雪混じりの赤みがかった岩の大ピラミッドはマカルー、その肩の向こうにテントの形をしたカンチェンジュンガが雲の上にそびえ、そのまわりにツインズやネパール・ピークといったたくさんの衛星峰が取り巻いている。十六年ぶりになつかしい山々をふたたび目にすることができた。三〇〇〇メートル下方に雪のない大地が見えた。東に向かって突き進むカンシュン谷である。それを目におさめるとわたしはキャンプに戻った。

ボーディロンとエヴァンズが翌日の準備をしていた。テントを少しでも広く使わせたほうが翌朝早めに出発できるだろうと思ったわたしは、自分の荷物を持って小さいテントに移った。そして、ジョージ・ボロウの『ワイルド・ウェールズ』を読みながら、ゆったりと午後を過ごした。何もしたくないという衝動が働いたが、それこそ高度障害の危険信号であった。

運び上げた荷の中に無線機が入っていたので、探し出してきて、夕方の交信に間に合うようにみんなで使ってみたが、電池がひとつ途中で破損していてうまくいかなかった。それでも、ひょっとしたら聞こえるかもしれないと思い、一応、ベース・キャンプのモリスに向かって呼びかけた。八〇〇〇メートルのキャンプから、五四六〇メートルのベース・キャンプにメッセージを送ることができていたら、さぞかし喜んでもらえたであろう。

シェルパのテントとは一メートルほどしか離れていなかったので、わたしは声を張り上げて、ダ・ナムギャルにバルの具合を尋ねた。かんばしい返事ではなかったので、わたしはダ・ナムギャルに翌日はわれわれ二人で荷を分け合って運ぼうと伝えた。ボーディロンが酸素補給器の準備を手伝ってくれたので、わたしは睡眠用の酸素を取りにいった。これで最高の日を迎える準備はすべて整った。

サウス・ピーク

わたしはすでに夜のうちに、八五四〇メートル近くのスノー・ショルダーまで、ダ・ナムギャルと二人だけで最高キャンプに必要な物資をすべて運び上げられる可能性は小さいと思っていた。そこで、二人でできるだけ高所まで運び上げたら、そこから先は第二次サポート隊のグレゴリーと三人のシェルパに託すのが最善だと考えた。もともとグレゴリーたちが運び上げることになっていた荷は全体量の半分もなかったからだ。わたしは五月二十五日のうちに、このことをボーディロンとエヴァンズに伝えた。荷の内容は酸素、テント一張り、食料、燃料などで、わたしはカメラなどの若干の私物に加えて、三〇キロばかりをかつぐことになった。グレゴリーの隊はアタック用の酸素ボンベ四本と小型のプリムス・ストーブ一個を運んでくる予定だった。

この夜も睡眠中に四時間酸素を使ったおかげで、翌朝五時半に起きると、気分はよかった。ダ・ナムギャルも用意ができているか、隣のテントに声をかけて確かめた。われわれより行程がずっと長いエヴァンズとボーディロンは、午前六時に出発することになっていたので、その時間になると見送ろうと思って外を見た。だが、二人ともまだテントの中だった。声を張り上げて様子を訊いてみたところで、五メートルも離れていれば風にかき消されて届かないだろう。わたしは自分の準備を続けた。靴を履き、アイゼンを付ける。何をするにも情けないほど時間がかかった。ダ・ナムギャルがお茶を運んできてくれた。バルはやはり具合が悪くて、一緒に行けないとのことだった。午前七時前に、わたしとダ・ナムギャルはテントを出ると、フードのひもをしっかり締めて強風から顔を守り、羽毛入りの手袋の上にさらに防風用の長手袋をはめ、ゴーグルの調節をし終えると、互いをロープでつないだ。そして、夜のうちに準備してあった酸素補給器をテントから引きずり出した。

ピラミッド・テントの前で、エヴァンズが酸素補給器にかがみ込んで、管のひとつに息を吹き込んでいた。何か問題が起きているようだったので、どうしたのか訊くと、供給弁が壊れたのだという。故障の原因を突きとめて、弁を取り替えるのに一時間以上かかった上に、開放式補給器の弁と取り替えたのできちんと合っていないらしい。出端《ではな》をくじかれた思いだった。

しばらく経っても、エヴァンズとボーディロンは技術的な問題をまだ解決できずにいた。これは深刻な問題である。エヴァンズがやってきて、アタックできる見込みが弱まってきたので、最高キャンプまでの荷上げを手伝ったほうがよくはないかと言った。わたしはその申し出を辞退した。前進基地からずっと酸素を使ってきた二人が、酸素を使わずに南東稜の高所まで到達できるかはなはだ疑問だったからだ。おそらくわたしはその日の荷上げにあまりにも気をとられていたため、アタックできないかもしれないという悪い知らせを聞いてもさほど気落ちしなかったのだろう。わたしにできるのは自分の任務を遂行することだけだった。それ以上言えることはなく、風のなかで話をするのも骨が折れたので、ダ・ナムギャルとわたしはそれぞれ三〇キロの荷をかつぎ、毎分四リットルの酸素を吸いながら、午前七時過ぎに南東稜に向けて出発した。

われわれはゆっくりと進んだ。緩やかな氷の斜面を登るのでさえ、前日に酸素を使わずにコルを歩いたときと同じくらいきつく感じられた。足もとは風にみがかれてむき出しになった氷で、ところどころに小石が埋まっている。傾斜が増すにつれて、斜面を覆う雪がれんがのように固くなり、爪の短いアイゼンでは滑りやすく、すでに疲労を感じ始めていた。ふり向くと、嬉しいことに、ボーディロンとエヴァンズがテントをあとにして、こちらへ向かって登り始めていた。故障が直ったのだろう。これで、第一次アタック隊は最終段階に入った。

同時に、この三十分でわれわれが進んだ距離がいかに短いかを知って気が滅入った。高度にして四五メートル、距離にして二〇〇メートルほどである。わたしは雪がたまったクーロワールを目指していた。そこがスイス隊が写真で示してくれた南東稜に向かう唯一可能なルートである。その南東稜はすでにわれわれの真上にそびえており、高さは三〇〇メートル以上あった。すると、ダ・ナムギャルはわたしに、右に進んで、コルのすぐ上でこの山稜を切り落としているバットレスの下に向かったほうがいいと言った。確かに、われわれが立っている地点からクーロワールは急激に傾斜を増していたので、一瞬わたしも別のルートをとったほうがいいような気がした。しかし、右に迂回するとかなり距離が長くなり、ここはできるだけエネルギーを節約しておきたかった。実際、われわれに余力はなかった。

ボーディロンとエヴァンズが後ろからどんどん迫ってきて、わたしとダ・ナムギャルが、急に傾斜がきつくなる手前の浅いくぼみに座って最初の休憩をとっている間に、とうとう追い越していった。二人が力強く登っていく姿を見送るのは嬉しいことであると同時に、この先は足場を切ったり、蹴り込んだりしなくてもいいのだと思うとほっとした。

アイゼンがきかない固い雪面はまだしばらく続いたが、やがてところどころに柔らかい雪が現れ、両側の岩壁で風の陰になっているところに入ると、柔らかい雪が増えてきた。嬉しいことに、われわれはすでにサウス・コルの東の端にある隆起よりも高く登っていた。クーロワールの傾斜はさらにきつくなった。傾斜は中間点で四五度、頂近くは五〇度にも達しており、雪が柔らかいところは蹴り込むだけですんだが、この高度で安心して登るにはどうしても足場を切る必要があった。

ボーディロンとエヴァンズは足場を切るのに忙しく、速度はかなり落ちたものの、われわれより四〇メートルほど先のクーロワールの中間点あたりにいた。われわれのペースも落ち、疲労もいっそう増していた。一歩進むのにも意志の力を必要とした。葬列のようなペースで数歩進んでは立ち止まって休憩しないと先に進めない。わたしはすでに息が苦しくて、あえぎ始めていた。このつらさをどうにかできないかと、わたしは登り方を工夫してみた。まず、しばらく休憩し、それから、動きと呼吸を合わせることなど考えずに、全力疾走で（といっても笑ってしまうほど遅いに違いないが）八、九歩続けて進む。そこでアイスアックスにもたれて休み、息が整ったら、またこれを繰り返す。だが、振り返ってみると、あれは苦行以外の何ものでもなく、今後エベレストに挑む登山家にはとうてい勧められない方法だ。わたしが登山の教えを無視してこんな実験をしたのは、やけくそになっていたにほかならない。頭上に目を向けると、ボーディロンとエヴァンズがクーロワールを横切って、岩と雪が混じり合った急斜面に取りかかっていた。直登するのは危険なほど急な傾斜だった。わたしは彼らが刻んだ足場をたどり、最初の岩棚に座ると、ダ・ナムギャルのロープをたぐり寄せた。ダ・ナムギャルは何も言わなかったが、ひどく疲れているように見えた。

山稜はすぐそこまで迫っていたので、われわれは先へ進んだ。急ではあったが稜線に出るまで足場はよかった。すると突然、小さなテントの残骸に遭遇した。ほぼ一年前にランベールとテンジンが設営したものだ。サウス・コルのキャンプ跡と同様、まだまっすぐに立っている支柱にオレンジ色の布きれが風ではためいていた。われわれはテントの上の平らになっている小さなスペースに腰を下ろした。肺が破裂しそうだった。必死で空気を求めた。それは自制心を失うほどの恐ろしい経験だった。しかし、その苦しさは長くは続かなかった。このときもやはり、不意に普通の状態に戻り、先に進みたいという意欲と、周囲の眺めを楽しむ余裕が戻ってきた。

わたしはあたりを見回し、初めて世界の屋根の上に立っていることを実感した。急速に立ちこめてきた雲海の上にカンチェンジュンガとマカルーがそびえている。風が強まってきたが、いつものように北西から吹いているので、われわれの立っているところは風の陰になっていた。わたしはサウス・コルを見下ろして、満足感にひたった。三時間近くもかかったとはいえ、高度にして約四三〇メートル登ったので、テントがとても小さく見えた。コルの直下にローツェ・フェイスと第七キャンプが見えていたが、七〇〇〇メートルを超えているとは思えないほど低いところに見え、こんな急な斜面を登ってきたことに驚いた。最後に、わたしは霧になかば隠れた稜線を見上げた。雪が降り始め、風が頬を打った。エヴァンズとボーディロンがスノー・ショルダーに向かって、さらに急な斜面を登っている。調子はよさそうだ。すでに九〇メートルは離されている。休憩もとらずになぜあんなに元気に登れるのか不思議だった。

一方、ダ・ナムギャルはここまでわたしよりは調子よく登ってきたと思うのだが、もう力尽きたようだった。わたしが先に進もうと言っても知らん顔だ。ダ・ナムギャルは簡単に降参する男ではないので、残念ながら、もうあまり先へは進めそうもなかった。わたしは第二次アタック隊のために酸素ボンベを一本持ち帰ることに決めてキャンプ跡に置くと、エヴァンズたちが切り開いたルートをゆっくりたどった。最初はさほど急ではなく、やせた尾根だったが、歩きにくいほどではなかった。しかし、岩場を覆う固い雪の層の上に八センチほどの粉雪が積もっているやっかいなところがあった。誰かが先に道を作ってくれているというのは実に助かるものだ。わたしは息を整えるために、今度は、一歩進んで四回または六回あえぎ、また一歩進むという歩き方を繰り返してみた。これはさっきのダッシュ戦術よりも胸の痛みはましだったが、ペースは落ちた。

それから二十分後、スイス隊のテントから三〇メートルほど登った頃に、ダ・ナムギャルがもうこれ以上は無理だと言った。誰よりも勇敢で不平を言わない男の言葉を疑う気はなかったが、わたしはもう少し頑張ろうと促した。そこには荷を置く場所がなく、もう一五メートルほど登ったところに棚が見えていたのだ。だが、実際にそこまでたどり着いてみると、荷を置けないどころか、座るスペースもなかった。わたしはもうあと一五メートルは登れそうだったので斜面を見上げると、よさそうな棚がまた目に入った。スノー・ショルダーも頭上九〇メートルに迫っていた。しかし、ダ・ナムギャルはもう登れなかった。彼が力尽きたことを情けないとか、残念だとかは言えない。わたしもほぼ限界に来ていた。そこで進むのをやめて、小さなすき間を見つけると、その真上の岩に石を積み上げてケルンを作った。

そこは下からも見つけやすい場所で、この山稜まで来るのに登ったクーロワールの少し上にあった。そこにテント、食料、燃料とわれわれが使っていた酸素ボンベを置いた。さらに、第二次アタック隊のささやかな癒しとなるようにろうそくとマッチも置いた。高度は正確にはわからなかったが、スイス隊のテントが約八三二〇メートルだと聞いていたので、八三八〇メートルくらいだろうと当時は思っていた。後日、全体に見直しを行った結果、この荷上げ地点は八三四〇メートルと算定された。

なぜこんなことをしたのか説明がつかないのだが、われわれは南側の斜面を数メートル横切ると、疲れた体で氷をかいてテントを張る場所を作り始めた。わたしは前から最高キャンプは八五四〇メートル付近に設営すると決めていて、それにはスノー・ショルダーがいいと思っていたので、この行動はまったく理屈に合わなかった。シェルパを一人欠いていては、この後の荷上げはやはり二次隊に委ねざるをえないことがはっきりした。われわれは十一時半まで休憩をとったら、帰路につくことにした。

その休憩中に、ダ・ナムギャルは手袋をはずしたに違いない。二日後、前進基地で、わたしは彼の指がひどい凍傷にやられていることを知った。幸い、ウォードの処置のおかげで、指を失わずに済んだが、今回の遠征を通して、これが唯一深刻な凍傷だった。

われわれは酸素ボンベのフレームだけをかついで、背中に雪を受けながら霧が立ちこめている稜線を下っていった。ペースは遅く、足はふらついていた。スイス隊のテント跡に着くと、急なクーロワールで事故を起こしては何もならないので、持って帰るつもりでそこに置いておいた酸素ボンベを使うことにした。しかし、酸素を使い出すと、よけいに苦しくなったので、あわててマスクをはずした。わたしはそれまで酸素の効果を疑ったことはなかった。失敗したこともなかったので、管が詰まっている可能性を考えて調べることなど思いもつかなかった。だが、クーローワールに向かって下りかけたわずか数分の間に、こんなことが理由もなく起きるとは思えなかった。その二十四時間後に初めてマスクと補給器を接続している管をはずしたときに、そこが氷で完全にふさがれていることを知った。これは決して言い訳ではなく、このときに経験した苦しさが、さほど高度が変わらないローツェ・フェイスの後半の苦しさとは比較にならなかったことの理由として述べているだけである。クーロワールを進むときは細心の注意を払った。ここはコルの石だらけの氷の斜面に続いているいいルートなのだが、クーロワールに入った地点のコルとの高度差は優に三〇〇メートルはあり、足を滑らせたら助かる見込みはなかった。われわれは一人ずつ進み、一人が進むときは、もう一人はロープを巻き付けたアイスアックスを雪に深く差し込んで安全を確保した。まずダ・ナムギャルが先に下り、次にわたしがそこまで下りると、彼がまた下りていく。こうしてロープの長さの分ずつ下りていった。一度、ダ・ナムギャルが数メートル滑落したが、無事確保されて止まった。沈着冷静なダ・ナムギャルにこんなことが起きたのは、極度の疲労のせいであり、それはさらに注意が必要だという警告でもあった。

下りている途中で、ローツェ・フェイスからサウス・コルに向かって登ってくる人影が目に入った。第二次アタック隊である。それは嬉しい眺めだった。わたしとダ・ナムギャルはようやく少し楽なところまで下りてきた。クーロワールを抜けてコルの上の斜面に出たとき、二次隊のうちの二人がテントに到着し、まもなくこちらに向かって登ってきた。難所は過ぎ、傾斜も緩くなったというのに、われわれは十歩進んではへたり込んでいた。氷の上をこっちにやってくるのはテンジンとヒラリーだった。わたしは突然、体から力が抜けていくのを感じた。二人がやってきたとき、わたしはみっともないことに膝からくずおれてしまった。ダ・ナムギャルもどさりと座り込み、テンジンが水筒を差し出してレモネードを勧めてくれた。ヒラリーはわたしに手を貸してテントまで連れていこうとしたが、わたしにその力がないことに気づくと、急いで自分の酸素補給器を取りにいき、一分あたり六リットルの酸素を吸わせてくれた。そのときの勢いよくあふれ出てきた酸素を今でもはっきりと覚えている。わたしはほどなく元気になり、最後の数メートルを歩き終えることができた。ヒラリーとテンジンのこのときの辛抱強さとやさしさをわたしは忘れることはないだろう。

われわれは高度八二九〇メートルで初めてエベレストの南東稜に立った。ボーディロンとエヴァンズはその岩棚に達したときは体調もよく、自信に満ちていた。二人がそこに着いたのは午前九時過ぎで、一時間半で約四〇〇メートル登ったことになる。ほぼ同じ高さを登ればサウス・ピークに達する。このまま一時間に三〇〇メートルというペースで行けば、エベレストの主峰へ達する隠れた最後の尾根を乗り切る時間も残されているはずだ。その日の早朝に不具合が見つかったエヴァンズの閉鎖式酸素補給器は、流量がやむをえず毎分二リットルに固定されていたが、この時点では調子よく働いていた。天候だけは好ましくなかったが、それも重大な障害にはならなかった。二人は決意を新たにして希望に満ちて先へと進んだ。

しかし、ここから状況が悪くなった。新雪が積もっていたせいで、その下の固い層にアイゼンをきかせるのが難しくなり細心の注意が求められた。ペースは著しく落ち、二時間経っても、サウス・ピークまでの行程の半分もこなせなかった。それでも、彼らは重要な目印まで到達した。ジェネバ・スパーの頂から見えていた雪の肩、〝スノー・ショルダー〟である。テンジンが後日指摘したように、おそらくそこがテンジンとランベールの一九五二年の春の最高到達点であった。あたり一面雲が立ちこめ、雪が尾根に吹きつけていた。

この傾斜が緩い地点で休憩をとっているとき、酸素補給器をめぐってやっかいな問題が持ち上がった。閉鎖式のメカニズムの一端を担うソーダ石灰の寿命は平均三時間から三時間半である。彼らはすでに二時間半は使っており、長くてもあと一時間しか使えない。二人とも交換用の缶を持っており、ここで新しいのに変えるべきか、それが問題だった。ここは場所が広く交換するには好都合であり、この先は傾斜がきつくなるので適当な場所があるとは思えなかった。しかし、冷えきった新しい缶と接続すると、弁が凍結するおそれがある。ほんの三日前に、サウス・コルに向かう途中の第六キャンプでそのトラブルが起きたばかりだった。だが、同じ危険を冒すなら、サウス・ピークよりここのほうがよかった。サウス・ピークでそうした故障が起きたら、命取りになる。しかし、まだ使用できる物を捨ててしまうことによって、酸素の持続時間は短くなり、行動時間も短くなる。だが、わたしがこの問題をさらに詳しく論じたところで、エベレストの南東稜の八五四〇メートル地点にいたボーディロンとエヴァンズにとって、難しい判断であったに違いないことが浮き彫りになるだけである。酸素マスクを付けた状態で、このような問題を考えたり、論じたりするのに適当な場所だったとはとても言えない。

結局、二人はここで交換を終えて、また登り始めた。交換したせいかどうかはわからないが、エヴァンズの補給器がまたトラブルを起こし、呼吸が苦しくなった。それでも、エヴァンズは果敢に登り続けた。彼らは最後の急な登りの下までやってきた。そこから突然突き上げるような急斜面がサウス・ピークまでのびている。雪面は不安定で、もろいクラストの下に深い緩んだ雪の層があった。先頭に立っていたボーディロンは足場に不安を感じた。左手は岩場で、サウス・コルの西端に切れ落ちているエベレストの南壁に接している。彼らは目の前の急斜面をなかば避けたい気持ちで、岩場にトラバースした。岩場の傾斜も急で、若干崩れかかっていたが、岩盤は幸いにも順層で、岩棚は小さくても充分にホールドの役目を果たしてくれた。二人は最後の一二〇メートルを一歩一歩登り続けた。

エヴァンズは相当な息苦しさを覚えていたが、あきらめなかった。すると突然、傾斜が緩くなり、二人は高度約八七五〇メートルのサウス・ピークに立っていた。午後一時だった。エヴァンズとボーディロンは、エベレストのこれまでの最高到達点よりもずっと高いところまで登ったのである。しかも、そこはこれまで人類が登りえた最高峰でもあった。

雲で視界はぼやけ、最後の尾根からカンシュン谷に落ちる巨大な東壁にも雲が絡みついていた。それでも、最後の尾根ははっきりと見えた。彼らは今、すべての登山家が関心を寄せ、そして、とりわけわれわれが見たいと熱望してきた問題を目の当たりにしていた。それは決して勇気づけられる眺めではなく、見るからに急峻でやせた尾根だった。尾根の左側は、エベレストの西壁の頂をなす岩場まで切れ落ち、さらにクウムまで二四〇〇メートル以上、ほぼ垂直に切り立った斜面が続いている。右側つまり東側は、さらに急な絶壁で、今は雲に隠れていた。やせた尾根から雪が大きく張り出しており、これが偏西風によって作られるヒマラヤの巨大な雪庇《せっぴ》である。

先へ進むべきだろうか。彼らにとってはまたとない登頂のチャンスである。しかし、行って戻ってこられるかは、時間と天候次第である。時間の問題は、酸素の問題でもあった。この尾根を往復し、さらにここまで登ってきた道を下るまでの酸素が残っていなければ、この先には進めない。ここからの眺めでは最も遠くに見えているところが頂上だと確認することはできないため、所要時間を推定するのは容易ではなかった。エヴァンズは頂上までに三時間、サウス・ピークに戻るのに二時間かかると考えた。その分だと、酸素を使い果たしてからの行程が長く、仮に酸素なしでサウス・ピークに戻ることが可能だとしても、午後六時までに九〇〇メートルを無事に下りてキャンプに戻ることはできないであろう。どう考えても無理だった。

向きを変えて下りるのは後ろ髪を引かれる思いだった。山頂を目指して進み続けるのは愚かなことだと自分に言い聞かせ、納得すると、二人ともどっと疲れを覚えた。エヴァンズの酸素補給器の不具合がいっこうに直らないので、ボーディロンが開放式の原理で使えるように改造したのだが、この高度でそんなことをやってのけたとは見事な技術である。しかし、その後、さらに調子が悪くなったので、また立ち止まって、閉鎖式回路に戻さなければならなかった。彼らは小さな岩棚を頼りに急峻な岩場を下りていく気がしなかったので、いちかばちか左の雪の斜面を下りることに決め、クラストを踏み破り、深い雪に足をとられながら下っていった。しかし、その危険性を判断するにはあまりにも疲れていたのだろう。スイス隊のテント跡まで四五〇メートル下るのにおよそ二時間かかった。彼らのような優れた登山家が技術的にそう難しくないところで何度も転んだというのだから、その疲労困憊ぶりがうかがえる。二人がテント跡に到着したのは午後三時半頃であった。

それから、数時間前のダ・ナムギャルとわたしのように、一人ずつクーロワールを下りていった。彼らも用心はしていたが、われわれよりもはるかに足がふらついていたに違いない。ボーディロンがリードし、ロープの長さまで下って、アイスアックスを雪に突き立てたそのとき、エヴァンズが、ボーディロンの言葉を借りれば、〝ピストルの弾のような勢い〟で滑り落ちてきた。ロープが巻かれたボーディロンのアイスアックスは雪から抜けてしまい、足場から引きずり出されたボーディロンもろともクーロワールの固い雪面の上を加速しながら滑り落ちていった。しかし、ロープが効いて、エヴァンズの落下の勢いが衰えたところで、ボーディロンは本能的に腹這いになり、アイスアックスの先を雪に突き刺した。これで滑落は止まり、二人は体力の回復を待って、また下り始めた。

わたしはサウス・コルの丸形テントで休みながら、テンジンとヒラリーと話をしていた。すると突然、ロウが嬉しそうな顔をテントに突っ込んできた。ロウはとても興奮していた。「やったぞ、サウス・ピークに、登ったぞ！」と叫んだ。このまさに目の覚めるようなニュースで、その日死ぬような思いをしたわたしの疲れも一気に吹き飛んだ。誰もが喜びにあふれていた。グレゴリーとロウに率いられてサウス・コルまで登ってきたシェルパたちもわれわれと同じように感動していた。いや、シェルパたちはサウス・コルからそびえている峰がエベレストの頂上だと思い込んでいたので、われわれよりももっと感動していたかもしれない。テントに着いたアン・ニマがわたしのほうをふり向いて、なまりのあるヒンディー語で言った。「これでエベレストの仕事は終わりましたね、サーヒブ」。シェルパたちにとって、その日目にした光景は格別だったに違いない。彼らはその朝ずっと、ローツェ・フェイスの斜面をトラバースしながら、われわれの進捗状況を見ていたのだが、ボーディロンとエヴァンズの姿はしばらくしてエベレストをすっぽり覆う雲に隠れてしまった。午後一時頃、雪をいただくサウス・ピークを巻いている霧の晴れ間から、壁を這う虫のように小さな点がふたつピークの壁に現れた。二人はとても登れそうにない急な雪の斜面を着々と登っていき、まもなく頂のかなたへ姿を消した。足を止める間も惜しんで、その先の頂点に向かって進み続けることに没頭しているようにも見えた。

時間が経つにつれ、われわれはエヴァンズとボーディロンが戻ってこないのではないかという不安に駆られ始めた。雲で完全に山稜は隠れ、風が強まっていた。午後三時半、クーロワールの頂の雲が薄れると、そこに二人の姿があった。ゆっくり下ってきており、われわれは二人を迎える準備をした。四時半、テントに向かって歩いてくる二人を迎えに出た。大きなボンベを背負い、体は着ぶくれし、顔を霜で覆われた姿は、まるで別の惑星からやってきたみたいだった。二人ともくたくたに疲れていた。

落ち着くと二人は、今、わたしが述べたようなエベレストのサウス・ピークに初登頂した物語を聞かせてくれた。頂上のすぐそばまで迫りながら、断念せざるをえなかったのだから、失望を隠せないのは当然だった。それでも、彼らは期待されたことをしっかりやり遂げたのである。そのことを忘れてはならない。わたしはかねてより、まずはサウス・ピークが目標であり、到達できれば、二次隊に貴重な情報を与えられると主張していた。二回のアタックは互いの不足を補うことを意図して計画されたものなのだ。サウス・コルから一日で八七五〇メートルまで登って戻ってきたことはすばらしい功績であり、開発に努力を重ねた閉鎖式酸素補給器の勝利でもあった。彼らは頂上までの最後の行程をその目におさめ、テンジンとヒラリーに伝えることができた。そして、われわれ全員に身をもって最後の勝利を確信させてくれたのである。

第二次アタック隊とその荷がサウス・コルに無事に到着し、翌日に南東稜に向かって出発する準備が整った。

まず、二次隊に同行してここまで荷を運び上げたシェルパたちの下りる準備ができた。この日、見事な働きを見せて疲労の色が濃いダ・ナムギャルも一緒に下りることを決め、〃バル〃ことアン・テンシンもサウス・コルを去ることになった。ここまで世話になった英雄たちの名前をぜひ本書に記しておきたいと思う。五十に手が届くダワ・トンデュプ、もう一人のベテラン・シェルパのダ・テンシン、まだほんの少年で、アイスフォールやクウムでは不注意ややかましい咳にイライラさせられることもあったが、その勇気はライオンに例えられるトプキー、勇敢で揺るぎない信念の持ち主アン・ノルブ、そして〃スイスの山岳ガイド〃のようにさっさと前進する陽気なアヌルウ。ダ・テンシンを除いて、全員がこの遠征中にサウス・コルに登ったのはこれで二度目であった。ダ・テンシンはローツェ・フェイスでロウと共に熟練を要する作業で大活躍し、また第一次アタック隊が第七キャンプに登った日も同行した。彼らにはこの上ない称賛を送りたい。

彼らに付き添って登ってきたロウは、残って最高キャンプへの荷上げを手伝うと言ってくれた。わたしはこの申し出を喜んで受けた。最高キャンプへの荷上げチームとして、二次隊に同行してきた三人の優秀なシェルパのうち、仕事を続けられそうなのは一人しかいなかった。それはロウと共にローツェ・フェイスのルート工作で名を上げたアン・ニマである。あとの二人は、アン・テンバと山麓を行進中にわたしの世話係をしてくれていたペンバだが、コルに到着してから体調が優れず、隊員も荷かつぎをすることになった。

その夜の第八キャンプは人であふれかえっていた。ピラミッド型テントは第二次アタック隊の四人で使い、仕事をやり終えたわれわれ一次隊は二人用のミード・テントを使った。二次隊のサポート隊で残っている三人のシェルパはどうにか小さな丸形テントに全員潜り込めた。ひどい夜だった。ヒラリーにとっては〝今まで経験した最悪の一夜に数えられる夜〟だった。サウス・コルで三日目の夜を迎えたわれわれは、イワシの缶詰のようにぎっしり詰め込まれた上に、一日高所を登って疲労困憊していても酸素を使えず、まさに悪夢のような一夜だった。温度計は摂氏マイナス二五度を示しており、風は再び猛威をふるい始めた。テントの壁に体を押しつけられていると、まるで外にいるように感じた。夜通し風に揺さぶられ、眠ることなどありえなかった。何時間経ってもそんな状態が続き、疲労は増すばかりだった。五月二十七日の朝、第一次アタック隊は誰が見ても、実に哀れな状態だった。特にボーディロンはひどかった。

この日のわたしの日記には次のように書かれている――

「午前八時にヒラリーの隊がまだ出発していなかったのは驚くにあたらない。テントから外に出ると風が狂ったように吹き荒れ、まさに悪夢のようだった。自然の猛威に支配され、雲と南東稜からはぎ取られた雪でエベレストは覆い隠されていた。われわれはピラミッド型テントに集まって状況を話し合い、その間テンジンはプリムスになんとか火を点けようとしていた。シェルパで元気なのはアン・

ニマだけで、二十四時間の延期は避けられなかった。幸い延期できるだけの備蓄はあり、重要なのは充分に飲み食いして体力を維持することだ。わたしはサウス・コルに登って、今日で三日三晩過ごしている。しかし、去年ここで同じような期間を過ごし辛うじて生還してきたスイス隊の状況と比べると、われわれには食料も燃料も酸素もあり、八〇〇〇メートル近くの高所でありながらベース・キャンプにいるようなものである。

正午頃、エヴァンズとボーディロンが下山するために出発した。その後、エヴァンズが戻ってきて、ボーディロンがスパーの頂への斜面を登れず、危険な状態にあると告げた。ボーディロンを無事に下山させるには、われわれの誰か一人が付き添ってやらねばならない。わたしはまたひとつ難しい決断を迫られた。わたしのコルでの任務は、アタック隊が無事に出発するのを見届け、場合によっては、アタックの延期あるいは撤退を決定することだ。しかし、第一次アタック隊をサポートするのも任務であった。それに、グレゴリーやロウを下山させてしまうと、第二次アタック隊の弱体化は免れない。ここは自分が下りるべきだと思った。わたしはみんなに手伝ってもらって、急いで荷造りすると、スパーに向かってゆっくり登り始めた。ヒラリーがザックをかついで見送ってくれた。

別れ際にヒラリーに、できる限り降参はするなと指示を残した。そして、必ず援軍を送ると約束した。われわれ（エヴァンズ、ボーディロン、アン・テンバ、わたし）はゆっくりと歩きだし、クーロワールを下り、ローツェの下の大斜面をトラバースした。われわれは何度も立ち止まって、長い休憩をとった。ボーディロンの足どりがおぼつかず、アン・テンバも似たような状態だった。わたしが先頭に立ち、エヴァンズがしんがりを務めた。そうやって下り続け、ついに体力の限界に近づいた頃（エヴァンズだけはまだ元気だったかもしれない）、よろめきながら第七キャンプにたどり着いた。ノイスとウォードが迎えに出てきて、手を貸してくれたときは、嬉しかったのと同時にほっとした。キャンプの上の氷の斜面を下りていたとき、アン・テンバが足を滑らせてクレバスに落ちた。エヴァンズがロープで支え、ノイスが逆さまになっているアン・テンバのザックをなんとかはずして引き上げた。わたしはよほど疲れていたのだろう。この間ずっと指一本動かす力もなかった」

第七キャンプにノイスがいて助かった。ボーディロンもアン・テンバもわたしも、その夜は自分の面倒すらみられなかった。ノイスは看護師のようにわれわれの世話をし、夕食の準備もしてくれた。しかも、ノイスはサウス・コルまで登るつもりでここにいるのだという。ノイスはまだ知らなかったのだが、わたしはサウス・コルを去る前にヒラリーに、ノイスと三人のシェルパに追加の物資を運ばせ、悪天候がもう一日続いても出発を延期できるようにすると約束したのだ。わたしはまた、ノイスとシェルパのうち一人か二人は、万が一の傷病者に代わって二回目のアタックに参加することもありえると考えていた。そこで、この日の夕刻にウォードと共に前進基地まで下りる元気があったエヴァンズに、五月二十八日に、シェルパを三人この第七キャンプでノイスと合流させる手はずを整えるよう指示した。

ボーディロンとわたしは、翌朝クウムに下りた。途中で、三人のシェルパを連れて登ってくるワイリーに会った。ワイリーはシェルパを付き添いなしでローツェ・フェイスに行かせてはならないと判断したのだ。また、ヒラリーの隊が戻ってくるまで、第七キャンプを確保しておかなければならないと考え、その役目をみずから買って出たのである。こうした大きな貢献があってこそアタック隊は思う存分行動できる。ワイリーとすれ違ったとき、わたしはかさ高い荷の中にアタック用の酸素ボンベが一本あることに気づき、いかにもワイリーらしいと思った。このボンベもほかの補充用物資も、一緒に来るはずだった四人目のシェルパが第五キャンプから先に進めなくなったために、ワイリーが代わりにかついでいたのである。もちろん、ワイリーは酸素を使わずに登っていた。

われわれはその日の昼過ぎに前進基地に着き、当面の仕事はこれで終わった。あとは第二次アタック隊の結果を待つだけだった。

頂上――エドモンド・ヒラリー

五月二十七日の早朝、わたしはひどい寒さと寝苦しさを感じて浅い眠りから覚めた。わたしはエベレストのサウス・コルにいた。ピラミッド型テントで一緒に寝ていたロウもグレゴリーもテンジンも絶えず寝返りを打って、この厳しい寒さを少しでも和らげようと報われない努力をしていた。猛烈な風が怒り狂ったように吹き荒れ、テントは間断なくばたつき、とても熟睡はできなかった。しぶしぶ寝袋から手を出して腕時計を見た。午前四時。マッチをすって、温度計を見ると摂氏マイナス二五度だった。

われわれはその日、南東稜に最高キャンプを設営したいと思っていたが、これだけ風が強いと出発は不可能だった。だが、もし風がおさまればすぐに出られるように準備は整えておかなければならない。わたしは決して不平を言わないテンジンを肘でつつき、食事の用意を小声で頼むと、また寝袋にもぐった。まもなくしてプリムスが燃える音が聞こえ、テントの中が暖まってくると、われわれは生き返った。そしてビスケットをつまみ、粉末レモンと大量の砂糖を入れた熱い湯を飲みながら、ロウとグレゴリーとわたしはその日の計画について検討した。

午前九時、風はまだ猛烈に吹いており、わたしはありったけの防寒着を身に着けてテントから這い出すと、隊長とエヴァンズとボーディロンがいるミード・テントに向かった。隊長もこの状況では出発は不可能だと同意した。アン・テンバは体調を崩し、これ以上の荷上げはできそうになかったので、エヴァンズとボーディロンが正午頃に第七キャンプに下りる際に一緒に下りることにした。隊長も出発まぎわになって体調を崩したボーディロンに付き添って下りることになった。ロウとわたしは四人がキャンプの上の斜面を登るのに手を貸し、第七キャンプに向かって疲弊した体でゆっくり下りていくのを見送った。

風は終日吹き荒れ、われわれはやや絶望的な気分で翌日山稜にキャンプを設営するための荷造りをした。サウス・コルからの出発が遅れれば、それだけ高度障害の影響が増し、体力の低下は免れない。猛烈な風のせいでまた寝苦しい一夜を過ごすことになったが、われわれは全員毎分一リットルの酸素を吸っていたので、七、八時間はまどろむことができた。

一夜明けて早朝、風はまだ強かったが、八時頃にはかなりおさまったので、われわれは出発することにした。しかし、新たな不運が襲ってきた。ペンバが一晩中具合が悪かったらしく、先に進めないことが明らかになった。荷上げのために連れてきた三人のシェルパのうち、われわれに同行できるのはアン・ニマただ一人になった。われわれは自力で荷を運ぶしかなかった。もちろん、アタックをあきらめるなどは論外だ。われわれは必需品でない物は取り出し、荷を造り直した。人手が減ったからには、酸素も必要最小限に減らすしかなかった。

午前八時四十五分、ロウ、グレゴリー、アン・ニマの三人がまず出発した。全員が二〇キロ近くの荷をかつぎ、毎分四リットルの酸素を吸っていた。テンジンとわたしはあとから出発して、先発隊が切った足場を使って登ることで、エネルギーと酸素を節約することになっていた。われわれは衣類と寝袋とエア・マットレスのほかに若干の食料を酸素補給器の上にくくり付け、それぞれ二〇キロ前後の荷をかついで、午前十時に出発した。

われわれは長い斜面をゆっくり登り、クーロワールのふもとまで来ると、そこから急な固い雪面にロウが刻んだ本物の階段みたいな足場を登った。ゆっくりと登っていると、頭上から浴びるほどの氷のかけらが絶えず降ってきた。ロウとグレゴリーが南東稜へ向かう足場をせっせと切っている。われわれは正午頃に尾根に達し、先発隊と合流した。近くに昨春のスイス隊のぼろぼろになったテントが残っており、眺めのよさとは対照的なもの悲しさを添えていた。ここでランベールとテンジンは寝袋も持たずに一夜を過ごした後、勇敢にも頂上を目指したのだ。

そこはどちらを向いても、すばらしい眺めが広がっているところで、われわれは夢中になって写真を撮った。みんなすこぶる元気で、南東稜のかなり高所までキャンプを上げられると確信していた。われわれはまた荷をかつぐと、四五メートルほど登り、隊長が二日前に荷を置いたところに向かった。険しい登りだったが、順層の岩場でよい足がかりが得られ、傾斜が急な岩場に積もった緩い雪には注意が必要だったものの技術的な難しさはなかった。荷が置かれていた地点は約八三四〇メートルだったが、われわれは登頂の拠点としては低すぎると考え、しかたなく、すでに相当重い荷に加えてこの荷もかついで進むことにした。グレゴリーは酸素ボンベを、ロウは食料と燃料を、わたしはテントをかついだ。アン・ニマだけは二〇キロ足らずだったが、ほかは全員二二、三キロから三〇キロ弱をかつぐことになった。われわれはややペースを落として、尾根を登り続けた。これだけの荷を背負いながら、ゆっくりとはいえ、われわれは着々と先に進んでいた。山稜は険しくなり、固い雪の斜面に変わって、ロウは一五メートルほど足場を切った。午後二時頃になるとわれわれは疲れを覚えてきたので、キャンプ地を探し始めた。しかし、尾根すじにひと息つけそうなところはまったく見当たらなかった。ゆっくり登りながら、岩棚を探し、何度もよさそうな場所まで登ってみたが、いざ着いてみると、まだ四五度も傾斜のあるようなところばかりだった。ややすてばちになってきた頃、前年のことをふと思い出したテンジンが急斜面を左にトラバースしようと言い、ようやく絶壁の下に比較的平らな場所を見つけることができた。

二時三十分、キャンプ地が決まった。われわれを見下ろしてきたローツェの壮大な頂が、今や眼下にあった。おそらくここは八五〇〇メートルくらいだろう。ロウ、グレゴリー、アン・ニマの三人は荷を下ろしてほっとしていた。三人とも疲れていたが、ここまで高度を稼いだことに満足していた。翌日の登頂の成功はこの三人の活躍に負うところが大きい。荷を下ろすと、無駄に時間を過ごすことなく、彼らはサウス・コルに下っていった。

陽気な仲間がゆっくりと尾根を下りていくのを見ていると、寂しくもあったが、われわれにはやることがたくさんあった。酸素を節約するためにマスクをはずすと、アイスアックスを使ってテントを張る場所を作りにかかった。雪を取り除くと、約三〇度の岩の斜面が現れた。岩は凍り付いていたが、まる二時間作業を続けた末に、緩んだ石を取り除き、幅一メートル、奥行き一・八メートルの平らな場所をふたつ、間に三〇センチほどの段差はあるが、並べて作り上げることができた。酸素を使っていないにもかかわらず、二人ともまだ充分働くことができたが、呼吸を整え、エネルギーを取り戻すために十分毎に休憩をとった。われわれはこの二段になった場所にテントを張り、できる限りの手を尽くして固定した。張り綱を結べるような岩が周囲になく、アルミ製のペグを打ち込むには雪が柔らかすぎた。そこで酸素ボンベを数本柔らかい雪に埋め、少し頼りないが、それに張り綱を結びつけた。そして、テンジンがスープを温めている間に、わたしは酸素の残量を計算した。それは思っていたよりはるかに少なかった。アタック用として残っているのは各自一本と三分の二ほどだった。これでは当初の計画通りに毎分四リットル使っていてはもたないであろう。だが、毎分三リットルに減らせば、チャンスはあるかもしれない。わたしは補給器の準備をして、必要な調整をした。ありがたいことに、このキャンプから百数十メートルほど上に、エヴァンズとボーディロンがまだ三分の一残っている酸素ボンベを二本置いてきており、サウス・コルに戻るときはその酸素に頼ることにした。

陽が沈むと、われわれはテントに入り、ありったけの衣類を身に着けて寝袋にもぐり込んだ。そして、大量の水分を摂り、持ってきたご馳走を心ゆくまで食べた。イワシをのせたビスケット、あんずの缶詰、ナツメヤシの実、ジャムやハチミツを塗ったビスケット。なかでもあんずの缶詰はご馳走だが、凍っていたので、まずプリムスの炎にかざして解かさなければならなかった。これほどの高所にいながら、急に体を大きく動かしたときに少し息切れがする以外、われわれはほぼ普通に呼吸ができていた。テンジンは急斜面になかば突き出ている下段のほうにエア・マットレスを敷くと、静かに眠り始めた。わたしは上段で半分体を起こして後ろに寄りかかり、下段に足を伸ばした。この姿勢はあまり快適とは言えなかったが、利点もあった。十分おきにすさまじい風が襲ってくるのだが、山上から風がうなる音が聞こえ、突風が近づいてくるのがわかると、わたしはテントの壁に肩を押しつけ、下段に足を踏ん張って、テントが吹き飛ばされそうになっている間、貧弱な留め具に代わってテントを支えていた。睡眠用の酸素は毎分一リットルで使用すると四時間しかもたなかった。わたしはそれを午後九時から十一時までと、午前一時から三時までの二回に分けて使うことにした。酸素を使用している間はうとうととまどろむことができ、まあまあ快適に過ごせたが、酸素が切れると、たちまち寒さが襲ってきて、憂鬱《ゆううつ》な気分になった。夜中になると、温度計は摂氏マイナス二七度を示していたが、幸いなことに風はほぼやんでいた。

午前四時、あたりは静まりかえっていた。わたしはテントの入口を開けて、はるか遠くのまだ眠っているネパール盆地を見渡した。眼下に見える氷の峰々は夜明けの光を受けて明るく輝き、テンジンはおよそ四八〇〇メートル下の大きな山脚の上にかすかに見えているタンボチェの僧院を指さした。こんな早朝からタンボチェの僧たちがわれわれの安全と健康を祈ってくれているのだと思うと励みになった。

われわれは食事の用意にかかった。脱水による衰弱を防ぐために、砂糖を入れた大量のレモネードを頑張って飲み干したあと、最後のイワシの缶詰を開けて、ビスケットにのせて食べた。わたしは酸素補給器をテントに引きずり込み、氷をはらいのけ、入念に点検とテストを行った。脱いであった靴を手に取ると、前日に少し濡れていたせいでカチカチに凍っている。このままでは履けないので、思い切ってプリムスの炎にかざすと、革が焼ける強烈なにおいがしたが、なんとか柔らかくすることができた。羽毛服の上に防風着を重ね、シルクとウールと防風用の三種類の手袋をはめた。

午前六時半、テンジンとわたしはテントから雪のなかに這い出て、一五キロの酸素補給器を背負ってマスクと接続し、栓をひねって、肺に生命の息吹を送り込んだ。そして、数回深呼吸を繰り返すと、出発の準備が整った。わたしはまだ足の冷たさが気になっていたので、テンジンにリードを頼んだ。テンジンはわれわれのテントを守っていた岩棚から、主稜の左側の粉雪が降り積もった急斜面に出ると、雪を深く蹴り込みながら進んでいった。山はすっかり太陽の光に包まれ、はるか頭上に最初の目標であるサウス・ピークを仰ぎ見ることができた。テンジンは一心に足場を蹴り込みながら尾根に向かって長いトラバースをこなし、独特な形の雪のこぶがある約八五四〇メートルの地点で稜線に達した。ここからナイフの刃のように鋭い尾根が続いている。足が温まったわたしは、テンジンと交代して先頭に立った。

われわれはゆっくりではあったが、着実に進んでおり、立ち止まって息を整える必要もなく、まだ充分に余力があると感じていた。雪がしまっていない尾根を進むのは難しい上に危険でもあったので、わたしは少し下って左側の急斜面を進むことにした。だが、そこには風でクラストができており、わたしの体重を支えられるところもあったが、突然崩れて体のバランスも気力も失いかけることのほうが多かった。この予想以上に難しい山稜を百数十メートル登ったあとに小さなくぼみが現れ、そこにエヴァンズとボーディロンが二本の酸素ボンベを残していた。目盛りから氷をこすり取って見ると、まだ数百リットルの酸素が残っていることがわかった。節約して使えば、サウス・コルまで充分もつだけの量だった。この酸素に元気づけられ、さらに尾根を登っていくと、まもなく傾斜も幅も増し、畏怖の念さえ覚える大斜面が待ち受けていた。ここからサウス・ピークまで残すところ一二〇メートルである。この斜面の雪の状態は明らかに危険だと思ったが、ほかにルートはなく、われわれは悪戦苦闘を続けながら道を切り開いていった。この難所ではテンジンと頻繁に先頭を交代した。わたしが前に立って深い雪を踏み込みながら進んでいると、周囲の雪が崩れて三、四歩後ろに滑り落ちてしまったことがあった。このまま進むべきかテンジンに意見を求めると、彼も雪の状態が悪いことは認めた上で、いつものひと言で締めくくった。「あなたにおまかせします」と。わたしは先へ進むことに決めた。

ようやく雪が少ししまったところへ達したときは、ほっとした。そして最後の急斜面を足場を切りながら登り、午前九時、サウス・ピークの頂に立った。われわれは前方の未踏の尾根を見上げた。ボーディロンもエヴァンズも暗い表情で最後の尾根はやっかいだと言っていたが、この目で見ると、実際、容易には越えられそうもない尾根だった。ひと目で圧倒され、恐ろしくさえあった。右手には、雪と氷の塊が巨大な雪庇となって落差三〇〇〇メートルのカンシュン・フェイスにねじれた指のように張り出している。この雪庇に足を踏み出そうものなら、惨事は免れない。この雪庇から雪面が左に急傾斜で下っており、ウェスタン・クウムからそそり立つ巨大な岩壁へと通じている。ひとつだけ勇気づけられることがあった。それはこの雪庇と岩壁の間の急斜面の雪が固くしまっているように見えたことだ。もし雪が柔らかくて不安定なら、稜線に沿って登ることはほぼ不可能だ。だが、この斜面に足場を切ることができたら、多少なりとも前進はできる。

われわれはサウス・ピーク直下に座る場所を削って腰を下ろし、酸素補給器をはずした。わたしはもう一度、酸素の量を計算した。これはアタック中のわたしの重要な仕事のひとつだった。最初の使いかけの酸素ボンベが空になったので、満タンのボンベは一本しか残っていない。八〇〇リットルの酸素を毎分三リットルで使うと、何時間もつだろうか。わたしは四時間半と見積もった。酸素補給器はずいぶん軽くなり、九キロほどになっていた。わたしはサウス・ピークから足場を切って下っていたとき、なんとも自由で幸せな気分だった。これほどの高所でそんな気分を味わうとは、まったく想像もしていなかった。

わたしは尾根の左側の斜面にアイスアックスを突き立てた。すると、願っていた通り、雪は水晶のように固かった。さらに二、三回アックスをリズミカルに振るうと、大きな高所用登山靴でもすっぽり収まる足場ができた。何より励みになったのは、アイスアックスを強く突き刺すと、柄の半分が雪に埋まり、しっかりと安定した確保点になることだった。われわれは一度に一人ずつ進んだ。このような高所では安全を過信せず、細心の注意を払い、あらゆる予防策を講じる必要があると思ったのだ。テンジンに確保してもらって、まず、わたしが一〇メートルほど足場を刻む。次に、わたしがアイスアックスを雪に突き立て、柄にロープを巻き付けると、テンジンが足場を使ってわたしのところまで登ってくる。そしてまた、テンジンに確保してもらって、わたしが足場を切りながら登る。至るところに大きな雪庇が張り出しており、それを避けるために、わたしは雪面が西側の岩場と交わるところまで足場を切って進んだ。この巨大な岩の斜面をまっすぐ見下ろし、二四〇〇メートル下方のウェスタン・クウムの第四キャンプの小さなテントを目にしたときは身震いするようなスリルを覚えた。岩をよじ登り、雪に手がかりを刻みながら、われわれはこの難所をどうにか切り抜けることができた。

こうして登っている間に、それまで快調に登っていたテンジンのペースが突然落ち始め、息苦しそうにしていることに気づいた。シェルパは酸素補給器の仕組みについてほとんど知らないので、わたしは過去の経験からすぐに補給器のトラブルを疑った。見ると、テンジンの酸素マスクからつららが下がっている。もっと近寄って調べてみると、直径五センチほどの排気管が氷で完全にふさがれていることがわかった。この氷を取り除いてやると、テンジンはすっかり楽になったようだった。わたしの補給器も点検すると、まだ息苦しくなるような状態ではなかったが、同様のことが起きていた。それからはこまめに点検するようにした。

天候はほぼ完璧と言ってよかった。羽毛服と防風着のおかげで、寒さや風に煩わされることもなかった。だが一度、尾根の難しいところをよく見ようとしてサングラスをはずしたところ、刺すような風に吹き寄せられた粉雪で目が見えなくなり、あわててサングラスを元に戻した。わたしはさらに足場を切り続けた。驚いたことに、故郷のニュージーランドのすばらしい山を登っていたときのような楽しさを、このエベレストで味わっていることに気づいた。

一時間ほどペースを崩さずに登ったあと、この尾根で最も手ごわいと考えていた高さおよそ一二メートルの急峻な岩場のふもとに達した。すでに航空写真で、この岩場の存在は知っていて、タンボチェからも双眼鏡で見ていたわたしは、この岩場こそが登頂の成否を分ける最大の障壁だと考えていた。こうした手がかりのない岩場も、イギリスの湖水地方の熟練したロック・クライマーなら日曜日の午後のお楽しみ程度だろうが、この高所で衰弱しているわれわれにとっては克服しがたい障壁だった。これを避けようと西側の断崖にルートを求めたが見つからなかった。だが幸いにも、ひとつ可能性が見えた。この岩場の右側に大きな雪庇が突き出しており、この雪庇と岩の間に一本の狭い割れ目が、この一二メートルの岩場の上まで垂直に走っていたのである。テンジンにできる限り確保してもらいながら、わたしはこの狭い割れ目の中に体を押し込み、背後の凍った雪にアイゼンの爪を深く突き立てると、ゆっくり体を持ち上げた。どんな小さな手がかりも利用し、膝と肩と腕の力を総動員して、雪庇が岩から崩れ落ちないことをひたすら祈りながら、文字通りアイゼンを頼りに登っていった。全力をふりしぼってもゆっくりではあったが、確実に進んでおり、テンジンがロープを繰り出すにしたがって、わたしは少しずつ体を押し上げていった。そしてようやく岩のてっぺんにたどり着いて、割れ目から抜け出すと、そこは広い岩棚になっていた。つかのま、わたしは横になって息を整えた。そして、これでもうわれわれの登頂をはばむものは何もないと初めて本当の意味で感じた。わたしは岩棚の上でしっかり身構えると、テンジンに登ってくるよう合図した。ロープをたぐり寄せると、テンジンもこの狭い割れ目をのたくるように登り、上にたどり着いたときには、釣り人との闘いの末に海から引き上げられた大魚のようにのびていた。

わたしは二人の酸素補給器をチェックし、消費量をざっと計算した。万事うまくいっているようだった。おそらく酸素補給器の煩わしさのせいだろう、テンジンのペースは思っていたより遅かったが、着実に登っており、これは重要なことだった。体の調子を尋ねると、テンジンはただにっこり笑って、進みましょうというように手を振った。毎分三リットルの酸素でこれだけ調子よく進めているので、場合によっては、毎分二リットルに減らそうとこのときに決めた。

尾根は相変わらず続いていた。右手には巨大な雪庇、左手には岩の急斜面があった。わたしは狭い帯状にのびている雪面に足場を切りながら進んだ。尾根は右へ左へと曲がり、どこが頂上なのか全然わからなかった。ひとつのこぶを足場を切って巻くと、さらに高いこぶが目の前に現れるといった具合だった。時間は過ぎ、尾根はいつ果てるとも知れなかった。傾斜が少し緩くなったところで、わたしは時間を節約しようと、足場を切らずにアイゼンだけで登ろうとしたが、この高度でそれがどれほど危険なことかをすぐに悟り、また足場を切り続けた。二時間足場を切り続けてきて、わたしは少し疲れを覚えていた。テンジンのペースも落ちていた。わたしはまた新たなこぶを巻くために足場を切りながら、いつまでこんなことが続くのだろうと嫌気がさしてきた。登り始めた頃の情熱や興奮はすっかり消え失せ、もはや苦行でしかなかった。そのとき、登り続けてきた尾根が前方で急に切れ落ち、はるか下に、ノース・コルとロンブク氷河が見えた。見上げると、やせた雪尾根が、雪をかぶった頂に向かって走っている。固い雪にさらに何度かアイスアックスを振るい、われわれはエベレストの頂上に立った。

わたしは何より、ほっとした。もう足場を切る必要もなければ、越えなくてはならない尾根も、巻かなくてはならないこぶもないのだと思った。テンジンを振り返ると、目だし帽《バラクラバ》と、ゴーグルと、つららが下がった酸素マスクで、顔はすっかり覆われていたが、周囲を見回しながら、こっちまでつられて笑ってしまうほど喜びにあふれた笑みを浮かべているのがわかった。われわれは握手をした。すると、テンジンがわたしの肩を抱いてきて、互いに息が切れるまで背中をたたき合った。午前十一時半だった。最後の尾根にかかった二時間半が、わたしには一生涯のように長く感じられた。わたしは酸素を止めて、補給器をはずした。そして、凍り付かないようにシャツの中に入れていたカラーフィルムの入ったカメラを取り出した。まず、テンジンに頂上でポーズをとらせ、国際連合、イギリス、ネパール、そしてインドの旗をつなげて結びつけたアイスアックスを振っている写真を撮った。次に、眼下に広がる三六〇度の雄大な景色に目を向けた。

東隣の巨峰マカルーは登頂はもちろん踏査もまだされておらず、わたしはエベレストの頂上に立っていながら、つい登山家の本能に駆られ、ルートを考えながらしばらくこの山を見ていた。はるかかなたの雲の向こうにカンチェンジュンガの巨体もおぼろげに見えていた。西には、一九五二年からわれわれの好敵手であったチョー・オユーが視界を占め、その先には、ネパールの未踏の山々が連なっていた。これは貴重な写真だと思ったのは北陵を見下ろして撮った一枚で、一九二〇年代から三〇年代に偉大な登山家たちが苦闘を重ねたことで有名な北方ルートとノース・コルが写っている。分厚い手袋をはめた手でカメラを持つのは難しく、どれもあまりうまく撮れていないだろうと思ったが、少なくとも記録としては役に立つと思った。十分程すると、指の動きがぎこちないことや、動作も緩慢になっていることに気づいたわたしはあわてて酸素補給器をつけ、数リットルの酸素を吸い込み、あらためてその威力を感じた。一方、テンジンは雪に小さな穴を掘って、チョコレート一枚、ビスケット一袋、あめ玉一握りを置いた。ささやかな供え物だが、敬虔な仏教徒たちがここに住んでいると信じている神々への感謝のしるしだった。二日前、サウス・コルで、わたしは隊長から頂上に持っていってくれと頼まれ、小さな十字架を預かっていた。そこで、わたしも穴を掘って、テンジンの捧げ物の横に十字架を置いた。

わたしはもう一度、二人の酸素を点検した。残量から計算すると、予備の酸素を置いてきたサウス・ピークの下までなるべく早く引き返す必要があり、登頂から十五分後には、下山に取りかかっていた。その前に、マロリーとアーヴィンが登頂した痕跡をざっと探してみたが、何も見つからなかった。われわれは少し疲れを感じていた。高度の影響が出始めていたので、急いで山を下りなければならなかった。わたしは頂上をあとにすると、自分で切った足場を下りていった。時間を無駄にすることなく、減っていく酸素に追い立てられるように、アイゼンをきかせて往路をたどった。次々とこぶを越え、奇跡のような早さで、例の苦労した岩場の頂に達した。すでに構造はわかっているので、臆することなく割れ目に入ると、蹴ったり、体をくねらせたりしながら底まで下りきった。二人とも疲れてはいたが、注意は怠らなかった。岩場のトラバースは這うように進み、雪が不安定なところは確保し合いながら、最後にわれわれが切った足場を登ってサウス・ピークに帰り着いた。

頂上からわずか一時間だった。われわれは甘いレモネードをがぶ飲みして、元気を取り戻すと、また歩き始めた。これから下る雪の斜面のことは、ここまでずっと頭から離れなかったほど不安に思っていたので、先頭に立ったわたしは、そこに二人の命がかかっているかのように慎重に、ひとつひとつの足場を踏みしめていった。二七〇〇メートル下のカンシュン氷河を見下ろしたときには、とてつもない危険に身をさらしていることを実感し、あらためて注意を払いながら、一歩下りるごとに一歩安全に近づいているような気がしていた。ようやく斜面を脱して、下の稜線に出ると、テンジンとわたしは互いを見合い、何も言わずにただ肩をすくめて、一日中われわれにつきまとっていた恐怖感を払い落とした。

テンジンもわたしもとても疲れていたが、予備の酸素が置かれている場所に自然に足が向いていた。キャンプまではあと少しであり、まだ自分のボンベにも数リットル残っていたので、この二本のボンベを手に持って下り、よくこんなところに張ったものだと思うキャンプに到着したのは午後二時だった。昼からの風ですでにテントは傾き、張り綱もゆるんで、哀れな姿になっていた。これからまだサウス・コルまで下りなければならない。テンジンがストーブに火をつけて、砂糖をたっぷり入れたレモネードを作っている間に、わたしは酸素ボンベを交換し、流出量を毎分二リットルに減らした。ここで酸素も使わずに精力的に動けた昨日とは対照的に、体はだるく疲れていた。はるか下のサウス・コルに小さな人影が動いていた。ロウとノイスがわれわれの帰りを待っているのだろう。サウス・コルに余分の寝具はないので、われわれはしぶしぶ酸素補給器のフレームに自分の寝袋とマットレスをくくりつけた。そして、充分に役目を果たしてくれたキャンプを最後にひと目見ると、重い足を引きずりながら、安全に尾根を下ることに専念した。

感覚が麻痺してしまったように感じ、時間は夢を見ているように過ぎていったが、ついにスイス隊のキャンプ跡に達し、最後の下りであるクーロワールに入った。しかし、そこでやっかいな不意打ちを受けた。午後から吹き出した強風でわれわれが刻んだ足場がすべて消え、ただの固く凍り付いた急斜面が目の前に広がっていた。もう一度、足場を切るしかない。わたしはぶつぶつ文句を言いながら、六〇メートルほど足場を切って下った。山稜から吹き下ろしてくる突風が、われわれを足場からはじき出そうとする。テンジンが代わって先頭に立ち、さらに三〇メートルほど足場を切って進むと、雪が柔らかくなり、傾斜も徐々に緩くなって、クーロワールの終わりまで雪を蹴り込んで下ることができた。そして、サウス・コルの上の長い斜面をへとへとになりながらアイゼンをきかせて下りていった。

キャンプの六〇メートルほど上で、温かいスープと緊急用の酸素ボンベをかついだジョージ・ロウが迎えてくれた。

わたしはあまりにも疲れていて、ロウが聞きたがっていることにろくに答えてやることもできなかった。重い足でコルまで下り、キャンプまでの短い登りも足を引きずるように歩いた。テントのちょうど手前で酸素がなくなった。任務を果たすには足りたが、ぎりぎりだったわけだ。われわれはテントにもぐり込み、心の底から喜びのため息をつくと寝袋の中に倒れ込んだ。その間も、絶え間なく吹き荒れる強風でテントはばたつき、支柱は揺れていた。サウス・コルでの最後の夜も、眠れない夜になった。厳しい寒さのせいだけでなく、登頂できた興奮で頭が冴え、夜の半分は横たわったまままんじりともせずに、昼間の緊張した局面を追体験しては、歯をガチガチ言わせながらささやき合っていた。翌朝早く、誰もが弱っていたので、何をするにも動作はのろかったが、気合いを入れて出発の準備にかかった。

サウス・コルを出るまでのわずか六〇メートルの登りが非情な試練に思え、第七キャンプに下りる長いトラバースにかかってからもペースは落ち続け、何度も休憩をとった。ローツェ氷河の上部が以前よりもはるかに険しく思え、第七キャンプに向かって氷のステップを下りていくときは、とにかく休みたい一心だった。キャンプまであと三〇メートルのところで、歓声があがり、ワイリーと数人のシェルパが出迎えてくれた。みんな元気そうで、口々に同じことを訊いてきた。彼らが手に持たせてくれた温かい飲み物と、登頂の知らせを聞いて喜ぶ様子に大いに励まされた。そして、体はともかく、精神的には元気を取り戻すと、ローツェ氷河をさらに下っていった。

第四キャンプが近づいてくると、小さな人影がいくつかテントから出てきてゆっくり登ってくるのが見えた。われわれは合図も送らず、ただ疲れた足どりで彼らに向かって歩いていった。その間隔が五〇メートルほどになったとき、ロウが興奮を隠しきれない様子で親指を立てて見せ、エベレストの頂上に向かってアイスアックスを振り上げた。すると、向こうにいたみんなもにわかに活気づき、体の疲れも忘れて雪を蹴散らして駆け寄ってきた。そして、みんながあふれる感情のままに挨拶を交わしているときほど、わたしはこの遠征を通して成功の鍵であった友情と協調を強く感じたことはなかった。

いつ崩れるかわからない迷路のようなアイスフォール、ウェスタン・クウムの雪地獄、ローツェ・フェイスの熟練技を要するルート工作、サウス・コルでの神経がすり減るような辛苦、そのすべてに注がれてきた彼らの努力が完全に報われ、われわれが頂上に立てたことを報告できるとは、なんと嬉しいことだろう。

勇猛果敢なジョン・ハント隊長の疲労の色濃い張りつめた顔に、歓喜の色がみるみる広がっていくのを見ただけで、わたしは充分報われたのだった。

第六部

余波

帰還

その日、わたしは前進基地でやきもきしながら知らせを待っていた。天気は申し分ないように思えた。雲ひとつなく、見た感じではサウス・コルにほとんど風は吹いていないようだった。われわれは一日中、ローツェ・フェイスを見守り、ノイスと三人のシェルパが第七キャンプから登っていくのを見ていた。先頭に立っているノイスは、初めてコルに到達したときよりもかなり遅いペースで登っていた。

ローツェ氷河の頂で一人が脱落し、すぐあとにもう一人戻ってきて、先に脱落したシェルパと合流するのが見えた。結局、前進を続けたのは二人だけで、あとの二人は第七キャンプにまた下りていった。これでは増援隊としても、救援隊としても、大してヒラリーの役に立つとは思えなかった。一方、コルからも三人が下りてきていた。ふたつのパーティーはすれ違い、下りてきたほうはその後、第七キャンプに到着した。このふたつの動きにすっかり気を取られていたわれわれは、ここからは見えない高みで起きているはずのことをあれこれ考えすぎずにすんだ。しばらくすると、五人を下らない人影が第七キャンプを出て、クウムに下りてきた。このなかにはノイス率いる増援隊から脱落した二人も入っているに違いない。こうした動きのひとつひとつが前進基地でさまざまな憶測を呼んでいた。

その日の午後、グレゴリーが四人のシェルパ――アン・ニマ、サウス・コルで体調を崩したペンバ、ノイスが率いていたアン・ドルジとプウ・ドルジ——を連れて戻ってくると、アタック隊の経過をある程度知ることができた。グレゴリーはすばらしい知らせを持ち帰っていた。彼は、前日に第九キャンプ、すなわち最高キャンプを設営した一部始終を語ってくれたあと、〝最新ニュース〟を付け加えた。三日前にボーディロンとエヴァンズを見たときとまったく同じように、サウス・ピークに向かう最後の雪の斜面を登っているヒラリーとテンジンをこの日の朝九時に見たという。グレゴリーが見ていた限りでは、二人とも調子よく進んでいたらしい。二人を見た時間から判断すると、期待できそうだったので、われわれは落ちつかないまま夕刻になるのを待った。その頃にはノイスとわたしで決めてあった合図が送られてくるかもしれなかったからだ。下で待っているみんなの不安と緊張をいたずらに長引かせたくなかったので、わたしはコルから下りてくる途中の第七キャンプで、サウス・コルから登頂の成否を下に知らせる方法についてノイスと話し合った。そして、コルのふちの適当な雪の斜面に寝袋を広げることに決めたのだ。寝袋がひとつの場合はアタックが不成功に終わったことを、寝袋がふたつ並んでいる場合はサウス・ピークに二度目の登頂を果たしたことを意味し、エベレストの頂上に達したときは、〝T〟字形に置くことになった。

夕暮れに差しかかった頃、合図を待つわれわれがどんな気持ちだったか、想像はつくであろう。クウムには霧が立ちのぼり、サウス・コルの下の斜面をベールのように包んでいた。われわれは目を皿のようにして、ときおり薄い雲が切れるたびに雪の斜面をくまなく探したが、合図らしいものは見当たらなかった。やがてプモリの向こうに陽が沈むと、ノイスがいくら我慢強くてもテントの外に出ていられるとは思えなかった。結局、落ち着かない状態は続いた。

翌日、われわれはひたすら成功の知らせを待っていた。あえて失敗の可能性については考えないようにしていた。前夜に、アイスフォールで十日間にわたる仕事をやり終えたウェストマコットが前進基地に登ってきた。彼の報告によると、後日われわれも自分の目で見て驚いたのだが、氷の状態が急速に変化しており、ルートの補修という誰かがやらなければならない仕事を危険を冒してずっと休みなくやってくれていたのだという。この日、モリスがシェルパ二人を連れて第三キャンプから登ってくると、第二次アタックにかかわっている者と第七キャンプで待機しているワイリーを除いて全隊員がここに集まっていた。全員が固唾《かたず》をのんで朗報を待っており、誰一人として落ち着いている者はいなかった。

午前九時頃、五人の人影がジェネバ・スパーの岩陰から現れ、クーロワールに入るのが見えた。わたしは安堵の息をもらした。少なくともアタック隊は一人も欠けていなかった。全員無事だ。動きは遅かったが、危険な状態にあるような者は一人も見受けられなかった。ヒラリー、テンジン、ロウ、ノイス、そしてシェルパのパサン・プタールが下りてくる。われわれにできるのはただ待つことだけだった。彼らが成し遂げたことを考えると、待つことなどなんでもなかった。五人は第七キャンプに姿を消すと、三人はまもなく出てきて、これが最後となるローツェ・フェイスの下りにかかった。ストバートはシェルパを一人連れて、第五キャンプに向かった。結果はどうあれ、一刻も早くアタック隊の帰還をフィルムに収めたいと思っていたのだ。

午後二時、インドのラジオ局が世界に向けてわれわれが登頂に失敗したという速報を出した直後に、キャンプの五〇〇メートルほど上の浅いくぼみの入口に五人が現れた。ウェストマコットとわたしはすぐにテントを飛びだし、数人の隊員もあとに続いた。シェルパたちもわれわれと同様に結果を知りたがって、ドーム型テントの外に集まってきた。しかし、下りてくる隊員たちはなんの合図も送ってよこさず、気落ちした様子でわれわれに向かってとぼとぼと歩いてくる。手を振ることさえしない。わたしの心は沈んだ。弱った体では、こうしてゆっくり登っていくだけでも骨が折れるというのに、今や足が鉛のように重く感じられた。失敗だったに違いない。だったら、最後の望みをかけて三度目のアタックを考えなくてはならない。

そのとき、突然、先頭を歩いていたロウがアイスアックスをかかげて、はっきりとエベレストの頂上を指しながら、何度も力強く突き上げた。すると、ロウの後ろにいた者たちもまったく同じことをし始めた。失敗なんてとんでもない、成功したのだ！　彼らはやり遂げたのだ！　胸に込み上げてくるものを抑えきれないまま、わたしは自然と急ぎ足になったが、駆け出せるほどの力はまだなかったので、ウェストマコットが先に行った。テントに残っていた者たちも一人残らず出てきて、称賛と喜びの声があがった。気がつくと、わたしは彼らと一緒にいて、握手を交わしていた。いやそれどころか、顔から火が出そうだが、勝利を収めた二人を抱きしめていた。とりわけテンジンに対しては力がこもった。彼の功績を称えたかった。この勝利はテンジンにとっての勝利であると同時に、シェルパにとっての勝利だった。

にぎやかな話し声に包まれながらキャンプまで戻ってくると、満面の笑みをたたえたシェルパたちが二人を取り囲み、ヒラリーを温かく迎えて握手をし、また彼らの偉大なリーダーであるテンジンを敬意を込めて迎えた。われわれは登頂の話を聞くために、みんなで食堂テントに入った。ヒラリーはオムレツをむさぼるように食べ、好物のレモネードをマグカップで飲みながら、五月二十八日から二十九日の出来事をありありと、しかもわかりやすい言葉で語って聞かせ、モリスはその話を世界に向けて発信するためにメモをとり続けた。おそらく、モリスだけはこのとき、この輝かしいニュースが女王陛下の戴冠式に間に合うかもしれないわずかな可能性に気づいたのだろう。それはモリスの新聞記者としての使命がクライマックスを迎えたときでもあった。話を聞き終わると、モリスはすぐに出発し、ウェストマコットがその夜、ベース・キャンプまで無事に送り届けた。

この忘れられない午後、ヒラリーとテンジンの帰還から少し経ってから、わたしはノイス、ワイリー、パサン・プタールを迎えに出た。彼らもまたすばらしい仕事を成し遂げた。ノイスとパサン・プタールは共に二度もサウス・コルに登った。二度目は、シェルパ二人が第七キャンプからコルまでのほぼ中間点で脱落したために、そこからは二五キロはあったであろう二人分の荷をかついで登ったのだ。隊員のなかで酸素を使わずにサウス・コルまで登ったのはノイスとワイリーの二人だけである。しかも、彼らはシェルパよりも重い荷をかついでいた。ワイリーは五月二十二日、酸素なしで最後の一五〇〇メートルを登り、ノイスは五月二十八日、酸素が尽きてからおよそ四〇〇メートルは登ったに違いない。

わたしはノイスに、例の合図のことを訊くと、ちゃんと成功の合図を送ったという。ノイスがサウス・コルに着いたのは、ヒラリーとテンジンが南東稜から帰還したわずか一、二時間前のことだった。ノイスは戸惑うパサン・プタールを連れて、寝袋を二個持ち、ジェネバ・スパーの頂まで出かけていった。こんな遅い時間に、しかもコルに着いたばかりだというのにまた出かけて、どうやら外で寝るつもりのようだが、ずいぶん変わったサーヒブがいるもんだとパサンは思ったことだろう。パサンにとって謎がますます深まったのは、ノイスがここなら下からよく見えると思った斜面に着くなり、寝袋を〝T〟字形に置いて、風に吹き飛ばされないように寝袋のひとつの上に横になると、あっけにとられているパサンに同じように横になれと指示したときだった。きっとパサンは思ったに違いない。向こう見ずにもほどがあるんじゃないのか。せめて寝袋の中に入ればいいじゃないかと。そして二人は寒さに震えながら、プモリの向こうに陽が沈むまで十分間ほど横になっていた。そして、ノイスがこの大ニュースを下に伝えるために最善を尽くしたと納得すると、二人は苦行が終わったことに感謝しながらテントに戻ったのだ。

夕食のあと、われわれはラム酒を出してきて、この遠征隊の後援者であるエジンバラ公のために乾杯した。殿下は強い関心をもってわれわれの進捗を見守っておられたと聞いている。われわれはまた、今日の成功にとりわけ大きな貢献を果たしたエリック・シプトンの健康を祝して乾杯した。

その夜、われわれはこれまでエベレストに挑んできた多くの登山家にあらためて思いをはせた。彼らの苦闘、彼らのスキルと勇気、そして登頂へのあらゆる貢献が頭に去来した。長年積み重ねられてきた努力が、とうとう勝利という結果を出したことを知ったら、彼らはどんなに喜ぶことだろう。わたしは仕事を終えてテントに集《つど》った仲間をあらためて見回した。みんなすっかりくつろいで、嬉しそうに大はしゃぎしている。これほど彼らにふさわしい結末があるだろうか。ここにいる一人一人が今日の成功を等しく担ってきたのである。それをテンジンとヒラリーが鮮やかに締めくくってくれた。わたしはこの仲間たちに無限の誇りを感じていた。

登頂に成功すると、われわれはすぐに撤収にかかった。少しでも快適な場所に早く戻りたかったのと、クウムには月末までの備蓄しかなく食料も燃料も不足し始めていたからである。まだ使える装備はできるだけ多く持ち帰りたかったので、わたしはワイリーにクウムに残って第三キャンプまで荷を下ろす後発隊の指揮を頼んだ。前日に第七キャンプから下りてきた隊は、テントとストーブを持ち帰ってきており、バンドに率いられた別のシェルパ隊は第五キャンプの物資を回収しに登っていった。わたしを含めあとの者は五月三十一日にベース・キャンプに向かって下り始めた。

エベレストとの別れを惜しむ者は一人もいなかった。ウェスタン・クウムもクンブ氷河も任務を終えたわれわれにとってもはやなんの魅力もなかった。実際、この二週間の強い日差しで雪が解け始め、クウムの美しさはかなり損なわれていた。でこぼこになった雪面は風が運んできた塵で汚され、もう一度雪で覆ってしまいたいくらいだった。第三キャンプはすっかりみすぼらしくなり、空き箱や空き缶やゴミが散らかっていて、シーズンオフのスキー場の店のようだった。さらに下って、アイスフォールの変わりようには驚いた。ルートの見分けがつかなくなるほど氷が解けており、砂糖衣をかけた巨大なケーキを思わせた。ほったらかしになっていた第二キャンプは、テントを張っていた場所に小さなクレバスができており、上のキャンプと同様に周囲にゴミや汚物がたまっていた。〝原子爆弾地帯〟にあったルートはまったく様変わりしており、もともと不安定だったところだけに、もっと長く山に滞在していたら、どうなっていただろうと思った。第五キャンプとベース・キャンプの間に目印としてたくさん立ててあった旗は一本も立っておらず、みんなクレバスの底や雪が解けた深い溝に倒れていた。それはエベレストが、われわれの侵入がいかにはかないものであったかを、去っていく前に見せようとしているかのようだった。

わたしはグレゴリーとアン・ノルブとバルと一緒に歩いていたが、グレゴリーとわたしはサウス・コルより高所へ登った影響がまだ残っていて、ひどく体が弱っていた。その証拠に、〝地獄道〟の急な下りで、わたしは二度も足を滑らせ、アン・ノルブのロープに助けられた。その下まで来ると、あたりの様子がまったく変わっていて道がわからなくなった。以前は平らな氷の道だったところが大きな川になっていて、氷塔《セラック》をかき分けるように水が流れていた。ほかの隊も同じような経験をしていた。ベース・キャンプに着いたときにはずいぶん遅くなっていたが、ともかく下りてこられてほっとした。

何度か荷下ろしのために往復したあと、六月二日の午後には、全員がベース・キャンプに戻ってきた。二日の朝、ウェストマコットは最後の隊を率い、最後の荷を下ろしてくるワイリーたちの支援に第三キャンプへ登っていった。ほかの隊員には休息を与えておいて、この危険な場所にシェルパだけでは行かせないという方針を最後まで守り通したウェストマコットの行動は、まさに利他的行為の模範である。わたしはクンブのアイスフォールを思い出すたびにウェストマコットの名前を思い浮かべるだろう。偵察では主導的な役割を果たし、ビルドアップ中は荷上げ隊を率いて何度も往復し、アタック期間中は黙ってルートの補修を続けてくれていたのである。

夕食後、食堂テントでわれわれは戴冠式のニュースを聴こうと短波受信機のスイッチを入れた。バンドがオール・インディア・ラジオに周波数を合わせると、ニュースの二番目にアナウンサーがこう告げた。「昨夜、すばらしいニュースがロンドンに舞い込みました。イギリスの遠征隊がエベレストに登頂したとのことです……」。われわれは心底驚いた。今カトマンズに向かっているモリスがクウムを発つ前に、短いメッセージならすぐに本国に送ることができると言ってはいたが、今から二十四時間前にイギリスに登頂の知らせが届いていたとは誰も想像していなかった。確かに、わたしは戴冠式に間に合うように登頂できることを密かに願っていたが、この望みは日が経つにつれ薄れていき、しまいには、戴冠式が過ぎてもできるだけ早く登頂の知らせを届けられたらそれでいいと思うようになっていた。

興奮と驚きで胸を高鳴らせながら、われわれはその先を聴いた。女王と首相がわれわれに宛てた祝電をすでにカトマンズの英国大使館に送ったこととか、登頂のニュースが戴冠式の沿道のスピーカーを通して発表されたこととか、それを耳にした群衆がいっせいに歓声をあげたこととか。まるで夢のなかの話のようだった。われわれにはまだ事の重大さが全然理解できていなかったのだが、一晩でこれだけ聞けたら充分だった。新たに一本ラム酒が運ばれてきて、二度目の祝宴が始まった。まだまだ宴は続くだろう。もちろんシェルパたちもこのお祭り騒ぎに加わっていた。われわれは今日だけは特別に許されることにして、床や箱に座ったまま、女王陛下のために乾杯した。わたしは飛脚に緊急のメッセージを持たせてナムチェに向かわせた。そこのインドの無線局からカトマンズに打電してもらうためである。女王と首相に宛てた感謝の電報と、合同ヒマラヤ委員会宛てに、テンジンとヒラリーもできればイギリスに連れていきたいと思っていること、ロウはすでに行くつもりであることを知らせた。同時に、もし可能なら、全員一緒に飛行機で帰国できないかと試しに持ちかけてみた。成功の喜びと極上のラム酒に酔いしれて、われわれは夜ふけに足をふらつかせながらそれぞれのテントに戻っていった。

テンジンがすでにポーターを呼びにやっていたので、翌朝、彼らが到着すると、われわれはベース・キャンプにさっさと別れを告げて氷河を下った。この氷と岩の死の世界に背を向けて、生気あふれる大地に少しでも早くたどり着きたかった。

ロブジェでわれわれはさらに嬉しいニュースを無線で聞いた。ひとつは合同ヒマラヤ委員会の委員長エドウィン・ハーバート卿からの心温まるメッセージで、もうひとつは、わたしにとっては一番嬉しかった妻からのメッセージだった。われわれは軽い気持ちで、ルートを切り開くために持っていった二インチの迫撃砲のことを思い出した。結局、山で出番はなかったが、せっかくあるのだから、祝砲を鳴らそうということになった。インド軍から十二発の砲弾をもらっていたので、われわれは交代で打ち上げて、隊員もシェルパもポーターも一緒になって喜び合った。続いて、やはり使うことのなかった二二口径のライフル銃を取り出し、砲弾の予備の雷管を標的にして撃ち始めた。数人のシェルパも腕試しに加わった。夜になると、シェルパとシェルパニが祭り気分で踊り始め、明け方まで続いた。腕を組み、長い列を作って、耳慣れない物悲しい歌をうたいながら、複雑なリズムに合わせて体を揺らし、ステップを踏んだ。数人の隊員も仲間に入り、少しずつこつをつかんでいった。踊りの合間に、われわれはお返しに故郷の歌を合唱した。

翌日、ロブジェ・コーラに出ると、すっかり水かさが増していた。川幅がずいぶん広がり、流れも激しくなっていた。最後に小柄なグレゴリーが渡ったのだが、いつものようにカメラや露出計をクリスマスツリーのようにいくつもぶらさげ、苦労しながら途中まで渡ったところで、流れに足をとられてバランスを失いかけた。そこで、グレゴリーはすでに渡り終えていた体格のいいボーディロンに大声で助けを求めた。ところが、ボーディロンは仲間の窮状に心を動かされることなく、すげなく言った。「悪いけど、もう靴を履いてしまったんだ」。幸いにも、隊長はもう少しやさしい心をもっていたので、靴を履いたまま川に入っていき、窮地に陥っているグレゴリーに救いの手をさしのべた。

遠征隊が最初に拠点を置いたタンボチェに着いたのは六月四日のことだった。われわれはラマ僧に挨拶をしに再び僧院を訪れた。僧院の屋根の修理のために寄付をしたおかげで、約束通り、その晩に舞踏を見せてもらえることになった。われわれは指定された時間に行って、夕闇せまる中庭を見渡せる回廊に座っていた。長い間待っていると、突然ほら貝が鳴り、グロテスクな人影が次々と本堂の階段を降りてきた。鮮やかな色の衣装をまとい、醜い仮面をつけた僧たちが、中庭の中央にたてられた祈禱旗《カルチョ》のまわりを回ったり、跳んだり跳ねたりしていた。踊っていない僧たちはラッパやシンバルを鳴らしている。見たことのない踊りで、ときおり笑いも誘ったが、美しいとは言えず、とても長く続いた。わたしは僧主代理にエベレストに登頂したことを伝えた。老僧は明らかに本気にしていない様子で、何を言っても信じてもらえそうになかった。それでも、生来の礼儀正しさからあからさまな否定はせず、別れ際ににこやかな顔で〝チョモランマの頂に迫った〟ことを祝ってくれた。

われわれがタンボチェにいた間に、インドの無線網を介して電報が送られてきた。われわれはエベレストでの使命を終えたと同時に、別の大変な仕事が待ち受けていることに気づき始めた。このときに受け取ったたくさんの電報のなかには、遠征隊の後援者であるエジンバラ公からのとても心を打たれるメッセージも含まれていた。また、特に嬉しかったのは、ナムチェの無線局の親切な職員からのもので、〝キング・オブ・アドベンチャーに圧勝した〟ことを祝ってくれていた。

翌日、わたしとグレゴリーとボーディロンの三人は先発隊として、できるだけ早くカトマンズに着こうとタンボチェを発った。片付けなければならないことがたくさんありそうだったからだ。ヒラリーに託した本隊は、ポーターを集めたらすぐに出発することになったが、畑仕事が忙しい時期でもあり人集めは容易ではなかった。われわれがタンボチェを出発するときに、エヴァンズが隊を去っていった。エヴァンズはかねてより秋までネパールに留まるつもりにしていて、われわれと一緒に帰国して祝賀行事に参加したい気持ちはあったが、ずっと心に抱いていた計画を続行するほうを選んだ。それはエベレスト地域の地図を作るためのデータの収集で、そのために、高度順応を行った谷にアヌルウとダ・テンシンを連れて戻っていったのだ。

先行きが思いやられる出発だった。シェルパたちは何より〝パーティー〟が好きで、その機会がこの先々で待ち受けている。エベレストに登頂したという立派な口実もある。案の定、谷を下って最初の村に着くなり、シェルパたちは浮かれだした。まして、彼らのふるさとナムチェ・バザールを抜け出すのは大変なことだった。六月五日、シェルパとポーターはわれわれをこの村でさんざん待たせたあげく、戻ってきたときには相当に酔っ払っていた。それから一時間経っても様子はおかしくなるばかりで、とうとう堪忍袋の緒が切れた三人の〝サーヒブ〟は比較的まだしっかりしていたダワ・トンデュプ一人を連れてこの村を出た。急ぐために本隊を残して出てきたわれわれに、この体たらくを大目に見てやれるだけの余裕はなかった。酔っ払ったシェルパとまた合流できるとは思えなかったので、わたしはワイリーに飛脚を送り、信頼できるシェルパを一人、全速力でわれわれに追いつかせてほしいと頼んだ。

後日、聞いた話では、ワイリーは物静かでまじめなペンバを選び、追いつけるようにポニーまで調達してやった。ペンバはワイリーからわたし宛ての急ぎの手紙も託されていた。翌日、本隊がナムチェの近くまでやってきたとき、路上で思いがけない場面に出くわした。道ばたに座って足首をさすっているのは、ほかでもない酔っ払って目をとろんとさせているペンバだった。そしてもう一人、道の上であおむけに寝て酔いをさましているシェルパがいた。ポニーは消えていた。寝ていたシェルパは、酔いがまわる前のペンバから任務を託されていたことを思い出すと、起き上がって、ワイリーがわたし宛てに書いた手紙をワイリー本人にうやうやしく差し出しながら言ったそうだ。「とても重要な手紙です、サーヒブ」

ドゥド・コシを下っていると雨が降り出した。それからというものは、ほぼ毎日雨に降られた。道はうんざりするほど長く、まとわりつくような濃い霧と、どしゃ降りの雨に悩まされながら、大きな尾根を何度も越えていった。防水シートで簡単な雨よけをこしらえて野宿したこともあったが、ヒルと雨から逃れたくて、シェルパの家に一夜の宿を乞い、石と材木で頑丈に造られた家の二階で快適な夜を過ごしたことのほうが多かった。こうして先に進むにしたがい、われわれは急速に体力を回復していき、食欲も増した。酔いがさめてアン・テンバと共にわれわれに追いついたパサン・ダワが料理を作ってくれた。米や卵、時にはチキンも食べた。わずかに残ったアタック用の携行食のペミカンやビスケットやジャム、コーヒーや紅茶も添えられた。〝コンポ〟はとっくになくなっていた。われわれは川で泳いで三ヵ月ぶりに体を洗ってさっぱりした。たいてい日暮れと共に進むのをやめ、翌朝、日が昇るとすぐにまた先へ進んだ。毎晩よく眠った。長い間、薬に頼った睡眠しかとっていなかったので、ありがたいことだった。

いつもモンスーンの雲に遮られて遠くを望めなかったので、ときおり雲の切れ間から高い山々が姿を見せると、いっそう驚かされた。それは今や信じられないほど高く遠いところにあって、もはや手の届かない、現実のものとは思えない存在だった。そして、まだ高度四三〇〇メートルから三〇〇〇メートルあたりを進んでいた最初の頃は、身近に見られるものすべてにことのほか喜びを感じた。エベレストに向かっていたときには枯れて味気なかった沿道の風景が緑にあふれていた。道端には大きな紫色のランや、赤や黄色のツツジ、ピンクや黄色のシャクナゲが咲きほこり、熟した野イチゴが地面を覆っていた。珍しい鳥がかいま見えたこともあった。背中が黄色で、尾が赤いタイヨウチョウがシャクナゲの茂みの上をかん高い声でさえずりながら、軽やかに飛び回っていた夢のように美しい光景は決して忘れられないだろう。湿気を含んだ重い雲が北に向かって厳かに行進していく様子も印象的だった。

ドゥド・コシをあとにして、広い山肌を登ろうとした直前に、頭上から飛行機の爆音が聞こえ、驚いて見上げると、雲の切れ目に輝く機体が見えた。北の方角、エベレストに向かって飛んでおり、われわれが登頂した証拠でも探しにいくのだろうかと思っていた。後日カトマンズで、この飛行機はインド空軍の偵察機だったことがわかった。司令官は、爆音が雪崩を誘発したり、登山中の集中力の妨げになったりしてはいけないと、われわれの下山を確認するまでこの任務を延期してくれていたのだそうだ。

そのうち毎日、飛脚と出会うようになり、そのつど大量の電報や祝いの手紙を受け取った。毎日が驚きの連続だった。われわれの成功が全世界にこれほどの反響を起こしているとは信じられなかった。丘陵地帯の暑さにはうんざりしたが、われわれ先発隊はペースを落とすことなく先を急ぎ、タンボチェを発って九日後の六月十三日の夜にカトマンズに到着した。イギリス大使のクリストファー・サマーヘイズがわれわれを温かく迎えてくれた。われわれは何度この瞬間を思い浮かべていたことだろう。

本隊ははるかにゆっくりとしたペースで進んでいた。個数にして百近くの荷を運んでいたのだから無理もなかった。彼らもまたナムチェを離れるときには苦労した。それはチャンやロキシーといった地酒のせいだけでなく、家庭を守っているしっかり者のシェルパの母親たちのせいでもあった。エヴァンズと山に残ったダ・テンシンの息子でピュウの助手をつとめていた少年ミンマは、遠征隊と一緒に旅を続け、クンブの外に出てもっと広い世界を見ようと心に決めていた。だが、母親の考えは違った。本隊がナムチェを出発しようとした早朝、ミンマの母親が駆けつけ、息子をさらっていこうとする者たちに激しく抗議した。「あんたたちは夫を返さない上に、今度は息子まで取り上げる気かい。ミンマ、こっちに来なさい」。そして、十三歳のミンマは泣きながら家に連れ戻されていった。

しかし、今回サウス・コルに登ったシェルパのうちで最年少だった十七歳のアン・ツェリンはミンマよりも知恵が働いた。同じような場面で母親に、もう一日谷を下ってガットまで行かせてくれ、そしたら引き返してくるからと約束し、母親は疑うことなく息子の願いを聞き入れた。今、アン・ツェリンはほかのシェルパたちと一緒にダージリンにいる。

十四日間の旅のあと、本隊はネパール盆地の最東端の町バネパに到着した。

カトマンズに帰りついて一週間後、わたしはイギリスから迎えにきてくれた妻とタイムズ紙のモリスと共に、カトマンズ盆地に戻ってきた本隊を出迎えにいき、彼らの最後の宿泊地となるフクセで一夜を過ごした。カトマンズからフクセまでは車が通行できる道がのびている。カトマンズ盆地はどこもかしこも興奮でどよめきたっていた。その多くはネパール出身のテンジンを国民的英雄として称える声である。翌日、カトマンズの街に向かっていると、沿道からは驚くほどの歓声があがり、ついには花で飾り立てられた国賓用の馬車に乗ってパレードをすることになった。テンジンとヒラリーとわたしは、米や、赤い粉や、コインまで浴びながら宮殿まで連れていかれ、ネパール国王に丁重に迎えられた。

歓迎会は感動的だったが、少し滑稽な場面もあった。宮殿では、国王陛下が遠征隊員に勲章を授与する儀式に立ち会うために着飾った人々が壁に沿ってずらりと席についていた。一方、はるか遠くの山から三週間の旅を経てきた隊員たちは泥まみれで、ひげは伸び放題、汚れた半ズボンに運動靴といった格好である。往復の旅の間ずっと着ていたパジャマ姿のままだったピュウは、幸い後ろのほうに立っていた。

だが、これだけ祝ってもらっても、わたしはわれわれの冒険が、本当の意味で、この多くの善良な人々に必ずしも理解されていないことを残念に思わずにはいられなかった。テンジンに対する誇りと喜びばかりが優先され、この偉大な功績のために苦楽を共にしたほかのシェルパたちやおおかたの隊員のことはないがしろにされていたからである。

それからの四日間、荷造りをし、パーティーに出席し、ネパールの王室や政府、インド大使館、インド軍事使節団、そしてイギリス大使館をはじめ、たくさんの人々の親切なもてなしを受けたあと、われわれはカトマンズを去った。

飛行場でわれわれは、仲間のトンデュプ、ダワ・トンデュプ、パサン・ダワ、アン・テンバに別れを告げた。この四人を含めここまで同行してくれたシェルパたちは、翌日、ダージリンに向かって出発することになっていた。クンブに残った者もいた。見送りにきてくれたネパールの多くの友人たちのなかに、われわれの成功をとりわけ評価してくれたコイララ首相の姿もあった。

ここで一時的に隊は分かれ、ワイリーとウォードは荷物をトラックと鉄道を使ってインドのラクナウまで運び、ボンベイから出向いてくる船会社の担当者に引き渡すという一番大変な仕事を引き受けてくれた。ヒラリー、グレゴリー、テンジンとその家族、そしてわたしと妻はカルカッタに飛び、遠征隊と州の偉大な市民であるテンジンをぜひ称えたいという知事と市の要人に会うことになっていた。残りの隊員はパトナ経由でデリーに向かい、六月二十七日にそこで隊は再び合流することになった。

カルカッタでの三日間はあわただしかったが、市民からすばらしい歓迎を受けた。どこへ行っても心のこもったもてなしを受け、とりわけ知事とスリマティ・ムーカジー氏、イギリス高等弁務官代理シャノン氏と職員たち、そしてヒマラヤン・クラブの会員にはよくしてもらった。われわれの冒険がこれほど多くの一般の人たち、とりわけベンガルの若者たちを魅了していることを知り心を動かされた。戦前にベンガルに住んでいたことがあるわたしと妻にとっては楽しい寄り道であり、ベンガルの旧友がたくさん会いにきてくれた。

　暑さはともかく、デリーでの盛大な歓迎会も同様に楽しいものだった。ここでのハイライトはインドの大統領官邸《ラッシュトラパティ・バワン》での式典で、インド連邦のラジェンドラ・プラサド大統領から数人の隊員が勲章を授与され、全員に彫刻を施した銀のたてが贈られた。また、ジャワハルラール・ネルー首相、イギリス公使のジョージ・ミドルトン夫妻、高等弁務官事務所のウィリアムズ少将、その他多くの人たちの歓待も忘れられないものになった。

　デリーで特に嬉しかったのは、一九二二年のエベレスト遠征隊員であり、登山に酸素を使用した先駆者であるジョージ・フィンチにまた会えたことだ。われわれは自分たちがこうして受けている賛辞を、われわれに道を示してくれた登山家たちと分かち合いたいと思っていたので、このとき彼が来てくれたことは何より嬉しかった。一九二二年のエベレスト登頂を目指した初の遠征で、かのジョージ・マロリーと並んで最も優れた隊員の一人だったことや、多くの登山家がまだ酸素の効果を信じておらず、酸素の助けを借りること自体に眉をひそめる登山家もいた時代に、使用を強く推し進めた登山家であったことを思うと、ジョージ・フィンチほど、われわれの成功に至る歴史を代表するにふさわしい人物はいないであろう。われわれは心から彼に敬意を表した。

　マドラス、ボンベイ、パトナ、デラドゥーン、そしてダージリンからも正式の招待があったのだが、残念ながら断らざるをえなかった。エベレスト登頂に対するインドの人々のこれほどまでの熱狂ぶりは、まさに予想外のことだった。それでも、われわれは一刻も早い帰国を求められており、われわれ自身もそれを望んでいた。

そして、われわれはタイムズ紙の厚意によりＢＯＡＣ機で空路帰国の途についた。嬉しいことにテンジンとその家族も一緒だった。途中、カラチ、バーレーン、カイロ、ローマ、チューリッヒに着陸したが、どこに行っても人々の熱狂に包まれ、誰もが親切にしてくれた。とりわけ印象深かったのは、チューリッヒでスイスのエベレスト遠征隊とその後援団体であるスイス山岳研究財団のメンバーに会えたことである。昨年の遠征で登頂まであと少しだったスイス隊だからこそ、われわれの成功を惜しみなく評価できたのであろう。短い時間だったが、レイモン・ランベール、ガブリエル・シュヴァレー、フォイツたちと互いに熟知している登攀《とうはん》の難しさを検討し合うことができた。われわれの登頂ルートは、ほぼすべての段階でスイス隊のルートと一致していた。また、この機会に、われわれが登頂できなかった場合に備えて、来年の遠征の準備を進めていたフランス隊からも温かい祝辞が送られたことに触れておきたい。

七月三日、われわれはロンドン空港に着陸し、母国イギリスの人々から待ちに待った歓迎を受けた。

こうして冒険は終わった。

回想

成功した理由はなんだったのだろう。これまで多くの遠征隊が登頂できなかったのに、なぜわれわれはできたのだろう。あとのほうの問いを加えたのは、最初の問いの答えのひとつを考える上で重要だと考えたからにすぎない。わたしはここであらためてこれまでの遠征隊の業績に敬意を払いたいと思う。

これまでの遠征隊は、到達した高度はともかく、それぞれが経験を積み重ねてきたことに意義があったのであり、この経験が相当な高さに積み上げられていなければ、この山の謎を解くことはできなかった。このピラミッドのように築き上げられてきた経験こそが、一切の鍵を握っていたのである。つまり、このピラミッドがある高さに達していなければ、どこの登山隊が全力であたっても登頂は果たせなかった。そう考えると、これまでの遠征隊は失敗したのではなく、むしろ前進したことになる。その前進を受けて、昨年の冬、われわれは再びエベレストに挑む準備に入った。その頃には、長年にわたって登山家を退けてきたあの山の〝守り〟がどういうものなのか、以前にはわからなかったことがかなりわかっていた。あとはただそれを検討して、正しい結論を導き、エベレストと闘うために必要な物と人を備えた遠征隊を送り出すだけだったのである。われわれ、一九五三年エベレスト遠征隊は、先人たちとこの登頂の栄光を分かち合えることを誇りに思っている。

先人の知識とは別に、とりわけわれわれは、先人が示した手本――忍耐力、探求心、そして決してあきらめないという断固とした決意に鼓舞された。何よりもこの登り続けたいという駆り立てられるような熱意に対して、われわれはこれまでエベレスト登頂に挑んできた登山家に感謝しなければならない。

また、過去に対して敬意を払うにあたって、数々の遠征隊を送り出してきた委員会のメンバーや、遠征のための資金を提供してきた人々のことも忘れてはならない。

次に、わたしは周到かつ綿密に立てられた計画について取り上げようと思う。エベレストの場合、遠征を組織するというのはひとつの軍事行動に匹敵する。わたしはこの例えについても、昨年の冬にこの考えに沿って軍隊式に計画を立てたことについても一切弁解するつもりはない。この計画のおかげで、細部にわたる必要品を先人の経験を参考にし、われわれが適切に判断して予見できただけでなく、キャラバン、高度順応、アイスフォールのルート工作、ビルドアップの第一期と第二期、ローツェ・フェイスの偵察とルート工作、さらに素案ではあったがアタック計画も含め、あらゆる段階で実行すべき明確な日程表を手元に常備できたのである。それは所定の期日までにその目標が達成できるように組まれており、われわれはそのひとつひとつを達成していき、そして最終的にすべてを達成した。

わたしはここにあらためて、われわれの優れた装備が山上での厳しいテストに耐え、その要求を充分に満たしたことに感謝したい。われわれが必要としたあらゆる装備を労を惜しまず、しかも多くの場合は時間との闘いで製作してくれた国内外の会社、ひたむきな努力を重ねてくれた職人たち、そして資金面でわれわれを支えてくれた人々とこの勝利を分かち合わなければならない。

装備目録に記載された数え切れない項目のなかから、酸素について書いておこうと思う。多くの装備にわれわれは助けられ、どれも非常に重要だったが、なかでも酸素は成功に不可欠だったとわたしは考えている。酸素にたずさわった人々は、短期間でわれわれの要求を満たすためにおそらく最も厳しい状況に置かれていたはずである。もし酸素と大幅に改良された酸素補給器を手に入れてなければ、頂上には達していなかったであろう。

大規模なヒマラヤ遠征では、隊員の体調不良のために成功のチャンスを逃すことがこれまでもたびたびあった。隊の人数をよほど増やさない限り、この体調不良というリスクを回避することが最も重要となる。今回の遠征隊の人数はわたしが考えた計画を遂行するには充分だったが、余裕があったわけではない。実際、ほぼ全隊員が高所で活動することを前提とした大胆なものだった。もし、アタックのチャンスが到来したときに、病気で倒れている者が複数いたら、登頂できたかどうかは非常に疑わしい。われわれの体調がよかったのは、まず人選によるところが大きい。また、現地に入ってから充分な日程を組んだ訓練や高度順応も奏功した。さらに、安全で充分な量の食事を準備してくれた人々や、山にいる間は毎日大量の水分を摂取するよう助言を与えてくれた人々にも感謝しなければならない。同時に、隊員のなかの医師たちによる細かい配慮も忘れてはならない。

数字を使って酸素の効用を説明してみるのも面白いかもしれない。隊員のうち少なくとも九人はサウス・コルまで行き、そのうち三人は二回登っている。また、九人のうち七人は南東稜の八三四〇メートル以上の高所に達し、四人は八七五〇メートルのサウス・ピークに登り、そして二人が登頂を果たした。また、九人のうち三人は、約八〇〇〇メートルの高所に四日四晩滞在し、三人は三日三晩滞在した。前進基地への帰路ではかなり衰弱していた者もいるが、虚脱状態に陥った者はいなかった。

もうひとつ、食事について言っておきたいのは、食事が隊員の士気におよぼす影響についてである。今回のような大規模な遠征隊の場合、相当な荷を持っていけても個々の嗜好に合わせた食事の提供までは難しいことを考えれば、入念に計算され準備された今回の食料は、良好な健康状態を維持できただけでなく、おおむね満足できるものであった。

また、われわれの隊の結束の固さを、わたしは何より強調しておきたい。この結束こそが目標を達成できた最大の要因であることに疑う余地はない。エベレストの登頂には、おそらくほかの冒険よりもはるかに無私無欲に徹した協調性が求められる。そこにほころびが生じれば、いくら装備や食料を注ぎ込んでも埋め合わせることはできない。われわれの隊より結束の強いチームを見つけることは難しいであろう。共に過ごした四ヵ月間を通して、つらい環境に置かれることが多かったにもかかわらず、いらいらしたり、腹を立てたりしている言葉が隊員から発せられるのをわたしは一度も耳にしたことはない。これはすばらしいことである。おかげでわたしは仕事がやりやすかった。荷上げやサポートにまわる者と、山頂アタックに向かう者を決めるときには特にありがたかった。全員にアタックさせるわけにはいかず、失望した者もいたに違いない。高所に行ける体力がある者にとってはなおのこと失望は大きかったことだろう。それでも、チームのなかから少なくとも二人は登頂を果たせるように、自分は必要な役割を果たそうという信念を誰もがもっていた。そうした信念があって、それぞれの任務——たとえば、それがローツェ・フェイスのルートの開拓であっても、シェルパを率いてサウス・コルへアタック用の荷を上げることであっても、最高キャンプまで重い荷をかつぎ上げることであっても、あるいは前進基地で食料調達などの雑事を監督しながらベース・キャンプと連絡を取り合うといった地味な仕事であっても、不平をもらすことなく立派にやってのけたのである。こうした隊員の姿勢のなかに、またシェルパの働きのなかにもわれわれの成功の秘訣は潜んでいた。

そして、そのシェルパたちがまさに優秀であった。隊に不可欠なチームワークでの、彼らの協調性や、その個々の能力の高さは称賛して余りある。そのことは、ウェスタン・クウム以上の高所での荷上げに選ばれた二十七人のシェルパのうち、十九人がサウス・コルまで行き、そのうちの六人は二回も登ったことだけでも充分に証明されている。また、これは約三五〇キロの物資を八〇〇〇メートルの高所に上げたことを意味し、そのおかげでアタック隊員たちは予想以上に長期にわたって、過度の高度障害を経験することなく過ごすことができた。シェルパとわれわれとの良好な関係は隊員全員によって築かれたものだが、特にテンジンとワイリーの活躍に負うところが大きい。

高度八五四〇メートル近くに設営された最高キャンプは、まさにシェルパとわれわれの一致団結のあかしである。これは、アタックに向かうヒラリーとテンジンをサポートするためとはいえ究極の試練であった。五月二十六日と二十八日の二日は、シェルパとサーヒブの関係はもはや同等であった。全員が同じ重量をかつぎ、同じ装備を身に着け、高度と登攀がもたらす苦難の連続を共に味わった。そして、ノートンとロングスタッフが成功のためには不可欠だとして強く提唱していたこと、すなわち八五〇〇メートル以上に最高キャンプを上げることができたのである。

最後に、天候もわれわれの成功の一因であった。四月八日から五月十四日までの五週間はほとんど毎日雪が降り、準備作業の進行を妨げたが、五月の後半に入ると天気は落ち着き、好天が続いた。天候ばかりはどうすることもできないので幸運だった。しかし、晴れているからといって、いつでもアタックできるわけではなかった。常に風が吹いており、いつ強まるか予測がつかなかったからである。ヒラリーとテンジンが登頂した日はたまたま穏やかなほうだったが、その前はずっと強風が吹き荒れ、またその後もおそらく登頂できない状況が続いたであろう。

このようにわれわれの勝利はさまざまな要因によるものであり、それぞれの貢献度は重要ではない。これまでエベレストに挑んできた先人たち、計画と準備、優れた装備、シェルパとの関係、恵まれた天候など、そのすべてのおかげである。最後にもうひとつ大切なものを付け加えておきたい。それはとらえどころがなく評価がしづらいものなのだが、われわれの成功を願って、見守り続けてくれたすべての人々の思いと祈りである。われわれはこの目に見えない力を常に身近に感じ、元気づけられていた。

やってよかったか、やるだけの価値はあったか。遠征に参加したわれわれにとっては、もちろんあった。われわれは共に不屈の精神をつらぬき、美しく壮大な景色を目の当たりにし、永遠の友情を築き、その友情が熟して実を結んだその場に立ち会ったのである。われわれはあの山の上で暮らしたすばらしい日々のそうした瞬間を忘れないだろう。

エベレスト登頂の物語はチームワークの物語である。あの冒険の陰に、体を張って偉業をやってのけたというつかのまの感動よりも、もっと深く長く続くメッセージがあるとしたら、それはやはり友情と、その友情を築いたさまざまな行いの尊さだとわたしは思う。高い山々で頂を目指す者がさらされる困難や危険、目標を達成するために結集される力、冒険の興奮や感動を分かち合うことによって、人種や宗教に関係なく友情は築き上げられていくものである。

では、遠征隊以外の人々にとってはどうなのだろう。やはりやってよかったことなのだろうか。世の中には時として冒険が必要であり、また、山に限らず、あるいは体を使ったことに限らず、さまざまな分野に冒険は見られる。だったら、やる価値はあったのではないだろうか。エベレストに登ることに何か理由が必要だとすれば、結局のところ、われわれが先人たちに触発されたように、われわれの登頂に刺激された人々が自分の〝エベレスト〟を探し求めることに答えはあるといえよう。登頂のニュースに対する反響がイギリスやイギリス連邦だけでなく、世界各国からあったことからすると、冒険に対する強い関心がまだ至るところに息づいていることは明らかである。遠征前、遠征中、そしてとりわけ遠征後に、われわれは世界中から数え切れない贈り物や善意と喜びにあふれたメッセージを受け取った。政府の高官から一般庶民まで、文体や文面もさまざまであった。そして圧倒的に多かったのが、子どもや若者からのメッセージである。エベレスト登頂はあらゆる人々の胸に潜んでいる冒険心をかき立てたようだ。

そして、こうしてかき立てられた冒険心を大切にしていこうとする兆しもある。その例をあげると、われわれがカルカッタにいた間に、州首相のB・C・ロイ氏が、ダージリン近郊に、一流のシェルパがあらゆる階層の少年たちに登山の知識と技術を教える訓練学校を建てる計画があることを話してくれた。これはわれわれのエベレスト登頂の記念として、そして、シェルパの多くがベンガル州に住んでいることから、シェルパに対する尊敬と感謝のしるしとして計画されたという。イギリスの冒険教育機関である〈アウトワード・バウンド・スクール〉に似たこうした取り組みは大いに称えたい。

未来はどうか。エベレストが登頂されたからといって落胆する根拠はまったくない。登山に限って言えば、エベレストがもはや未踏峰ではなくなってしまったことに未練な気持ちを引きずる者がいるかもしれないが、わたしはエベレスト登頂がこの夏に果たされてよかったと思っており、時を得ていたと思う。エベレストの魅力ゆえに、山の踏査に利用できる資金も人材もあの山一点に集中しすぎる傾向があった。その頂上が極められた今、もっと大勢の野心的な探検家や登山家が冒険を求めて、ヒマラヤに限らずもっと広い地域に出かけていくのを奨励できるようにもなる。

きっとまたいつか、エベレストに登頂する者が現れる。今のわたしには成功する可能性は低いとしか言えないが、無酸素で挑戦する者も出てくるだろう。そして、北側のルートは未完のまま残されている。将来、ネパールとチベットとの国境が開かれ、政治の壁を越えて南からも北からも登れるようになることを期待しようではないか。チベット側から登って、ネパール側に下りるといったことが夢物語ではなくなる日が来るかもしれない。こうした可能性を考えると、地球のこんな狭いところだけでもまだまだ冒険の余地は残っている。

そして、まだ残されている数々の巨峰に挑まないわけにはいかないだろう。マロリーが言ったように、エベレストに匹敵する山がまだ〝そこにある〟。そうした山々がわれわれを招いており、われわれは、その挑戦を受けて立つまでは、休んではいられない。

冒険が待ち受けているところはほかにもたくさんある。山でも、空でも、海でも、地球の深部でも、海底でも、探せば至るところにあり、行き尽くしたとしても、まだ月がある。そして、どんな高さであっても、どんな深さであっても、高い志をもち続けていれば、きっと到達できるに違いない。

資料

資料1 遠征日誌――ウィルフリッド・ノイス

一九五二年

九月一日　ワイリー、遠征隊幹事として業務を開始。
十月八日　遠征隊長ハント、ロンドンに到着。
十月三十日　第一回装備打ち合わせ。
十一月一日　隊員選考終了。
十一月十七日　第一回アルプス山上実験打ち合わせ。
全隊員による第一回会合。
衣類などのための隊員の採寸。
十一月二十五日　第二回アルプス山上実験打ち合わせ。
十一月二十八日　第二回装備打ち合わせ。
十二月一〜十日　ハント、ワイリー、ピュウ、グレゴリー、パリ訪問後、ユングフラウヨッホにて装備の山上実験を実施。
十二月十五日　第三回装備打ち合わせ。
第二回隊員会合。

一九五三年

一月前半　エヴァンズらが梱包計画立案。
一月後半　ワッピング・ウォールのラスク商会で梱包開始。
一月十七～十九日　北ウェールズのヘリグで合宿、酸素補給器の試用。
一月二十日　装備の最終打ち合わせ。
ラスク商会で衣類などの試着。
第三回隊員会合。
一月二十二日　ファーンバラで減圧室体験実験。
一月二十五～二十六日　ハントとエヴァンズがチューリッヒ訪問。
二月五日　隊員最終会合。
二月十二日　本隊と荷、ストラスデン号でインドに向けて出港。
二月二十日　先発隊のエヴァンズとグレゴリーが空路カトマンズへ出発。
二月二十八日　本隊、ボンベイ（現ムンバイ）に到着。
三月八日　全隊員と荷、カトマンズに集結。
三月十日　第一隊およびポーター一五〇人カトマンズを出発。
三月十一日　第二隊およびポーター二〇〇人カトマンズを出発。
三月二十六日　第一隊、タンボチェに到着。
三月二十七日　第二隊、タンボチェに到着。
三月二十九～四月六日　第一期高度順応。

四月九～十七日　第二期高度順応。
四月十二日　アイスフォール隊、ベース・キャンプ（五四六〇）に到着。
四月十三日　アイスフォール隊、アイスフォールへ向かう。
四月十六日　ヒラリー、バンド、ロウが第二キャンプ（五九一〇）を設営。
四月十七日　同隊、第三キャンプ下方の氷塊に達する。
四月二十一日　物資の半分がタンボチェからベース・キャンプに到着。
タイムズ紙のモリスが加わる。
四月二十二日　残りの物資がタンボチェからベース・キャンプに到着。
アタック用酸素を運んできたロバーツ少佐が到着。
第三キャンプ（六一六〇）、アイスフォールの頂に設営。
ベース・キャンプ（五四六〇）、クンブ氷河に完成。
四月二十四日　低所輸送、第三キャンプに向けて開始。
四月二十四～二十五日　ウェスタン・クウム偵察、スイス隊の第四キャンプ跡（六四六〇）に至る。
四月二十六～五月一日　第三キャンプと第四キャンプ間の高所輸送。
五月一日　ハント、ボーディロン、エヴァンズが第四キャンプ（六四六〇）を設営。
五月二日　ハント、ボーディロン、エヴァンズがローツェ・フェイスを予備調査。
五月二～五日　輸送隊の休養期間。
五月三日　偵察隊、第五キャンプ（六七〇〇）に登る。
五月四日　ボーディロンとエヴァンズ、ウォードとワイリーにサポートされて第六キャンプ（七〇一〇）

五月五日　に至り、ローツェ・フェイスの偵察。
　ボーディロンとエヴァンズ、第六キャンプ上方の偵察。
　輸送作業、アイスフォールおよびウェスタン・クウム（五月八日）で再開、第五キャンプに至る。
五月六日　ローツェ・フェイス偵察隊、ベース・キャンプに戻る。
五月十日　ローツェ・フェイスのルート開拓のため、ロウとシェルパ四人が第五キャンプに登る。
五月十一日　ロウとアン・ニマが第六キャンプを拠点にローツェ・フェイスの作業に着手。
　ウェストマコットとシェルパ三人、第五キャンプでロウらをサポート。
五月十七日　ロウとノイス、第七キャンプ（七三二〇）を設営。
　ウォード、第七キャンプに登り、ロウとダ・テンシンと共に残る。
五月十八日　最後の低所輸送。第四キャンプが前進基地となる。
五月二十日　ノイスとシェルパ八人が第七キャンプに登り、下りてくるロウ、ウォード、ダ・テンシンと会う。
五月二十一日　ノイスとアヌルウ、ジェネバ・スパーを越えてサウス・コル（約八〇〇〇）までルートを完成。ワイリーとシェルパ九人が第七キャンプに到着。
五月二十二日　ワイリーとシェルパ十四人、ヒラリーとテンジンのリードでサウス・コルへ荷上げ。シェルパ一人が脱落。
五月二十四日　第一次アタック隊（ボーディロン、エヴァンズ、ハント、ダ・ナムギャル、〝バル〟ことアン・テンシン）がサウス・コルに到着。

五月二十五日　第一次アタック隊、サウス・コルで待機。第二次アタック隊、第七キャンプに到着。

五月二十六日　第一回アタック。ボーディロンとエヴァンズがサウス・ピークに登頂。ハントとダ・ナムギャル南東稜の八三四〇メートル地点に荷上げ。ヒラリーとテンジン（第二次アタック隊）がグレゴリー、ロウ、ペンバ、アン・テンバ、アン・ニマにサポートされ、サウス・コル（第八キャンプ）に到着（ダワ・トンデュプ、トプキー、アン・ノルブ、アヌルウ、ダ・テンシンも荷上げに参加）。ウォードとノイス、サポートのために第七キャンプに登る。シェルパ七人がサウス・コルから下山。

五月二十七日　ハント、エヴァンズ、ボーディロン、アン・テンバが第七キャンプに下りる。第二次アタック隊、強風のためサウス・コルで待機。エヴァンズとウォード、前進基地（第四キャンプ）に下りる。

五月二十八日　ワイリーとシェルパ三人がサポートのため第七キャンプに登る。第二回アタック。最高キャンプ（第九キャンプ）がヒラリー、テンジン、グレゴリー、ロウ、アン・ニマによって南東稜の約八五〇〇メートル地点に設営される。アタック隊二人を残して三人はサウス・コルに戻る。

五月二十九日　ヒラリーとテンジン、第九キャンプから登頂し、サウス・コルに戻る。ノイスとシェルパ三人がサポートのために第七キャンプを出発。ノイスとパサン・プタールがサウス・コルに到着。

五月三十日　グレゴリー、ペンバ、アン・ニマが第四キャンプに下りる。

五月三十一日　ヒラリー、テンジン、ノイス、ロウ、パサン・プタールが第四キャンプに帰着。第四キャンプに登ってきていたウェストマコット（アイスフォールのルートの補修に従事）とモリスが登頂のニュースをもって下りる。

隊員五人とシェルパの一隊を残して全員ベース・キャンプに下りる。荷下ろしのため最後の輸送隊が第三キャンプに登る。

六月一日　ワイリーと第三キャンプにいるシェルパ隊以外はベース・キャンプに下りる。

六月二日　全員、ベース・キャンプに集結。

六月三日　全員、ロブジェに到着。

六月四日　全員、タンボチェに到着。

六月五日　先発隊（ハント、ボーディロン、グレゴリー）がタンボチェを出発。

六月七日　本隊、タンボチェを出発。

六月十三日　先発隊、カトマンズに到着。

六月二十日　本隊、カトマンズに到着。

資料2　エベレスト遠征準備作業（一九五三年）

組織図（1952年10月9日現在）

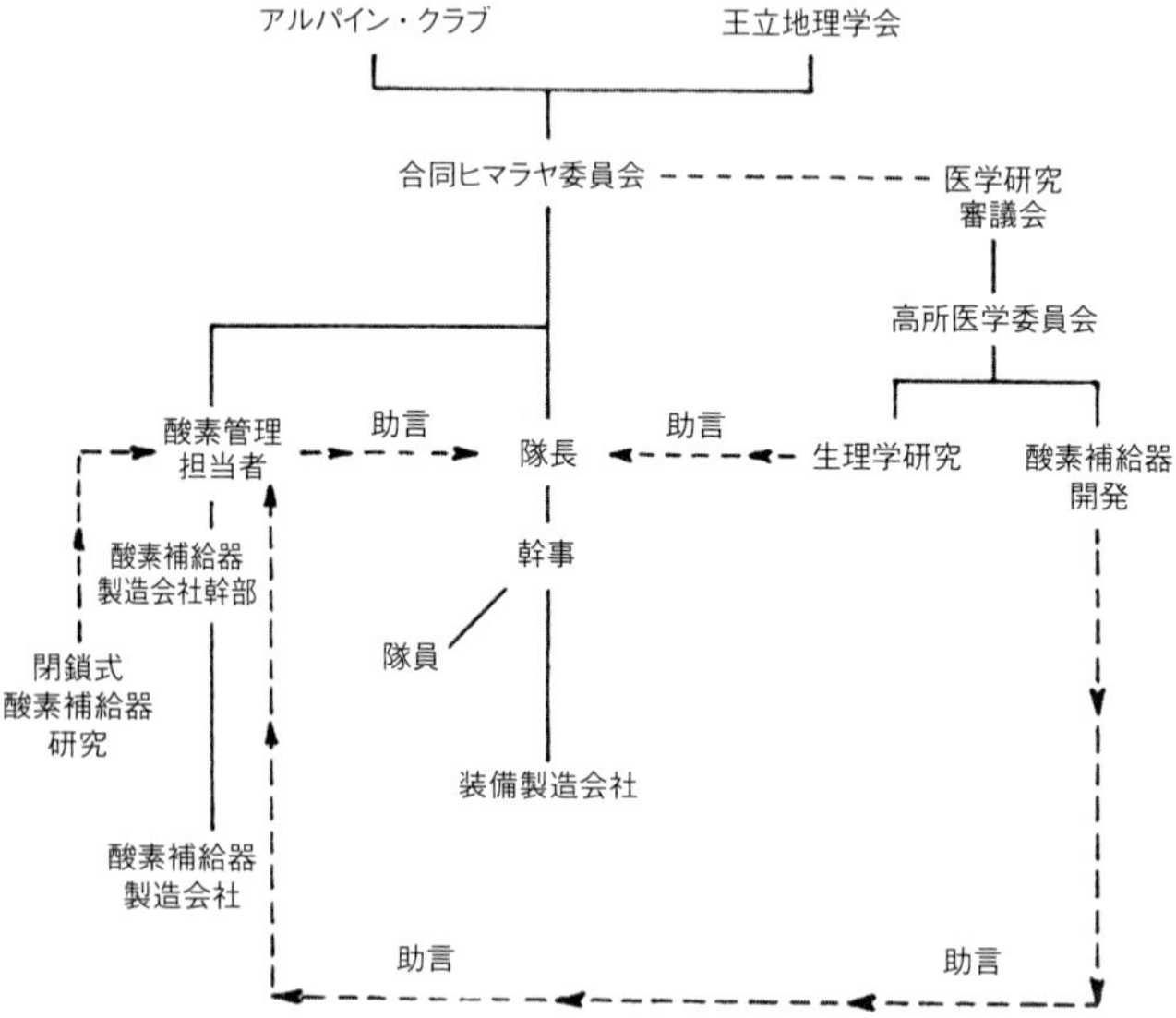

合同ヒマラヤ委員会の責務

全般的な方針の決定
資金管理
政治的問題の対応
隊長の選定
隊員への招致状と契約書の作成
マスコミ対応、広報、書籍、講演会、映画など
隊長に科学的見地からの助言の提供（医学研究審議会経由）
酸素補給器の提供（酸素管理担当者経由）

隊長の責務

計画立案
準備作業の組織化
隊員の選定
酸素補給器以外の装備の選定、試験および調達（幹事または担当者経由）
新聞などへの寄稿
衛生管理
防寒服および防寒具の決定
高度順応
酸素管理担当者への助言

酸素管理担当者の責務

酸素補給器の開発および供給
酸素に関する隊長への助言

医学研究審議会の責務

生理学および食事に関する隊長への助言

幹事

隊長の補佐
調整
酸素補給器以外の装備の供給

資料3　装備 ―――― チャールズ・ワイリー

登山靴

（a）高所用登山靴

チョー・オユー遠征のあと、エベレストには高所用の特殊な登山靴が必要と思われた。ピュウによると、足にかかる一ポンドは肩にかかる五ポンドに相当する。そこでわれわれは耐久性を犠牲にしても軽量化することを目指した。六〇〇〇メートル以上で履くことを想定した高所用登山靴を実際に履くのは最後の数週間に限られるため、耐久性はさほど必要なかった。とはいえ、凍った雪の上を歩くためには、アイゼンの装着や蹴り込みに耐えられる強度は必要である。加えて、ヒマラヤでは凍傷になる例が多く、通常の登山靴をはるかに上回る保温性が必要であり、また、濡れた靴は必ず凍るため、防水性も求められた。

陸軍で使用している毛皮製長靴《マクラク》や特殊なゴム長靴を含め、候補となった靴をアルプスで試験した結果、英国サトラ靴総合研究所（The British Boot, Shoe and Allied Trade Reseach Association）が遠征隊のために特別に製作してくれた画期的なデザインの靴を採用することに決めた。われわれの装備に対するイギリス産業界の尽力や、大胆に応用された科学の価値を示すものとして、そのデザインと製造について少し詳しく説明しておきたい。

靴の甲には湿気を遮断する工夫が施されている。断熱材の効果を維持するには乾いた状態に保つ必要があるため、防水性のある膜で包み、外側からのベタ雪と内側からの汗を寄せつけないようになっている。さらにベタ雪から靴を守るために、靴底の外側に薄いゴム引きのメリヤス地の防水カバーが取り付けられている。このカバーは不要になれば取り外すことができる。

この登山靴三十三足を五週間で製造することになり、デザイナーのブラッドリー氏には苦労を強いることになったが、彼と付き合いのある三十社が製造と材料の供給に協力してくれた。基本の設計図とダージリンのヒマラヤン・クラブから送られた足の寸法から、シェルパ用に特別な靴型を作る必要があった。サイズ6の登山靴を履いているシェルパが、サイズ12のヒラリーよりも足の幅が広いという例もあった。製造の各段階でテストを行い、最終的にファーンバラの低温室でテストした結果、マイナス四〇度にさらされても条件を満たすことが立証された。

現地でもこの登山靴は高い支持を得て、第三キャンプから頂上まで常に使用されていた。つまり、意図していたよりもはるかに長く使用できたことになる。ただし、防水カバーは薄すぎた。裂けたり、穴があいたりしたため、雪が入って靴が濡れた。この点については、テンジンが付けていたスイス隊の取り外し可能なゲートルを使用するほうがよいであろう。また、急な斜面や難所を登るには、この靴にはゆとりがありすぎて安全面に若干問題があった。

（b）通常の登山靴

通常の登山靴にも高所用ほどではないがさまざまな工夫が施された。高度六〇〇〇メートルでも凍傷の危険はあり、軽い靴は高度にかかわらず疲労を防ぐ。だが、こちらの靴は三ヵ月は履けるだけの耐久性が必要だった。われわれの登山靴の製作者の一人であるロバート・ローリー氏は、この問題に熱心に取り組み、重量わずか一・七キロ、甲の部分の革を二重にして、間にオポッサムの毛皮を挟み、中敷きにウールのフェルト地を使ったごく薄いゴム底の登山靴を製作した。このビブラムの靴底はやや薄すぎて、つま先がはがれてきたが、ノイスが出発前にローリー氏から靴の修理方法の説明を受けていたので、こうした事態もプロ並みの腕で救うことができた。

高所用登山靴も通常の登山靴も、凍った場合に履きやすいように下のほうまで開くようになっている。また、穴ではなく〝D〟リングに靴ひもを通すようになっているので、指がかじかんでいてもひもを通しやすい。このアイデアはどちらも役に立った。

デザイナーたちのこうした努力にもかかわらず、どちらの登山靴も濡れることがあり、寝袋の中に入れておかなければ夜間に凍結した。それでも、遠征を通して靴の軽さにはずいぶん助けられた上に、足に凍傷を負った者は一人もいなかった。

テント

テントについては第四部で取り上げているが、少し詳しく説明しておく。

計画時には、高所キャンプでは荷を軽くするために二人用ミード・テントの小型版の使用も検討していた。だが、重量が抑えられても、窮屈なテントで不快感が増しては何もならないと判断した。実際、山上では常に広々としたテントを使えることが嬉しく、荷が重くなることを恨めしいと思ったことはなかった。最高キャンプ用に三種類の軽量テントを用意していったが、結局、この最高キャンプでも標準のミード・テントが使われたほどである。

一九二〇年代の遠征以来、ミード・テントのデザインは基本的に変わっておらず、今回使用したさまざまなテントのなかでも最もシンプルで優れたテントであることがあらためて証明された。

テントの出入口をピアノ線で補強した結果、格段に出入りしやすくなり、通常の天候であれば、ひもでしばらなくても、このピアノ線をねじるだけで閉じることができた。

前進基地以上のキャンプで使うテントは、寒さを防ぐために取り外し可能なナイロン製のインナーを備えていた。この軽量のインナーひとつで、テストではテント内の温度を四度も上げることができた。前進基地より下では、インナーははずされることが多かった。

比較的重い十二人用のドーム型テントは、クロフト大佐が北極圏で戦う軍隊用に考案したテントである。やや軽いピラミッド型テントも使ったが、これはドーム型に改良を加えたものである。この大きなドーム型テントは、前進基地で、一張りは主に隊員の食堂兼寝室として常時使用し、もう一張りはシェルパが使用した。小規模キャンプでは、通常、シェルパがピラミッド型テントを調理場兼交流の場として使用した。ピラミッド型テントは五人収容でき、サウス・コルにも一張り持っていった。

また、三メートル×四・五メートル、重さ三・六キログラムの防水シートも大量に持っていった。これは遠征を通して非常に役立ったが、特に三月は調理場の屋根として活躍したほか、テント代わりにしたり、雪や雨から物資を守ったりするのに使われた。

防風素材

防風着やテント用の生地は、ファーンバラの王立航空研究所で軍需省の専門家から助言を得たおかげで迷わずに決めることができた。彼らは軍隊用の防風着のためにさまざまな生地をテストできる環境にあった。

最も重要なのは防風性であるが、できるだけ軽いことや、破れたり裂けたりしにくいこと、ある程度の防水性も求められた。結局、われわれが選んだのは、風洞実験で優秀な結果を出した生地で、時速一〇〇マイルの風にも充分に耐えた。生地の重さは一平方ヤード（約〇・八四平方メートル）あたり、わずか一三五グラムで、しかも丈夫であった。このミストレンという生地を使うことで、テントは完全に防水され、衣服は少なくとも雨に対する防水効果は得られた。この生地は縦糸に綿、横糸にナイロンを用いており、マンチェスターのジョン・サウスワース社が製造している。

防風着もテントも生地は一重で使用したが、その性能には非常に満足した。

無線

無線の計画にはスミス・ウィンダム准将の助けを借りた。スミス・ウィンダム准将は一九三三年と一九三六年の遠征隊で無線を担当しており、ケンブリッジのパイ・テレコミュニケーションズ社の取締役モペット准将の部下である。われわれはパイ社が早々に無線装置を進呈してくれたことに大変恩義を感じている。

計画では、三・二キロメートル以内のキャンプ間の通信用に携帯型無線機と、気象情報や娯楽のために短波受信機を必要とした。外界との連絡用の送信装置は、その重さや、登頂という遠征隊の唯一の目的には必要ないこと、すでに大規模な隊にさらに無線の専門家も加えなければならないことを考え、持っていかないことになった。この決定により、われわれの無線装置はすべて乾電池で使用できることになった。

無線装置に求められる条件は頑丈、軽量、コンパクトで、最小限のメンテナンスで済み、雨にも雪にも耐え、摂氏マイナス四〇度から三八度まで使用できることであった。また、隊員が手袋をはめたままでもセットでき、寝袋に入った状態でも操作できなければならなかった。この仕様を満たすために、パイ社が自社の〝ウォーキー・フォン〟PTC一二二(超短波、送受信水晶制御、固定周波数七二メガヘルツ)を改造して八台の携帯型無線機を提供してくれた。この携帯型無線機にはフレキシブル・テープ・アンテナが使われており、重量は一台二キログラム強であった。乾電池はヴィダー社から提供され、極低温での性能低下を防ぐために、隊員が羽毛服の下に着るベストに入れたり、寝袋の中に持ち込んだりして体温で保温できるようにした。乾電池は高圧型電池で気温マイナス一〇度で四十一時間使用できた。小さなテントでは、折りたたみ式のジュラルミン製三脚に外部アンテナを装着することによって、テントの中から遠隔使用できるようにした。

超短波は大きな障害物を避けることができないため、この無線機の通話可能範囲は地形に大きく左右される。しかし、電波干渉はほとんどなく、操作しやすいため、キャンプ間の連絡に非常に役立ち、特に、ビルドアップ期間中は目では確認できない第

一、第二、第三キャンプ間の連絡網として活躍した。移動しながら使用する必要はなかった。この無線機は第七キャンプ（七三二〇メートル）まで使用した。サウス・コルにも一台運んだが、あいにく運搬中に故障した。

短波受信機はパイ社の通常の輸出用モデルのPE七〇Bで、スピーカーと乾電池と共に頑丈な木製ケースに納められていた。携帯型無線機と同じ三脚に四・五メートルのアンテナ棒を装着した。この受信機はベース・キャンプと前進基地で使用した。周囲の高い山々に電波を遮断される場所であったにもかかわらず、オール・インディア・ラジオの受信状態は極めて良好で、五月一日から放送されたインド気象庁のムル博士による遠征隊用の天気予報を聴くことができた。また、BBC放送もわれわれのためにこの天気予報を再放送してくれ、ありがたい個人的なメッセージや好意的なメッセージが添えられることもあった。長く寒い夜は、セイロン（現スリランカ）の民間放送の大衆娯楽番組のコマーシャルが士気を高めてくれた――「やる気が出ないときは、〇〇の胃薬を」といった具合に。

調理器具

チョー・オユー遠征の研究結果から、ピュウはエベレストでは一日四リットル以上の水分を摂ることを勧めた。そのため、熱効率のよい調理器具が不可欠だった。

最も効率的で経済的な熱源はパラフィン・バーナーであり、高所用バーナーを使用したプリムス・ストーブを選択した。熱を逃さず、燃料を節約できるように、C・R・クック氏がわれわれのために、鍋のまわりを完全に囲める折りたたみ式のシールドを考案してくれた。

このシールドによって熱は鍋の底と側面にだけ向かう。シールドの上を覆う蓋はフライパンとしても使用できる。さらに、特大のアルコール皿《スピリット・カップ》を取り付けて、パラフィンが充分に熱せられて確実に気化できるようにした。

強風で固まった雪でも水の四倍のかさがあるため、特大サイズの鍋を二つ（大型ストーブには容量約二リットルと一・七五リットル、小型ストーブには約一・二五リットルと一リットル）用意した。

通常のバーナーは標高四五〇〇メートルを超えると当てにならないため、ファーンバラの減圧室でテストしたあと、一万二〇〇〇メートルでも条件を満たした音の静かな自己加圧式バーナーを選択した。閉めきったテント内で調理することが多いため、一酸化炭素の発生に関してもテストを行い、安全性が確認された。これらのバーナーはセルフ・クリーニング機能を備えており、噴出口はノブを回すだけできれいになる。このノブを反対方向に回すと、噴出口が閉じて燃料漏れを防ぐことができる。

小型（燃料約〇・五リットル、重量約一・六キロ）を四個、大型（燃料約一リットル、重量約二キロ）を十八個持っていった。さらに、ベース・キャンプと前進基地用にダブル・バーナーのレンジを二台用意した。

シェルパも隊員もかなり乱暴に扱ったにもかかわらず、故障することはなかった。これはヒラリーのメンテナンスによるところが大きい。また、ヒラリーとテンジンは登頂前に八五〇〇メートルの最高キャンプでもこの調理器具を使って充分な飲み物を用意できた。

最高キャンプで使用できることを願って、ブタンガスを使用するコンロも六台用意した。これはマッチを一本すって栓をひねるだけで火がつくという使いやすさが大きな利点であるが、プリムスのような火力はなく、高所ではうまく機能しなかった。しかし、マントルが同梱されていたため、ガス灯として使うことができた。このガス灯は長い夜にドーム型テントで非常に役に立ってくれた。

架橋道具

大きなクレバスに橋を架ける手段が必要なことは、一九五一年に偵察を行ったシプトンが認めていた。軽量で持ち運びができ頑丈であること、そして、幅七・五メートルの割れ目にも橋が架けられるだけの長さが必要であった。スイス隊はロープを使用したが、われわれは荷上げの際にポーターがひっきりなしに渡ることを考え、より簡単なものを目指した。

ニューポートのライト・ラダー社に相談したところ、同社は最初、下側に筋交いを入れて湾曲しない橋を製造した。その堅牢さは長所ではあったが、かじかんだ手で筋交いを組み立てるのは難しく、重量も増える。結局、同社の標準品の建築用のアルミ合金のはしごを選択した。七・五メートルの距離に渡すと、かなりたわむが、経営者と作業主任とわたしが同時に乗っても壊れそうなきざしはなく、シンプルで使いやすいことが決め手となった。

長さ一・八メートル、幅三五センチのはしごを五台製造した。押し出し加工したスリーブでつなぎ合わせて使うことができ、接合部は四本のねじで固定する。五台の総重量はわずか二六キログラムであった。

われわれが橋を架けた最も大きな割れ目はクウムの入口のクレバスである。割れ目の幅は五メートル弱あり、三台のはしごを使ったが、この長さではたわみはごくわずかであった。このクレバスは徐々に閉じていったために、はしごの端が氷河の表層に凍り付き、しばしば氷を削り取ってはしごが曲がるのを防ぐ必要があった。

資料4 酸素――T・D・ボーディロン

三つのタイプ――開放式、閉鎖式および睡眠用の酸素補給器を使用した。この三つはすべて酸素貯蔵用高圧ガスボンベを使用しており、登攀《とうはん》用の補給器はいずれも同様のキャリングフレームを使用した。

酸素ボンベ

二種類のボンベを使用した。ひとつは、ジュラルミン製の引き抜き管でできており、酸素を充填しジュラルミンの減圧弁装着時の重量は五・二キロである。重量はボンベごとに若干のばらつきがある。八〇〇リットルの酸素が圧力三三〇〇ポンド／平方インチで充填されており、ジュラルミンの減圧弁を一端に直接取り付けて使用する。

あとひとつは、イギリス空軍《R・A・F》型の線巻き式スチール製ボンベである。酸素を圧力三三〇〇ポンド／平方インチで充填し、真鍮製の減圧弁装着時の重量は九・五キロで、一四〇〇リットルの酸素が充填されている。このボンベには停止弁が付いているものがあり、その場合は、銅管で減圧弁に接続した。ほかは減圧弁をボンベに直接取り付けた。

キャリングフレーム

二種類のフレームを使用した。ひとつは、溶接アルミニウム管でできており、ジュラルミン製ボンベ三本を運べるようにデザインされている。あとひとつは、溶接アルミニウム合金でできており、ジュラルミン製ボンベ一本または空軍型ボンベ一本を運ぶことができる。いずれのフレームもウェビングテープの腰ベルトで支え、二本のショルダー・ストラップで位置を調節する。重心を高く保ち、背中に密着するようにデザインされている。

開放式酸素補給器

この補給器では、登攀者は酸素が富化された空気を吸い、環境空気中に息を吐く。

三二三ページの図1および2に図解している。

呼び圧力五〇ポンド／平方インチの酸素がボンベと減圧弁から、フレキシブルパイプを通して、空軍Ⅵ型ジュラルミン製マニホルドに導かれる（図2）。このマニホルドにはふたつの定量開口部があり、登攀者は二種類の流量から選択できる。マニホルドは三種類あり、それぞれの流量は一分あたり二リットルか四リットル、二・五リットルか五リットル、三リットルか六リットルである。

空軍Ⅳ改良型エコノマイザーは吸気時のみ酸素を供給することにより、呼気時の酸素の無駄使いを防ぐ。マニホルドから均一に流れてくる酸素はエコノマイザーのばね荷重式貯蔵バッグに入る。吸気開始時に、エコノマイザーのトリップバルブがマスクからのわずかな吸引によって開き、バッグからマスクに酸素が流れ込む。エコノマイザーとトリップバルブを図2に示している。

ゴム製の防護マスクが付いた空軍の〝H〟マスクを使用した。温かい呼気はマスクに付いた弁から外気に放出される。

軽量エコノマイザーを付けた開放式酸素補給器の重量は次の通りである。

空軍型ボンベ一本の場合、一三キロ弱

ジュラルミン製ボンベ一本の場合、八キロ強

ジュラルミン製ボンベ二本の場合、一三キロ強

ジュラルミン製ボンベ三本の場合、一八・五キロ

閉鎖式酸素補給器

この補給器は外気へ開口していない。登攀者は呼吸バッグから直接高濃度の酸素を吸入し、呼気はソーダ石灰を充塡した缶を通過する。ソーダ石灰が呼気中の二酸化炭素を吸着し、呼気中の酸素だけが呼吸バッグに戻る。流れの方向はふたつの逆止め弁によって確保される。登攀者が摂取した回路中の酸素は、高圧ボンベから減圧弁と手動で調節する供給

弁を介して回路に補給される。図3にこの装置を図解している。また、「アルパイン・ジャーナル」誌（一九五九年第二八八号）にも詳述している。

呼吸数の増加や呼吸抵抗が予想されたため、気体流に対する抵抗をできる限り小さくするために特別に努力を払った。たとえば、すべての管の口径を二・八五センチまたは三・一七センチとした。水位計で測定したところ、非常に満足のいく結果が得られた（流速二〇〇リットル／分、ほぼ海抜〇メートルの条件下で、呼気では約二・二センチ、吸気では〇・八センチ）。

また、ソーダ石灰の使用効率を最大限確保することにも注意を払った。交換式の缶を使用し、機械で充塡したソーダ石灰に六〇ポンド（約二七キロ）のスプリング圧をかけて顆粒の移動を防いだ。

睡眠用酸素補給器

ボンベ、減圧弁および排気管（開放式補給器で使用したもの）から一分あたり二リットルの酸素が〝T〟字形のジョイントに供給される。このジョイントで二等分された酸素がふたつの軽量型マスクと空気バッグに送られる。空気バッグはBOAC社が使用しているモデルに修正を加えて呼吸数の増加に対応できるようにした。この装置のボンベ以外の部分はごく軽量にできている。

酸素補給器の数

数量を極力抑えたところ、結果的にはかろうじて足りる量であった。それでも相当な数を必要とした。内訳は次の通りである。

ジュラルミン製ボンベ　六十本
空軍型ボンベ　百本
ソーダ石灰　八十缶
閉鎖式酸素補給器　八セット
開放式酸素補給器　十二セット
訓練および荷上げ用酸素補給器　十二セット

高度順応期間を中間高度で過ごしたことは有効であった。比較的楽な条件で全隊員が酸素補給器を

図1

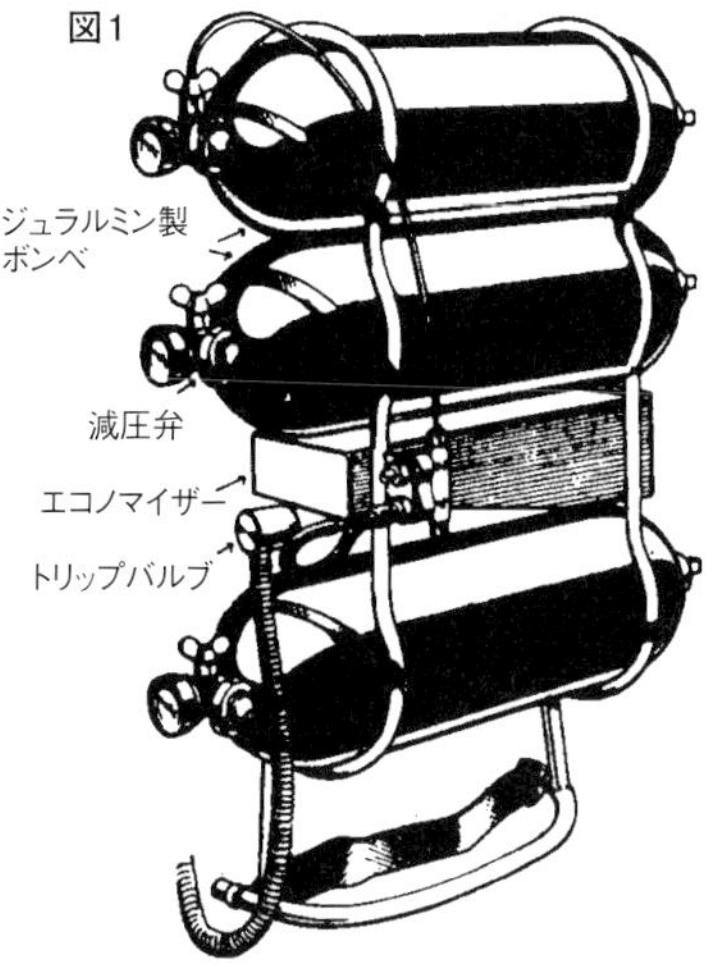
ジュラルミン製
ボンベ
減圧弁
エコノマイザー
トリップバルブ

図2

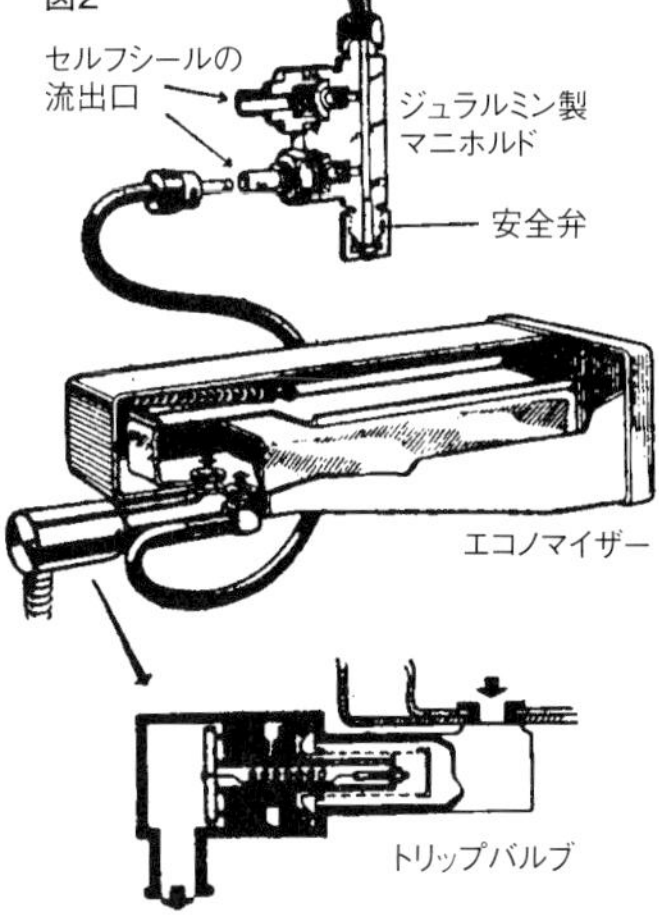
セルフシールの
流出口
ジュラルミン製
マニホルド
安全弁
エコノマイザー
トリップバルブ

図3

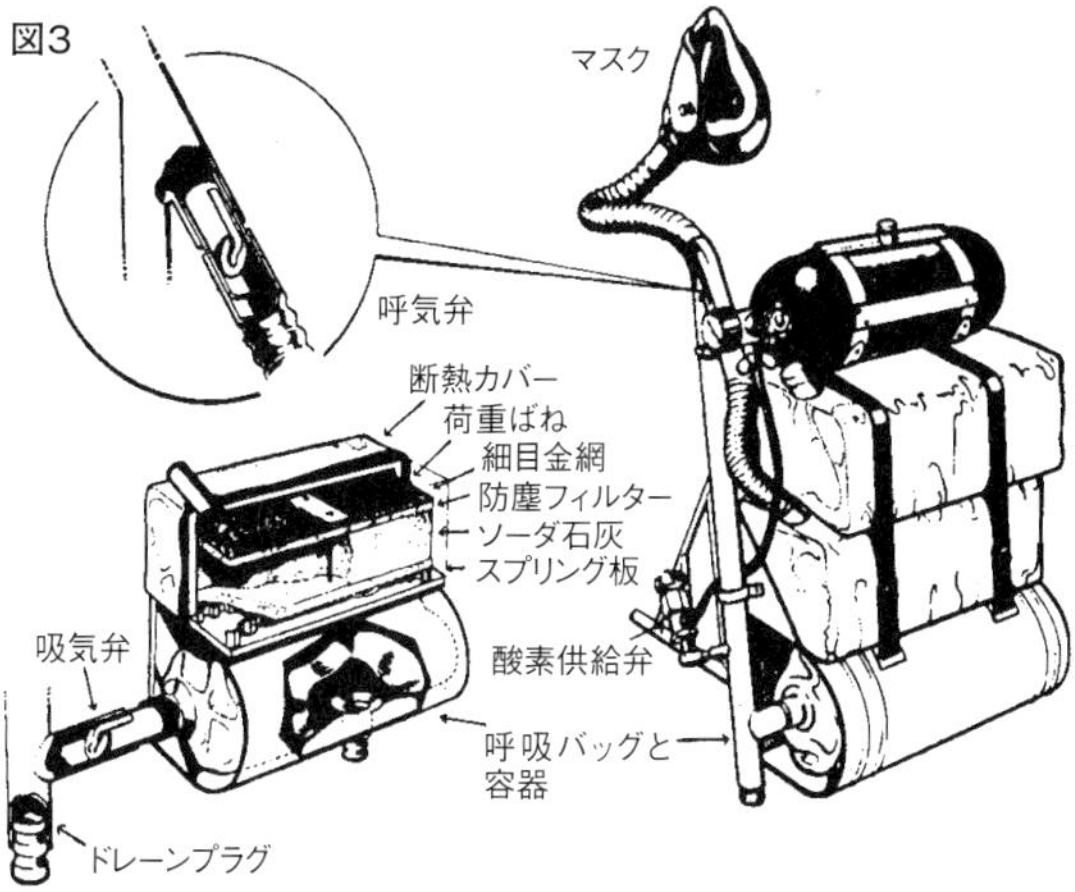
マスク
呼気弁
断熱カバー
荷重ばね
細目金網
防塵フィルター
ソーダ石灰
スプリング板
吸気弁
酸素供給弁
呼吸バッグと
容器
ドレーンプラグ

体験し、多くの欠点を明らかにできた。そうした欠点がエベレストに取りかかってから発見されていたら、事態はもっと深刻であったろう。

高度順応期と第七キャンプ以上では、シェルパたちも開放式酸素補給器を何度も使用して成功したが、使い方をシェルパたちに教えるのは容易ではなかった。彼らにはこうした装置の使用経験がなく、混成パーティーではわれわれ西洋人の隊員に大きな責任が課せられ、サウス・コル以上になると、使用前の準備と使用中の監督は、大きな負担となった。

シェルパたちは生来高度に順応していることから、前夜に睡眠用酸素を使わなくても、当日に酸素補給器を装着していれば、サウス・コル以上の荷上げも可能と考えた。そのため、サウス・コルに運んだ睡眠用酸素は、アタック隊員用と荷上げを指揮する隊員の分だけであった。シェルパに代わってサウス・コルから南東稜に荷上げを行った隊員の功績は大きいが、テンジン以外のシェルパはコルで睡眠用酸素を使っていなかったこともその理由のひとつであろう。

六四〇〇メートル以上で睡眠用酸素から大きな恩恵を受けたことは、今回の遠征で最も印象深いことのひとつであった。睡眠時に酸素を使用すると、よく眠れ、暖かく、目覚めもよかった。

登攀用補給器の効果は高度によって左右された。六七〇〇メートル未満では、酸素の供給による登攀能力の向上は、労力と疲労の軽減に比べると、開放式も閉鎖式もさほど顕著には認められなかった。寒風のなかでは、閉鎖式補給器の中で発生する熱は有利に働くが、ウェスタン・クウムの暖かい穏やかな気象条件では明らかに不快であった。この高度では二種類の補給器間に登攀能力の差はほとんどなかった。

六七〇〇メートルから八〇〇〇メートルの間については、厳正な比較ができるデータがなかった。この高度間のルートは日によって難しさに大きなばらつきがあったことや、酸素ボンベが不足していたこ

サウス・コル（約8000m）からスイス隊キャンプ跡（8320m）間の登攀速度の比較

パーティー	酸素補給器の種類	登攀速度（フィート／時）	総重量（ポンド）	登攀条件
ランベールとテンジン（1952年）	酸素なしで登攀	233	—	
グレゴリー、ロウ、アン・ニマ	開放式（4リットル／分）	430	40	固い雪面に足場を切ったり、蹴り込んだりしながら登攀
第一次アタック隊（1953年）	閉鎖式	933	52	
ハントとダ・ナムギャル	開放式（4リットル／分）	494	50	準備された足場を使用
第二次アタック隊（1953年）	開放式（4リットル／分）	621	40	

とがその理由である。得られているデータからは、いずれの補給器でも登攀能力が大幅に向上すること、開放式よりも閉鎖式のほうがより向上することを示唆している。しかし、この高度で、新たな問題が生じた。開放式では二台の排気管から漏れが生じ（低温によるゴムパッキンの硬化が原因と思われる）、閉鎖式ではソーダ石灰缶の交換直後に弁が凍結した。この凍結は、すでに使用して湿っている補給器に冷えた新しい缶を挿入したことが原因である。この問題が第一次アタックが開始されてから生じたのは不運であった。この問題の対処法は「アルパイン・ジャーナル」誌（一九五九年第二八八号）に記載しているが、第一次アタックでは使用していない。

サウス・コルで、第一次アタック隊は閉鎖式補給器一台が故障したために大幅に遅れをとった。酸素供給弁の損傷が明らかになったが、原因は休憩中に酸素を節約しようとして弁を無理に動かしたせいであった。

八〇〇〇メートル以上では、閉鎖式補給器で生じる熱は、その熱のおかげで湿気を含んだ酸素を吸えることもあって大きな利点であった。開放式補給器のマスクで三回、閉鎖式補給器で一回起きた氷の形成は、登攀能力の低下と呼吸数の増加をもたらす障害となった。この障害は、約八五六〇メートルの困難な状況で生じたため、原因は突きとめられていないが、空気漏れによる可能性がある。

　サウス・コルと南東稜上の一九五二年のスイス隊のキャンプ跡間の同ルートを登攀した五つのパーティーの所要時間のデータを三二五ページの表に示している。

　この表の上の三つの登攀データから、酸素によって登攀能力が大きく向上したことと、開放式より閉鎖式のほうが明らかに優れていることがわかる。下のふたつのデータは、すでに準備された足場を使用しているため厳正な比較の対象とはならないが、開放式を使用したほかのパーティーより登攀速度が速いのは当然としても、閉鎖式より明らかに遅かったことがわかる。

　今回の遠征の結果は、エベレストのような高所の登攀には、睡眠時に比較的低濃度の酸素を供給する開放式酸素補給器を、登攀時に閉鎖式酸素補給器を使用するというのが最もよい組み合わせであることを示唆している。睡眠用補給器は六四〇〇メートルから、登攀用補給器は同じか、やや高い高度から使用することが望ましい。反応速度を充分に制御できる装置を開発できれば、適切な過酸化物を使用することによって閉鎖式酸素補給器を大幅に軽量化することも可能である。いかなる装置であってもできるだけシンプルであることが望ましく、特に圧縮ガスを使う場合は、減圧弁と圧力計を各ボンベに取り外せない方法で取り付けるべきである。

　今回の遠征のための酸素補給器の開発および製造には、多くの関係者が尽力した。

資料5 食事

グリフィス・ピュウ、ジョージ・バンド

ヒマラヤでの食事は、通常、イギリスから運ぶかインドで調達した大量の保存食とヒマラヤで購入した食材を組み合わせたもので成り立っている。米、ジャガイモ、ツァンパ（煎った大麦粉）、レンズ豆、ギー（液状バター）、卵、鶏肉などの食肉は現地で手に入る主な食料である。生野菜や果物はあっても、手に入ることはまれである。

初期の遠征隊は大量の保存食を持ち込んでいたため、隊員は山ですぐに食事に飽きていた。その後、徐々に現地の食料に頼るようになり、持ち込む保存食も砂糖、ジャム、ビスケット、バターといった現地で調達できない必需品に限られるようになった。

一九五一年の偵察および一九五二年のチョー・オユー遠征で、一部の隊員が食べ慣れない食事に耐えられなかったために健康状態が悪化した例があり、一九五三年の遠征では、できるだけ西洋料理に近い食事を提供することで隊員の全身状態を維持することが検討された。これは缶詰や真空包装の食料品の使用を増やすことで実現できた。

大量の保存食をそのまま運ぶ代わりに、日々口にする食品を、一人分の一日量またはその倍数で箱に詰め合わせてキットにした。これは野外で集団活動する軍隊で広く用いられているシステムであり、ヒマラヤ遠征に採用すると次のような利点が期待できた。

一．荷の仕分けと準備および配給が大幅に簡略化される。

二．過剰消費または盗みやごまかしによる必需品の不足を防ぐ。

三．ハエや人の手による食品汚染の機会が減る。

ただし、利点はあるが、重量や費用の増大を伴う上に、一日分の食料としてさまざまな食品をバランスよく組み合わせなければならなかった。後者に関しては、チョー・オユーで行った栄養調査が非常に役立った。また、梱包は陸軍が引き受けてくれ、多くの食品は軍の備蓄品から入手できた。その貴重な支援に対して、遠征隊は陸軍省のキングスミル中佐とその部署に感謝しなければならない。

今回の遠征を次の三段階に分け、それに合わせた食料の配給を検討した。

第一段階——行きと帰りの移動中
第二段階——高度順応とビルドアップ期間
第三段階——頂上アタックを含め、六七〇〇メートル以上で過ごす期間

第一および第二段階を対象とした〝コンポ〟と称されるキットには、十四人分の一日の食料が詰め合わされている。また、飲料は十四人分の二日の配給量を一箱に詰めた。この十四人には隊員十三人のほかにシェルパのテンジンが含まれる。この食料キットと共に食べるビスケットは軍の標準の箱に別途梱包し、この配給食に米、ジャガイモ、卵を現地で調達して補うことにした。第二段階では、隊員が〝コンポ〟に飽きることを見込んで、〝嗜好品〟の箱を開けて品数を増やすことや、新鮮な食肉を得るために動物を生きたまま運ぶことも計画した。ウェスタン・クウムとローツェ・フェイスでは、荷の重量を抑えるためにアタック用携行食を使用する可能性も検討した。

第三段階の食事は次の点を考慮して計画を立てた。過去の経験から、一定の高度以上になると、高度順応の状態にもよるが、食欲が著しく低下することがわかっている。一九五二年のチョー・オユー遠征では、五八〇〇メートルから六七〇〇メートルの間でとられた食事のカロリーは、移動中が四二〇〇カロリーであったのに対して、三二〇〇カロリーほどであった。一九三三年のエベレストでは、七三二

○メートル以上でとられたカロリーはわずか一五〇〇カロリーだったと推定されている。高所では、茶やレモネードなどの飲料に含まれる砂糖が総摂取カロリーの大半を占める。脂っこいものを受けつけなくなる者もいれば、手に入らないものが無性に食べたくなる者もいる。一九三三年のエベレストの高所で、シプトンは大量の卵が食べたくなり、スマイスはソーセージとザワークラウトを欲した。一九二四年のサマヴェルの好物はイチゴジャムとコンデンスミルクであった。昨年のチョー・オユーで、ヒラリーはパイナップルを、セコードはサケ缶を食べたがった。一般に、人間は嫌なものをがまんして食べるよりは何も食べないほうを選ぶ。そして、食べなければいっそう体力は低下する。高所に運べる食料の重量とかさは必然的に限られるため、基本品目とその包装はできるだけ軽くしなければならなかった。かさ高いものや水分を多く含むもの、たとえばパンやジャガイモは除外することが望ましいが、食物に対する特異体質への配慮は必要であろう。

一九五三年の遠征では、アタック用携行食は一人分の一日量を一単位として包装することにした。真空パックによって重量もかさも大幅に減らすことができた。個々の品目も二十四時間キットも密封性のビニール袋に入れて真空状態で封をした。アタック用携行食は、アタック隊員がそれぞれ好きなものを好きなだけ選べるように幅をもたせて計画した。アタック隊はアタック前にパックを開け、必要ないと思ったものは取り出し、代わりに〝嗜好品〟の箱から自分の好みで選んで補充するようにした。嗜好品の箱の中身は、イギリスで登攀者それぞれに高所で食べたいと思うものを聞き取って決めた。

結果

今回の遠征の記録を詳細に分析した結果はまだ得られていない。しかし、一人を除き全隊員が、原則としてパック入りの配給食に賛成していた。そして、大半の隊員が現地調達の食料をもっと食べたいと思っていた。特に缶詰の肉ではなく、新鮮な肉をもっと食べたかったようである。現地で常に充分な量が確保できるわけではないので、この提案は慎重に受け入れたほうがいいであろう。アタック用の携行食には全員が納得できる基本品目のみを入れるべきであり（この明細を決めるのは容易ではないだろうが）、〝嗜好品〟箱に入っているような普通の食品をもっと使うべきだということで意見が一致した。隊員は六七〇〇メートルを超えても通常の食事を切望していたことがわかった。おそらく、チョー・オユーや戦前の遠征よりも高度に順応していたからであろう。〝コンポ〟は前進基地以上で使用した。ウェスタン・クウムでは、ジャガイモや新鮮な肉に対する強い要望があったので、重量はあったが、ジャガイモと、限られた量ではあったがマトンを荷上げした。

高所では沸点が低いため、新鮮肉、米およびジャガイモの調理には非常に時間がかかり、それだけ燃料も消費する（六四〇〇メートルでは水は摂氏八二度で沸騰する）。この問題は圧力鍋を使うことによって解決でき、今ではヒマラヤ遠征の必需品とみなされているが、当初は使用することにかなりの抵抗があった。今回のシェルパの料理人たちは、圧力鍋を高く評価しており、手製の圧力鍋で急場をしのぐ準備までしていた。その圧力鍋とは、ビスケットの缶に小さな穴をあけた蓋をしっかりはめ込み、その穴に安全弁の働きをする棒で栓をするという代物である。

アタック用携行食はローツェ・フェイス以上で使用した。ベース・キャンプで詰め直され、その際に前年のチョー・オユーでは受け入れられたペミカンとグレープ・ナッツはどちらもはずされた。アタックから帰還した隊員の申告によると、一人一日あたり、一部内容を変更した高所用配給食を一個半食べていた。イワシの缶詰、果物の缶詰、フルーツ・ジュースといったパック以外の食品のほうがはるかに高評価を得た。また、スイス隊がサウス・コルに置いていったクラッカー、ハチミツ、チーズなども評価が高かった。ウェスタン・クウム以上で作業するシェルパにはアタック用携行食を一日あたり二人に一個とツァンパ三四〇グラムを支給した。ツァンパはこの量では足りないことがわかり、一人一日約六〇〇グラムに増やした。

隊が最終的にアイスフォールに下りてきた頃には〝コンポ〟は底をつき、カトマンズまでの道中はアタック用携行食と現地調達した食料でまかなった。そのときになってはじめて、アタック用食料と比較して〝コンポ〟のありがたみを知った。隊員は帰りの道中では肉やチキンを強く望んだが、いつも充分な量を入手できるとは限らなかった。現地のチキンは小さくて硬いが、圧力鍋で調理すると美味しく食べられた。隊員は毎晩、夕食にチキンを食べたがったが、たいてい九人に対して、五人分しかなかった。チキン以外に、小さな羊を二頭食べた。ヒマラヤ遠征のあとではよくあることだが、カトマンズに戻ってから数週間、隊員は食欲旺盛であった。

資料6　生理学と医学——グリフィス・ピュウ、マイケル・ウォード

一九二四年というかなり前から、エベレストに挑んだ登山家は中間高度で九週間過ごしたあとであれば、八五四〇メートルまで登ったり、八二三〇メートルで二、三泊したりできることを示していた。高度順応していない者がこの高度にさらされると、一八七〇年代の初期の熱気球乗り《バルーニスト》たちがそうであったように、たちまち意識を失い、死に至る。海抜〇メートルの減圧室内で高所の気圧を疑似体験すると、七六二〇メートルに相当する気圧では十分以内に、八二三〇メートルに相当する気圧では三分以内に意識を失う。

人間が定住している最も高い場所はアンデスのアウカンキルチャ山の鉱山の集落で、五三四〇メートルある。鉱夫たちは採掘会社が五八〇〇メートル地点の鉱山の近くに建てた宿舎に寝泊まりするより、毎日四六〇メートル登って仕事に通うほうが楽だという。

エベレストを経験した登山家は七〇〇〇メートルまでは登攀能力は向上し続けるが、それ以上の高度になると、脱力、無気力、回復不能の疲労、筋肉の消耗を特徴とする深刻かつ急速な体力の低下が生じることを認めている。六四〇〇メートルから七〇〇〇メートルの間にも肉体的な衰退は徐々に進んでいるが、高度順応の作用によって衰退がマスキングされ、頭痛などの症状が解消し、しばらくは登攀能力も向上する。しかし結局は、食欲不振、体内組織の消耗、活力や作業能力の減退が生じる。エベレストの六一〇〇メートル以上の高度で登山家が過ごした最長日数は次の通りである。

六一〇〇～六四〇〇メートル
四～五週間　複数の遠征隊

七〇〇〇メートル
　十一日間　オデール（一九二四年）
六七〇〇～七五〇〇メートル
　十一日間　ロウ（一九五三年）
七八三〇メートル
　五泊　バーニー（一九三三年）
八三五〇メートル
　三泊　スマイス（一九三三年）

八〇〇〇メートル以上で体にかかるストレスというのは、一回の遠征でそのような登攀を二回以上できる者はほとんどいないことからわかるように、完全に回復するには何週間もかかる。

高度順応について留意しておかなくてはならないのは、六〇〇〇メートル以上の高所に登る能力には個人差があることで、六四〇〇メートル以上は無理だと思われる者もいれば、例外的に無酸素でも八二〇〇メートル以上まで行けそうな者もいる。また、誰でも日によって能力に大きな差があり、調子のいい日もあれば、悪い日もある。

現時点では、実際に山でテストする以外に、高所で成果を望めそうな登山家を選ぶ手段はない。減圧室でシミュレーションした高度に示した反応と、実際の山での登攀能力との間に相互関係は認められない。しかし、すべての遠征隊が、高度に対する耐性はヒマラヤを訪れるたびに増大し、以前の経験から得た効果は何年にもわたって持続すると報告している。

ヒマラヤ登山に最も望ましい年齢については多くの議論がある。ヒマラヤでこれまで成功している登山家の大半は二十五歳から四十歳である。この種の仕事に必要な忍耐力は年齢と共に増すようである。

高度にできる限り速やかに順応する方法についてはさらなる研究が必要である。北側ルートを使ったエベレスト遠征隊は、チベットを通ってエベレストに向かう行程で、六週間、四〇〇〇メートルから五二〇〇メートルで過ごしていた。それでも、第一回と第二回の遠征隊の隊員は高山病にかかっている。

一九三三年の遠征隊は、先の経験から、ベース・キャンプ以上ではキャンプごとに数日間過ごすことによって高度順応する時間を確保した。そして、山で余分に二週間過ごした結果、以前の遠征隊よりもよい状態で高所キャンプに到達できている。一九三三年の遠征隊は、高度障害を考慮して、七〇〇〇メートル以上で過ごす時間を最小限に留めることを重要視した。

ネパールを通って南側からヒマラヤに入ることによって、高所に到達する前に、三〇〇〇から三六〇〇メートルの峠を含む標高約一八〇〇メートルの山麓地帯を三週間かけて移動するようになった。そのため、戦後の遠征隊はわずか一週間で三六〇〇メートルから五八〇〇メートルまで登るのが普通になっている。高山病の症状（頭痛、嘔吐、呼吸障害）は、四五〇〇メートルから五二〇〇メートルの間はよくみられたが、数日のうちに解消した。しかしながら、身体能力は遠征の後半と比較するとふるわなかった。病気のための休養や、荷を取りにいくためにに、一度低所に下り、再び高所に戻ると、全身状態が著しく改善しており、低所での休養が有用であることは明らかであった。四八〇〇メートルから五二〇〇メートルで休養した後に、六一〇〇メートルに戻ると、無気力と息切れに陥る登山家もいるが、それは一時的なものである。

経験豊かなヒマラヤ登山家のなかには、遠征の初めに三六〇〇から四三〇〇メートルで過ごすのは長くても数日間に留めることが望ましく、それ以上長くしても五五〇〇メートル以上での高度順応を確保する助けにはならないと主張する者もいる。この主張の裏付けとして、ナムチェ（約三六〇〇メートル）で暮らすシェルパが五八〇〇メートルのナンパラ峠を越えるときにしばしば頭痛と息切れを訴えるという事実が挙げられている。しかし、チョー・オユーで得た生理学的所見は、いきなり五五〇〇メートル以上に行って滞在した場合、最初の二週間は健康状態が悪化することを示唆している。

高度に対する反応には大きな個人差があることを

考えると、最も迅速に高度順応する最善の手順について厳密なルールを定めることは不可能である。ただ原則として、遠征の早い段階では、隊員全員がよく食べて、眠れるような高度にキャンプを設営することが望ましい。その場合は、昼間に高所まで登ってもさほど影響は受けないかもしれない。高度順応期間を経て、アタックの準備のためにより標高の高いところにキャンプを設営したときに、無理のしすぎで疲弊した者や、ほかの原因で病気になった者は低所で休養させるほうがよいのはこれまでの例でも明らかである。そうしない限り、後日必要とされるときまでに回復できないおそれがある。

休養のために低所に下りるというプランを取り入れたことは、今回の遠征で大きな成功につながった。一回目の高度順応期間で隊員が到達した高度は約六一〇〇メートルで、五二〇〇メートルから五五〇〇メートルで二晩以上過ごしている。隊員は五日ぶりにタンボチェ（四〇〇〇メートル以下）に戻り、三日間休養したあと、再び六一〇〇メートルに登っている。さらに、ベース・キャンプ（五四六〇メートル）に向かう前にもタンボチェで休養する期間があった。アイスフォールで本格的な作業を開始する前に、合計三週間を高度順応にあてた。クウムの頂まで荷上げする〝ビルドアップ〟期間の後、隊員はグループに分かれてロブジェ（約五〇〇〇メートル）に下り、三日間の休養をとった。隊員は、全員体重は減ったものの、元気だったので、アタックの準備に支障をきたさないだけの人的資源が充分にあった。

ヒマラヤを訪れるたびに高度に対する耐性は増すという所見は今回も確認された。テンジンを除いて、最も高所まで行った五人の隊員はすべて前年のチョー・オユー遠征に参加していた。だからといって、ほかの隊員ではそのような高所には行けなかったとは言えないが、高所で調子が悪かったのは二人の〝新人〟だけだったというのは、おそらく意味のあることであろう。しかし、その二人も低所で休養することで回復し、後に重要な役割を果たすことができた。

＊＊＊

高所での生理学的変化

低い大気圧に体が順応することは、八十年以上もの間、生理学者の興味の対象となってきた。

順応による変化として最初に発見され、最もよく知られているのは、酸素を運ぶ色素のヘモグロビンを含有する赤血球の数と濃度の増大である。これは一八七一年にヴィオーによって発見された。しかし、比較的ヘモグロビン濃度が低くても高所での身体能力がよい者がいることから、これはかつて考えられていたほど重要な変化ではない。

それよりもはるかに重要な意味をもっているのは、一分あたりに吸い込む空気の量（呼吸数）の増加である。そうして肺を通過する空気を増やすことによって、酸素が薄くなった分を補おうとするのである。この呼吸数の増加は、大動脈と頸動脈に沿って存在している受容器が、動脈血の酸素圧の低下に反応することによって起こる。呼吸運動を制御する脳の呼吸中枢は、海抜〇メートルの条件下では通常、極端な身体運動中以外は一定している血液中の酸素圧ではなく、動脈血の二酸化炭素圧の変化に対して反応する。高所では、呼吸数の増加が肺の二酸化炭素圧の低下をもたらすことにより、動脈血の二酸化炭素圧が低下する。したがって、高所では、脳の呼吸中枢は通常の刺激を得られず、酸素圧に反応する末梢受容器から届く刺激に反応している。この呼吸制御の変化は容易に達成されるものではなく、最初は、感度不良の自動調節装置で生じるような〝乱調〟がみられる。これはチェーン・ストークス呼吸と言われる周期性呼吸として表れ、高所ではよく認められる症状であり、非常に不快なことがある。呼吸中枢の感度が高所で減少する動脈血の二酸化炭素圧に最終的に順応するのか、あるいは末梢の酸素欠乏による刺激が高所での呼吸に対する主たる刺激であり続けるのか、まだ確かなことはわかっていない。呼吸数やその他の体内の代償性変化が確立する前に高所へ行くと、最初の数日間は組織が酸素不足に陥り、この影響が脳に及んで、脱力、吐き気、嘔吐、食欲不振、不眠、頭痛といった高山病の症状の原因となる。体に生じる適応変化にはほかに次のようなものがある。

(a) 安静時の心拍出量の増大。これは高度四三〇〇メートルでは数日後に徐々に解消されていくことがわかっているが、動物実験では六一〇〇メートル以上では持続することが示唆されている。

(b) 二酸化炭素圧低下による血中の酸とアルカリのバランスの乱れを補正するために、アルカリ尿が排泄される。

(c) 筋肉のミオグロビン含有量の増大。ミオグロビンはヘモグロビンに似た酸素を運ぶ色素である。この変化は動物で確認されているが、人間ではまだ確認されていない。

これらの変化はすべて、代謝プロセスにかかわる組織の酸素圧を可能な限り海抜〇メートルの条件下の値に維持するのに役立っている。おそらくまだ知られていない変化も組織中に生じており、酸素圧が低下した状態でも正常に機能できるのであろう。これらの変化すべてが複合的に働き、驚くほどの代償作用となって、六〇〇〇メートルを超えても体調がよいと感じることができ、過酷な肉体労働にも従事できるのである。ただし、完全に代償されるわけではなく、登攀最大速度も一日の登攀可能時間も高所では減少し、六四〇〇メートルでは高度順応していても海抜〇メートルの条件下の値の約半分に減少する。六四〇〇メートルを超えると、体重減少と筋肉消耗が認められ、やがて身体能力の低下、運動意欲の喪失、食欲不振に至る。六一〇〇メートルに相当する大気中で飼育された動物は肝臓などの臓器に退行性変化を示すことから、おそらく人間にも類似の変化が生じていると思われる。そのため、高所に行ってある程度の代償性変化が生じ、高度に順応するにつれて快適に過ごせるようになっても、同時に退行性変化が生じれば最終的には下山せざるをえない。

寒さ

寒さから身を守ることは高所での主たる課題のひとつである。気温の低さに加えて、安静時も労作時も呼吸数が著しく増加することから、吸気の加温と加湿で肺からの熱損失は大幅に増大する。エベレストの高所ではマイナス四〇度の低温にさらされることが予想された。エベレストの七三〇〇メートル以上の気温のデータはなかったが、一九三三年にインドのヒル・ステーションから風船を飛ばして得た観測データを踏まえてこの予測を立てた。しかしながら、モンスーン直前は例外的に暖かいようである。そうでなければ、かつての隊員たちは当時入手できた装備ではもっと深刻な寒さに苦しんだはずである。

装備の問題については一九五二年のチョー・オユー遠征で調査を行った結果、戦時中に連合軍で使用された防寒服の開発に基づいて多くの改良がなされていることがわかった。

防寒服はマイナス四〇度でも耐えられるようにデザインされ、靴と手袋を含めた重量は、北極圏用の装備が一〇キロを超えていたのに対して、わずか七・七キロでありながら同等の防寒性を得られた。寝袋とエア・マットレスは夜間の体の癒しを最大限に確保するようデザインされた。快適さが必要であることは、一九二四年というかなり以前からノートンが強く主張していたことであり、丈夫であっても、疲労とストレスを軽減する措置が軽視されているような寝具はヒマラヤ計画には不要であった。

水分の摂取

高所における水分摂取の知識は登攀者にとって非常に重要である。体が要求する水分が満たされないと、数日のうちに重大な水分不足に陥り、高度の影響に加えて疲労や脱力を引き起こす。一九五二年の五月にエベレストのサウス・コルでスイス隊に起きたことも、この水分不足だと思われる。このとき、彼らが三日間にわたって摂取していた水分は一人一日〇・五リットル以下であった。

高山では、水は雪か氷を解かして得るため、充分な給水を確保するには信頼できる道具と充分な燃料を準備しなければならない。一九五二年のチョー・オユー遠征および今回の遠征における一日の水分摂取量は、マグカップでスープやレモネードや茶を一日に何杯飲んだかに基づき、一日に二・五リットルから三・五リットルと推定された。さらに、料理に含まれる水分として〇・二五リットルが加わる。

これだけ水分を摂取しても尿の排出量は普通であったことから、適切な摂取量だったといえる。同様に、頂上アタックにおいても水分摂取量が不充分であったという証拠はなかった。

高所での大量の水分摂取の必要性は、空気の乾燥に加えて、呼吸数が増え、呼吸が深くなるために肺からの水分喪失率が高いことによって説明できる。また、日中に炎天下の氷河を登る際に汗としてもかなりの量の水分が失われていく。ヒマラヤの太陽の放射熱には強い加熱効果があり、たとえば、一九五二年五月のチョー・オユーでは五八〇〇メートルで摂氏六八・九度という温度が記録された。

また、高度障害に塩類欠乏の関与の有無も問われていた。大量の汗をかき続ける暑い地域の居住者は、発汗で失われた塩を食事で補わなければ塩類欠乏によって脱力や極度の疲労に至ることはよく知られている。高所での登山家の大量の水分摂取についても、体内に蓄えられている塩の流出を引き起こすほど発汗量が多い可能性が指摘されていた。しかし、実際には、登山家にそれほど大量の発汗がある可能性は低いと思われる。大量の水分摂取が必要なのは、発汗よりもむしろ塩を含まない肺からの水分損失によって説明がつく。今回の遠征で測定した結果では、一日あたり一・二五リットルから一・七五リットルの水分が肺からの水分損失で失われていることを示している。これは一日の水分摂取量の半分を占めており、温暖な地域の海抜〇メートルでの値の三倍から四倍に相当する。

酸素

人間には極端な高所にも順応できる力があるという認識は、主にエベレストに挑んだ登山家によって与えられたことは事実だが、倫理的観点に立った酸素の使用をめぐる無益な議論や、酸素補給の先駆者たちの成果を認めないといったことが三十年間続き、高所登山に革命をもたらす方法の導入の障害となってきた。八二〇〇メートルを超える山を酸素を使わずに登ることができるかどうかの問題は別として、酸素は明らかに登山の危険を減らし、山に登る大きな理由のひとつである周囲の景色を味わう能力を高めてくれる。

酸素補給器は一九二一年の偵察を除いてこれまですべてのエベレスト遠征で採用されてきた。しかし、昨年のスイス隊までは、酸素の使用に真剣に取り組んだのは、一九二二年のフィンチと一九三八年のロイドの補給器だけである。フィンチが使用した開放式酸素補給器は、重量が一一・三キロ、一分あたり二・二五リットルの酸素を供給した。フィンチは六四〇〇メートルから八二三〇メートルの間を登るときには補給器を常に着用し、最後に八三二一メートルまで登った前の夜は酸素を吸って眠った。フィンチは酸素の使用から得られた主観的価値を訴えると共に、自分の登攀力が、ポーターと比較して向上したことを報告した。一九二四年のオデールの酸素の使用経験は、酸素の使用に対する当時の登山家の偏見を助長した。オデールは六四〇〇メートルから七〇一〇メートルの間と、七六〇〇メートルから八二三〇メートルの間を登る際に酸素を使用したが、その恩恵を受けることはできなかった。しかし、オデールは一分あたりわずか一リットルしか使っておらず、二リットルに増やされたのは八二三〇メートルでの最後の一、二分だけであった。一九三八年に、ロイドとウォーレンは共に開放式酸素補給器を使用した。その補給器は重さ一一・三キロで、一分あたり二・二五リットルの酸素を供給した。ロイドはその補給器を最高八二三〇メートルまで使用し、主観的価値を訴えると共に、難所ではさほど差はなかったが、楽な足場での登攀力の向上を報告した。しかし、シプトンはロイドの登攀能力に仲間のティルマンとの顕著な差があるとは思わなかった。閉鎖式補給器も試されたが、短時間使用したあとに窒息感を生じたために中止された。一九五二年までのエベレストでの酸素の使用経験から引き出された結論は、主観的価値は得られるかもしれないが、登攀能力に対する望ましい効果が酸素にあっても、補給器の重量に相殺されてしまうということであった。

一九五二年のチョー・オユー遠征で、メンルン・ラの六一〇〇メートルで行った実験結果から得られた情報に基づき、今回の遠征隊のための酸素補給器の計画が練られた。

主要な所見は次の通りである。

一．酸素をたくさん吸うほど、主観的価値は増大する。

二．向上した身体能力が補給器の重量によって相殺されてしまう。

三．充分な効果を得るには一分あたり四リットル以上の流量が必要である。

四．呼吸数が大きく減少する。

五．運動中の足の重さと疲労感が大幅に軽減されることによって忍耐力が向上する可能性が期待できる。

酸素補給器の担当者であり、この実験の被験者も務めたボーディロンは、純粋な酸素の呼吸を可能にする閉鎖式酸素補給器こそが酸素問題に対する答えであると確信して帰国した。

しかし、酸素補給器に関連するすべての問題について助言する立場にあり、ブライアン・マシューズ卿が委員長を務める医学研究審議会の高所医学委員会は、開放式酸素補給器を最優先することに決めた。その理由として、生理学的な必要条件を満たしており、かつ単純で操作しやすく、故障する可能性が低いことが挙げられた。閉鎖式補給器には海抜○メートルの酸素濃度で酸素を供給するだけでなく、肺からの熱と水分の損失を減らせるという魅力もあるが、充分に信頼できる装置を納期までに製造することは不可能と思われた。しかしながら、試験目的で閉鎖式補給器の開発に着手することは推奨された。一九五三年のエベレストで採用された装置については資料4に詳述されている。

酸素補給の生理学的効果は、一九五二年の調査に基づいた予測を充分に裏付けるものであった。登攀能力は予想よりもよかったくらいである。高所での登攀速度も向上したが、主たる効果は一日の仕事量が増大し、しかも深刻な疲れを感じることなく達成できたことであった。睡眠中の酸素補給は疲労回復に役立ち、高度障害を大幅に減らした。また、登山家は主観的体調が大きく向上したおかげで周囲の景色を眺める余裕ができ、登ることに再び喜びを見いだせたと報告した。ヒラリーはサウス・ピークからの最後の行程で、酸素を使い果たさないために必要な流量の計算を暗算で正確にやってのけた。さらに、ヒラリーはエベレストの頂上で酸素マスクをはずし、酸素を補給せずに十分間写真を撮って過ごしたことから、八八四〇メートル（一九五三年当時の記録、現在は八八四八メートル）で酸素の供給を急に断たれても、すぐには意識を失わないことがわかった。フィンチとロイドの経験から、許容範囲のリスクであるとされていたが、こうしたハプニングが起きる可能性は常に心配の種であった。酸素のもうひとつの効果は、供給を止めたあとも幸福感が一時間以上持続したことであった。

薬

戦前のエベレスト遠征隊は、チベットを移動中の衛生状態に注意を払っていたにもかかわらず、呼吸器および腸の感染症に、移動中も山上でもかなり悩まされていた。チベットの高原は風が強く、ほこりっぽいことで有名であり、それがこうした感染症の発生率の高さの主な原因と思われた。山の上では風邪や咽頭炎に悩まされた。原因は呼吸が速い状態で乾燥した冷たい空気を吸うことと、上気道の防御反応として生じる異常であると考えられた。一九二四年にサマヴェルは、エベレストの上部斜面でのどの上皮層の一部がはがれ落ちて、もう少しで窒息するところであったと述べている。

　戦後の遠征隊は抗生物質の用意があることから、衛生面のルールを無視する傾向があった。今回の遠征では、前年のチョー・オユー遠征で病気の発生率が高かったために、綿密な衛生計画が採用され、可能な限り守られた。主なルールは次の通りである。

一．集落のなかや近くでキャンプをしない。現地の住宅に泊まらない。
二．食料と調理用具をハエから守る。
三．飲用水は必ず沸騰させる。それができない場合は、消毒剤を使用する。
四．食事の準備が衛生的に行われるようにシェルパの料理人を監督する。
五．エア・マットレスをふくらませるときはふいごを使用する。

　モンスーン前はマラリアに感染するリスクは小さいが、抗マラリア薬《パルドリン》を隊員、シェルパ、ポーターに配布した。蚊はほとんどいなかったが、蚊除けクリームはほかの虫に役に立った。シラミ、ノミ、トコジラミがいたので虫除けパウダーは必需品であった。

　医学的にみて、今回の遠征隊には次のような特徴があった。さまざまな場所からやってきたシェルパと西洋人がひとつの隊を形成していることに関連した防ぎようのない腸と呼吸器の軽度の異常が、五月中旬までみられた。下痢と咽頭炎は抗生物質で制御できた。

　隊員十一人のうち二人が、ローツェ・フェイスのルート工作期間とアタック期間中に体調を崩した。前進基地（第四キャンプ、六四六〇メートル）以上では、ほとんどの者に刺激性の咳があったが、下山すると速やかに消散した。以前の遠征隊で報告されたような重度の咽頭炎はみられなかった。これは酸素を使用したせいかもしれない。隊員はウェスタン・クウム以上の高所で長期滞在したあとも含め、遠征の全段階を通して驚くほど元気であった。先の遠征隊に認められた深刻な疲労や健康状態の悪化はなかった。高所まで行った者は疲れはしたが、すぐに回復した。アルパイン・クラブのメンバーたちはイギリスに帰国した隊員たちを見て、以前のエベレスト遠征隊と比較して非常に健康そうな姿に感心していた。

生理学的調査

一九五二年のチョー・オユー遠征で行った生理学的調査を、今回の遠征隊に対しても継続して行った。この調査は英国学士院と医学研究審議会の寛大な計らいによって実現できた。呼吸、血液中のヘモグロビン濃度と栄養に対する高度の影響、そして睡眠中と登攀中に補給された酸素の効果について試験した。この調査結果は、医学的に見た今回の遠征の詳細な報告と同様、いずれ科学誌に発表する予定である。

用語解説

アイスフォール　凍り付いた氷の滝で、しばしば巨大な規模となる。氷河が底の地面の傾斜や方向が変わる場所を通過するときにできる。

アイゼン　滑り止めの爪が付いた金属製のフレームで、固い雪や氷の上を登り下りするときに靴の底に付けて用いる。クランポンともいう。

イエティ　ヒマラヤ山脈に住んでいると信じられている未確認生物を指す現地の言葉。〝ヒマラヤの雪男〟と通称されている。

クウム　山の側面に囲まれている谷。

クーロワール　水の浸食によって山腹にできた岩溝。ガリーともいう。

クレバス　氷河の割れ目で、しばしば非常に深い。

コル　山脈のくぼんだ場所を指す。鞍部、峠ともいう。

シェルパ　ネパール東部出身のチベット系山岳民族。

シェルパニ　シェルパの女性。

ステップ　氷河や山の斜面で垂直または急峻に上っているところ。

スノー・ブリッジ　クレバスに架かった雪の橋。

スパー　主稜またはやせ尾根から下方へ出ている岩の支脈。

雪庇《せっぴ》　稜線に沿って張り出している雪や氷の塊。波頭のような形をしており、季節風によってできる。コーニスともいう。

セラック　氷河にできた氷の塔。

タイガー　ヒマラヤン・クラブがクラブの名簿に登録されているシェルパに、その技能を称えてバッジと共に贈る称号。

チムニー　岩または氷に垂直に入っている狭い割れ目。

チャン　コメから醸造されたチベット周辺の酒。

ツァンパ　煎った大麦の粉。シェルパの主食。
トラバース　山の斜面を水平または斜めに横断すること。
ハーケン　頭部に孔か環が付いている金属製の大釘。岩や氷に打ち込み、カラビナと併用し、パートナーと結んでいるロープをその中へ通して安全を確保する。
ベルクシュルント　氷河の斜面とその上の氷や岩のさらに急な斜面とを隔てる大きなクレバス。
モレーン　氷河が運んできた石や瓦礫が積み重なっている場所。堆石。
モンスーン　南アジアに吹く風。夏は南西から湿った風が吹き、冬は北東から乾いた風が吹く。
ロキシー　コメから作ったネパールの蒸留酒。

初版謝辞

この本は、書いたのはわたしであるが、実際には、一九五三年にエベレストへ遠征し、共に暮らし、この物語を作り上げるに至った成果を生んだイギリス隊のメンバー全員のものである。したがって、わたしはまず第一に仲間に感謝したい。わたしの原稿を読んで、有用な助言や訂正をしてくれた者もいれば、巻末の資料を寄稿してくれた者もいる。グレゴリーとロウは、何千枚もの写真を分類し、本書に使う写真を選ぶのを手伝ってくれた。また、エヴァンズはペン画でわたしの不充分な描写に生気を与えてくれた。そして、登頂までの最後の部分にあたる感動に満ちた一文の執筆に対して、ヒラリーには特に恩義を感じている。

妻にも負うところが大きい。妻の励ましは、この物語で取り上げた全期間を通して計り知れない支えであったし、妻の指導や助言によって本書を書き進めることもできた。B・R・グッドフェロー氏は合同ヒマラヤ委員会を代表して、わたしの原稿を読み、事実や文案に関する的確な助言を与えてくれた。同じく、ジョウン・ケンプ＝ウェルチ氏、ナイトンのハロルド・ハーリー博士、スランヴァイル・ウォーターディーン教区のジャック・ウィリアムズ牧師にも力添えをいただいた。アルフレッド・ブリッジ氏が作成した酸素補給器の製作に関するすばらしい覚書は資料として有用であったと同時に、作業の記念にもなるであろう。

インド空軍は、われわれがエベレストを去ったあとに山上を飛行した際に撮った壮観な写真の転載を快諾してくれた。本書（原著）のカバー・デザインとローツェ・フェイスのスケッチは、嬉しいことに、わたしの友人であるW・ヒートン・クーパーによるものである。彼はエベレストの輪郭や特徴を実に鮮やかにとらえている。また、王立地理学会のホランド氏は見事な地図を作成した。

シェルパの名前のつづりについてはスイス山岳研究財団の教示に感謝している。テンジン以外は本書を通じてその教示に従った。テンジンについては、彼自身が望む通りにつづっている。

この物語を早く伝えてほしいという要望に駆り立てられるように、わたしはこれを一ヵ月で書き上げた。出版社のホダー・アンド・スタウトン社の厚意によるエルシー・ヘロン女史の協力がなければとうていなしえなかったであろう。彼女には原稿のタイプ、読み合わせ、校正、本書に関する通信の管理のほか、執筆にあたってさまざまな形で助けてもらった。

これらすべての人々に感謝する。

ジョン・ハント

一九九三年版に寄せて――サー・ジョン・ハント

本書の最後で、わたしはエベレストの登頂に初めて成功できた理由と未来についての考えを述べている。わたしはここにあらためて、あの年エベレストにはいなかった多くの人々の貢献に感謝したい。また、それまでのすべての遠征でわれわれに多くの有用な教訓と知恵を残してくれた登山家に敬意を表したい。そのなかには、あと少しで登頂に成功していた登山家も少なからずいる。さらにわたしは、エベレストには行かずに資金、装備、専門的な助言によってわれわれを支えてくれた多くの人々に、われわれがどれだけその支援をありがたく思っていたかを知ってもらいたい。

われわれに助言を与えてくれた科学者が果たした役割は特に重要だった。高所で人間が活動し、生存するための生理学的知識は、装備や衣類や食料の選択、製造、準備に強い影響を与えた。彼らの助言は遠征全体の計画にも、山に入ってからの判断にも常に活かされた。

しかし、そうした成功の理由のなかで何が比較的重要だったかと問われると、それは人それぞれの考え方によるであろう。わたしは特に高く評価すべき理由が何かひとつあったとは思わない。実際、その理由が人、技術、科学のいずれによるものであっても、厳密に比較することは不可能である。それらがすべてうまくあいまって、一九五三年五月二十九日、二人の男が頂上に到達するという結果につながったのだ。

未来に関しては、当時のわたしの推測を一部追い越す結果が生じている。〝一部〟と言ったのは、エベレストの物語は初登頂の影響力と共にまだとぎれることなく続いている〝進行中〟の物語だからである。われわれに続く者が出ることは容易に予測がついていた。しかし、われわれのあと、十二年にわたってエベレストに登ったのはわずか三つの遠征隊だけで、すべてイギリス以外の国だった。その後、一転してペースは速くなり、今ではゴールドラッシュに例えられるようになった。すべての稜線と三つの壁はすでに登られた。ルートもたくさんあり、われわれがとったルートより難しいものもある。何百もの登山家がすでに頂上に立ち、毎年、四十から五十の遠征隊が頂上を目指す。いつ行っても、十以上のパーティーがクンブのアイスフォールを登っているのではないだろうか。そして、ここ数年は、何千もの観光客がゴミだらけの道を通ってわれわれのベース・キャンプまでトレッキングをしている。そのベース・キャンプ跡もとてつもないがらくたの山になっていると聞く。

この間に登山家の数は著しく増加し、その活動範囲も広がった。高峰も、辺境の山々もすでにほとんどが登られている。しかもその多くが、大戦直後のわれわれの想像を超えた難易度の高い順にルートが選ばれている。早くからエベレスト遠征で大きな役割を果たしていたエリック・シプトンはわれわれの成功を喜んだあと、こう続けた。「やれやれ、よかった、これで本当の登山をやっていけるよ」。それは一九五三年のわたしとわたしの仲間にも共通する心情だった。エベレストは、山登りを楽しむことに慣れていたわれわれが理想とする種類の山ではなかった。当時のエベレストが象徴していたのはどちらかといえば山ではなかったのだ。

山以外の分野でもすばらしい冒険が広く方々に展開された。一九五三年にわたしは〝山でも、空でも、海でも、地球の深部でも、海底でも〟と冒険のための余地はたくさんあるという自分の信念を表した。さらにわたしは〝行き尽くしたとしても、まだ月がある〟と指摘した。だが、月はとっくに到達されている。わたしは、自分の生活環境を超えたところまで知見を広めたいという人間の探究心がいかに切迫しているものであるかに気づいていなかった。恐れを知らない男たちが北極も南極も横断し、男も女も小さなヨットで地球を一周した。タイタニック号の位置が突きとめられ、北大西洋の海底三六五〇メートルに沈んでいる姿が撮影された。ユーリイ・ガガーリンは大気圏外への道を開き、アメリカ人は月面に着陸し、無人探査機が火星着陸に成功している。さらに遠い宇宙に向かっている宇宙船もある。

こうした偉大な業績のすべてにおいて、科学とテクノロジーが大きな役割を果たしたことは言うまでもない。人間が発明したものが人間に取って代わりそうな勢いである。これが来《きた》るべき世界の形なのだろうか。達成されていないことはたくさん残っていると、わたしはまだ自信をもって言えるだろうか。科学とテクノロジーの開発分野なら、答えは間違いなく〝イエス〟である。われわれの星、地球には、環境についての豊富な知識の源となりえるものがとりわけ海の下にまだ眠っており、宇宙探査もまだ始まったばかりである。宇宙とこの地球の本質について、まだ明らかにされていない秘密は無数にあり、発見の物語はまだまだ続くであろう。

だが、われわれ人間と、われわれを動かしている精神はどうか。本書の結びの言葉に〝どんな高さであっても、どんな深さであっても、高い志をもち続けていれば、きっと到達できるに違いない〟とある。こう主張したとき、わたしはエベレストから帰ってきたばかりで、理性的な判断を下すにはおそらくあまりにもまだ夢心地で、感情にとらわれていたのだろう。人間を未知の世界への探検に駆り立てる衝動は、わたしが何十年も前に主張した頃よりも複雑になり、動機もさまざまである。多くの者にとって理由はひと言で説明できるものではなく、〝そこにエベレストがあるからさ〟というマロリーの言葉でも説明はできない。先進国に暮らすわれわれがより裕福に、より物質主義に、より競争心が強くなった時代に、すべての探検家が純粋に〝エクセルシオール——より高く！〟の精神で出発しているとは言えず、高い志に導かれた者はさらに少ないであろう。

しかし、探検家が他の人々を鼓舞する力は、わたしが思うに、まだ高いレベルにとどまっている。国を問わず、人々は勇敢な行為に刺激を受けて元気を出したり、気合いを入れたりするようである。地球上で最も高い場所に最初に立ったヒラリーとテンジンの功績を否定する者はいない。それは世界中で称賛され、われわれ遠征隊のメンバーも二人の勝利を喜んだ。ガガーリン、アームストロングをはじめとする先駆的な宇宙飛行士が地球に帰還した際のお祭り騒ぎは、彼らのすばらしい勇気に対する人々の驚きから生じたものだった。彼らがロシア人であろうが、アメリカ人であろうが、そんなことはどうでもよく、彼らを人類の英雄として認めた。彼らを運んだ乗り物の驚くべきテクノロジーよりも、それに乗っていた勇気ある男たちに興味をもつ者がほとんどだった。実際、人々の称賛は、飛行機、ロケット、雪上車などのより安全で速い移動手段があるにもかかわらず、遅くて苦労の多い手段を選ぶ者に向けられるようである。これは将来を考えると心強いことだ。

人類は最高峰に登り、地球の最果てまで行き、そして月に到達した。ほかに何が残っているであろう。わたしなら、さらなる冒険の機会は無数にあると答える。本書でわたしは、〝エベレストに登ることに何か理由が必要だとすれば、われわれの登頂に刺激された人々が自分の「エベレスト」を探し求めることに答えはあるといえよう〟と提言した。その希望は満たされた。一九五三年のエベレスト登頂をはじめとする高峰の登頂物語は、若者を中心とした何百万という人々が行動を起こすきっかけとなった。イギリスだけでも、若者たちのグループが遠征を計画し、都会を出て地方へ、海を越えて外国へと行っている。その計画の数も多様性も驚くばかりである。多数の登山家が、その多くは〈マウント・エベレスト基金〉（主に本書〔原著〕の印税によって創設された）の助言と支援を受けて、世界中の高峰を登っている。そうした功績は、砂漠や熱帯雨林の旅、洞窟や水中の探検にも見られるようになった。遠征というアイデアは、若者たちに犯罪と手を切らせる手段としても活用され、よい結果を生んでいる。また多くの国の人々を結びつける役割も果たしてきた。

未踏の地に人類は次々と到達した。しかし、その一方で、何百万というかつての観客が冒険という巨大な競技場の選手になった。人類の未来の不安材料となる兆しはいろいろとあるが、少なくとも、こうした人間の変わらぬ精神が残っている間は、未来に希望はあると、わたしは思っている。

二〇〇一年版あとがき——サー・エドモンド・ヒラリー

テンジン・ノルゲイとわたしがエベレストの頂に立ってから四十年以上が経ち、その間に遠征隊のメンバー全員の人生にさまざまなことが起きた。わたしにとっては、エベレストの話はやや過去に埋もれてしまった感もある。遠征隊の仲間たちと同じく、わたしも多くのことにチャレンジし、スリルを味わってきた。トラクターで南極に到達し、数百万ドルの資金を集めてヒマラヤに学校や病院を建て、ジェット・ボートでヒマラヤ山脈に源流をもつガンジス川を海から遡り、デリーで四年半ニュージーランド高等弁務官を務めた。しかし、そのすべてを振り返ってみると、一九五三年五月二十九日にエベレストの頂に到達したことが人生の大きな転機であったことは間違いない。

登頂後にベース・キャンプに戻ったとき、わたしは外界に与える影響についてまるでわかっていなかった。しょせん、わたしは地球の反対側で暮らす世間知らずにすぎなかったということだ。登山家が興味を抱くのは当たり前としても、山に登ることが普通の人々にどんな関係があるのか理解できなかった。

エベレストからカトマンズに戻る道中で、わたしは早くも無知ではいられなくなった。毎日、大量の電報と新聞の切り抜きを携えた飛脚と出会い、登頂が世間に大きな影響を与えていることを知らされた。ついには、ジョン・ハントから〝サー・エドモンド・ヒラリー〟に宛てられた手紙を渡され、身の毛がよだったが、自分の人生が、いや遠征隊員すべての人生が取り返しがつかないほど変わってしまったことに否が応でも気づかざるをえなかった。

しかし、ニュージーランド人だったからかもしれないが、幸いわたしは世間の注目や自分という存在をそう重く受けとめずにすんだ。わたしは自分が人より健康で、意気込みも相当なものだったことは認めるが、登山家としての能力は人並みであることはわかりすぎるほどわかっていた。登頂後のあわただしい数ヵ月間に、ジョン・ハントがわれわれの成功がチームによって成し遂げられたものであることを説くのに尽力していたのはもっともなことである。わたしも同じことをやっていたが、それは必ずしも容易ではなかった。何しろ、わたしは〝頂上を踏んだ〟男の一人であり、そのことがマスコミや一般の人々には何より重要だったようだ。結局、わたしはへたに謙遜するのはやめ、よりバランスのとれた冷静な対処をするようになった。自分の努力が決して取るに足りないものではなかったことも認めた。

一九五三年にエベレストに挑戦したわれわれは幸運だった。そのことにわたしはいささかの異論もない。われわれは名声や富といった考えに突き動かされたわけではない（少なくともわたしは違った）。われわれはただ、三十年以上もの間挑戦され続けてきた山に登りたかっただけなのだ。だが、あれ以来、状況はずいぶん変わった。数々のすばらしい成果があげられる一方で、数々の惨事も起きた。登山界の大スターが生まれては消えていった。大規模な遠征隊と並んで、アルパイン・スタイルの小さなグループも登るようになった。山はゴミだらけになり、遠征の多くが、今では客から一人あたり三万五千ドルをとる完全な営利事業である。十以上の遠征隊がベース・キャンプを共にし、解放感やチャレンジ精神といったものはとうの昔に消えている。

多くの優秀な遠征隊が登頂に失敗していたときに、われわれはなぜ成功できたのか。まず、われわれは現在の水準に照らせば特に優れていたわけではないにせよ、有能な登山家だった。組織は盤石で、適切かつ充分な装備を持っていた。生理学者は大量の水分を摂ることを力説し、われわれはそれに従った。それでもわたしの体重はベース・キャンプを設営したときから下山までに一〇キロ近く減っていた。エベレストの頂上に達して生き延びることが果たして人間の力で可能かどうかは、生理学者にもわかっていなかったので、それもわれわれが乗り越えなくてはならない壁だった。

われわれは確かに健康で、強い意欲をもっていた。われわれの酸素補給器は不安定だったが、充分に役に立った。そして、ちょうどよいときに天候に恵まれた。つまり、成功はさまざまな状況が重なった結果だったのだ。わたしは、ある意味で、エベレストは登られるのを待っていたような気がしている。そして、タイミングよくそれができる用意があったのが、われわれだったのだ。

オークランドにて
エド・ヒラリー

あとがき

マウント・エベレスト基金　二〇〇五〜二〇一一年会長　**ヘンリー・デイ大佐**

〝一九五三年のわれわれの成功がもたらした結果のひとつが、マウント・エベレスト基金創設によって世界の高山地帯での偉業が爆発的に増加したことである〟

マイケル・ウォード

一九五三年のイギリスのエベレスト遠征隊は、余剰資金と本書の印税を財源とする基金を帰国後まもなく立ち上げ、永続的な遺産として残した。また、基金の一部は帰国した隊員の講演によっても集められ、わたしもヒラリーとロウの足もとに座って、エベレストのカラースライドを見ながら、氷が青く見えることや、山の斜面がシャクナゲやツツジで色づくことを知った多くの少年の一人だった。その伝統は現在にも引き継がれ、王立地理学会では年に一度、現在活躍している登山家の功績を紹介する講演を開催し、このマウント・エベレスト基金の増資に努めている。

マウント・エベレスト基金のメンバーは、アルパイン・クラブと王立地理学会によって同人数が任命され、六年間の任期を無償で務める。公認の義援基金であり、有限会社でもあるマウント・エベレスト基金は、地球上の山岳地域の踏査や適切な科学調査を目的とした遠征を〝奨励すなわち支援（資金あるいはその他の方法で）するために〟設立された。

マウント・エベレスト基金はこうした援助を最も成功させてきた組織である。過去六十年間に千六百を超える遠征隊が、投資の利子で賄われる助成金を受けており、その総額は百万ポンドに及ぶ。本格的な登山隊で、同基金の資格審査委員会に計画書を提示して厳格な審査を受けることなしにイギリスまたはニュージーランド（サー・エドモンド・ヒラリーとジョージ・ロウがニュージーランド人であったため）を出発していく隊はほとんどない。大きなスポンサーが付いているごく少数の果報者は助成金をもらうチャンスを逃しても差し支えないが、経験豊富な登山家による慎重な評価や助言は、支援と助成金を与えられるか否かにかかわらず貴重なものである。委員会に承認されれば、スポンサー候補はもちろん、職場や大学に対しても説得力となる権威ある正式な承認を持ち帰ることができる。

ほとんどの助成金は小規模な遠征隊に与えられるが、マウント・エベレスト基金は世界有数の高峰に向かう遠征隊も支援してきた。その格好の例としては、エベレスト、カンチェンジュンガ、アンナプルナ、ダウラギリ、シシャバンマ、ヌプツェ、コングールおよびナンガ・パルバットの初登頂や新ルートでの登頂である。

冒険の舞台は、南極大陸から北極圏まで、そしてヒマラヤ山脈からカラコルム山脈までの全域に及ぶ。装備とトレーニングの進歩によって、小規模なチームによるアルパイン・スタイルでの登頂も可能になった。本基金の支援を受けたチームによる傑出した例としては、アマ・ダブラム、アスガルド、チャンガバン、ジャヌー、バインター・ブラック（通称オーガ）、パイネ山群セントラルタワー、メンルンツェ、スパンティク、スーグーニャンシャン、タウリラジュ、タウチェ、ヴァスキ・パルバット、ズエリアン西峰に新たなルートで登攀している。イギリスが世界の至るところで画期的な冒険をやってのけてこられたのは、マウント・エベレスト基金に負うところが大きい。

主として科学調査を目的とした遠征にも支援してきており、なかでも注目に値するのは、王立地理学会によるボルネオのサラワク州のムルへの遠征、王立地理学会国際カラコルム・プロジェクト、そして新疆のコングール山初登頂の際の高所生理学の研究である。また、ガル・パラオ基金の推薦に基づいて、毎年、高山地帯で行われる数多くの洞窟探検も支援している。

一九八七年に、基金は中央アジアの山の地図と地名辞典の出版を開始した。また、山とそこに暮らす人々と文化の保護を推進し、登山隊に厳格な環境方針に従うことを求めている。

これらをはじめとする多くのプロジェクトを支えてきたのが、一九五三年のエベレスト遠征隊の先見性と高潔さによって創設された基金であり、その存続のために寄せられた寄付金と共に、基金の財政委員会は長年にわたってその資本を守り、強化することに努めてきた。イギリスの登山界にとってマウント・エベレスト基金の価値は計り知れないものであり、この先も、遠征隊に資金援助と専門知識の提供をし続けるであろうことを確信している。

訳者あとがき

吉田　薫

一九五三年五月二十九日、エドモンド・ヒラリーとテンジン・ノルゲイが、世界で初めてエベレスト登頂に成功し、遠征隊の隊長を務めたジョン・ハントが帰国後わずか一ヵ月で〝早く伝えてほしいという要望に駆り立てられるように〟書き上げた〈The Ascent of Everest〉は、早くもその年の秋にイギリスで刊行された。そして、日本でも登頂から一年を待たずに、邦訳（『エヴェレスト登頂』田辺主計・望月達夫訳、朝日新聞社刊）が出版されている。世界中の人々が当時、夢中になって読んだというその名著が、日本では長らく絶版となっていたため、このたび、あらためて二〇一三年版から翻訳出版する運びとなった。それが本書である。

「ジョン・ハント？　誰だい、それは」

ヒラリーをはじめ、エリック・シプトン隊長とエベレストに行けると信じていた隊員候補たちにとって、突然の隊長交代の知らせはまさに寝耳に水の事件だった。

一九二一年に第一次エベレスト遠征隊を送り込んで以来、エベレスト登頂はイギリスの悲願であり、この一九五三年という年は、イギリスが初登頂の栄誉に輝ける最後のチャンスと考えられていた。その遠征隊の隊長という大任を、高名な登山家のシプトンに代わって、突然、委ねられた軍人ハントは、大きなプレッシャーを感じながらも、求められた能力を存分に発揮し、大キャラバンを率いて、エベレストに乗り込んでいく。

遠征を成功させるために、ハントは隊員全員に登頂できる資質と能力を求めた。そうして集められた気鋭の面々だが、頂上への切符の数は限られており、実際に頂上を踏んで世界の英雄になれたのは、ヒラリーとテンジンの二人だけである。だが、ハントは、サポート役にまわった隠れた英雄たちに丹念に光を当てている。本書に出会わなければ知ることのなかった、男気、責任感、勇気、優しさにあふれた男たちに心を打たれた読者も多いのではないだろうか。

ハントのそうした細やかな視線を追っていると、シプトンを信奉する隊員の忠誠をすみやかに獲得できたこともうなずける。そして、登頂を成功させ、全員でシプトンに乾杯を捧げた夜に、ハントがどれほど安堵したかは想像に難くない。これだけのストレスに曝《さら》されたら長生きしなかったのではないかと思う読者もいるだろうが、ご安心あれ。ハントは八十八歳まで生きた。ボーディロンが一九五六年にベルナー・オーバーラントで、ノイスが一九六二年にパミール高原で、それぞれ山の事故で亡くなっているが、ほかは全員おおむね長生きして天寿をまっとうしたようである。水かさの増した川で立ち往生してハントに助けてもらったグレゴリーは、九十六歳まで生きた。そして、二〇一三年に、ジョージ・ロウが八十九歳で永眠したのを最後に、十四人全員がもはやこの世の人ではなくなっている。

みなさんに映画を一本紹介しておきたい。二〇一三年にニュージーランドで製作された『ビヨンド・ザ・エッジ　歴史を変えたエベレスト初登頂』である。ストバートが撮影したドキュメント映像と俳優による再現映像とで構成された、なかなかよくできた作品である。特に、前進基地に下りてきたヒラリーとテンジンに、ハントが抱きつくラストシーンは、本書を読んだあとでは、涙なしでは見られないであろう。

最後に、編集者の宮古敏治氏をはじめ、訳出にあたってお力添えをいただいたみなさんに、この場を借りて心から感謝申し上げたい。この本をもう一度世に送り出すことが、エイアンドエフの赤津孝夫会長の長い間の念願だったと聞いている。山と冒険を愛するすべての方に、喜んでいただけたら幸いである。

二〇一六年六月

著者

John Hunt

ジョン・ハント

イギリスの軍人で登山家。1910年、英領インドのシムラで生まれ、10歳からアルプスで休暇を過ごすうちに登山を覚える。サンドハースト陸軍士官学校卒業後、インドに赴任し、ヒマラヤの山々を登り始める。1952年秋、第9次エベレスト遠征隊の隊長となり、翌年5月、世界で初めてエベレスト登頂を成功させる。その後、青少年の体験活動奨励制度である「エジンバラ公賞」の活動にたずさわる。1966年にはバロンの爵位を、1979年にはイングランドの最高勲章であるガーター勲章を授与される。1998年、オックスフォードシャーのヘンリー・オン・テムズにて永眠。

訳者

吉田 薫

よしだ かおる

大阪府生まれ。関西大学文学部ドイツ文学科卒、ドイツ語・英米語翻訳家。趣味はマラソンと登山。訳書に『特捜部Q――カルテ番号64』『特捜部Q――知りすぎたマルコ』(早川書房刊)ほかがある。

THE ASCENT OF EVEREST
by John Hunt

First published in Great Britain in 1953
Second edition 1993
Third edition 2001 by Hodder & Stoughton
An Hachette UK company

First published in paperback in 2013

Japanese translation rights arranged with HODDER & STOUGHTON LIMITED
through Japan UNI Agency, Inc., Tokyo

Image Credits: © Royal Geographical Society (with IBG)

エベレスト初登頂

2016年8月10日　初版発行

著者
ジョン・ハント

訳者
吉田 薫

発行者
赤津孝夫

発行所
株式会社 エイアンドエフ
〒160-0022　東京都新宿区新宿6丁目27番地56号　新宿スクエア
出版部 電話 03-6233-7787

装幀
芦澤泰偉＋五十嵐 徹

装画
大竹彩奈

編集
宮古地人協会

印刷・製本
図書印刷株式会社

Published by A&F Corporation
Printed in Japan
ISBN978-4-9907065-4-8 C0098